조선에
부는
모래바람

글쓴이 **나카라이 도스이**(半井桃水, NAKARAI TOUSUI, 1860-1926) 대마국 이즈하라쵸(対馬国厳原町)에서 번주(藩主)인 종가(宗家)의 주치의인 나카라이 탄시로우(半井湛四良)의 장남으로 태어났다. 11세에 상경하여 공립학교에서 수학하여 미쯔비시(三菱)에 취직하였으나 상사와 충돌하여 바로 퇴사하고 교토(京都)를 방황한 것이 17세 무렵의 일이다. 1880년 아버지가 의원을 열고 있던 부산으로 건너와 1883년 나리세모토코(成瀬もとこ)와 결혼하였으나 다음 해에 사별하였다. 1888년『도쿄아사히신문(東京朝日新聞)』의 기자가 되어『벙어리(唖聾子)』,『야차죽(夜叉竹)』등을 집필하였으나, 전기의 대표작은『조선에 부는 모래바람(胡砂吹く風)』이다. 히구치이치요우(樋口一葉)는 이 무렵 제자가 되었다.

도스이는 8살 때부터 아버지를 따라 조선의 부산에 살았다. 그러한 경험에 의해 도스이는 조선어를 능숙하게 구사할 수 있었으며 조선풍물에 대한 깊은 이해를 가지고 있었다. 그러한 연유로 조선의 고전문학인『춘향전』을『계림정화춘향전(鶏林情話春香伝)』이라는 제목으로 번역해서 소개하기도 했다.『조선에 부는 모래바람(胡砂吹く風)』에서도『춘향전』,『구운몽』,『최중전』,『징비록』등의 작품을 소개하고 있으며 당시의 일본인들에게 생소했던 조선문화에 대해 자세하게 소개하고 있다.

옮긴이 **권미경**(権美敬, Kwon Mi Kyong) 효성여자대학교 일어일문과를 졸업하였다. 카나자와대학(金沢大学)의 대학원에서 일어일문과 석사를 취득하고, 동 대학에서 문학박사를 취득하였다. 현재 육군 3사관학교 외래교수로 재임하고 있다. 주요 논문으로「김옥균과 명치정치소설」,「『조선 정벌』에 있어서의『징비록』의 수용과 변형」,「청일전쟁에 있어서의 모리오우가이의 조선」,「『조선에 부는 모래바람(胡砂吹く風)』연구―『춘향전』과『구운몽』의 수용과정」등이 있으며, 역서로『달을 향해 짓는다』,『어자언덕』이 있다.

조선에 부는 모래바람

초판 인쇄 2015년 4월 10일 **초판 발행** 2015년 4월 20일
지은이 나카라이 도스이 **옮긴이** 권미경 **펴낸이** 공홍 **펴낸곳** 케포이북스
출판등록 제22-3210호 **주소** 서울시 서초구 반포대로 14길 71, 302호(서초동)
전화 02-521-7840 **팩스** 02-6442-7840 **전자우편** kephoibooks@naver.com

값 22,000원 | ⓒ 권미경, 2015
ISBN 978-89-94519-39-5 03830

이 책은 저작권법의 보호를 받는 저작물이므로 무단전재와 복제를 금하며, 이 책의 전부 또는 일부를 이용하려면 반드시 사전에 저작권자와 케포이북스의 동의를 받아야 합니다.

근대 조선을 그린
나카라이 도스이의
대표작

조선에
부는
모래바람

Sandstorm in Chosun

나카라이 도스이 장편소설
권미경 옮김

역자 서문

    1910년의 한일 합병조약에 의해 조선이 일본의 식민지가 된 것은 주지의 일이다. 이 소설은 시기적으로 일본의 조선식민지화가 이루어지기 이전의 시기인 1882년의 임오군란, 1884년의 갑신정변을 배경으로 하여 그려지고 있다. 소설에는 근대화의 측면에서 앞섰던 일본의 권력성과 억압된 약소국인 조선의 모습이 잘 그려지고 있어, 문학의 권력성을 여실히 보여준다고도 할 수 있다.

    역자가 수많은 일본문학 작품들 속에서 이 작품을 번역하게 된 동기를 간단히 소개하자면, 역자는 박사논문으로, 「명치문학에 그려진 조선－명치 20년대의 〈조선관련소설〉을 중심으로」[1]를 썼다. 소설에 그려진 어느 특정 국가, 그리고 어느 특정 국민상을 파악해 보는 것은 국민국가 공동체 속에서 소설의 독자와 작가의 의식의 양상을 파악하는 데 매우 도움이 될 것이라는 판단에서의 작업이었으나, 그 '조선관련 소설'[2]의 대표작이 『조선에 부는 모래바람』이었다. 기회가 되면 꼭 이 긴 장편소설을 완역하여 130여 년 전의 일본인의 조선인식론을 한

---

[1] 2002년 3월, 카나자와대학金澤大學 대학원 사회환경과학 일본문학박사.
[2] 일본인에 의해 일본어로 쓰여진 조선관계의 소설을 의미하며, 논문에서는 『조선에 부는 모래바람胡砂吹く風』, 『속 변방에 부는 모래바람續胡砂吹く風』, 『장빈張嬪』, 『조선 정벌朝鮮征伐』, 『흐드러지게 핀 매화こぼれ梅』, 『가인의 기우佳人の奇遇』 등을 주로 다루었다.

국의 독자들에게 소개하여 문학의 다양한 양상과 문학의 폭력성, 권력성을 함께 재고해보고 싶었다.

『조선에 부는 모래바람』은 나카라이 도스이가 1891년 10월 1일부터 1892년 4월 4일까지 『도쿄아사히신문東京朝日新聞』에 150회에 걸쳐 연재한 신문소설이었다. 독자의 인기는 높았고 그 덕에 『조선에 부는 모래바람』은 연재 종료 후인 1892년 12월 긴코도今古堂에서 간행되었다. 그 인기에 힘입어 도스이는 『속 변방에 부는 모래바람續胡砂吹く風』을 1895년 1월 17일부터 4월 25일까지 81회(미완)에 걸쳐 연재했다. 또 1911년에는 오오카야大川屋에서 『조선에 부는 모래바람』이 재판되었다. 그 당시의 이 작품의 인기도를 가늠할 수 있으며, 이것은 당시의 일본인들의 조선 인식에 이 작품이 크게 영향을 미쳤음을 짐작하게 한다.

작가인 도스이는 1860년 대마도의 번주藩主였던 종가宗家의 주치의인 나카라이탄시로우의 장남으로 태어나, 아버지가 의원을 열고 있던 부산에서 8살부터 생활하였다. 그의 어린 시절의 조선체제는 그가 조선어를 능숙하게 구사할 수 있게 했고, 조선에 대한 해박한 지식과 조선문학에 대한 이해를 가능하게 하였다. 그는 당시로서는 드문 조선 이해자의 한 사람이었던 셈이었고, 이 자신감이 그에게 『조선에 부는 모래바람』을 집필하게 하였을 것이다. 그러나 그 조선에 대한 이해라는 것이 과연 정당하고 적합하였는지는 다시 재고해 볼 문제로, 소설에서 도스이는 근대국가 일본국의 대변자가 되어 일그러진 조선사회의 일면을 부각시키고 있는 듯하다.

그리고 『조선에 부는 모래바람』을 읽고 있으면, 한 편의 조선문화 소개서처럼도 느껴져, 당시 조선 말기의 사회 모습을 상상하게 하는

데, (과연 사회소개가 정당했는지 부당했는지는 별개의 문제로……)『조선에 부는 모래바람』의 서문3에는

> 지금의 조선국은 동양의 요충지로 그 소장휴멸(消長休滅)은 동양전체가 주목하는 바로 잠시도 소홀히 할 수 없다. 도스이 씨가 그 점을 잘 파악하여 이 소설을 출간하였다. (…중략…) 특히 소설 속의 조선국의 풍토 인정을 그리고 제도문물을 소개함은 가장 유익할 것이다. 다른 일반의 책들과 다른 점이다.

라는 문장이 있고,『계림정화춘향전鷄林情話春香傳』4 제1회의 소개문에도 비슷한 내용이 있으니, 일본인들의 조선에 대한 관심거리였던, 조선의 정치, 지리, 역사, 인정과 같은 흥미로운 내용들로 소설이 채워져 있다. 그래서 이 소설은 당시의 독자들에게 정치소설, 연애소설, 관광안내서, 조선문화 소개서 등의 다양한 용도로 읽혀졌을 것이라 유추하는 것도 어렵지 않다.

또 재미있는 것은 조선의 개화파와 일본문학의 관계를 살피는 일일 것이다. 1884년의 갑신정변의 실패로 조선의 많은 개화파는 일본으로

3　1911년에 오오카와야大川屋에서『조선에 부는 모래바람胡砂吹く風』이 재판됨, 치쿠켄쿄시씨逐軒居士氏에 의한 문장.

4　『계림정화춘향전鷄林情話春香傳』은 조선의 고전문학의 하나인 소설『춘향전』을 나카라이도스이가『오사카아사히신문大阪朝日新聞』에 1882년 6월 25일부터 7월 23일까지 20회에 걸쳐 연재한 번역이다.
　"우리나라가 조선과 관계한 지는 오래되었지만 아직 그 나라의 토지 풍속 인정을 상세하게 묘사하여 세상 사람들에게 알려주는 서책이 없음을 항상 유감으로 여기고 있었으나, 근래 우연히 그 나라의 연애소설 한 권을 얻었다. 또한 그 나라의 토지 풍속 인정 전반을 알 수 있고, 또 근래 그 나라와 통상무역이 번성함에 더욱 필요할 것이라 여겨 이렇게 번역하여 다음 호부터 연재하니……."

망명했고, 그 대표자가 김옥균과 박영효이다. 두 사람은 많은 일본인의 도움을 얻어 일본에서 조선의 개혁을 꿈꾸고 있었으나, 그 일본인들 중에는 문학계의 인사[5]들도 있어,『조선에 부는 모래바람』에 실려 있는 박영효의 제자題字가 그 관계를 분명히 해준다. 당시 화제의 인물이었던 박영효가 제자題字를 했던 것으로,『조선에 부는 모래바람』에 대한 일본의 독자들의 흥미는 한층 높아졌을 것이다. 소설 속에서 조선의 개화파를 어떻게 그리고 있는가를 시대의 흐름에 따라, 또는 역사사건에 비추어 조명해 보는 것도 재미있을 것이다. 조선의 자주적인 근대화보다는 일본에 의한 근대화를 추진하려고 했던 그들을 바라보는 일본문학자의 복잡한 시선을 검토할 수 있을 것이다.

   소설의 내용은 토요토미 히데요시의 일본 정벌에서 시작하여 용감한 일본인 남성에 의한 조선 여인 구출, 그리고 결국에는 청국, 노국 등의 열강의 각축전에서 일본이 조선을 구한다는 간단한 내용이지만, 조선의 근대화=일본화라는 도식을 일본인 독자에게 암시하여, 조선 정체국 사상과 일본 보호자 의식을 고정화시켜 버린 책임은 막중하다고 할 수 있을 것이다. 일본의 제국주의 정신을 그대로 독자에게 고취시킨 좋은 소설의 예로『조선에 부는 모래바람』을 소개할 수도 있을 것이다.

   역자가 그 많은 일본문학 작품들 속에서 굳이 이 작품을 선정하여 번역하게 된 이유를 얘기하자면, 그것은 텍스트 자체가 가지고 있는 문학적 가치의 고하에 따른 것이 아니라, 이 작품이 일본에서 본격적

---

5 『소설동학당小說東學党』(핫토리 토오루服部徹, 1894.3, 오카지마 호분칸岡島宝文館)에는 김옥균의 제자題字가 실려있다.

으로 조선과 조선인을 그렸던 첫 작품이었던 점과, 당시에 일본에서도 인기가 높아 많은 일본인들의 조선 인식에 크게 영향을 미쳤을 가능성이 큰 작품이었다는 점에 의의를 두었다. 그리고 유명 작가들의 작품들이 많은 번역자들의 손에 의해 재번역되고 있는 점을 감안하면, 아직 아무도 발견하지 못한 귀한 자료를 발굴하여 번역하는 첫 작업이라는 점 또한 매력적이었다. 그것은 문학사적으로 높이 평가받는 예술문학의 뒤편에 감추어진 당시의 일반대중들에게 크게 사랑받아 영향을 끼쳤던 신문소설, 대중소설에 초점을 맞추어 보는 것도 의의 있는 작업일 것이라 판단했기 때문이다. 이 작업은 보다 다양한 일본문학의 양상을 한국 독자들에게 선보일 수 있을 것이다.

그러나 하나 미리 양해를 구하고 싶은 것은, 이 번역은 어디까지나 문학소설을 번역한 것으로서, 역사학·정치학·사회학을 위한 연구서는 아니라는 것이다. 이 분야들에서 많은 질타의 소리도 있을 것이나 용서를 구하고 싶다. 어디까지나 원문에 의거한 번역 작업에 충실했다. 130년 전의 일본의 조선 인식이 지금 현재의 모습과 어느 정도 닮았는지 혹은 변화했는지를 돌아보는 시간이 될 것이다.

2015년 4월
권미경

삽화에 관하여

도스이는 소설의 머리말의 마지막 부분에서

　기자인 도스이가 그림이 서툴고 화가인 토시히데年光 씨는 실제의 조선을 모른다. 다만 조선인의 사진을 몇 장 얻어, 이것과 코이케마사나오 씨의 『계림의사鷄林醫事』, 스즈키신닝 씨의 『조선기문朝鮮紀聞』 등에 그려진 조선의 의관 기구를 참고하여 매회의 삽화를 그리니, 실제와 다른 부분도 있을 수 있다.

고 삽화에 관해 설명하고 있다. 매회의 삽화라고 하는 것은 1891년 10월 1일부터 1892년 4월 4일까지 150회에 걸쳐 『도쿄아사히신문東京朝日新聞』에 연재한 신문소설에 삽입된 삽화를 의미한다. 그래서 이 소설에는 머리말 부분을 포함하여 총 151매 삽화가 존재한다. 그 삽화를 다 소개하기에는 양이 너무 방대하여 이 번역서에서는 중요하다고 여겨지는 그림만을 본문에 첨부하여 소개했다. 이 삽화들은 주로 당시의 조선문화에 무지했던 일본인들을 대상으로 하는 조선 소개서의 역할로 그려졌던 삽화들이나, 도스이가 고백한 대로 조선의 실제 모습과는 다른 부분도 많이 보여진다. 당시의 일본인들의 조선 인식이라는 측면으로 그림을 감상해 보는 것도 흥미로울 것이다. 그리고 삽화는 지금으로부터 123년 전의 신문의 복사본을 사용하였기에 그림의 화질이 선명하지 않은 부분이 있음을 양해해 주시기 바란다.

각 삽화는 소설의 본문과 병행해서 보면 이해에 큰 무리가 없을 듯하여 특별한 설명을 생략한다.

머리말

도스이桃水[1]의 소개로 여기에 본지 애독자인 여러분께 보여드리는 동양의 한 위인은 일본의 안세이(安政, 1848~1853), 조선의 함풍년(咸豊年, 1851~1861)에 조선의 부산 초량草梁館[2]에서 태어나 일본에서는 그 이름을 하야시 마사모토林正元라 부르고, 조선에서는 임정원이라고 부른다. 부친은 일본의 사츠마薩摩 사람인 하야시 쇼큐로林正九郎이고, 모친은 조선의 양산 사람인 원씨元氏이다.

어려서부터 문학과 무예에 뛰어났으며, 자라면서 미국과 유럽각국에 유학하여 천하의 형세를 면밀히 관찰하고 동양진흥책에 하루도 소홀해서는 아니 됨을 깨달아, 우선 몸소 조선에 들어가 맨손으로 갖은 난관을 물리치고, 오래되고 고루한 관습을 타파하고, 노국露國[3]의 국경잠식을 막고, 청국淸國의 내성 간섭을 물리쳐 완전한 독립왕국의 기초를 굳혀, 결국 후년에 조선왕의 깊은 신뢰를 얻어 최고고문最高顧問직에 이르

---

1 이 소설의 작가인 나카라이 도스이半井桃水를 가리킴.
2 초량왜관은 당시의 일본인 거주 지역으로, 1678년에 설정되었다.
3 지금의 러시아 ― 역자

렀으니, 그 탁월하심과 경륜은 높이 평가하여 칭송할 만하다. 이 소설은 마사모토의 경력을 빠짐없이 서술함에, 때로는 놀랍고 슬프고 우스운 사건들이 허다하다. 또 조선의 토지 풍속 인정 등의 독특한 제도 문물 공예의 차이에 이르기까지 빠짐없이 기술한다.

현재 조선론朝鮮論은 동양의 중요한 문제로서, 조선의 국정國情을 그리는 소설이 세상 사람들에게 크게 유익하리라고 하는 동료들의 격려와, 서양소설은 많이 볼 수 있으나 아직 조선을 무대로 하는 소설이 없다고 하는 소설기자들의 선동이 있었다.

기자인 도스이가 그림에 서툴고 화가인 도시히데年英도 조선을 잘 모르며, 단지 조선인의 사진 몇 장을 가지고 있다. 이것과 고이케 마사나오小池正直 씨의 『계림의사鷄林醫事』(비매품), 스즈키 신닌鈴木信仁 씨의 『조선기문朝鮮紀聞』 등에 그려진 의관衣冠과 기구器具 등을 참고로 하여 매회의 삽화를 그리기에, 때때로 실제와 다른 부분도 있을 수 있다. 소설 속에 나타내는 명사는 주로 조선에서 통용하는 숙어를 취하고, 일본어로 번역해 읽는 법을 소개한다. 가장 기이한 관습 같은 것은 매회每回의 끝부분에 부기附記함.

1회

    도요토미 히데요시豊臣秀吉가 조선 정벌을 했을 무렵, 시마즈가島津家의 실력자 중에 하야시林 모씨라고 하는, 여러 전투에서 발군의 실력을 발휘한 후 결국 장렬히 전사한 자가 있었다. 그 후예인 쇼큐로 시게히사正九郎重久라는 자는 문학이나 무예에 뛰어난 훌륭한 장수였으나, 스물한 살 때, 친구 모씨를 위해 의롭게 같은 종파의 사무라이 두 명을 죽이게 되어, 그 이유로 고향에 살 수 없게 되어 몰래 대마도對馬島로 건너갔다. 거기에서 우연한 기회로 고지마 나미노신小島浪之進이라는 사람을 알게 되어 그 집에 머물게 되었으나 머지않아 고지마 나미노신은 소가宗家[1]의 교역사무관으로 조선의 부산으로 건너가게 되었다. 나미노신은 이 일을 쇼큐로에게 알리고 또 이르기를, "대마도에 있을 거면 나의 처자와 함께 있을 수 있으나 만약 부산에 가려면 나의 동반인 자격으로 갈 수 있네. 가는 것도 여기에 머무는 것도 모두 자네의 의지에 달렸네."

    쇼큐로는 크게 기뻐하며,

    "조상의 뼈를 묻은 곳이니 이전부터 가보고 싶었던 곳입니다. 부디 저를 데리고 가 주십시오" 하니, 나미노신은 며칠 후에 그를 데리고 부산으로 향했다.

    당시 조선에 가는 자는 처자와 친족을 동반할 수 없었고, 게다가 거

---

[1]   대마도의 도주島主였던 종가宗家를 칭함.

주지가 협소하여 규정상 몇백 보의 거리를 벗어 날 수 없었다. 몇 명 되지 않는 한인韓人(조선인)이 아침에 왜관倭館에 들어와 저녁에 다시 나간다. 대마도와 부산 사이를 왕래하는 배 또한 정해진 수를 넘길 수 없다. 관내에 백여 명의 거류인이 살며, 항상 같은 얼굴들로 마치 한집과도 같다. 나미노신과 쇼큐로는 겉으로 보기에는 주종관계처럼 보이지만, 사실은 즐기는 바가 같아, 함께 문을 즐기고 무를 겨루는 것으로 무료함을 달래기도 하였다. 하지만 대부분의 시간을 마시고 먹고 자는 것으로 날을 보내니 지루하기 그지없었다. 어느 날 쇼큐로가 집이 떠나갈 정도로 크게 기지개를 켜고 일어서더니,

"이처럼 오랜 시간을 가만히 있으면 인간은 바보가 되고 만다. 같은 산, 바다, 사람, 어제도 오늘도 같은 일상이다."

"또 그 불평을 하려면 다음 배편으로 대마도로 돌아가는 게 좋아."

"암요. 돌아가야지요. 하지만 이 나라에 온 이상, 왕궁까지는 못 보아도 적어도 5리, 10리의 발자취는 남기고 돌아가고 싶군요."

"말도 안 되는 소리. 고관故館(일본인 거류지)에서 부산성까지로 만족하는 게 좋아."

"그 고관故館에서 부산성까지도 못 가니 말씀이지요."

"아니. 갈 수 있네."

"언제요?"

"내일도 아니고 바로 오늘이네."

"정말입니까?"

"오늘은 7월 15일, 고관에 있는 일본인에게 성묘를 허락하는 날이지."

"정말 그렇군요. 바로 나가겠습니다."

쇼큐로는 술통에 술을 담고 도시락을 채워 초량관을 나섰다. 고관이라는 것도, 부산이라는 것도, 모두 연안의 촌락으로, 같은 산, 바다를 감싸는 1리 정도의 구역이지만, 원근의 조망이 대마도와는 달라 쇼큐로의 눈에는 신기하기 그지없다. 타고난 튼튼한 다리로 산을 넘고 언덕을 넘어 여기저기를 돌아다녀 보고, 마지막 귀로에 성터라 불리는 산에 올라가, 여름풀이 무성하게 자란 곳에 도시락을 풀고 술을 들이키며 멀리를 조망하고 있자니, 희미한 안개 사이로 대마도가 선명하게 모습
을 보이고, 저녁 연기가 피어오르며, 연안의 어촌이 드문드문 보인다. 같은 방향에 돛을 올리고 서쪽 바다로, 또 동쪽 바다로 향하는 배도 있어 두 눈의 풍광은 그야말로 한 폭의 그림이다. 이미 절영도絶影島의 산 꼭대기에도 희미하게 석양이 사라지기 시작하니 아카사키赤崎 너머 잔잔한 파도 위로 달이 고개를 내민다. 쇼큐로는 술잔을 기울이며 또 시를 읊었다. 이제 취기로 다리를 약간 비틀거리며 돌아가려는 차에, 이 산의 서쪽 부근에서 부인의 비명소리가 들려왔다.

부기_ 이 성터는 코니시 유키나가小西行長가 진을 쳤던 곳으로, 지금도 벽루가 남아있다. 아카사키는 항구의 갑岬. 절영도는 상하 두 개의 항구의 중간에 있어 일본관과 대마도의 사이를 가르는 이유로 그 이름이 지어졌다 한다.

2회

인적이 끊어진 산중에서 들리는 여자의 울음소리. 쇼큐로正九郎가 걸음을 멈추고 귀를 기울이니 울음소리는 점점 높아진다. 여우나 너구리라면 잡아서 나미노신에게 선물이라도 하자. 만약에 도적이 부녀자를 붙잡아 괴롭히는 것이라면 오랜만에 실력 발휘 좀 해야겠다. 어찌되었건 재미있겠다며 쇼큐로는 쾌재를 부르며 울음소리를 따라 다가가 잠시 소나무 뒤에 숨어, 휘영청 밝은 달빛 아래 저쪽을 보아하니, 가마꾼으로 보이는 세 명의 조선 남자가 아직 어린 여자를 붙잡아 뭔가 큰소리로 위협한다. 쇼큐로는 부산에 건너온 지 어느새 일 년이고, 무료함을 달래기 위해 조선어를 배웠기에 일상용어 정도는 알 수 있었다. 하지만 이러한 천민들이 싸울 때는 목소리가 높고 말의 품위가 없으며 또 게다가 말이 빠르기까지 해 정확히는 알아들을 수 없었으나, 대강은 "가진 돈을 남김없이 내놓아라! 조용히 시키는 대로 하지 않고 저항하면 꽁꽁 묶어 양산에 돌아가 죽여 버리겠다!" 등의 협박이었다. 여자는 목을 놓아 울며 그들의 자비를 구해 매달린다. 생각건대, 가마꾼들이 그 여자를 지고 가는 도중에 술값을 뜯으려는 것만이 아니라, 산중 아무도 없는 곳에 데려와 강간하려는 수작인 것이다. '도둑놈들, 불행하게도 오늘 임자 만났구나. 매운 맛을 보여주어야 겠다'라며 쇼큐로가 더욱 사태를 살피니, 한 남자가 여자의 손을 잡는다. 여자는 "꺄아!" 하고 비명을 지르며 뛰어오르더니, 몸을 추스르며

"무례한 놈들. 비록 여자이기는 하나 양산梁山의 군수이셨던 원정양

元貞陽의 딸인 소연小薰이다. 나 비록 죽더라도 너희 같은 미천한 놈들에게 몸을 더럽힐 수는 없다."

목소리는 가늘게 떨리고 있었지만, 어세는 늠름하여 분명히 들린다. 하지만 조금의 동정심도 모르는 놈들. 이번에는 앞뒤로 달라붙어 여자를 괴롭혀 위험한 지경에 빠뜨리니, 쇼큐로가 벌떡 일어나 여자 앞을 막고 있는 가마꾼의 머리를 퍽 하고, 큰 고함소리와 함께 주먹을 날려 벌렁 넘어뜨려, 뼈도 살도 부서져라 옆구리를 밟았다. 다른 두 사람의 가마꾼은 그것을 보고 크게 화를 내며 막대기를 들고 대항했지만, 얼마나 건방진 일인가? 구더기 같은 놈들을 미끄러지듯이 피해 한 놈이 들고 있던 막대기를 뺏어 때려눕히니, 이에 놀라 "살려주세요!"라며 한 녀석이 줄행랑을 친다. 쇼큐로는 점점 더 재미있어져 뒤쫓아가 상투를 거머쥐고 익숙한 유도 솜씨로 3간間2이나 날려버리고 빙그레 웃으며 원래의 장소로 돌아오니, 여자는 더욱 몸을 떨며 풀 위에 앉아 있다.

달이 높이 떠올라 그 빛이 마치 대낮과 같이 훤했다. 자세히 그 여자를 들여다보니 분홍색 비단저고리에 같은 색 마고자를 입고, 짙고 긴 머리는 세 갈래로 땋아 발뒤꿈치까지 늘어져 있다. 나이는 열일곱, 열여덟 정도이다. 화장을 하지 않았음에도 피부가 눈처럼 희고 입술이 붉은 꽃잎 같다. 아름다운 눈과 흰 이를 가진 보기 드문 미인임에 쇼큐로도 조금 놀랐다. 여자는 두려워하며 일어서서 쇼큐로에게 고개 숙여 절을 한 채 아무 말도 하지 못한다. 원래 당국當國의 여자는 일곱 살이 넘으면 남자와 마주 보는 것이 엄격히 금해져 있다. 남자와 동석해 말을 주고받는 것을 부끄러워하며, 시골에서는 더욱 그러하다. 하물며 타국의 남성을 만나 몸을 감추지 않으면 법에 따라 벌을 받게 된다. 이 여자는 앞문에서 늑대를 물리치고 뒷문에서 호랑이를 맞이한 심경인 바, 무뢰한인 가교꾼들보다 더 무서운 이국異國의 남자인 것이다. 쇼큐로는 그것을 알아차리고 정중히 위로하며,

"저는 일본인 쇼큐로라고 하는 자로 오늘 조상의 묘를 참배하러 왔다가 돌아가는 길로, 이 산을 지나다가 우연히 당신을 구하게 되었습니다. 듣고 보니 당신은 양산군수인 원씨의 따님이신 듯한데…… 양반의 신분으로 어찌 이런 곳까지 밤중에 오시게 된 것입니까? 혹시 이 주위에 찾아가는 친척집이라도 있는 것이라면 제가 모셔다 드리겠습니다. 저는 타국의 여인에게 해를 가하는 사람은 아니니 걱정 않으셔도 됩니다. 그러나 제가 모셔다 드려서 곤란하시다면, 모르는 사람인 양 50~60보 떨어져서 걸어도 됩니다."

2 1간間은 1.8m 정도 약 5m 정도.

알고 있는 모든 조선어를 사용해 한마디를 던지고는 답을 기다렸지만, 발음이 정확하지 않아서 알아듣기 어려워서인지, 여전히 두려워서인지, 여자의 입술은 굳게 다물어져 열리지 않았다.

> 부기_ 조선 부인이 외국인을 두려워하는 것은 부산 부근이 가장 심하다고 한다. 먼 시골로 가면 많이 다르다.

3회

관습도 국법도 다르다지만, 이렇게 진정을 다해 위로를 하는데도 미인은 여전히 입을 닫고 있으니 쇼큐로도 화가 나, "이 정도로 해도 인사 한마디 없으니 저는 이만 돌아가겠습니다. 부디 돌아가는 길에 다시는 악한을 만나지 않도록 주의하십시오"라며 일어서니, 여인은 당황해서 다가와 쇼큐로의 앞길을 막아섰다.

"잠깐만 기다려 주십시오."

"무슨 일입니까?"

미인은 두 눈에서 흘러내리는 눈물을 닦으며

"이렇게 구해 주셔서 정말 고맙습니다만, 조금 더 온정을 베푸시어……."

"바래다 달라고 하는 것이라면 간단합니다."

"아니오. 그렇지 않습니다. 저의 부탁은 당신이 차고 계시는 그 검으로 저를 죽여주십사 하는 것입니다."

쇼큐로는 깜짝 놀라 미인의 얼굴을 한참을 바라보더니 고개를 끄덕이며, "좋소. 알았소" 하더니, 얼음처럼 차가운 칼날을 휙 빼어 미인에게 보이며 "일본도는 잘 듭니다. 이처럼……"이라며 몸을 다쳐 서지도 못하고 저쪽 풀숲에서 신음하고 있는 가교꾼을 끌어내어 간단하게 목 세 개를 자르고 칼을 닦아 다시 칼집에 넣었다. 그리고 얼굴을 소매에 묻고 두려움에 떨고 있는 미인을 돌아보며,

"얼마나 잘 듭니까? 이렇게 해 버리면 당신이 저와 말을 나눈 사실을 아는 사람은 한 사람도 없습니다."

미인은 질린 듯한 표정을 지으며

"당신이 오해를 하셨나 봅니다. 제가 죽여주십사 한 것은 저 사람들이 아니라 저였습니다."

"제가 잘못 들은 것이 아닙니다. '당신을 죽여주십사'라고 들은 것이 분명합니다. 하지만 당신이 죽겠다고 하는 것은 외국인인 나와 말을 나눈 것이 가교꾼들의 입을 통해 알려지면 훗날 벌을 받게 될 것을 두려워해서이기 때문이겠지요. 지금 그놈들의 숨통을 끊었으니 후일에도 아무 걱정 없을 것입니다. 그리고 저의 칼은 죄 없는 사람을 죽이지는 않습니다."

"친절한 마음 황공하기 그지없습니다만, 제가 죽고 싶은 이유는 달리 있습니다."

"무슨 말씀이십니까?"

"제 말을 좀 들어 주십시오 저를 죽여 주십사 하는 데는 깊은 사정이 있습니다. 저의 이야기를 들어 주십시오 저의 아버지 원정양은 오래도록 양

산군수를 지내셨습니다. 백성들도 모두, 인자하고 용감하신 분이라 칭송이 자자했습니다만, 작년에 경성京城[3]에서 파견되어 온 옆 고을의 수령인 정사석鄭思錫이라는 자가 꼭 저를 아내로 삼겠다고 중매를 넣어 온 것을, 아버지는 그 사람의 성질을 싫어해 매정히 거절했습니다. 그 원한으로 올해 봄에 암행어사가 왔을 때 정사석은 뇌물을 써서 아버지를 매도하였습니다. 아버지는 결국 그것 때문에 경성에 끌려가 사형이 되셨고, 어머니와 저까지도 같은 죄를 구형받았습니다. 아버지를 대신해 군수가 된 정사석이 간청해서 저와 어머니를 살려준 것도 다 속셈이 있는 일로, 요즘은 저를 관비로 보내라고 합니다. 그것은…… 그것은 참으로 말도 안 되는 소리로, 설령 온몸이 갈기갈기 찢어져 죽는다 해도 아버지의 원수에게 몸을 더럽힐 수는 없습니다. 없는 죄를 만들어서…… 죽이려면 죽여보라고 당당히 답변했습니다. 정사석은 노발대발하여 오늘 밤 부하들을 시켜 무리하게 저를 유괴해 목적을 이룰 계획이었으나, 이웃사람들이 저희를 불쌍히 여겨 살짝 일러주었습니다. 그러나 특별히 도움을 청할 사람도 없고 막을 방도도 없어, 어머니와 여러 가지 상의한 끝에 먼 친척을 찾아 통영統營까지 가던 중, 제가 도망간 일이 빨리도 정사석의 귀에 들어가 사방에서 사람을 풀어, 대죄인의 누명을 씌워 물색을 하니, 그 때문에 이 가교꾼들에게 무리하게 부탁을 하였던 바입니다. 어차피 집에는 돌아갈 수 없는 몸, 그렇다고 해서 통영까지는 아직 너무 멀고, 앞으로도 이와 같은 나쁜 가교꾼을 만나지 않으리란 보장도 없습니다. 어쨌거나 죽은 거나 마찬가지인 목숨, 그러한 연유로 죽여주십사 하고 부탁을 드린 것입니다."

---

[3] 본문 중 한양漢陽, 한성漢城과 혼용되고 있으나 모두 지금의 서울을 가리킨다. —역자

노여움과 슬픔으로 반은 말로써 설명을 하며, 또 반은 쇼큐로가 가지고 있던 종이와 붓을 빌려 문자로 그 뜻을 전했다.

> **부기**_ 조선에서는 여자를 유괴하여 강간적 결혼을 행하는 일이 있다. 때에 따라서는 타인의 처첩을 훔치는 일이 있어, 강도가 물건을 훔치는 것과 마찬가지이다. 조혼의 폐습이 있다. 귀인은 열서너 살로 결혼한다. 이것은 빨리 가관加冠하기 때문이다. 조선에는 네 개의 당이 있다. 소위 노론, 소론, 남인, 소북이다. 왕비는 노론에서 나오는 것이 일반적이다. 혼인을 할 때 반드시 본인의 당내끼리 한다. 문무文武는 서로 혼인하지 않는다. 적자와 서자도 서로 혼인하지 않는다. 단지 서자는 4당에 동일하게 양반의 법도에 따른다. 시민은 시민, 농공은 농공, 노예는 노예끼리 결혼한다. 동성同姓을 맞이할 수 없고 상중喪中에 혼인하지 않는다. 양반이 배우자를 잃고 재혼할 때에는 시골로 내려가 여자를 구한다. 같은 문벌끼리는 재혼하지 않는다. 중상모략에 빠졌을 때는 자자손손 원수로 여겨 절교함이 관례이다. 위세 있는 지방관은 수 명 혹은 십수 명의 기생들에게 교대로 숙직하게 해 마음에 드는 여자는 첩으로 삼는다. 이 기생도 관비官婢로 공식적인 의식에 시중을 든다.

4회

여인은 말을 마치고 울부짖는다. 쇼큐로는 원씨의 불행을 안타까워하며 정사석의 악행에 분노해 한다.

"이야기를 듣고 나도 모르게 눈물이 날 정도이니 하물며 당신 어머니의 슬픔은 참으로 크시겠습니다. 그 정사석이라는 놈은 악당 중의 악당입니다. 자유롭게 갈 수 있는 곳이라면 일본도의 쓴 맛이라도 보여주겠습니다만, 부질없군요. 하지만 어딘가에 호소를 해서 아버지의 죄를 씻고 정사석의 원수를 갚을 수 있는 방법도 있을 것이니, 꼭 죽어야 한다는 약한 마음은 가지지 말아 주십시오."

여자는 고개를 흔들며 말한다.

"그런 방법이 있다면 저희가 이렇게 고생하지는 않을 것입니다. 정씨는 금은보화를 어사에게 뇌물로 주어 아버지에게 죄를 씌웠습니다. 또 한양에서 나는 새도 떨어뜨린다는 정재상宰相은 정사석의 숙부가 되는 사람으로 아무리 우리가 애를 써도 이길 수가 없습니다. 아버지가 상경하고 한 달쯤 지나고 한양에서 급보가 와 비로소 아버지의 재난을 알게 되었습니다. 비록 목숨을 잃더라도 아버지의 무죄를 알리고 목숨을 구하고 싶다고 어머니께 말씀드렸지만, 어머니는 '그러기 위해서는 한양에 올라가 읍소를 하거나 봉화를 올려야 하는데, 그렇다고 해도 너의 말이 받아들여지지 않을 때는 너는 죽음을 감수해야 한다. 네가 올라가서 얘기가 받아들여질 정도라면 아버지도 저렇게 간단히 당하고만 있지는 않았을 것이다. 돈과 권력의 힘으로 설치는 정씨가 포기를 할 때까지 기다릴 수밖에 없다'라고 저의 의견을 나무라셨습니다. 그러는 사이에 저희 모녀도 정씨의 모함으로 옥에 끌려가 아버지처럼 사형이 될 것을 기다리고 있던 중, 앞에 말씀 드렸듯이 모녀를 도와주는 척하며 다시 악행을 저지르는 정사석입니다. 도저히 저희 모녀로서는 원수를 갚을 길이 없습니다. 그래서 저라도 죽어서 적어도 어머니만이라도 구해야 하는 것이 저의 소원이니, 자비를 베푸시어 저를 죽여주십시오."

쇼큐로는 팔짱을 끼고 한참을 생각하더니 힘없이 혼잣말로,

"도움을 청할 곳도 없고 원수의 말을 거역하면 어머니까지 해를 입게 되고, 또 의지할 곳도, 몸을 숨길 곳도 없으니 참으로 답답한 노릇이구나. 그러니 죽는 길 밖에 달리 길이 없는가……?"

미인은 눈물을 머금은 양 볼에 희색을 띠우며 듣고 있다.

"제 소원을 들어 주시는 것입니까?"

눈물을 흘리며 죽음을 기다리는 모습이 안타깝고 사랑스럽기 그지없구나. 일찍이 감정에 고무되어, 눈물을 흘린 적이 한 번도 없었던 쇼큐로도 이번에는 흘러내리는 눈물을 멈출 길이 없었다.

"아니야. 아직 방법이 있소. 나는 부산에 온 이래 동래부사와 절친하게 지내고 있는데, 내가 소문으로 들어 알게 되었다고 하며 이 모든 사실을 부사에게 이야기하겠소. 지금의 부사는 직위도 높고 한양에서도 평판이 높은 인물로 모녀의 사정을 딱하게 여겨 정사석의 악행을 바로잡아 줄지도 모르오. 그때까지 마음 급히 먹지 말고 기다리는 게 좋겠소."

"친절하신 마음은 감사합니다만, 수색이 시작된 이상은 어디에도

갈 수가 없고, 숨을 수도 없는 신분입니다."

"그 숨을 곳을 가르쳐 주겠소."

여자는 조금 놀라면서 "그 장소가 어디 입니까?" 하니, 쇼큐로는 여자를 향해 모습을 단정히 하여,

"강한 것을 누르고 약한 것을 도우며 의용에 넘치는 것이 일본 혼, 나는 결코 당신에게 해를 끼치는 자가 아니오. 나를 믿으신다면 지금부터 최고의 은신처로 안내하겠소."

여자는 고개를 끄덕였다. 쇼큐로는 앞장서서 산을 내려가 언덕을 넘으니, 다행히 달빛을 밟고 가는 길에 사람하나 보이지 않는다. 조금 가자니 앞에 숲이 나타나, 이 근처로서는 보기 드물게 노송이 울창하다. 둘러싼 돌담은 높이가 겨우 5, 6척 정도로 펄쩍 뛰면 뛰어넘을 수 있는 높이이다. 여자는 목소리를 낮추어 묻는다.

"여기는 어디라는 곳입니까?"

쇼큐로는 손을 흔들어 막으며 "쉿" 한다. 여자는 놀라서 사방을 돌아본다. 이때 쇼큐로는 여자를 겨드랑이에 살짝 들어 올려 끼고 그 돌담을 뛰어 오르더니 한참을 더 달렸다. 여자는 일찍이 본 적 없던 높은 지붕의 고루高樓를 지나감에 더욱 불안해졌으나, 은인인 쇼큐로의 발걸음이 더욱 빨라짐에 물을 수도 없었다. 한참을 더 따라가니 쇼큐로는 갑자기 멈추어 서더니 여자의 귀에다 대고 "여기입니다" 한다. 마루가 높고 창문이 넓어, 벽은 나무판자로 만든 넓은 주거공간이 자국自國의 것과는 전혀 다르니 여자는 크게 두려워하며 "지명은 무엇이라고 합니까?" 한다. 쇼큐로가 "부산 초량의 일본관"이라고 하니 여자는 기절하려고 한다.

> **부기** _ 억울함을 호소하려는 자는 국왕의 행차를 기다려 몸소 호소하거나, 신문고라는 북을 울려 직소하거나, 또는 왕궁의 정문에 있는 종을 치거나, 봉화대에 불을 올리는 등의 방법을 사용한다. 이들은 이것 모두 죽음을 각오하고 누명을 벗으려는 자들이다. 호소하는 자가 부정(不正)한 경우 그 죄가 죽음에 해당한다. 억울함을 호소하는 것 중에는, 부모와 조상을 위해 하는 것, 자식을 위해 하는 것, 아내가 남편을 위해 하는 것, 형제를 위해 하는 것이 있고 이것을 4건(件)이라고 한다. 봉수대는 산 위에 아궁이를 만드는 것으로, 경성에서 시작해 각 지방에 이르기까지 없는 곳이 없어, 변경 지역에 만약의 사태가 나면 불을 올려 그것을 경성에 알리는 역할을 한다. 따라서 억울함을 호소하는 사람은 생명을 걸고 봉화대를 올려, 관헌에게 포박된 후에 사정을 호소해서 누명을 벗으려 한다.

5회

어려서부터 『임진록(壬辰錄)』을 읽고 왜적이라고 싫어하며 두려워하던 사람에게, 우연히도 구조되어 말까지 주고받아, 지금 함께 온 곳이 그 거류지라는 것을 듣고서는 어찌 여인이 놀라지 않을 수 있겠는가? 쇼큐로는 진심으로 대해주고 있고 달리 벗어날 방법도 없기에, 쇼큐로가 인도하는 대로 따라간 곳은 고지마 나미노신(小島浪之進)의 집이었다. 쇼큐로는 정원에 딸린 문으로 조용히 미인을 인도해 안쪽에 있는 방으로 들어갔으나, 여기에는 상하 2단으로 만들어진 큰 벽장이 있어 항상 자물쇠를 채워놓고 있었다. 방 입구도 두 개의 문으로 되어 있어 안팎에서 닫을 때는 사람들의 출입을 막을 수 있었다. 여기가 바로 쇼큐로가 기거하는 방으로 낮 동안에는 끊임없이 손님들이 드나들어 큰 벽장에 소연을 감추고, 밤이 되면 사람들이 잠들기를 기다려 함께 만난다. 실로 태어나서 여덟 살이 되면서 아버지 이외의 남자와는 동석할 수 없었고 방 안에만 갇혀 있던 소연이었다. 장년의 남자, 그것도 나라 사람들이 전갈 보듯이 싫어하는 일본인과 침식을 함께하다니, 오랑캐에게 시집간 왕소군王昭君[4]의 원한도 이보다 깊지는 않을 것이라며 처음에는 남몰래 눈물로 소매를 적셨으나, 시간이 지남에 따라 이윽고 일본인의 두터운 신의가 조선인의 경박함과는 전혀 다르다는 것을 알고 다른 여러 가지도 깨닫게 되어, 그 자신이 일본인으로 태어나지 않음을 아쉬워하기에 이르렀다.

당시 그 나라의 교역 사무는 동래東萊의 부사府使가 관장하여 부사는 때때로 일본관에 오는 일이 있었다. 고지마 나미노신이 처음에 조선으로 도항해 와 부사를 초청해 향응을 베풀었을 때, 나미노신은 쇼큐로를 소개하여 함께 시를 읊고 문장을 즐겼다. 그리고 은밀히 쇼큐로의 가문과 그 됨됨이를 전하니, 부사도 깊이 쇼큐로를 존경하여 관館에 올 때는 꼭 만나서 친분을 쌓아갔다.

어느 날 부사가 나미노신을 방문하여 크게 연회를 열었다. 부사가 쇼큐로에게 요즘 특별한 소식이 없느냐고 물었을 때, 쇼큐로는 때마침 잘되었다고 속으로 기뻐하며,

"기담奇談을 들었습니다. 일전에 양산에서 온 상인이 저에게 말하길, 정鄭 군수郡守는 불인불의不仁不義한 자로 이웃 현의 수령이었을 때, 전 군

---

[4] 한漢 원제元帝의 후궁이었으나, 늙어가는 흉노의 호한야에게 보내진 중국의 절세미녀.

수의 따님이신 소연이라 하는 아리따운 여자를 아내로 삼고자 했으나, 아버지 원씨가 거절하여 승낙하지 않음에, 정씨가 이것에 깊이 원한을 가져 암행어사에게 뇌물을 주어 원씨에게 죄를 덮어 씌워 죽인 후, 본인이 그 자리의 군수가 되었다고 합니다. 그 후 원씨의 딸을 관비로 삼으려고 하였으나, 불쌍한 그 딸이 어느 날 밤에 물에 빠져 죽으려고 못에 뛰어든 것을 지나가는 한 행인이 발견하여 목숨을 구해 지금은 어딘가 먼 곳에 몸을 숨기고 있다 합니다. 하지만 군수는 그녀의 어머니를 옥에 가두어 그녀의 행방을 추궁하고 있다 합니다. 밉기 그지없는 것은 정씨, 가엽기 한이 없는 것은 원씨입니다. 참으로 이런 일이 있을 수 있겠는지요?"라며 눈물을 흘리며 이야기하니, 일동이 아무 말도 할 수 없었다. 부사도 침묵으로 한참을 있더니,

"아마도 그건 헛소문일 걸세. 만약에 소문 그대로라면 내가 관찰사에게 신고하겠네"라며 급히 화제를 다른 곳으로 돌렸다.

어느 날 밤 쇼큐로는 여느 때와 같이 방문을 닫고 벽장문을 열며 말한다.

"이제 나와도 괜찮소."

방긋 웃으며 걸어 나온 미인의 꽃 같은 얼굴은 빛을 보지 못한 탓인지 투명하리만큼 창백하다.

"오늘 밤은 빨리 오셨군요. 손님은 모두 돌아가셨습니까?"

"이제 겨우 돌아갔소. 여자에 굶주린 일본인들이 만약에 자네가 있다는 것을 알아차린다면 큰일날 것 같아서, 억지로 쫓아내지도 못하고 상대하고 있었더니 이렇게 늦어져 버렸소. 벌써 4경[5]을 넘겼네. 배

---

[5] 새벽 3시.

고프지요?"

"아뇨. 괜찮습니다."

"남은 것을 챙겨 왔으니 개의치 말고 맛있게 많이 드시게."

두 사람의 말투가 이전과 달라진 것도 당연한가? 소연은 어느 샌가 임신을 했다.

> 부기_ 『임진록(壬辰錄)』은 도요토미의 조선 정벌의 전말을 나타내는 조선의 책이다. 책에서는 일본인을 가리켜 왜적이라 칭한다. 일본인이 만일 조선 땅에 들어오면 길에서 왜놈이라는 욕설을 자주 들을 것이다. 이 나라에서 억울하게 죄를 덮어쓰면 관찰사에게 호소하고 또 받아들여지지 않으면 사헌부에 호소함이 상례이다.

6회

하야시 쇼큐로는 잘생기고 쾌활한 남자이니 어떤 여자가 그를 사랑하지 않을 수 있겠는가? 원소연은 아름답고 온순한 여자이니 어떤 남자가 그녀를 사랑하지 않을 수 있겠는가? 쇼큐로는 소연을 사랑하고 소연은 또 쇼큐로를 사랑하고 따르는 마음이 극진하여, 결국에는 왜적의 혐오스러움을 잊고 한인의 천함을 잊었다. 언젠가 한번 맺어진 후로는 소연과 쇼큐로는 서로 헤어지기를 슬퍼해 방의 작은 벽장 안, 여기가 두 사람의 낙원이 되었다. 어느 날 밤 소연이 한쪽 볼에 웃음을 띠고 또 한쪽 볼에는 근심을 띠고 처음으로 임신 사실을 알렸을 때는 쇼큐로도 놀라 눈썹을 찡그리고 침묵했으나, 근엄하게 "모든 일은 하늘의 뜻이지요. 만약 발각된다면 당신도 나도 죽음이오. 이제 와서 무엇이 두렵겠소?"라고 하니 소연이 더없이 기뻐하며, 몸을 조심하여 시간이 흐르는 것을 손가락 꼽으며 기다리니, 다음 해 겨울 소연은 왕같이 늠름한 아들을 낳았다.

쇼큐로는 처음부터 고지마 나미노신에게 비밀리에 이 일을 털어놓고 도움을 청하였으니, 나미노신도 처음에는 화를 내며 쇼큐로를 나무랐지만, 원씨의 박명薄命, 정씨의 악행, 그 연유를 모두 듣고 나서, 쇼큐로의 의협, 소연의 정서, 그 정취를 생각하니 또 안타까움을 금할 길 없었다. 일단 쇼큐로를 용서한 후에는 음양으로 그들을 보호하여, 사람 눈을 피하여 소연을 찾아가 정성들여 위로를 하니, 소연이 참으로 마음이 든든해져, 무사히 아이를 낳게 된 것도 오로지 나미노신의 덕분이라고, 두 사람은 항상 감사해 했다. 특히 순산으로 모자 모두 살집이 오르고, 아이의 울음소리가 커서 밖으로 새어나가 들킬까 걱정하는 것 외에는 방안 가득 기쁨으로 충만했다.

그러나 그 기쁨도 아주 잠깐인 보름 정도로 끝나버렸다. 집주인인 고지마의 임기가 만료되어 쇼큐로도 이 부산을 떠나야 할 때가 온 것이다. 고지마의 임기는 만 3년, 이때는 물론 쇼큐로도 부산을 떠나야 한다. 하지만 소연을 데리고 가는 것은 양국의 국법이 허락하지 않는 바, 어쩔 수 없이 헤어지지 않으면 안 된다. 심려 깊은 쇼큐로와 영리한 소연이니 모르는 바는 아니나, 서로의 사랑이 깊어져 애절하니 서로가 모르기를 바랄 뿐이다. 밤이 깊어져 소연은 벽장을 나와 아이에게 젖을 물리며 이별의 안타까움을 전하는데, 나무문을 두드리며 밖에서 낮게 들려오는 목소리는 집 주인인 고지마 나미노신이다. 쇼큐로가 일어서서 서둘러 빗장을 열고 맞아들이니, 나미노신은 여느 때와 같이 소연에게 안부를 묻고 바로 아이의 얼굴을 들여다보며 살이 올라 보기 좋다며 칭찬한 후에, 쇼큐로를 보며 말했다.

"동래부사가 서간을 통해 좋은 소식을 알려왔네."

쇼큐로는 다시 고쳐 앉으며

"좋은 소식이라니 도대체 무슨 일인지요?"

"그 때 부사가 왔을 때 소연의 이야기를 했었지 않은가?"

"예. 그랬습니다."

"그 후 부사는 여러 가지로 소연의 엄마를 걱정하여, 정 군수를 위협하여 다행히 옥에서 구해내었고, 그 후 소연의 어머니는 바로 머리를 깎고 비구니가 되어 성실히 생활하고 있다고 서간에 적혀 있다네."

쇼큐로는 기뻐서 벌떡 일어나 소연에게도 그 일을 전하고 모두가 안도하며 기뻐했다. 나미노신이 서툰 한국어로 찬찬히 말을 한 것은 두 사람에게 들려주기 위함이리라.

"좋은 소식을 전하고 이제 돌아가려 하나, 언젠가는 전하지 않으면 안 되는 소식이기에 오늘밤 이야기함세."

쇼큐로는 걱정스러운 듯 나미노신의 얼굴을 바라보고, 소연은 눈물을 머금고 쇼큐로를 올려 본다.

"전하지 않으면 안 되는 소식이라는 것은 무엇인가요?"

쇼큐로도 마찬가지로 한국어로 묻는다.

"다름이 아니라 나의 귀국일이 다음 달 초로 정해졌네."

"그렇습니까?"

한숨을 내쉬며 쇼큐로가 다시 한 번 되묻는다.

"이 아이가 아무리 순하다고 해도, 하루에 두세 번은 울어대어, 이미 누군가가 그 소리를 듣고 여러 가지 소문을 내고 다니는 듯하네. 그것도 우리들끼리라면 어떻게든 둘러댈 방법도 있으련만, 만일 엄마가 조선인이라는 게 알려진다면, 그때야말로 큰일이 벌어질 거야. 뭔가 좋은 방법이 없는지 나도 잘 생각해 보겠네만 두 사람도 이 일에 대해 깊이 생각해 보도록 하게. 밤도 깊었으니 그만 돌아가겠네"라며 나미노신이 돌아간 후, 두 사람은 서로 얼굴을 바라보며 숙연해졌다.

7회

나미노신의 말을 듣고 쇼큐로는 빨리 납득을 하였으나, 소연은 마음을 정하지 못하고 온종일을 아이에게 젖을 물리며 눈물짓는다. 어린 갓난아기의 울음소리를 막는다는 것은 참으로 어려운 일로, 하물며 이 일로 발각이라도 되면 내 한 몸이야 어찌되었건, 사랑하는 쇼큐로의 은인인 나미노신에게까지 폐를 끼치게 된다. 쇼큐로는 가만히 있을 수가 없어,

"천신만고 끝에 얻은 아이, 내 목숨을 버려서라도 소중하게 기르고 싶지만, 나미노신에게 폐를 끼쳐서야 은혜를 원수로 갚는 일이오. 안타깝지만 이 아이는 포기하는 수밖에 도리가 없소."

소연은 놀라 아이를 꼭 껴안으며 갑자기 소리 높여 운다. 한참 후 눈물을 삼키며,

"포기한다고 하는 것은?"

"버려야 한다는 말이오."

소연은 더욱 놀라,

"이렇게 귀여운 얼굴을 보고 어떻게 죽일 수 있단 말입니까? 죽어야 한다면 저도 같이 죽겠습니다."

소연은 잘못 들은 것이다. 쇼큐로는 아이를 다른 사람에게 넘기겠다는 의미였으나, 이 나라의 풍습 아래에서는 부모자식 간의 사랑이 유난히도 두터워, 아무리 가난한 자라도 아이를 버리는 일은 없다고 한다. 『최중전』을 읽다가 버림받은 아이의 대목에 이르러서는 책을

덮고 한탄하며 이런 일이 있을 수 있는가? 하고 의구심을 가질 정도이니, 소연도 소아살해의 의미로 받아들인 것이다.

"죽인다는 말이 아니오."

"하지만 버린다고 하시니……."

쇼큐로도 그 생각을 안 해본 것은 아니지만, 밤낮을 사랑으로 키우는 것을 지켜보고 또 지금 대답하는 것을 들으니 도저히 소연에게 바로 얘기할 수는 없다는 것을 깨달았다. 참으로 괴로운 일이나 오히려 소연에게는 사실을 숨기기로 결심했다.

"버린다고 하는 것은 잠시 떼어놓는다는 의미로, 다행히 나와 잘 아는 사람이 내일 아침 귀국하게 되었는데, 그 사람이 마침 자식이 없어 오랫동안 고생하다가 데려다 기를 자식을 구하고 있다고 들었소. 이쪽에서 넌지시 말했더니 부디 데려가 친자식처럼 기르게 해달라고 나에게 몇 번이고 부탁했소. 우선 그 사람에게 맡기면 후일 다시 아이를 되찾기는 간단하오. 눈앞의 정에 이끌려 불과 보름, 한 달을 우리가 데리고 있다고 해도 우리를 위해서도 또 무엇보다 아이의 안전을 위해서도 좋을 게 없소. 아이를 그 사람에게 맡깁시다. 그 사람은 신분도 좋고 집에 재산도 많으니 아이를 위해 무엇보다 좋을 거요. 아이를 위해서라도 빨리 보내는 것이 좋소."

얘기를 듣고 소연도 비로소 안도하여 쇼큐로의 뜻에 따라 아이를 보내는 것에 허락했다. 그렇게 결정한 이상은 날이 밝기 전에 데려가야 한다. 배 시간에 늦으면 모든 것이 허사라고 마음을 굳게 먹고 쇼큐로는 아이를 안고 출발한다. 정을 끊지 못해 한 번만 더라며 매달리는 엄마를 두고 나무문을 밖에서 굳게 잠그며 쇼큐로는 집을 나와 일본관의 벽을 뛰어넘어 관외의 남변南邊이라는 곳으로 나오니, 보름도 지난 달이 밝게 빛나고 통발그물의 징소리도 희미하다.

그런데 아이를 버리는 곳은 어디인가? 사람이 왕래하는 길에 두면 아침까지 해풍을 맞아 감기에 걸릴 것이고, 그것을 두려워해 나무그늘에 두면 사람들이 눈치도 못 채고 그냥 가버릴 것이다. 여기가 좋을까? 하고 내려놓으면 아이도 눈치를 채는지 '으앙' 하고 울음을 터트린다. 다시 품에 안아 저기에 놓으면 이번에는 엄마 품에서의 단꿈을 꾸고 있는지 자면서 흐느낀다. 울면 그 울음소리가 안타깝고 잠들면 그 모습이 애처롭기 그지없다. '그래서 늙은이를 버리는 산은 있지만 아이를 버리는 산은 없는 것인가?'라고 강건한 그도 마음이 약해져 망연자실 서있기를 몇 번이었다. 그러는 사이에 아이를 버리고 가는 것보다 오히려 방파제 근처로 가자. 그러면 뱃사람에게 발견될 테니 아침이 밝기를 기다리지 않아도 된다고 마음을 고쳐먹고 아이를 다시 안고 걸으니, 달빛은 환하나 은혜와 자식 사이의 암흑을 터벅터벅 걸어 용미산자락까지 왔다. 여기에 아이를 버리고 가려다가 선착장에 어떤 배가 있나 마음에 걸려 해변까지 걸어가 보니, 40~50척의 일본배가 보인다. 어슴푸레 어둠속에서 무슨 소리가 들려 쇼큐로가 귀를 세우니 두 남녀의 속삭임이라.

> **부기** _ 『최중전』은 그 나라사람들에게 인기가 많은 소설이다. 용미산은 동남東南 양쪽 해변에 서있는 작은 언덕으로 방파제를 따라 절영도와 마주본다. 일본인들은 요부지키산呼崎山이라고 부른다. 산 위에는 키요마사淸正를 모시는 사당이 있다. 일본관의 중앙에 있는 산을 용두산이라 하고, 흔히 나카야마中山라고 한다. 통발그물이란 바닷속에 그물을 쳐 배들이 징을 울려 고기를 그 속으로 몰아넣는 것이다.

8회

높은 기침소리 한 번에 뱃사람은 크게 놀라 급히 여자를 뒤로 숨긴다.
"선주는 없는가?"
"예. 누구십니까?"
"일이 있으니 잠깐 나오시오."
뱃사람은 놀라서 올라와 엎드리며 말한다.
"무슨 일이십니까?"
쇼큐로가 사방을 돌아보며
"좀 물어볼 게 있으니 나를 따라 오게"라고 하니, 뱃사람은
"예. 알겠습니다" 하고 대답하였다.
쇼큐로는 뱃사람을 데리고 다시 용미산을 향한다.
"빨리 걷게."
쇼큐로는 성하지 않은 다리에 후들거림까지 더해 뱃사람의 발걸음이 늦어지자 그를 재촉해 키요마사의 사당 앞에까지 데리고 갔다. 계단 위에 걸터 앉아 뱃사람을 노려보기를 한참, 쇼큐로가 날카로운 목소리로 "불법자!" 하니, 뱃사람은 온몸을 부들부들 떨며 말한다.
"정말 잘못했습니다. 부디 선처해 주십시오."
"부인을 데리고 오는 것은 국법으로 금해져 있다는 것은 너도 잘 알고 있을 것이다."
"예. 잘 알고 있습니다."
"그럼 연유를 상세히 설명하면 눈감아 줄 수도 있다."

"이미 다 보셨으니 숨길 것도 없습니다. 있는 그대로 말씀드리겠습니다."

"도대체 그 여자는 누구냐?"

"아내입니다."

"자네는 항상 여기에 오는가?"

"예. 매번 그렇습니다."

"그때마다 마누라도 같이 오는가?"

"아니요, 그렇지 않습니다."

"이번 한 번뿐인가?"

"예. 그렇습니다. 사실은 저번에 임신해 배가 불렀습니다만, 아직 낳을 조짐이 안보였기에 짐 쌓기를 거들게 했더니 갑자기 달도 차지 않았는데 산기가 보였습니다. 아파서 비명을 질러대는 처를 누구하나 건사해 줄 친척도 없고 그냥 혼자 두고 올 수도 없어, 안 되는 일인지는 알지만 몰래 배에 태워온 것입니다."

"그런가? 산모인가? 그럼 태어난 아이는 어떻게 되었는가?"

"태어나자마자 바로 죽었습니다."

"아이쿠. 그건 안타까운 일이구나. 그렇다면 젖이 나오겠구나."

"젖이 부어 아파하기에 사실은 이제 끊을 생각이었습니다."

"젖은 많아 보이는구나."

"예. 그렇습니다."

"그런데 자네는 대마도의 어디 사람인가?"

"사스나佐須奈마을입니다."

"언제 여기를 떠나는가?"

"지금이라도 물때가 맞으면 바로 갈 수 있습니다."

"그럼 지금 바로 갈 수 있다는 말인가?"

"아무쪼록 도와주시어 돌아갈 수 있게 이렇게 부탁드립니다."

눈물을 흘리며 비는 것을 보고 쇼큐로는 품속에서 한 다발의 돈을 꺼내어 "너에게 선물을 주겠다" 하니, 선원은 놀라 "도대체 그것은 무엇입니까?" 한다.

"많지는 않지만 돈 십 량이다."

"이렇게 큰 죄를 지은 저에게 용서해주시기만 해도 몸 둘 바를 모르겠는데 돈까지 주시다니요?" 뱃사람은 어찌할 바를 몰라 한다. 이에 쇼큐로는 얼굴을 부드럽게 하며 말한다.

"너무 두려워하지 않아도 되네."

"그럼 도와주시는 것입니까?"

"그럼. 도와주고 또 돈까지 주겠네."

뱃사람은 돈을 돌려주며 "당치도 않습니다. 목숨을 구해주셨는데 돈까지 받을 수는 없습니다" 한다.

"아니. 사양하지 않아도 되네. 그리고 나도 자네에게 하나 부탁하고 싶은 것이 있네."

"무슨 부탁이십니까? 은인이신 당신의 부탁이라면 무슨 일이든지 하겠습니다."

"그렇게 흔쾌히 들어주니 너무나 안심이 되네. 사실은 아이를 한 명 길러달라는 부탁이네."

"예? 무슨 말씀이십니까? 아이를 저에게……."

"아이의 이름은 하야시 마사모토라고 하네. 부모가 없는 아이이니 잘 길러주게."

9회

    뜻하지 않은 유모를 만나게 된 것도 하늘의 축복이라고 쇼큐로가 안도하니, 뱃사람도 기뻐하며 아이를 데리고 (대마도로 — 역자) 돌아갔다. 쇼큐로는 용미산龍尾山에 올라, 아침바람에 돛을 펼치고 배가 빠르게 부산항을 빠져나가는 모습을 다시 한번 바라보다가 선체가 보이지 않게 되었을 때, 비로소 '휴우' 하고 안도의 한숨을 내쉬며 조용한 집으로 돌아왔다. 방안을 살피니 소연은 아이의 옷을 껴안고 흐느껴 울고 있다. 인자하고 정 많은 사람이 데리고 갔으니 축복받은 우리 아들의 출발을 축하해야 한다며, 슬퍼하지 말라고 소연을 위로한 후, 나미노신을 찾아뵙고 자초지종을 설명하니, 나미노신도 크게 기뻐한다.

    "그러면 훗날 내가 거두어 양육함에 아무런 지장이 없을 것이다"며, 이 뜻을 소연에게도 전하니 모두 기뻐하며 서로를 위로했다.

    기다리지 않던 날은 와 버렸다. 나미노신과 교대하는 교역사무관이 도착하는 즉시 나미노신은 일본에 귀국해야 한다는 통지가 도착해, 쇼큐로와 소연의 이별은 수일 내에 이루어진 것이다. 아들인 마사모토正元와 함께 있을 때는 그 사랑스러운 얼굴과 자태가 세상 시름을 잊게 할 정도였으나, 마사모토와 헤어지고 나서는 아침저녁으로 서로 마주할 때마다 아이 얘기를 나누며 두 사람 모두 한탄하며 슬퍼하였으니, 결국 소연은 어머니를 찾아가 비구니가 되어 여생을 보내기로 했다. 나미노신은 술과 안주를 준비하여 밀실에 두 사람을 불러 이별주를 들게 하니, 쇼큐로는 취하려 해도 취하지 않고 소연은 울지 않으려 해도 눈물을 멈출 수가 없었다. 밤이 깊어 연회를 마치자 소연은 일어서서 나미노신에게 세 번 절을 올린 후, 쇼큐로와 함께 그들의 좁은 방으로 옮겨 이별의 아쉬움을 나눈다. 소연은 황금으로 만든 가락지 두 개를 꺼내더니 그 중 하나를 쇼큐로에게 건네며,

"제가 당신을 사랑하는 마음은 이 황금반지의 색이 바라지 않는 것과 같습니다"라고 아뢰니, 쇼큐로도 마사무네正宗의 단도短刀를 꺼내어,

"이것은 집안 대대로 내려오던 귀중한 보물로 나의 마음도 이것과 같다. 때가 되면 아버지의 적인 정씨 가문을 찌르는 비수가 될 것이다"라며, 서로에게 건넨 후, 미리 준비한 의복을 꺼낸다. 소연을 상중喪中의 남자로 변장시켜 함께 집을 나서니 달빛이 청량하고 밤기운은 싸늘하다.

용미산龍尾山 기슭에 이르니 한 척의 작은 배가 있어 쇼큐로는 서둘러 그 안에 소연을 부축해 태우고 자신이 노를 저어 선착장을 돌아 부산성釜山城 쪽을 향해 나아간다. 쇼큐로가 노를 멈추고 소연에게 말한다.

"이제 조금만 더 가면 해안에 닿는다. 지금부터 슬슬 걸어도 새벽까지는 어머니가 계시는 범어사 근처인 동래에 도착할 것이다. 갑자기 들어가면 놀라실 테지."

"죽은 자식이 돌아왔다고 생각하시겠죠……."

"여행이라도 자유롭게 할 수 있게 된다면 꼭 한 번은 만나 뵙고 싶지만, 그것도 안 되니 훗날 조선과 일본 사이에 전쟁이라도 일어나지 않는 한, 재회는 없겠지……."

때마침 아침바람을 가르며 부산 쪽에서 달려오는 배 한 척이 있으니, 들키면 큰일이라고 생각한 쇼큐로는 다시 노를 저어 왼쪽 해변에 배를 댄다.

"육로를 택하려고 하니 수문守文을 통과할 방법이 없네. 여기서부터는 관문도 없으니 동래 시내에서는 얼굴을 감추고 돌아다니면 들킬 염려도 그리 크지 않네. 무사히 빠져나가 비구니가 되는 것도 잡히는 것도 다 운명일 테지. 이제는 더 이상 다른 방법이 없네. 삶도 죽음도 그리 상관없으나 마음에 걸리는 것은 단지 남은 아이뿐이네."

소연은 얼굴을 가린 눈을 들어 쇼큐로를 바라보며 묻는다.

"그 아이는 잘 있을까요?"

아이의 소식을 묻는 소연은 애간장이 녹아드는 마음이다. 그때 멀리서 해변의 모래를 밟고 오는 발소리가 들린다. 쇼큐로는 놀라서

"누군가 사람이……."

소연이 놀라서 일어서는 것을 보고 쇼큐로는 소연을 옆에 안고 다시 배로 가서는 힘껏 노를 저으니, 배는 아침 안개 속에 가리어 단지 노 소리만이 삐걱거린다.

> **부기**_ 수문守文은 지금의 거류지, 혼마치本町에 있으며 일본관 출입의 관문인 격이다. 설문設門은 고관古館에 있다. 일본관에서 부산성까지는 일본의 1리 정도. 한인韓人, 조선인은 상중일 때 머리를 덮어 누구인지를 알 수 없다.

10회

입으로는 다음에 인연이 있으면 또 만나자고 약속은 했지만, 이 생이별은 사별과도 같아 다시는 만날 수 없다는 것을 쇼쿠로도 소연도

이미 알고 있었다. 소연은 아직까지 군수의 덫이 쳐져 있어 생사를 기약할 수 없다. 다행히 도망이라도 갈 수 있다면 비구니라도 되어 일생을 살아가려고 각오하니 더욱 안타깝다. 쇼큐로가 소연과 헤어져 집으로 돌아왔을 때에 그 마음을 잡지 못하고 낙담하여 자책하며 선잠에 빠지니, 마사모토가 용미산 아래에 잠들고 소연은 부산성 밖에서 흐느끼니 그 소리에 놀라서 잠에서 깨었지만, 그 모습과 목소리가 아직도 선명하다. 슬픔을 달래기에는 술만한 것도 없기에 다섯 여섯 잔을 연거푸 들이키고, 부엌의 화로 앞에 앉아 울분을 들어줄 벗 하나 없음을 한탄하고 있자니, 때마침 보기에 그리 천하지 않은 조선인 하나가 문을 두드린다.

"붓 하나 사시지 않겠습니까?"

그를 불러 말벗이라도 하려고 일본어로 "어떤 붓이 있나?" 하고 물으니 "저는 일본어는 모릅니다" 한다. 쇼큐로는 조선어로

"우선 올라오시오. 어떤 붓이 있나 좀 봅시다."

한인은 부엌으로 올라와 품속에서 붓 봉지를 꺼내 "붓은 매우 좋은 것들입니다" 한다. 긴 담뱃대에 담배를 넣어 좌우로 몸을 흔들어대며 우아한 자태를 뽐낸다.

"집은 어디입니까?"

"양산입니다."

"양산? 멀리서도 오셨습니다."

"사실은 구경을 왔습니다."

"양산은 번화한 곳이라 이전부터 소문으로 들었습니다."

"예. 그렇습니다. 번화한 곳입니다. 당신은 성을 무엇이라 합니까?"

"성은 하야시, 이름은 쇼큐로입니다."

"저는 정씨입니다. 나이는?"

"스물네 살입니다."

"부모님은 모두 건재하십니까?"

"아버지는 계십니다만, 어머니는 일찍이 돌아가셨습니다."

"부모님 살아계실 때에 멀리 가지 말라는 가르침이 있습니다만, 왜 이렇게 먼 곳까지 오셨습니까?"

"아버님의 허락을 받아 구경을 왔습니다."

"아이는 있습니까?"

"아내도 아이도 없습니다."

한인 남자는 믿지 못하겠다는 듯이 웃으며

"그럴 리가요. 저는 아들 둘에 딸이 하나 있습니다. 하나 더 있었습니다만, 작년에 손님에게 보내버렸습니다."

"그건 안타까운 일이군요. 그건 그렇고 양산의 군수는 어떤 사람입니까?"

"정사석입니다."

"당신과 같은 성이군요. 저번의 군수는 누구였습니까?"

"원정양이라는 사람으로 그 사람은 참으로 현자였기에 지금도 사람들이 그리워합니다."

"그런 사람이 왜 군수직을 그만두게 된 것입니까?"

하고 쇼큐로가 넌지시 물어보니, 한인은 주위를 경계하며

"억울한 누명을 쓰고 작년에 사형을 당했습니다" 한다.

"억울한 누명으로 사형을 당하다니 천부당만부당한 일, 누가 그런

짓을 하였습니까?"

"나는 모릅니다. 붓은 어떻게 하시겠습니까?"

"제가 남김없이 다 사지요."

"깎아드리겠습니다."

쇼큐로는 술 한 잔을 가져와 그 한인에게 건넨다.

"술, 술이라면 아주 좋아합니다. 또한 일본 술은 맛이 좋다고 듣긴 했습니다만 아직 한 번도 마셔보지 못했습니다."

"그렇다면 한잔 대접하지요."

"황공하옵니다. 하지만 멀리서 온 분에게 아무것도 보답을 못 해드려 죄송합니다."

쇼큐로는 큰 잔에 넘칠 정도로 술을 부으며 말한다.

"아무 보답도 바라지 않습니다."

한인은 한 잔을 마시자마자 숨도 쉬지 않고 또 한 잔,

"아 맛있어요. 한잔 더 주시지 않겠습니까?" 하며 네다섯 잔을 연거푸 들이키더니 목소리를 낮추어

"원정양을 모함에 빠트린 것은 지금의 군수입니다" 한다.

"원씨의 가족은 어떻게 되었습니까?"

"거기에 관해서는 다양한 소문이 있습니다."

"그 소문이라는 것은?"

쇼큐로가 아랫사람을 불러 술과 안주를 더 마련하라 이르니,

"원씨의 부인은 옥에 갇히고 외동딸은 작년부터 사라져 행방을 알 수 없습니다."

"부인은 옥에……."

"하지만 지금은 풀려나 비구니가 되었다고 합니다."

"딸의 행방은 모릅니까?"

"그것이 신기하게도 오늘 아침에 밝혀졌습니다."

쇼큐로는 자신도 모르게 놀라 벌떡 일어난다. 한인은 이것을 보고 놀라한다.

"여자의 행방이 밝혀졌습니까?"

"저는 어제 양산을 떠나 동래에서 1박을 했습니다. 아침 일찍 동래를 떠나 여기로 오려는 도중, 상복을 입은 한 소년을 보았습니다. 당신은 그 소년을 누구라고 생각합니까?"

쇼큐로는 가슴 속으로는 물론 소연일 거라고 생각했지만 태연한 척하며

"그 소년은 누구입니까?"

"그 소년이 원씨의 딸이었습니다. 얼굴을 가리고 걸어가는데 한 나

쁜 사내 녀석과 부딪친 게 악연의 시작으로, 그 녀석이 남장한 여자라는 것을 알아차리고 원소연을 관아에 고발해 상금이라도 받으려고 크게 소리를 질러대기 시작했습니다. 나는 놀라서 다가가 원소연을 도우려고 했습니다만, 녀석이 듣지 않고 막무가내로 결국에는 원소연을 관아로 끌고 갔습니다."

"원씨는 아무 저항도 하지 않고 끌려갔습니까?"

"당신 옷자락이 불에 탑니다 그려······."

쇼큐로가 흥분하여 자신도 모르게 무릎의 절반을 화로 속에 넣고 있었던 것이다.

"원씨는 나의 도움을 고맙게 여겼던지 나의 주소와 이름을 묻더니, '부탁컨대 저의 마지막 유품 하나를 어머니에게 전해주세요'라며 비단 주머니 속의 검을 저에게 건네주었습니다."

"어머니에게 남기는 유품으로 검을······. 그리고 나서 원씨의 행방은 어떻게 되었습니까?"

"그 후는 전혀 모릅니다."

"체포되었습니까?"

"모릅니다."

"살 수 있는 방법은 있습니까?"

"모릅니다."

> **부기** _ 조선인이 천연두에 걸리면 집 처마에 새끼줄을 쳐 손님들을 불러 축하연을 연다. 그렇지만 천연두 때문에 집의 사람이 죽게 되면 손님이 데려갔다고 하여 그리 슬퍼하지 않는다. 남존여비의 폐습이 심해 사람들이 아이의 숫자를 물으면 우선 남자아이를 세고 여자아이는 그 수에 포함하지 않고 따로 답한다.

11회

조선인은 술을 좋아하여 한 잔의 탁주로도 쉽게 구슬릴 수 있으나, 하물며 일본의 미주를 대접하고 물으니 뭐든지 술술 대답한다. 양산의 붓장수는 아는 한의 원씨의 이야기를 모두 들려주었다. 하지만 쇼큐로는 거기에 만족하지 못하고 여러 가지 수단을 강구해 소연의 행방을 알아내려고 힘을 썼다. 하지만 결국 그 보람도 없이, 수일 후에는 고지마 일행 모두가 한 사람도 남김없이 부산을 떠나야만 했다. 쇼큐로는 대마도에 돌아가자마자 사스나佐須奈마을로 가서 아들인 마사모토의 안부를 물으려 했으나, 고향인 사츠마薩摩에서 아버지의 병환 소식이 전해져 왔다. 죽기 전에 얼굴이라도 한번 보고 싶다는 아버지의 전갈에 쇼큐로는 크게 놀라 급하게 배를 타고 치쿠젠筑前의 하카타博多[6]로 가 거기서는 육로를 이용해 사츠마로 들어갔다.

언제까지 마사모토를 어부의 자식으로 버려둘 것인가? 반드시 데려와 잘 기르겠다고 약조한 코지마 나미노신은 원래 신의가 깊은 일본무사이다. 마사모토의 일을 잊은 것은 아니었지만, 귀국 후에도 공사의 업무가 다망하여 5년이 꿈처럼 빨리 지나갔다. 지금은 마사모토도 이미 여섯 살을 맞았으니 집에 다시 데려오기 위해 나미노신은 간단히 여장을 꾸려 사스나 마을로 향했다. 보아하니 삼삼오오 무리를 이루어 바닷가에 노는 아이들이 있다. 우선 마사모토를 기르는 뱃사람을

---

[6] 지금의 후쿠오카 — 역자

찾으려고 바닷가로 다가가니, 그때 한 아이가 나이가 두세 살 많아 보이는 아이와 검술흉내를 내고 있다. 바닷바람에 그을려 피부색은 검었지만 이목구비가 반듯하고 위엄마저 갖추어 있다. 바닷가의 염분으로 머리카락은 붉은색을 띠었지만 검고 길게 길러 윤까지 난다. 뼈대도 굵고 튼튼하며 살집도 올라 보기에도 장부의 모습, 쇼큐로와 꼭 닮았으니 물을 필요도 없이 이 아이이다. 나미노신은 크게 기뻐하며 그 아이의 사랑스러운 어깨에 손을 얹고 미소를 지으며 "너의 이름은 무엇이라 하는가?" 하고 물었다. 사방에 아이들이 뛰어놀고 있었으나, 아이들은 그 모습을 보고 대부분은 겁에 질려 혼비백산 달아났다. 하지만 이 아이는 꿈쩍도 하지 않고 나미노신을 향해 반듯이 인사를 한 후,

"마사모토라고 합니다" 하고 대답했다.

"마사모토……. 그렇겠구나. 집은 어디냐?"

아이는 고개를 돌려 저쪽 해안을 손으로 가리키며

"저쪽입니다."

"앞에 쑥으로 인 지붕이 보이는 집이구나. 아버지는 계시느냐?"

아이는 고개를 끄덕인다.

"너의 아버지를 만나러 왔다. 네가 인도해 주겠느냐?"

아이는 손에 막대기를 쥐고 나미노신의 검을 흉내라도 내듯 성큼성큼 앞장서 집 앞에 도착했다. 집에는 어머니로 보이는 한 여자가 "이놈, 마사모토야. 오늘도 논에서 장난을 쳤더냐?" 하고 얼굴을 보자마자 호통을 친다. 그러다가 뒤에 따라 들어오는 나미노신의 위용에 놀라 당황해하며 풀어 젖힌 옷을 죄어 모으며,

"아니 무사님께서 어떻게 행차하셨습니까? 혹시 이 녀석이 무사님께 무례라도 저지른 것입니까? 정말로 힘에 부치는 개구쟁이 녀석입니다. 나이는 겨우 여섯이지만 자기보다 나이 많은 아이를 괴롭히고 울리니, 매일 엉덩이를 맞지 않는 날이 없는 녀석이라 우리도 골치를 앓고 있습니다. 다시는 그러지 않도록 혼을 내주십시오" 한다.

나미노신은 여자의 섣부른 오해가 재미있어서

"아니, 저에게 불편을 끼친 것은 아무것도 없습니다만, 이 아이에 대해 의논드릴 일이 있어서 멀리서 일부러 찾아왔습니다."

아까부터 상황을 지켜보던 이 집 주인남자가 뛰어나와 나미노신을 방으로 안내해 인사를 끝낸 후,

"아들에 관한 상의라고 하는 것은……?" 하고 묻는다.

"다름이 아니라 제가 오늘 이 아이를 데리고 가겠습니다."

"아니, 뭐라고요? 이 아이를 데리고 가시겠다고요? 천하의 개구쟁이

로 데리고 가주시면 저희 부부는 감사할 따름입니다."

나미노신은 기뻐하며 "그 개구쟁이인 점을 높이 평가하고 싶소. 저는 당신이 쾌히 허락을 해주시니 너무 만족하여 오늘이라도 아이를 데리고 가겠습니다" 한다.

12회

뱃사람이 특히 싫어하는 점은, 이 아이가 어촌의 다른 아이들과는 달리 노 젓기를 극히 싫어하고 모래에서 글을 읽고 산과 들을 뛰어다니며 무를 익히기를 좋아하는 점이었다. 그러나 이렇게 어부가 싫어하는 점은 나미노신이 모두 좋아하는 바였다. 이렇게 이 아이를 바라는 사람이 생겼으니 뱃사람 부부는 더할 나위 없이 기쁘고, 나미노신도 기꺼이 데려가겠다고 하니 일은 간단히 해결되었다. 특히 기뻐한 것은 어린 쇼큐로(마사모토―역자)로, 나미노신에게 받은 단도를 허리에 차고 어깨를 으쓱이며 손을 흔들어 위풍당당한 포즈를 지어 보인다. "아아…… 저 개구쟁이 녀석 꼴 좀 봐!" 하고 뱃사람 부부는 눈을 찡그렸지만, 나미노신은 크게 기뻐하며 "잘 어울린다"고 칭찬한다. 그 다음 날 돌아가는 배편이 있어 나미노신은 뱃사람 부부에게 큰 선물을 주고 마사모토를 데리고 며칠을 걸려 성으로 돌아왔다. 나미노신은 마사모토를 친자식처럼 사랑으로 길러 문무를 가르치니 민첩하고 명석하여 하나를 들으면 열을 안다. 나이 열셋에 이르러 사서오경을 외고 창검궁마 기술은 어른도 혀를 내두를 정도이다. 이 무렵에는 외국에서 배가 근해에 출몰하여 양이존황攘夷尊皇으로 나라가 시끄러웠다. 아버지인 쇼큐로도 아버님이 돌아가신 이후에는 사츠마의 지사들과 함께 고군분투하여 크게 이루는 바가 있었으나 항상 아들인 마사모토의 일을 잊지 못하여 가끔씩 나미노신에게 서신을 보내어 마사모토의 성장과 안부를 물었다. 이쪽에서도 답신에 그가 비범한 인재임을 알리고, 또 "어떻게 그렇게 작은 벽장 속에서 이렇게 큰 인물을 낳았는가?"라며 가끔은 농담까지 적어 보내곤 했다. 그 해 가을에 쇼큐로는 나미노신에게 서신을 보내어 마사모토를 잘 키워주신 것을 감사드리고 더불어 국가의 혼란스러움이 극에 달하였으니 바라옵건대 이 아이를 불러와 이 혼란의 심연에 넣어 사자인지 고양이인지 그 자질을 시험해 보고 싶다는 의사를 전했다. 나미노신은 크게 기뻐하여 그날 밤에 마사모토를 불러 쇼큐로가 보내온 서신을 그에게 보였다. 마사모토는 신중히 그 편지를 읽었으나 처음에는 정확한 의도가 알 수 없었는지 다시 한 번 읽기를 청한다. 나미노신은 당연하다고 생각하며,

"지금까지 한마디 말도 없었으니 이 편지를 보고 의아해 하는 것도 당연한 일이다. 하지만 너의 진짜 아버지는 사스나 마을의 어부가 아니란다."

마사모토가 크게 놀라 묻는다.

"그럼 누구입니까?"

"그 편지를 보낸 사람이 너의 진짜 아버지이다."

마사모토는 편지를 응시하며

"하야시 쇼큐로, 이분이 저의 아버지입니까?"라고 말한다.

"카고시마鹿児島 출신의 하야시 쇼큐로이다. 나이는 올해 36세로 문무에 능한 훌륭한 무사이다. 나와는 친형제와 마찬가지로 오래 전부터 막역한 사이이다."

마사모토는 더욱 의아하게 여겨

"그 훌륭한 무사의 아들이 왜 어부에게 맡겨졌습니까?" 하고 묻는다.

"그것은 깊은 사정이 있어서이나 단지 지금은 말할 수가 없다."

"어머니는 어떤 분이셨습니까?"

나미노신은 웃으며 대답을 피한다.

"태어난 곳은 어디입니까?"

"아버지를 만난 후 모든 것을 상세하게 듣는 게 좋겠다."

"그렇다면 지금 바로 카고시마로 갈 수 있습니까?"

"우리 집에 와서 이미 8년이나 지났다. 그동안 아버지와 아들처럼 서로 공경하며 사랑했던 것은 아마 친부모자식 사이와도 다르지 않다고 세상 사람들도 부러워할 정도였지. 그러니 이제 와서 헤어진다는 것은 무엇보다도 가슴 아픈 일이다. 하지만 너의 아버지께서 너를 만나고 싶다는 일념과 함께 국가의 대사를 예견하고 너를 불렀으니, 너의 큰 도량과 공훈을 보여주고 싶구나. 내일이라도 배편이 있으면 떠날 수 있도록 준비를 하거라."

자애 넘치는 나미노신의 격려에 마사모토는 눈물을 참을 수가 없었다.

"언제까지고 곁에 머물고 싶습니다만, 국가의 대사가 걸린 일이니 잠시 시간을 내어, 오랜 시간 가르쳐 주신 모든 기량을 펼쳐 아버지를 비롯한 세상 모든 사람들에게 제가 사자의 아들이란 것을 알도록 하겠습니다."

기특하고 장한 한마디 한마디에 나미노신은 기쁨과 슬픔으로 미소 지은 얼굴에 눈물을 억누를 수 없었다.

13회

머지않아 배편이 있어 나미노신은 노잣돈을 아낌없이 건네고 또 코지마家의 보물인 스케사다助定의 명검을 선사했다. 마사모토가 이것을 받아들고 대마도를 떠난 것은 그해의 음력 11월 상순이었으나, 파도와 바람이 심해 배가 나아가지 못하고 20일을 지나 드디어 히젠肥前의 나가사키長崎에 도착했다. 그리고 밤낮을 걸어 카고시마鹿児島로 향해 아버지를 찾아가니 하야시 쇼큐로는 며칠 전부터 교토京都에 가 있어 부재중이었다. 그래서 아버지가 돌아오기를 기다리며 며칠 동안을 여관에서 머물며 기다리던 중, 세상이 어수선하여 뜻있는 무사는 모두 여기를 떠나 교토로 향하는 것을 어슴푸레 알 수 있었다. 그렇다면 아버지도 간단히는 돌아오지 않을 것이고 오히려 나도 그 곳으로 가서 아버지와 함께 하는 것이 좋겠다고 생각했다. 다행히 노잣돈이 남아있었기에 배를 타고 육지를 걸어서 온갖 고난을 이겨내고 교토에 도착한 것이 음력 섣달 중순 무렵이었다. 쇼큐로는 영주의 저택에 머물며 각지의 유지를 불러 모아 국가의 대사를 의논하고 있던 중 아랫사람이 달려와, 처음 보는 소년이 와서 만나기를 청한다고 전한다. 막부가 간첩을 풀어 정탐을 한다는 소문에 긴장을 늦출 수 없는 시절이었기에 혹시나 하고 불안하기도 했으나 그냥 물리칠 수도 없기에 손에 칼을 쥐고 서서 소년을 맞아들였다. 열다섯, 여섯쯤이나 되어 보이는 용감한 소년이 현관 앞에 우뚝 서있다. 쇼큐로가 "찾아온 소년이 자네인가?" 하고 물으니 마사모토는 고개 숙여 인사한 후 나미노신이 적어 준 편지를 내민다. 쇼큐로가 사랑하는 나의 아들임에 틀림없다며 기쁨에 겨워 다시 한번 얼굴을 응시하니, 나도 닮았고 엄마도 닮았구나. 소년을 대동하여 여관으로 와 그 언어동작을 살피니 그 훌륭함이 보기 드문 수재로 일찍이 코지마 나미노신이 보내온 편지마다 칭찬하던 것이 과언이 아니었구나 하고 생각되었다. 쇼큐로는 사츠마薩摩 번의 동지들과 다른 유지들에게 마사모토를 소개하고, 유사시에는 공명을 세우게 해 나미노신을 기쁘게 해드리려고 남몰래 기회를 넘보고 있었다. 그러던 차에 유신(메이지유신明治維新 — 역자)전쟁이 일어난 것이다. 쇼큐로가 일찍이 혼란의 심연이라고 한 것은 이것이다. 그는 마사모토를 대동하여 우선 후시미伏見에서 승리하고 그리고 가는 곳마다 공을 세우니, 내 자식이 사자의 자식임을 알고 기뻐했다. 쇼큐로 부자는 아이즈會津로 뛰어들어 격전을 펼쳤다. 어느 날 밤 양측 군사가 뒤섞여 격하게 싸운 후, 마사모토가 여느 때와 마찬가지로 아버지의 안부를 확인하려 하니, 어찌된 일인지 아버지는 보이지 않고 함께 있던 사람들에게 물어도 누구 하나 아는 사람이 없더라. 마사모토가 크게 놀라 진중을 샅샅이 살핀 후 진영을 나온 것은 밤도 삼경을 훨씬 넘긴 무렵으로 이슬로 젖고 달빛이 환한 새벽이더라. 격전이 있었던 곳을 가늠해 이리저리 살피던 중, 풀숲에서 누군가 사람의 신음소리가 들려온다. 가까이 다가가 누구인지 물으니, 바싹 마른 목소리로 적인지 우리 편인지를 밝히라 한다.

"나는 관군의 대장인 하야시 쇼큐로의 아들 하야시 마사모토다. 너는 필시 적이구나. 적이기는 하지만 부상을 입은 자이니 성문 가까이로 보내어 주마" 하는 소리를 듣고 황급히 몸을 내미는 부상자의 모습을 달빛에 비추어 보니 전신이 피에 젖어 안색은 창백했지만 틀림없는 아버지인 쇼큐로였다. 마사모토는 놀라서 뛰어들며 물었다.

"아버지 어떻게 되신 일입니까?"

"마지막 일전에서 상처를 입었다."

"어느 정도의 상처입니까?"

"다리와 가슴이다. 가슴의 상처가 심하니 아마 다시 살 수는 없을 거다."

"마음 약하신 말씀은 하지 마십시오. 지금은 무엇보다 진영으로 빨리 돌아가야 합니다."

"아니다. 기다려라. 사람들이 없는 지금 너에게 꼭 해둘 말이 있다."

"무슨 말씀인지는 모르겠습니다만 나중에 듣도록 하겠습니다."

"지금 말하지 않으면 다시는 기회가 없을 것 같구나. 마사모토 너는 어머니를 아느냐?"

"아니, 모릅니다."

"나미노신 님에게 듣지 않았느냐?"

"아버지께 들으라 하셨습니다."

"오른손의 반지를 빼어라. 이것이야말로 너의 어머니의 유품이다. 훗날 만날 수 있으면 만나 보거라. 그 나머지 일은 난을 평정한 후 나미노신님에게 가서 직접 들어라. 더 이상 말이 나오질 않는구나. 더 할 말도 이제는 남아 있지 않다."

14회

어머니의 유품이자 아버지의 유품인 황금 가락지를 마사모토는 가슴 속에 넣으며, 이슬 내린 밤의 벌레처럼 약한 호흡의 아버지를 업고 돌아와 지극정성 보살폈으나, 그 보람도 없이 아버지는 서른여섯 살에 공허하게 돌아가셨다. 나라의 적, 아버지의 원수라며 마사모토는 용기를 내어, 다음 날부터 연전연승은 물론 아이즈会津도 평정하여 수개월 내에 사해四海의 파도를 조용히 다스릴 수 있게 되었다. 아버지의 위훈偉勳과 그 자신의 공적으로, 열네 살의 소년이면서도 그 과업을 인정받아 부대의 대장으로 추대를 받는 큰 상을 받게 되었다. 그러나 마사모토는 완고히 거절하고, 죽은 아버지의 가르침을 받들어 바로 대마도로 돌아가 은인인 코지마 나미노신을 찾아갔다. 그리고 헤어진 후의 일들과 아버지가 전사하신 경위와 위훈偉勳 등을 전함에, 나미노신은 깊이 감격하여 마사모토의 공훈을 칭찬하고 쇼큐로의 전사를 안타까워하였다. 그리고 비로소 마사모토의 어머니는 조선 양산梁山의 사람인 원소연元小鷰임을 밝히고, 그때의 일을 상세히 전하니, 마사모토는 기이하게 여기며 귀를 기울였다. 어머니의 주소, 성명 등을 상세히 들은 후는 어머니를 그리워하는 정을 누르기 어려웠다. 어떻게 해서라도 조선에 건너가 어머니를 찾아뵙고 기회를 봐서 조부인 원정양元貞陽에게 죄를 씌운 정사석鄭思錫을 찾아 원수를 갚을 것을 생각하니 용기가 솟고 기쁜 마음을 금할 길 없었다. 나미노신은 아버지를 잃은 아이로서는 저럴 수도 있겠다며 안쓰러워하면서도, 조용히 타일러 자세히 그 나라의 사정을 일러주고, 어머니를 찾으려다가 오히려 화를 입는 것보다, 천천히 기회를 기다리는 것이 좋지 않겠느냐고 진정시켰다. 그러나 마사모토의 마음은 쉽게 바뀌지 않았고, 마사모토는 히로세広瀬 모 씨라는 사람에게 조선말을 배우기 시작했다. 그리하여 조선 표류민의 객사를 찾아가 실제로 얘기를 나누어보는 등 정성을 기울이니, 아직 일 년이 채 되지 않았음에도 대부분 의미가 통하고, 어휘는 물론 음조의 탁월함은 우리들이 도저히 따를 수 없는 바라고 히로세 씨도 혀를 내두를 정도였다. 조선 표류민도 가끔 같은 민족이라고 착각한 적도 있다며 웃었다던가……?

마사모토의 의지가 기특하다고 여긴 나미노신은 그 해가 끝날 무렵, 알고 지내던 상인이 부산에 간다는 소식을 듣고, 마사모토를 동행시켜 달라고 간절히 부탁하였고 이에 상인도 쾌히 승낙하니, 드디어 마사모토의 숙원을 이룰 날이 온 것이다.

마사모토가 부산에 도착한 후 3일 정도는 우선 신기한 풍물 구경에 일본관 내외를 돌아다녔으나, 성터를 지나자 어머니 소연이 용미산에 올라 변을 당할 뻔했던 일과 자신을 떼어놓아야 했던 당시의 일들이, 나미노신에게 들은 이야기에 비추어져 주마등처럼 환히 지나가니 그립고 안타깝기 그지없다. 그 이후로는 더욱 조선국민의 풍속이나 인

정, 관습을 눈여겨보고 들어, 낮에는 과자와 떡 장수를 불러 이야기를 나누면서 조선의 말을 배우고, 밤에는 낮에 배운 것들을 익히고 복습함을 게을리 하지 않았다. 다음 해 봄의 3월, 관내의 벚꽃이 한창 흐드러지게 피었을 무렵 마사모토는 한 통의 편지를 적어 그 상인 앞에 내밀었다.

"이번에 귀국하실 때 꼭 이 편지를 부탁하네."

"잘 알겠습니다."

"지금까지 오래 신세를 졌네만, 나는 오늘로서 여기를 떠나겠네."

갑작스러운 작별의 인사로 상인은 크게 놀라 묻는다.

"도련님 그게 무슨 말씀이십니까?"

"사실은 살짝 몰래 관을 빠져나가 조선 내지內地를 여행하려고……."

상인은 더욱 놀라,

"당치도 않습니다. 그런 말도 안 되는 소리는 하지도 마십시오. 잡히면 죽습니다."

마사모토는 한 치의 두려운 기색도 없이

"잘 알고 있네. 하지만 잡히지 않으면 되네. 신경 쓰지 않아도 되네."

"어떻게…… 어떻게……. 그렇게 순조로울 수가 있겠습니까? 도련님은 물론 조선어를 잘하시어 조선인인지 일본인인지 구별이 가지 않긴 합니다만, 바로 작년에 조선말이 매우 능숙한 일본인이 조선인으로 변장을 하고 조선을 여행했을 때도, 뭔가 소지품을 길에 떨어트렸을 때, 평소에 가슴부분에 물건을 넣는 버릇이 있었기에 주워서 소맷자락에 넣으려 하지 않고 가슴 쪽으로 주워 넣으려다가, 일본인임이 발각되어 반죽음이 되었다는 소문이 있습니다. 말이 아무리 능숙하다

하더라도 좀처럼 내지에 들어가기는 어렵습니다. 그만둬 주십시오. 우선 나미노신님께 제가 면목이 서지 않습니다."

마사모토는 씁쓸히 웃으며,

"그런가? 그렇다면 이번엔 내가 양보하겠네."

상인이 물러서지 않을 것임을 알고, 마사모토는 더 이상 거역하지 않고 체념한 듯이 다른 화제로 이야기를 돌렸으나, 그날 밤이 깊어지자 미리 준비해 둔 조선 옷을 입고 몸소 머리를 길게 땋아 홀연히 관을 나왔다.

15회

길에는 관문이 많고, 게다가 근처에 사는 사람들 중에는 자주 일본인 거류지 관내에 출입하는 자가 있어, 마사모토의 얼굴을 전혀 모른다고도 단정할 수 없다. 그러니 가능한 산길을 택해 걸어서 이튿날 째의 저녁 무렵에 양산에 도착했다. 산은 한결같이 민둥산, 집은 한결같이 초가집, 입에 익지 않은 음식에 배를 앓고, 익숙하지 않은 짚신에 발이 쓸려 아리기도 했지만, 특히 신기할 것도 없는 모습들이었다. 이렇게 한인으로 변장을 하고 있다가 탄로라도 난다면 그렇게 만류하던 상인에게도 면목이 없기에, 단지 발각되지 않을 것에만 신경을 쓰니, 보는 것 듣는 것들은 모두 뒷전이 되어버렸다.

양산에는 용택龍澤[7]이라는 곳이 있다. 옛날에 박씨朴氏가 이 연못을 만들어 붕어를 키우길 수십 년, 한 마리는 특히 커서 3척 정도나 되었다. 어느 날 밤 주인의 꿈에 그 붕어가 승천한다는 고별의 인사를 전하여 말하길,

"오랜 시간 동안 길러 주셔서 이제야 승천하게 되었습니다. 훗날 반드시 은혜를 갚겠습니다."

주인이 놀라서 꿈에서 깨어 연못을 바라보니, 구름이 일며 물살이 크게 출렁이더니 그 붕어가 금빛 비늘을 번쩍이며 하늘로 올라갔다. 그 후 3년 동안 그 지방에는 큰 가뭄이 들어 논바닥이 모두 갈라졌으나, 단지 용택의 물만은 넘쳐흘러 박씨의 논은 이 물로 곡식을 풍성하게 거둬들였다. 이 소문이 바로 국왕의 귀에도 전해져, 국왕이 명을 내려 박씨에게 비를 기원하게 하니, 갑자기 세차게 비가 내려 온 나라가 화를 면했다는 전설이 전해지는 곳이다.

마사모토는 용택의 논길을 걸으며 연못의 물을 바라보며 멈춰 선다. 마침 한 명의 노인이 입에 긴 담뱃대를 물고 양쪽 손을 허리 뒤로 맞잡고 천천히 걸어오더니, 마사모토의 옆에 와서, "소년은 어디 사람인가?" 하고 묻는다. 갑작스러운 질문에 마사모토는 가슴이 철렁했으나 아무렇지도 않은 척하며 노인에게 인사를 하며

"저는 부산 사람입니다."

"그런가? 이름은?"

"저…… 성은 임林, 수풀 림의 임입니다."

---

[7] 양산시에는 홍룡폭포와 용연폭포가 있으나, 어디인지는 명확하지 않다.

"임가, 그런가……. 이름은……?"

성을 물은 다음은 이름, 그 다음은 나이겠지라며 마사모토는 마음의 준비를 새롭게 했다. 그래서 그다지 당황하지 않고

"이름은 정원正元, 올해 나이는 열다섯입니다."

"구경하러 왔는가?"

"예" 하고 대답하니, 노인은 그대로 지나쳐 가려 한다. 마사모토가 급하게 "저, 어르신 잠깐만요" 하고 노인을 부르니, 노인은 돌아보며 "여관은 성문 옆에 있어. 그 근처에서 물어보게……" 한다.

"그것 말고 조금 더……."

"물어보고 싶은 게 있는가?"

"예. 별다른 건 아닙니다만, 군수郡守는 요즘 누구십니까?"

"이미 15년 전부터 맡아오던 정사석이란 사람 아닌가……."

"그 전의 군수는 누구셨습니까?"

노인은 크게 웃으며

"소년이 태어나기도 전의 군수를 물어서 뭘 하려고……."

"다른 사람에게 조금 부탁을 받았습니다."

"그 부인의 행방이라도 찾는 건가? 전의 군수는 원정양元貞陽. 너무 현명하고 좋으셨던 분으로 아직도 사람들이 추모하고 있지."

"그럼 그 부인이라는 분은?"

"아마 비구니가 되어 있다지. 그보다 안타까운 것은 따님인 소연 아가씨지. 하지만 그다지 큰소리로는 얘기할 수 없네."

마사모토는 목소리를 죽여

"사실은 그 따님의 안부를 물어달라는 부탁을 받았습니다."

"안 될 소리를 하네. 녀석! 듣고 싶다면 얘기할 수도 있지만, 당나귀(정 군수를 가리킴 ―역자)에게 이르면 안 되네."

"결코 누구에게도 말하지 않겠습니다."

노인은 불이 꺼진 담배를 재떨이에 털더니, 한 줌의 담배를 비벼 넣고는 담뱃대에 불을 붙여 빨아들이면서 옆에 있던 돌에 걸터앉았다.

"그 딸은 그 무렵 양산에서 도망쳐 일 년 정도 행방이 묘연해져 모두가 찾고 있었지. 그런데 마침 지금부터 15년 전 내가 일본관日本館을 구경하러 나갔던 도중에 직접 보았던 일로, 그 지방의 나쁜 어린 사내 녀석이 싸움을 걸어서 남자로 변장한 원씨元氏의 영양, 즉 소연 아가씨는 발각이 나버렸고, 결국 그 녀석의 밀고로 잡히고 말았지. 그런데, 자네 성이 임씨라 했지? 이상한 일이네. 그날 일본관에 갔을 때, 한 번도 마신 적 없는 일본 술을 대접받고, 원씨 가문에 대해 이런저런 얘기를 나누었는데, 그 때의 일본인도 소년과 같은 임씨로 이름은 쇼큐로라고 했지."

마사모토는 뒤로 벌렁 넘어질 정도로 놀라 용택에 빠질 뻔했으나 아무렇지 않은 척, 아주 작은 목소리로

"왜놈의 성이 임씨라뇨, 그것 참 이상한 일입니다."

"일본 술의 그 맛과 함께 이름까지 기억이 나네. 그러고 보니 소년의 얼굴은 어딘가 그 사람을 닮았네."

"농담하시면 안 됩니다."

"하하하……. 이야기가 옆길로 새 버렸네. 원씨의 딸인 소연 아가씨는 바로 양산으로 이송되었네."

"그 후 어떻게 되었습니까?"

"목이 잘려 버렸지. 정 군수의 명에 의해 처형장에 끌려나와 백정이 목을 친 거야."

"그 정 군수는 어떤 죄목으로……."

"글쎄…… 그 죄명이 분명하지 않아……."

"아버지뿐 아니라 그 딸까지 누명을 씌워 죽이다니 그런 나쁜 놈. 정가!"

"무슨 당치 않은 소리를……. 만약에 당나귀 귀에라도 들어가면 당장에 죽음이네. 어휴 무서워. 나까지 이런 이야기를 해서 함께 당하면 안 되니 이제 돌아가겠네."

> **부기** 용택의 전설은 『조선기문朝鮮紀聞』에 상세하다. 당국에는 사람의 성에 대해 모두 각각의 악담이 있다. 정씨를 당나귀라고 한다. 정鄭자가 양쪽에 귀가 선 것 같은 형상으로 당나귀를 닮았기 때문이다. 그 외 권씨를 사물탕(약 이름, 권權자가 나무와 풀과 입과 새추부의 네 가지로 이루어지기 때문이다)처럼 부르는데, 그렇게 불리는 당사자는 크게 화를 낸다.

 16회

아버지 쇼큐로가 어머니 소연과 헤어진 후 우연히도 양산의 상인인 정씨를 만났고, 그 상인에게 마사무네正宗의 단도를 맡겼다는 이야기와, 소연이 어린 조선의 사내 녀석 때문에 수모를 당한 일 등은 마사모토도 일찍이 나미노신에게서 들어 알고 있던 바였다. 그렇지만 지금

용택을 거닐다가 우연히 만난 이 노인이 당시의 상인인 정씨라는 것에는 놀라지 않을 수 없었다. 나는 아버지를 여의고 또 어머니를 여의었구나. 군수는 조부를 죽이고 또 어머니마저 죽였으니 슬픔에 겨워 눈물도 나오지 않는구나. 마사모토가 너무 원망스러워 한탄의 말도 나오지 않고 망연자실하고 있으니, 노인이 일어나 가 버린다. 부귀공명을 버리고 멀리 이 나라에 온 것도 어머니를 만나기 위해서였지, 이런 처참한 꼴을 당하고 싶어서가 아니었다. 밤낮을 각고정려刻苦精勵의 노력으로 이 나라의 말을 익힌 것도 모자간에 정답게 이야기를 나누고 싶어서였지, 이런 이야기를 전해 듣고 싶어서가 아니었다. 이 모든 것이 정사석 군수 때문인 것이다. 이 원수를 언젠가는 갚으리라…….

마사모토가 이를 악물고 용택을 떠나, 그날 밤은 성문 밖에 머물며 어머니에 관한 소식을 수소문하니, 사람들이 전하는 바, 낮에 만난 노인의 이야기와 그다지 다르지 않아 눈물을 자아내게 했다. 그 후 엿새 동안은 구경을 구실삼아, 기회만 되면 정 군수의 목을 잘라 할머니에게 선물하려고 성 내외를 돌아다녔지만, 결국 군수를 만날 방법이 없어, 지금 어설프게 일을 벌려 실패하는 것보다, 오히려 우선 할머니를 찾아 조용히 자신의 결심을 말씀드리기로 했다.

그리고 양산을 출발해 동래로 가서, 비구니가 된 할머니가 계신다고 전해들은 교외의 어느 절을 찾아갔다. 가는 길에 농부와 목동들에게 물었으나 어느 누구도 아는 이가 없고, 단지 그다지 멀지 않은 곳에 범어사梵魚寺라고 하는 절이 있어, 거기에 나이가 좀 든 노파가 살고 있다 한다. 그 비구니는 이름을 청향淸香이라 부르고 나이는 쉰 정도라 한다. 용모는 천하지 않지만, 보통의 다른 비구니와는 달리 몰래 드나드는 남자도 없어, 절에는 찾아오는 이도 없이 적적하다 한다. 수년 전까지는 주위의 타락한 승려 등이 끊임없이 찾아와 수작을 걸기도 했으나, 결국 수포로 돌아갔다 하니, 그 비구니가 젊었을 때 어떤 큰 죄를 지었는지, 혹은 어떤 원한으로 남자라도 죽였는지, 하는 근거 없는 소문이 무성했으나, 본인이 입을 굳게 다무니 도무지 알 수 없다 한다. 얘기를 듣자니, 나이로 보나 몸가짐으로 보나 필시 할머니일 거라고 내심 기뻐하며 그 비구니 절에 도착한 것은 해가 다 저물어 독경讀經도 다 끝난 저녁 무렵이었다. 울타리를 둘러싼 복숭아꽃 배꽃은 지금이 한창인지 흐드러지게 피어있으나, 찾아오는 사람도 없는 탓인지 문은 이미 굳게 닫혀 있다. 마사모토가 소리를 질러 사람을 부르니 낮은 소리로 응답하고 나오는 암자의 주인은 비구니인 청향인가……?

"누구십니까?"

"저는 양산에서 경성으로 가는 자로 도중에 다리를 다쳐 한 발자국도 걸을 수 없게 되었습니다. 게다가 길은 어두워지고 하룻밤 묵을 수 있는 곳도 없어서 참으로 면목 없습니다만, 자비를 베푸시어 하룻밤 신세를 지게 해 주십시오."

힘없는 목소리로 정중히 청하니 비구니도 안타깝게 여겨 "이제까지 한 번도 사람을 재워 준 적이 없어 거절하고 싶습니다만, 다리를 다치셨다니 박정하게 거절할 수는 없군요. 누추하지만 잠시 들러 쉬세요. 그러면 제가 마을까지 가서 말이라도 불러 오지요"라며 사립문을 열어 암자 안으로 안내를 한다. 보아하니, 나이는 소문보다 젊고 용모도 우아하고 귀품이 있다.

"다리는 많이 아프십니까?"

"그렇지도 않습니다만, 걸을 때는 통증이 심합니다."

비구니는 물을 퍼와 내며 또 떡에 꿀을 발라 마사모토에게 건네며

"보시다시피 절에서는 아무것도 대접할 게 없습니다."

"아닙니다. 친절히 대해 주셔서 너무 감사합니다."

마사모토는 떡을 먹고 물을 마시며 찬찬히 비구니의 모습을 바라보니 고상하고 하얀 피부에 또 그 풍채 또한 온화하다. 얼굴은 고생으로 수척해져 나이보다 훨씬 늙어보였다.

"당신의 이름은?"

마사모토가 긴장하여

"정씨입니다."

"양산의 정씨라······. 분명히 그 군수도 정씨였죠?"

마사모토는 비구니의 얼굴을 정면으로 바라보며 "그렇습니다"라고 대답했다. 비구니는 더 이상 아무런 말도 하지 않는다. 마사모토는 어떻게 해서라도 비구니가 자신의 조모임을 확인하려고 애썼지만 그 단서를 찾을 수 없어, 이제는 마지막 수단으로, 어머니가 기념으로 아버지에게 건낸, 또 아버지가 자신에게 유품으로 남긴 그 황금 가락지를 꺼내어 뒷간에 가는 척하며 슬쩍 바닥에 떨어트렸다.

> **부기** _ 당국의 비구니 절의 대부분은 남녀밀회의 장소라 한다. 또 비구니는 양가집의 부인으로서 부정을 저지른 자이거나 또는 과부가 많다고 한다.

17회

마사모토가 뒷간에 다녀오니 비구니는 그 반지를 들고 "여기 반지가 떨어졌습니다. 보아하니 좋아 보이는데 잘 간수하셔야 겠습니다" 한다. 마사모토는 반지를 받아들며 비구니의 안색을 살폈으나 전혀 동요하는 기색이 없다. 이런저런 이야기를 더 나누다가 밤이 이슥해진 무렵

"상처는 괜찮으십니까?"

"조금은 나아졌습니다만 아직 걷기에는 조금 무리입니다"라며 일어서려고 하는데, 비구니는 소매를 잡으며 "아직 아프시다면 어쩔 수가 없군요. 오늘 밤은 여기에서 머물고 내일 떠나십시오" 한다. 마사모토는 크게 기뻐하며

"폐를 끼치는 줄 잘 알면서도 하룻밤 신세를 부탁드렸습니다. 다리가 낫는 대로 바로 떠나겠다고 생각했으나 밤도 이미 늦었고 지금 출발해서 아무리 서둘러도 동래까지는 가지 못할 것 같습니다. 도중에 묵을 여관도 없으니 낭패를 당할 것은 뻔한 일이어서 다시 한 번 숙박을 간청드려야겠다고 생각하고 있던 차에 친절하신 말씀 참으로 감사합니다."

비구니는 옆방을 가리키며 "추우실지도 모르겠습니다만, 저기에서 묵으십시오. 저는 여기에 자면 됩니다" 하며, 몇 번이고 화로의 불씨를 물으며 묵고 갈 것을 청하였다. 마사모토도 거절하기 어려워 방으로 들어갔다.

조모가 조부인 원정양에게 시집갈 때 마련한 반지를, 어머니 소연

 이 양산을 탈출할 때에, 만일 만나려는 사람을 만나지도 못하고 노잣돈이라도 떨어지면 이것을 팔아 쓰라고 어머니에게 드린 것이라 들었다. 비구니가 틀림없는 나의 조모라면 알아볼 것이다. 알아차렸다면 수상히 여겨 출처를 물었을 텐데 이상하다. 이쪽에서 한번 물어볼까? 아니, 기다려야 한다. 섣불리 말했다가 이쪽의 정체라도 발각되면 큰일이라고 여러 가지 생각에 시름이 깊어 선잠이 들었는데, "마사모토! 마사모토!" 하며 베갯머리에서 마사모토를 부르는 소리가 들린다. 나의 이름을 부르는 이가 누구인가? 하고 놀라 깨어 앉으니 눈앞에는 단정하게 앉은 조선여인이 있다.
 "당신은 누구십니까?"
 부인은 미소지으며 마사모토를 향해
 "낳고 바로 헤어졌으니 얼굴도 모르는 것도 당연한 일. 나는 너의 어

미인 소연이다."

"뭐라고 하셨습니까?"

"놀라는 것도 무리가 아니지. 헤어진 지 벌써 14년. 무사한지, 병은 없는지, 필시 엄마를 그리워할 거라고 안타까워하며 누워 있어도 깨어 있어도 한시도 잊은 적 없이 그리워하던 보람이 있었구나. 보아하니 아버지를 쏙 빼닮았구나. 필시 아버지도 기뻐하시겠구나."

마사모토는 기쁨의 눈물로 범벅이 되어 할 말도 제대로 못하고

"불쌍스러운 이야기를 사람들에게서 전해 듣고 슬퍼하고 있었습니다만, 이렇게 오늘밤 무사한 모습을 만날 수 있으니 이렇게 기쁜 일은 또 없습니다."

"그렇구나. 엄마도 너무 기뻐 눈물이 난단다. 아버지께서 전하시는 말씀은 없었느냐?"

"예……."

화사한 엄마의 물음에 마사모토는 몸 둘 바를 몰라 하며 눈물로써 대답한다.

"울지 말거라. 전할 말이 있으면 빨리 전하거라."

마사모토는 겨우 눈물을 닦으며,

"모르시는 것도 지당하신 일입니다만, 아버지께선 작년 봄의 전투에서 전사하셨습니다."

"뭐라고?…… 아버지께서 작년에……."

"용감히 싸우시다가 적의 칼을 맞았습니다만, 임종 시의 유언으로 어머니를 찾아뵙고 기회가 되면 할아버지의 원수를 갚으라 하셨습니다."

"뭐라고? 죽는 순간까지 엄마와 원수에 대해 말씀하셨다고……."

"그 유언을 따라 이번에 조선으로 건너온 것입니다. 어머니께 여쭙고 싶은 것은 이 집의 주인인 비구니 청향이 저의 할머니입니까?"

"아아……. 내가 너무 기쁘고 또 너무 슬퍼 중요한 일을 잊고 있었구나. 네가 생각하는 대로 이 비구니는 너의 할머니이다. 하지만 내가 일본관에 숨어있었고 너를 낳았다는 사실은 조금도 모르고 있다. 그러니 갑자기 너의 이름을 말해도 알지 못할 것이다. 게다가 너의 반지를 보았으니 너를 적의 아들이라 생각하고 복수를 생각하고 계실지도 모르는 일이다. 그러니 조심하거라."

"왜 어머니께서는 할머니의 의심이 풀리도록 이 이야기를 해주시지 않으십니까?"

"이야기를 할 수 있다면 이렇게 걱정은 하지 않을 텐데……. 이제 곧 닭이 울 시간이다. 안타깝지만 엄마는 이제……."

"아니? 어디로 가십니까?"

물어도 대답 없이 엄마는 초연히 모습을 감추고 사라진다. 마사모토는 허둥지둥 엄마의 소매를 잡고 매달리나 몸이 마비되어 손도 다리도 움직이질 않고 목소리도 나오지 않는다. 괴로워 허덕이는 꿈을 깨우는 먼 절의 종소리가 일곱 시를 알린다.

18회

아아. 꿈은 흔적도 없이 사라졌구나. 자세히 보니 어두운 불단의 희미한 불빛이 문틈으로 비치고 들리는 것은 낮은 여인의 울음소리인가? 아직 어두운데 비구니는 벌써 일어난 것인가? 하고 마사모토는 누운 채로 옆방의 기색을 살피니, 비구니는 살금살금 옆방 문을 열고 이쪽 방을 살핀다. 마사모토는 자는 척하며 그 거동을 살피니 비구니는 혼자서 고개를 끄덕이며 살그머니 불단에서 단검 하나를 꺼내들더니 등불에 비추어 보고, 다시 불전으로 가 향을 피우고서는 눈물을 닦고 염불을 외운다. 그리고 드디어 그 검을 들고 이쪽을 살피니, 참으로 꿈속의 어머니가 일러주신 바와 다르지 않다. 나를 적으로 생각하시고 계시니 어떻게 손자임을 알리고 의심을 풀 수 있을까? 막막한 심정으로 있을 때, 비구니가 가까이 다가와 "이 나쁜 놈!" 하고는 칼을 빼어든다. 마사모토는 뛰어올라,

"할머니, 뭐하십니까? 저입니다. 저는 당신의 손자입니다. 다치시면 안 되니 우선 조금 진정하시고 제가 드리는 말씀을 들어 보십시오."

비구니는 노여움을 거두지 않고,

"이제 와서 미련한 짓을……. 이 반지를 가지고 있다니 너는 필시 정사석의 아들이거나, 아님 동생이거나, 아님 친척일 것이다. 나의 남편 원정양을 죽인 원수, 딸 소연에게 억울한 누명을 씌운 원수, 그런데 나의 손자라니 가당치도 않은 말, 순순히 너의 이름을 밝히거라" 하며 잡힌 손을 부르르 떨며 또 다시 찌르려고 덤벼든다. 마사모토는 검을 뺏어들고,

"그렇게 생각하시는 것도 당연하십니다. 하지만 저는 당신의 손자인 하야시 마사모토입니다. 저녁에 정가라고 성을 말씀드린 것도 반지를 일부러 떨어뜨린 것도 당신이 정말 저의 할머니인지 아닌지를 알아보기 위해서입니다. 지금 나를 베려고 하신 이 검은 아버지가 어머니께 드린 유품입니다. 어머니가 동래의 성문 밖에서 나쁜 녀석에게 걸려 잡히셨을 때, 양산의 붓장수인 정가에게 이것을 부탁하여 당신에게 전하신 것도 잘 알고 있습니다."

비구니는 의심스러운 얼굴빛으로

"그렇다. 그 검은 양산의 상인이 나에게 건넨 것이다만, 단지 딸이 보냈다고 했을 뿐 어떤 연유가 있는 것인지는 듣지 못했다. 단지 오직 하나 남은 유품이니 이것으로 원수라도 갚을 수 있다면 이미 죽은 남편과 딸이 얼마나 기뻐할까 하고 날마다 꺼내어 들여다보았다. 하지만 안타깝게도 생각뿐인 나약하고 한심스러운 여자의 신세다. 도저히 원수를 갚을 가망성도 없어 포기하고 있던 차에 눈에 익은 반지를 가진 양산의 정씨라는 인물이 찾아왔으니 이것은 필시 적의 아들이거나 동생임에 틀림없다고 여기고, '감사하고 감사해라. 거룩하신 부처님!' 한칼에 복수를 꿈꾸고 오늘밤을 기다렸다. 그런데 딸 소연이 시집간 일도 없거니와 사위를 본 적도 없는데 손자라고 하니 앞뒤가 맞지 않는다."

비구니의 추궁에, 아버지 하야시 쇼큐로가 신분을 밝히지도 못하고 사정이 있어 부산에 건너왔다가 우연히 성터에서 소연을 구하고 일본관에 숨겼던 일, 그 당시의 부사에게 부탁하여 청향을 옥에서 구해내고 또 정사석 군수의 악행을 관찰사에게 고하여 원정양의 무죄를 알리려던 중, 마사모토를 낳게 된 일, 그리고 아버지 쇼큐로가 어머니 소연과 헤어진 그 다음날 양산의 상인에게서 도중의 변고를 듣게 된 일까지, 나미노신에게서 들은 모든 일들을 전하였다. 그리고 자신이 자라온 일과 아버지 쇼큐로의 전사와 임종 시의 유언으로 처음으로 어머니의 존재를 알게 되어, 사모의 마음을 금할 수 없어 온갖 고난을 겪으며 이 나라에 건너온 일과 전날 양산의 용택에서 우연히 그 상인과 만나 어머니에 관해서 들은 일들을 하나도 빠트리지 않고 전하니, 비구니는 놀라서 마사모토의 얼굴을 응시하며 입을 다물지 못할 뿐이다.

19회

마사모토의 이야기에 비구니는 귀를 기울인 후, 마사모토의 얼굴을 유심히 쳐다보니 여기저기 딸 소연의 흔적이 엿보여 그리움이 사무친다. 이제까지 왜적이라 무서워 두려워하던 일본인이 딸을 구해주었을 뿐 아니라 둘 사이에 아들까지 낳다니, 그리고 나를 옥에서 구해준 사위 쇼큐로가 한번 만나 보지도 못하고 죽었다는 안타까운 소식에 이렇게나 가슴이 아픈데, 하물며 딸의 유복자라고 들으니 그 사랑스러움과 가여움이 밀려온다. 절 주인인 비구니는 "그러면 자네가 내 손자인가?"라며 비로소 본인이 소연의 엄마임을 밝히며, 이제까지의 세월의 난관을 들려주며 안타까움과 기쁨의 눈물을 흘렸다. 생각지도 못한 손자를 만난 노인의 기쁨은 어디에 비유할 데가 없을 만큼 커서, 이틀 동안은 부처님께 공양드리는 일도 뒤로 미루고 잠시도 곁을 떠나지 않고 마사모토가 들려주는 이야기를 이것저것 묻고 본인의 이야기를 들려주기도 하며 즐겁게 지냈다. 어느 밤 마사모토는 할머니에게 "언제까지고 여기에 머물다가는 사람들의 의심을 받습니다. 이제 곧 떠나겠습니다"라며 머뭇거리며 말을 꺼내니,

"나도 그 생각을 하지 않은 것은 아니다만, 달리 아는 사람이 있는 것도 아니고 목적지가 있는 것도 아니니 여기를 나가서 얼마나 고생을 하겠니? 사람들의 의심을 받게 되면 그때 다시 좋은 수가 생길지도 모르니, 우선 그때까지는 여기에 머물면서 가능한 한 사람들의 눈에 띄지 않도록 조심하는 편이 좋겠구나."

할머니의 손자를 보내고 싶지 않은 마음을 마사모토는 금방 알 수 있었다.

"그건 저도 이미 잘 알고 있는 바입니다. 저도 힘들게 만난 할머니와 다시 헤어지기는 싫습니다만, 불과 일이 년의 노력으로 배운 이 나라의 말도 앞으로 계속 공부하지 않으면 사람들과 통하지도 않게 될 것입니다. 동시에 이곳의 풍속과 사람들의 살아가는 모습을 잘 보고 배워 일본인이라고 의심받지 않도록 하기 위해서는 여러 곳을 돌아다니는 것이 가장 좋은 방법입니다. 머지않아 돌아오겠습니다. 그래서 내일이라도 당장 출발하겠습니다."

"일본인이라고 의심받아, 혹시라도 무슨 일이라도 생길까봐 나는 그게 가장 두렵단다."

할머니가 걱정스러운 듯이 눈물을 글썽이니 마사모토는 껄껄 웃으며 "그 점은 걱정 마십시오. 여행 중에 발각되어 잡힐 일은 절대로 없습

니다. 걱정하지 마십시오. 만일 무슨 일이 생기면 벙어리 흉내를 내면 됩니다."

할머니도 이제야 살짝 웃으며,

"그렇게 순조롭게만 되어 준다면 좋으련만······."

"괜찮습니다."

"여행준비는 다 되었느냐?"

"그것도 거의 다 갖추어졌습니다."

"그럼 어디로 가는 거니?"

"어디라고 정해진 곳은 말씀드릴 수 없습니다만, 우선 발길 닿는 대로 양산에라도 갈 생각입니다."

할머니는 크게 놀라서

"거기만큼은 가지 말거라. 만약에 군수에게 들키기라도 한다면 무슨 일을 당할지 모른단다."

"만약 잡힌다면 할아버지의 원수이자 어머니의 원수인 정 군수의 목을 이 날카로운 일본도로 자르겠습니다."

"말도 안 되는 소리야. 지금 서툴게 행동해서 네가 다치면 안 되네. 그것보다는 정사석이 자멸하는 날을 기다리는 게 좋아. 제발 성급하게 굴지 말아라."

자비로운 할머니의 말씀에 마사모토는 거역하지 않고

"그것도 그렇습니다. 그렇다면 양산으로는 가지 않고 대구大邱 쪽으로 가보겠습니다."

"그게 좋아. 하지만 10일이나 20일이 지나면 꼭 이쪽에도 한번 얼굴을 내밀어 무사함을 알려줘야 한다."

"알겠습니다. 꼭 지키겠습니다."

잠깐 동안의 여행이라고는 하지만 헤어진다고 생각하니 아쉬움이 몰려와 마사모토는 청향과 밤이 새도록 이야기를 나누었다. 다음 날 아침 마사모토는 고지마 나미노신이 헤어지며 건넨 지팡이 모양을 한 스케사다助定[8]의 명검을 들고 홀연히 암자를 떠났다.

20회

동래를 떠나 10리쯤 지난 곳의 금정리라는 곳에 온천 하나가 있어 병을 고치기에 좋다고 평판이 자자하다. 마사모토는 조모인 청향과 헤어진 날 금정리金井里에 이르러 온천에 몸을 담그고 씻으려고 갔는데, 때마침 욕실에는 손님이 있는 듯 남자의 목소리가 들린다. 남자인가? 여자인가? 여자라면 끝나기를 기다리려고 하다가, 문밖에 서서 우연히 어떤 이야기를 들었다. 듣기에는 분명히 두 사람이 나누는 이야기이다.

"오늘 밤 계획은 들었는가?"

"들었고말고. 꽤 괜찮겠는걸."

"그런가? 그렇다면 고마운 일이지. 우선 팔도를 모았다면 몇천이나 되는 우리 편이 생긴 것이고, 그렇다면 공물을 도중에 훔치거나 마을

---

8 일본의 가마쿠라鎌倉 중기의 유명한 도공刀工.

을 쑥대밭으로 만들어도 손도 못 대는 도둑천국이 된 것이지. 지금은 도둑깃발을 흔들며 뛰어다녀도 무서울 것이 없는 세상이지만 이제는 세상 사람들이 무심히 밤길을 걷거나 짐을 옮기는 일이 없어져 일거리가 없어져 버렸지. 어떤가? 오늘은 오랜만에 확실히 솜씨를 발휘해 마시고 싶은 술이나 마음껏 마시세."

"오늘 일은 잘 될 거야. 왜냐하면 상대는 양산의 부자인 김수명金琇明이라고 하는 상인, 초봄부터 곡물을 배 몇 척에다 가득 싣고 대구시장에다 내다팔아 그 값으로 금은직물을 배에 가득 싣고 돌아온다고 하니 그 배를 몽땅 터는 걸세."

"그건 일전에 안 일, 하지만 말로 하는 것처럼 그렇게 간단히 되겠는가?"

"그건 두목의 꾀로 다 계획이 세워져 있지."

"그 계획이 뭔가?"

"우선 이렇네. 물건들을 싣고 나오기 조금 전에 선장을 속여 육지에 잠깐 정박하게 한 후에 꽁꽁 묶어 어디 모르는 곳으로 보내버리면 되네."

"그리고 나서는?"

"갑자기 선장이 없어지면 선원들은 허둥지둥할 테지."

"그렇겠지."

"거기에 우리 패를 새로운 선장인 듯 꾸며서 들여보내지."

"그래서 어떻게 하는가?"

"어떻게 하다니, 강 하구에 가까워지면 김수명은 강에 던져 죽여버리지. 그리고 우리 편 다섯 여섯 명이 하구에 기다리고 있다가 짐을 모조리 빼앗는 거지."

"과연 근사한 계획이네. 그런데 그 짐은 모두 어쩔 셈인가?"

"짐을 훔쳐 도망갈 곳과 그 앞일은 모두 선장으로 변장해 오는 우리 패의 지시를 듣기로 되어 있네."

"그렇다면 그 물건들은 양산으로 다시 가져오는 건가?"

"아니지, 양산으로 가져올 거라면 뭐 하러 강 하구로 가겠는가? 대부분은 일본관으로 가져가 무역하는 거겠지."

"우리 패 중에서 선장으로 변장해서 오는 자가 누구일까?"

"모르는 녀석들도 너무 많으니 알 수 없지. 그날 주는 표를 보는 수밖에 없지."

"이야기에 너무 도취되어 오랜만의 온천물이 모두 식어버렸네. 한 번 더 따뜻한 물에 담갔다가 몸이 따뜻해지면 나가세."

"아니, 급할 일도 없네. 대구를 떠난 것이 3일 전이니 오늘 밤 늦게라도 하구에 배가 닿을 것이라는 소식이 있었네. 이제부터 어디 가서 한 잔하고 슬슬 움직여 봄세."

이야기소리는 갑자기 멈추어 물소리만 들린다. 마사모토는 무슨 계획을 세운 것인지 목욕도 하지 않고 그길로 온천을 떠나 왼쪽에 있는 산을 넘어 낙동강으로 향한다. 머지않아 달은 산 위에 떠올라 강에 그림자를 드리우니 큰 강의 풍경은 한 폭의 그림이다. 마사모토는 시를 읊으며 물살을 거슬러 10정町[9] 정도 올라가니, 때마침 한 척의 배가 다가온다. 마사모토는 멀리서 목소리를 높여 그 배를 부른다.

"어이! 어이! 그 배는 어디에서 오는가?"

---

[9] 정町은 거리를 나타내는 단위로 1정町은 108m 정도이다.

뱃사람이 "이쪽 말인가? 대구에서 하구로 간다."

"양산의 김씨가 그 배에 타고 있지 않은가?"

그때 갑자기 뛰어나온 한 남자가 있었다.

"양산의 김수명? 그게 바로 나다."

"그렇다면 급하게 할 얘기가 있소. 배를 여기에 대어 주시오."

> 부기_ 동래온천에 관해서는 『계림의사』에 상세하다. 명치 17년부터 욕장을 만들어 그 절반을 일본인의 욕장으로 전세 내게 되었다. 당국에 산적 무리가 많아 이를 불한당이라 칭한다.

21회

뱃사람은 노 젓기를 그치고 김수명은 뱃머리에 나와 달빛에 연안을 둘러보고 목소리에 힘을 주어 "누구십니까?" 한다.

"저는 양산에서 온 사람입니다만, 급하게 당신을 만나 드릴 말씀이 있습니다."

"양산 집에서 뭔가 전갈이 있었습니까?"

"예. 그렇습니다."

김수명은 고개를 갸웃거리며 한참을 생각하더니 뱃사람을 향해,

"미안하지만 저기에 배를 좀 대어 주게."

"어른, 그냥 가시지요. 요즘 이 근처에 도적이 많아 여행객처럼 꾸며

서 여러 가지 나쁜 짓을 한다고 하니 쉽게 믿으시면 안 됩니다. 아는 사람이라면 몰라도 모르는 사람이라면 배를 대서는 안 됩니다."

"요즘 도둑이 많다는 것은 대구에서도 들었다. 하지만 집에서 온 소식이라니 그냥 갈 수도 없다."

"하지만 왠지 수상한 놈입니다. 할 말이 있으면 거기서 말하라고 다시 한번 말씀해 보십시오."

뱃사람의 말이 일리가 있다고 생각하여 김수명은 마사모토를 향해

"집에서 무슨 전갈입니까?"

"아무도 못 듣게 전해달라는 말씀이셨습니다."

"당신의 이름은 무엇입니까?"

"성은 김입니다."

"김씨? 어느 동네에 삽니까?"

"그런 이야기를 하는 사이에 큰일이 일어납니다."

"급한 일입니까?"

"예. 그렇습니다."

뱃사람은 다시 힘주어 노를 저으며 '이름도 말하지 않고 사는 곳도 말하지 않으니 더욱 수상한 놈이네. 누가 배를 세울까봐……' 하며 혼잣말을 중얼거린다.

"왜 배를 세우지 않는 겁니까?"

"할 말이 있으면 거기에서 하시오. 배를 세울 수가 없소."

"복잡한 이야기여서 이렇게 떨어져서는 할 수가 없습니다. 굳이 듣고 싶지 않다면 나도 하지 않겠습니다. 여기서 헤어지면 분명히 후회할 겁니다. 그렇다면 잘 가시오."

김수명은 당황하여 허둥거리며

"잠시만 기다려 주시오. 지금 바로 배를 댈 테니……. 어이, 선장! 역시나 배를 대어주게."

"그만두십시오. 수상한 녀석이니……."

작은 소리였을 터이나 마사모토는 민첩하게도 알아듣고

"결코 수상한 자가 아닙니다. 아직 열다섯밖에 안 된 어린 소년인데 뭐가 무섭습니까?"

보아하니 자태도 모습도 그리 이상하지 않음에 김수명은 결심을 한 듯, "선장. 빨리 배를 대게"라고 말한다. 이제는 뱃사람도 안도한 듯 순순히 배를 옆으로 대었다. 김수명은 배 위에서 마사모토에게 가까이 다가가 배를 세운 이유를 물으니, 거리가 있어 의사소통이 여의치 않으니 배에 같이 타고 하구로 내려가며 상세하게 아뢰겠다고 무슨 연유가 있는 듯한 표정으로 말한다. 김수명도 허락하여 함께 승선하여 빨리 배를 나아가게 했다.

"달이 밝군요."

"그런데 ……. 그 이야기라는 것은?"

"언제 대구에서 출발하셨습니까?"

"3일 전에"

"그때 선장은 어디 사람이었습니까?"

"어찌 된 일인지 이 선장이 대구에서 어디로 사라졌는지 아무리 기다려도 돌아오지 않았소. 그래서 출선이 늦어지면 물건 매입에 지장이 있기에 부득이 임시로 이 사람에게 부탁을 하였지요."

"아 …… 그랬군요."

"그래, 무슨 이야기요?"

"지금 말씀 드리겠습니다. 대구는 변화합니까?"

"예. 변화하지요."

"많이 버셨겠습니다."

"아니오. 그렇게 생각처럼 쉽지는 않습니다. 그런데 이야기라는 것은?"

"그 이야기라는 것이……."

"무엇입니까?"

마사모토는 벌떡 일어서더니 사다스케의 지팡이 검을 바람처럼 빼어들고 선장의 목을 잘라 떨어뜨린다.

22회

번쩍하는 칼과 함께 뱃사람의 목은 물속으로 떨어지고 시체는 배 옆으로 펄썩 쓰러진다. 상인은 너무 놀라 얼굴빛이 제방의 새싹들보다도 파랗고 손발은 떨리어 바람에 흔들리는 버드나무와 같다. 마사모토는 칼의 피를 닦아 다시 지팡이 안으로 넣고 웃으며 김수명을 향해

"놀라지 마십시오. 저는 당신을 돕기 위해 일부러 오늘밤 온 것입니다. 당신은 저를 도둑으로 알고 무서워하고 계시나 오히려 저에게 죽은 이 선장이 도둑의 수하라는 것은 모르고 계셨겠지요."

김수명은 놀라고 당황해서 대답할 바를 모르는 듯하다.

"만약에 내가 도적이라면 선장을 죽이기 전에 당신을 죽였을 것입니다. 그러나 나는 도적이 아니니 당신이 아니라 선장을 죽였습니다. 선장은 도적입니다. 그의 두목은 대구에서 당신의 행적을 일일이 살피어 출선할 때 그 전의 선장을 꾀어 상륙시켜 무리하게 옭아매어 사람이 없는 곳으로 끌고 가 당신을 곤란하게 만들었습니다. 그 후 자기의 부하를 선장처럼 꾸며 배가 하구에 도착할 때 당신을 죽이고 물건을 모조리 가로챌 계획이었습니다."

"어떻게 그걸 아십니까?"

"도적 무리들에게서 들었습니다. 하구에는 다섯 여섯 명 정도의 무리가 기다리고 있을 것입니다."

"어이구, 아직도 그 무리가 남아있다니……"

김수명은 강변을 둘러보며 두려운 듯

"그럼 하구에는 들르지 않아야겠군요."

"들르지 말아야 하는 법도 없지요. 고작 다섯 여섯 명인데……" 하며, 사다스케 지팡이 검을 얼굴 앞에 보이며

"베어 버리면 간단합니다."

김수명은 몸을 벌벌 떨며

"하구까지 가 주시겠습니까?"

"가 드리고말고요. 저는 당신을 구하기 위해 동래의 금정리에서 일부러 여기까지 온 것입니다."

"금정리에서……. 나를 구하러 일부러 여기까지……. 당신은 어디 사람입니까?"

"나는 이 근방 사람으로 온천에 갔다가 우연히 도적의 계획을 듣고 그들의 악행을 바로잡으려고 여기까지 온 것입니다."

김수명은 고개를 숙이고 팔짱을 낀 채 한참을 생각하더니

"그럼 이 선장은 도적무리가 맞군요?" 하고 다시 한번 확인을 한다. 마사모토는 일어서서 도적의 시체를 더듬어 한 장의 표를 내밀며,

"증거가 이것입니다. 이것으로 의심이 풀리십니까?"

김수명은 표를 가까이 가져와 자세히 보더니 혀를 찬다. 마사모토는 시체를 물속으로 차 넣고, 어부의 아들로서 어린 시절 익혀온 능숙한 노 젓기 실력을 과시한다. 김수명은 의심은 풀렸지만 아직도 두려운 기색을 감추지 못하고

"지금 이렇게 서둘러 가면 밤에는 하구에 도착합니까?"

"예. 그렇습니다."

"도적이 기다리고 있는 것을 알고 있는 이상 날이 밝은 아침에 들어가는 것이 더 안전하지 않습니까?"

"아아. 걱정하지 않으셔도 됩니다. 모든 것은 저에게 맡겨 주십시오." 하고 아무렇지 않은 듯 대답하고 하구에 도착했다. 시각은 아직 한밤중으로 도적의 무리는 배가 도착하기를 기다리고 있었다. 대범한 마

사모토는 조금 전의 표를 들이대며 김수명을 비롯한 일동 모두가 도적의 무리라고 속이고, 그들에게 짐을 들게 해 다음 날 새벽까지 산길을 걸어 부산까지 도착했다. 부산에 도착하자마자 일의 자초지종을 검사에게 알려 간단하게 도적 모두를 잡으니, 예상치도 못했던 인부가 생겨 물건을 옮길 수 있었다며 모두가 박수를 치며 기뻐하였다. 다음날 김씨는 여느 때와 마찬가지로 초량의 일본관에 화물을 내려 무역을 할 수 있었다. 김씨는 마사모토의 의협심과 강건함에 깊이 감탄하여 하룻밤을 부산에 머물게 하고, 다음 날 극진한 환대를 베푸니 의용함은 말할 나위도 없고 반하양潘河陽[10]의 뛰어난 자태와 위세마衛洗馬[11]의 풍류, 안으로는 칠보七步[12]의 문심文心 밖으로는 육랑六郎[13]의 용모를 가졌다. 김씨는 마사모토를 거의 사람으로 보지 않고 신으로서 공경했다. 그 사람의 됨됨이와 함께 출신에 대해서도 듣고 싶어 그 부모에 대해 물으니 죽었다고 하고, 집을 물으니 없다고 한다. 그렇다면 잠시 양산에 들러 우리 집에 머물면 미약하나마 은혜를 갚을 수 있으리라 청하였다. 마사모토는 몇 번이고 거절했으나 완강한 청을 거절할 수 없어 양산으로 갔다. 내심은 정 군수에게 복수하기에 좋은 기회가 될 수 있을 거라 기뻐하였다.

---

10 반하양潘河陽 : 반악潘岳, 서진西晉의 문인으로 그는 용모가 수려하여 많은 여성들이 따랐고, 그의 시에는 여성적인 것이 많다.
11 세마를 지낸 진晉의 위개偉玠.
12 중국 삼국시대의 위나라의 시인.
13 당나라 무측천의 남첩이었던 장창종張昌宗을 가리킨다. 용모가 매우 뛰어남.

23회

김수명金洙明은 양산 굴지의 거상이면서 일본관에 출입하여 무역업을 하는 자이다. 나이는 마흔셋으로 성질이 온후독실溫厚篤實하여 사람들에게 존경을 받았다. 그 아내 방계芳桂는 서른여덟으로 그 두 사람 사이에는 향란香蘭이라는 한 여자 아이가 있으니, 용모가 옥과 꽃같이 아름다워 실로 절세미인이었다. 김수명은 마사모토의 은혜와 그 덕을 사랑하였고, 깊이 그의 처지를 안타까워하였다. 본인의 집에 함께 데려 온 후는, 아내를 비롯해 아랫사람들에게도 여행 중의 일을 상세히 전하여 마사모토를 환대하니, 모두가 귀한 손님을 맞듯이 하더라. 마사모토는 김씨 부부를 부모처럼 존경하여 집안일을 도왔다. 때때로 활을 둘러메고 들과 산으로 나가 궁술을 익히기를 즐겨한 지 일 년, 이제는 사람들이 임정원林正元(하야시 마사모토의 조선명 — 역자)이라 하지 않고, 김씨라고 호칭하기에 이르렀다. 김씨 부부와 마사모토는 나날이 친해져 마치 부모자식과도 같았지만, 엄격한 법도의 양가집인지라 딸인 향란은 깊은 방 속에 갇혀 김씨 부부와 한두 명의 시녀 외에는 그 얼굴을 볼 수가 없었다. 마사모토도 두루마기로 얼굴을 가린 그윽한 자태만을 바라볼 수 있었을 뿐 아직 한 번도 말을 주고받은 적이 없다. 다음 해 봄의 3월, 정원에 모란꽃이 함박

피어나 화려하고 요염한 그 모습과 향에 주위가 취할 무렵, 김씨의 아내 방계는 꽃가지 하나를 꺾어와 마사모토에게 내밀며

"겨울을 잘 견디고 이렇게 아름다운 꽃을 피웠습니다."

"예. 어느새 활짝 피었군요. 이틀 전까지만 해도 아직 봉오리였더니……."

"아직 활짝 핀 것을 보시지 않으셨군요."

"요즘은 소작료 징수로 꽃을 바라볼 시간도 없습니다. 하지만 이제 대충 정리가 되었으니 나중에 가보겠습니다."

"이것저것 수고 많으십니다. 지금까지 남편 혼자서 고생을 하셨는데 당신이 우리 집에 오신 후부터는 모든 것을 도와주시니 얼마나 수고를 더는지 모르겠습니다."

"천만의 말씀입니다. 신세를 지고 있으면서 도움도 되지 못해 정말로 죄송스럽게 생각하고 있습니다."

"아니, 당치도 않으십니다. 저희야말로 대접도 변변히 해 드리지 못하면서 오히려 도움을 받게 되어 참으로 죄송합니다. 아무쪼록 오래 머물러, 가능하다면 일생 여기에 계셔 주신다면 이것보다 기쁜 일은 없다고 남편도 항상 얘기하십니다."

웃으면서 농담처럼 말하고는 있지만, 사실은 부부의 진심으로 마사모토는 항상 이 말을 두려워하고 있었던 것이다.

"늘 말씀드렸듯이 저의 부모님 두 분은 돌아가셨지만 할머님이 아직 살아계셔서 그 분의 허락을 받지 않으면 안 됩니다."

"그 조모님의 행방은 아직 모릅니까?"

"어디에서 어떻게 계시는지 알 수 없습니다."

김씨 부부는 마사모토를 마음에 들어 한 나머지 양자로 삼아 향란과 짝지으려고 생각한 지 이미 오래이다. 언젠가 한번 방계로부터 이 이야기를 듣고서, 마사모토는 거절의 방편으로, 자기에게는 할머님이 계셔서 그 허락을 받지 않고서는 분부를 따를 수가 없다는 것과, 그 조모는 아직 행방조차 알 수가 없으니 이 제안은 없던 것으로 해 달라고 강하게 거절했던 것이다. 그러나 부부가 이제 다시 그 얘기를 꺼내어 마사모토를 설득하니, 마사모토는 같은 구실로 다시 거절하기로 한 것이다.

"후일 할머니의 행방이 밝혀져 왜 허락도 받지 않고 양자가 되었냐고 노하시면, 저희 부부가 꼭 사죄를 드리겠습니다."

"그러시지는 않으실 것입니다. 정원에 나가 모란 구경이라도 하고 오지요."

마사모토는 정원에 내려 꽃을 감상하고 있었으나 갑자기 달콤한 꽃향을 가르고 다가오는 향기가 있어 돌아보니 반쯤 열린 문 사이로, 여기에도 모란 한 송이가 피었더라.

> 부기_ 활을 오른쪽에 드는 것은 조선의 사법射法이다.

24회

문을 열고 들어온 미인, 그녀야말로 이 집의 사랑하는 딸 향란이다. 미인은 꽃을 사랑하고 또 한 사람을 사랑하고 있는 것인가? 입으로는 모란을 칭송하지만 눈은 마사모토를 향해 있다. 마사모토는 그것을 보자마자 놀라서 자리를 떠나고 미인은 황홀하게 그 뒷모습을 따라간다. 마사모토가 방안으로 들어가자 주인인 김수명이 들어왔다.

"소작료 징수는 끝났습니까?"

"예. 이제 마쳤습니다."

"참으로 고생 많았소."

김수명은 무언가 할 말이 있는 듯 옆에 앉아 몇 번이고 주저하는 모습이더라.

"모란이 예쁘게 피었더군요."

"그렇지요."

"부인의 말씀에 의하면 작년보다 더 아름답다더군요."

"예."

이야기는 잠시 끊어졌다.

수명은 고개를 숙이고는 진지하게 뭔가를 생각하고 마사모토는 그 얼굴을 응시하고 있다. 마사모토가

"일본관에 보낸 물건은 대강 다 팔렸습니까?"

"예. 그건 다 팔렸습니다."

"저쪽에서의 주문은?"

"당분간은 주문을 보류하겠지요."

"그것은 왜입니까?"

"일본정부는 소씨宗氏와의 무역을 파기하고 우리나라와 무역을 하기 위해 얼마 전부터 사자使者를 보내 연일 교섭을 하고 있다고 합니다."

마사모토는 무릎을 고쳐 앉으며

"뭐라고요? 소씨와의 무역을 파하고 이제 일본 대정부와 통상을 하는 것입니까?"

"하지만, 일본정부에서 요구해도 우리나라에서 받아들이지 않을 것입니다."

마사모토는 도저히 이해가 안 되는 듯

"일본정부와 넓게 무역을 하면 우리나라에도 이익이 되지 않습니까?"

"소씨에게는 오래된 정이 있어 양국의 무역을 허용하는 것뿐으로, 그 외의 왜놈은 우리나라의 원수로 여기어 무역 따위는 생각지도 않습니다."

"그런데 그 사자使者는 언제 왔습니까?"

"얼마 전에 부산에 왔고 지금은 동래부사와 담판 중이라는 소문입니다. 그래서 그 담판이 성사되기까지는 일절 우리들의 입관을 금지했습니다."

마사모토는 크게 놀라

"조선인이 들어가지 않으면 먹을 것이 없어 일본인은 모두 굶어 죽습니다."

"아닙니다. 입관을 금한 것은 무역을 하는 자에 한하는 것으로 야채 목탄을 팔러 가는 상인 30명 정도는 아침부터 저녁까지 입관을 허용합

니다. 하지만 그것도 담판 여부에 따라 모두 금할 것입니다."

"일본인은, 아니 왜놈은 통상을 요구하고 우리나라에서는 언제까지고 싫다고 하며 왜놈의 요구를 들어주지 않으면 어떤 일이 일어날까요?"

"원래 일본이라면 전쟁이라도 벌였을 터이나 요즘의 일본은 서양의 힘에 압도되어 의복에서 머리 모양까지 모두 다 바꾸고 있다고 하니 전쟁을 할 힘은 없을 테지요. 설령 전쟁이 일어난다 해도 지금은 우리나라도 임진왜란 때처럼 약하지도 않고 왜적도 그렇게 강하지 않으니 금방 쳐부술 수 있지요."

마사모토는 애처롭다는 눈빛으로 김수명을 쳐다보며

"임진왜란 때도 나라 전체가 피폐했다고는 하나 지금처럼 원기가 없지는 않았습니다. 그리고 왜놈은 3, 4년 전에 이제까지의 장군제도를 없애고 천황이 국정 전체를 관장하는 제도로 바뀌었습니다. 그래서 봉건제도를 폐하고 국정을 일신해 모든 외국과 통상을 시작해 외국의 앞선 문물을 받아들이고 단점을 보완하여 문물이 하루가 다르게 발전하고 있다 합니다. 게다가 증기 군함을 사들이고 총포를 갖추어 서양식의 병사를 육성하고 있다 합니다. 그런데 우리나라의 꼴이란 사람들은 먼 장래를 생각하지 않고 눈앞의 안락만을 탐해, 병사와 무기 어느 것 하나도 변변하지 않으면서도, 일본과 일전을 벌이려 하니 계란으로 바위를 치는 격으로 위태하기 그지없습니다. 그러니 조선이 임진왜란 때보다 훨씬 더 크게 당할 것은 당연한 이치입니다" 하며 열변을 토하였으나, 어세가 자신도 모르게 강해진 것을 마사모토 스스로도 알 수 있었다.

마사모토는,

"우선 사람들의 소문처럼 지금 말씀드린 대로 전쟁을 하려면 나를 알고 적을 아는 것이 가장 중요합니다."

"하지만 지금 더 중요한 이야기가 있습니다."

"더 중요한 이야기라니 무엇입니까?"

"다름이 아니라, 조금 전에 저의 딸을 만났다면서요?"

"예. 얼굴만 잠깐 뵈었습니다."

"어떻습니까? 마음에 들지 않으십니까?"

"예?"

"마음에 드신다면 하루라도 빨리 혼례를 올리고 싶습니다."

25회

    이 나라의 풍습으로서 장유長幼의 구별이 엄격해, 본인보다 열다섯 살이 많으면 아버지의 예로 대우를 하고, 열 살이 차이가 나면 노형이라 칭하며 존경해야 한다. 만약에 이를 지키지 않으면 예의를 모르는 자로 멸시를 당한다. 그러니 누구라 할 것도 없이 모두 일찍 결혼하여 상투를 올리고 혼인하기를 희망한다. 부유하고 지체가 높은 자들은 남녀 열두 살이 되면 혼인을 하나, 가난하고 신분이 천한 자들은 혼인을 할 수 없어 언제까지고 어린이 취급을 당한다. 김수명은 마사모토에게 하루라도 빨리 혼인할 것을 정중히 청했으나, 마사모토는 아버지 쇼큐로의 집을 계승할 자로서, 또 그 자신이 일본 국적의 청년으로서 그 청을 받아들일 수가 없다고 그 내막을 밝힐 수도 없기에, 애매모호하게 할머니의 소재를 찾기 전까지는 어렵다며 계속 날을 미루고 있었다. 그러나 이제는 마사모토가 열여섯, 향란이 열다섯 살이 되었고, 김수명도 절박하게 재촉하니, 마사모토도 더 이상 거절할 길이 없어 결국 내년 봄에 결혼을 하기로 약속했다. 그로부터 향란은 마사모토의 방에 출입하여 아직 혼례식은 치루지 않았지만 마치 남편을 받들 듯이 한다. 그러나 마사모토는 조금도 아내로서 대우하는 법이 없이 괴로운 나날을 보내고 있을 때, 어느 날 김수명이 들려 준 일본정부와 조선 간의 교섭 이야기가 있었으니, 드디어 큰일이 벌어진 것이다.
    일본사신은 일본정부의 명령을 받아 급히 담판을 지으려고 동래에 들어왔으나, 조선인이 돌과 기와를 던져 이를 저지했다는 등의 급박한 소식이 끊임없이 들려왔다. 마사모토는 크게 이 일을 걱정하여 급하게 부산으로 내려가 사건의 전모를 알아보기로 했다. 어느 날 마사모토가 김수명에게 돌아가신 부모님의 묘를 돌아보기 위해서라며 청을 해서, 2~3일 정도 휴가를 받아 여행 준비를 마쳤다. 만약에 통상교섭이 깨져 양국 간에 전쟁이라도 일어난다면, 나는 일본의 군함을 타고 조선팔도를 유람하리라. 그렇다고 해도 조선은 어머니의 나라이니, 은혜와 의리, 어느 쪽이 더 중요하다 할 수 있겠는가? 부디 바라는 바, 양국의 교섭이 잘 이루어져 부모 양국의 친교가 더욱 깊어지기를 소원하며,

'떠나는 새도 흔적을 남기지 않는 무사의 마음가짐이야立つ鳥も跡を濁さぬたしなみにや'라는 시를 읊으며, 장부를 넘기며 계산에 여념이 없는데 향란이 갑자기 들어왔다.

"아버님 말씀에 의하니 곧 성묘를 위해 여행을 떠난다고 들었습니다."

마사모토는 놀라서 돌아보며

"예. 아가씨. 아직 인사를 못 드렸습니다만, 양친의 묘를 찾아뵙기 위해 부산 근방까지 갑니다."

"언제쯤 돌아오십니까?"

"우선 한 삼일 정도 생각하고 있습니다."

"그럼 모레쯤은 돌아오시겠군요."

"그럴 생각입니다만, 그곳의 사정이 어떤지 모르니 아직 잘 모릅니다."

향란은 야속하다는 듯이 마사모토의 얼굴을 바라보며 눈에 눈물을 가득 머금고,

"누구를 데리고 가시는 것입니까?"

마사모토는 얼굴을 외면한 채 높은 소리로 웃으며

"식객이 누굴 데리고 가겠습니까?"

"식객이라뇨? 당신이 어떻게 식객이십니까? 그런 말씀은……."

미인이 하염없이 눈물을 흘리니,

"예. 식객이 아니더라도 아무도 데리고 가지 않습니다."

"그럼 모레까지는 돌아오시는 거군요."

"예. 돌아오겠습니다."

이제야 향란은 눈물을 닦으며 웃음을 띠운 채 "거짓말 하시면 안 됩니다" 하고 다짐을 받는다. 마사모토는 밤을 새워 모든 장부를 정리하고 다음날 새벽에 예의 사다스케 지팡이 검을 들고 양산을 떠났다. 먼저 조모인 청향의 절을 찾아뵙고 세상 돌아가는 이야기를 은밀히 여쭈니, 전날 일본인이 동래에 들어왔고, 동래사람들이 이에 크게 흥분하여 우악스러운 장정들은 도당을 만들어 일본관을 습격하려고 법석을 떨어, 놀란 동래부사가 병사 수를 늘려 변고에 대비하는 등 위기목전의 상태라고 한다.

26회

불탑이 높게 솟아 청운靑雲에 닿은 선사禪寺가 낮게 늘어져, 신성하게 여겨지는 범어사梵魚寺는 영남의 유명한 사원으로서 승려와 그의 무리들이 수백 명이나 되었다. 마사모토는 하루를 여기에서 머물렀다. 절은 산속에 있어 좋은 요새를 이루고 있다. 풀숲을 헤치고 어느 문에 도착하니 돌 사이로 흐르는 맑은 물소리와 산새들의 맑은 울음소리가 끊임없이 들려 그윽하기까지 하다. 마사모토는 여기저기를 둘러보며 깊숙이 들어가니 뒷산 쪽에서 뭔가 소란스러운 소리가 들린다. 소리를 따라가 보니 많은 승려들이 부대를 만들어 열심히 훈련을 하고 있다. 그 모습이 마치 어린애들 놀이 같아, 마사모토는 풀 위에 앉아 잠시 그 모습을 지켜보며 조소의 웃음을 지었다. 한참 후 마사모토가 거기를 떠나려는데 한 승병僧兵이 다가왔다.

"아, 여보시오. 이 절에서는 독경은 읽지 않고 군의 흉내를 내고 있는데 도대체 왜 그런 것입니까?"

승병은 어깨를 치켜 올려 마사모토를 쏘아보며

"왜라니? 전쟁연습이지 않는가?"

"예? 전쟁연습이라뇨?"

"이제 머지않아 일본과 전쟁이 일어날 테니 네 녀석도 돌 던지는 연습이라도 해두어 그때를 대비해라"

마사모토는 너무나 가소롭다고 느끼며

"우리들은 돌이라도 던지지만 스님들은 뭘 들고 싸웁니까?"

"활을 쏜다."

"왜적들은 대포를 쏜다고 하던데요."

"우리는 성벽을 쌓아 막는다."

"대포는 성벽 정도는 간단히 날려버리는데요."

"음……. 별걸 다 아는 녀석이구나. 그 때는 또 다른 방법이 있다."

"그 방법이, 방법이 뭔데요?" 하고 묻자,

"방법이라는 건 다른 게 아니라, 나라 안의 마법사를 모두 불러 사방을 완전히 막는 거다"라고 한다.

"아……. 마법사!……."

"왜? 너무 좋은 생각이지? 만약 일본군이 바다를 가득 메우고 공격해 오면 마법을 사용해 바다 안에 큰 산을 만들고, 또 만약에 대군이 육지로 쳐들어오면 또 바다를 만들어 적을 혼란시키면 된다."

마사모토는 배를 잡고 웃으며 듣고 있었으나, 승병은 너무나도 진지한 얼굴로, "틀림없는 이야기이다"라고 한다.

"과연 그렇게 무서운 마법을 쓰면 왜적도 기겁을 하겠네. 하지만 이쪽에서 마법을 쓰면 왜적도 지지 않고 마법을 써서 산이랑 바다가 생각처럼 만들어지지 않으면 어떡하죠?" 하고 마사모토가 다시 물으니, "그 땐 대국大國에 도움을 청하면 된다"라고 한다. 마사모토가 "대국이라니……. 그 오랑캐 녀석들에게……"라며 놀라하니, 승병은 혀를 끌끌 차며 "아무것도 모르는 녀석이구나" 하며 돌아간다.

마사모토는 슬슬 산을 내려와 동래로 들어가 일본관의 상황을 살피니, 김수명과 청향이 알려준 바와 크게 다르지 않다. 일본의 사절은 동래부사를 통해 경성京城에 국서를 보냈으나, 조정은 이 국서를 거절하고 또한 통상을 거부했다는 소문이다. 마사모토는 부산을 지나 일본관에 도착했다. 설문設門을 지나려는데 옆에 방이 하나 붙은 것을 발견했다. 긴 장문의 문장으로 일본을 업신여겨 '그 왜놈들에게 굴복하는 것은 짐승된 것보다 부끄러운 일이다. 그러나 일본은 이것을 모르고 우리 군자국의 백성들과 교류를 하려고 하는가……?'라는 대목에 이르러서는 이 나라 백성들의 완미頑迷 무지無智 무례無禮에 화가 치밀어 올랐다. 처음에 마사모토는 모르는 백성들의 소행이라고 생각했으나 이것이 조선 정부의 국민을 선동하는 문장이라는 것을 알게 되었다. 마사모토는 문지기를 불러 "내가 이 방문榜文을 좀 옮겨 적어도 됩니까?" 하고 물으니 "좋다" 한다. "이것은 여기에만 붙어 있습니까?" 하고 다시 물으니 "수문守門에도 있다" 한다. "수문에도 붙어 있다면 일본인이 볼 텐데요" 하니 "보이기 위해 거기에 붙였다" 한다. 마사모토는 종이와 붓을 빌려 찬찬히 방문榜文을 옮겨 적었다.

부기_ 병자丙子의 난에 국왕이 난을 피해 남한산성으로 갔다. 승병은 이를 보호하기 위해 조직되었고, 이때부터 당국에 승병제도가 생겨났다. 한인韓人은 중국인을 가리켜 뗏놈, 갈놈이라 한다. 어떤 사람이 대원군大院君에게 왕년에 일본으로부터 온 국서를 왜 물리쳤냐고 물으니, 대원군이 이에 답하길, 국서에 대조선국왕大朝鮮國王이라 명시되어 있었다, 만일 대군주大君主였다면 아마도 이를 받아들였을 것이다 한다. 마법사에 관한 이야기는 왕년에 당국當國에 귀한 이가 나타난다는 책속에 있는 이야기로 당시 내외국의 조소를 샀다.

27회

일본의 사절이 부산에 건너오고 나서부터 동래부사는 조선의 상인에게 명하여 일체의 무역을 중지시키고, 단지 일용품을 취급하는 상인에게만 일본관의 출입을 허용했다. 그러니 무역이 서서히 쇠퇴하게 되었고, 밤중에 몰래 들어와 밀매매를 하는 자들도 발각이 되면 극형에 처해지게 되니, 요즘은 완전히 발길이 끊어져 일본상인들도 어찌할 도리가 없어서 이 제도가 빨리 풀리기만을 기다리는 형편이었다. 그 중에는 본국으로 돌아가는 자도 있었다. 코지마 나미노신의 부탁으로 마사모토를 데리고 건너 온 대마도의 상인 모씨도 지금은 관에 머물며 고통 받는 사람들 중의 한 사람이다. 남쪽 해변의 파도소리에 잠이 깨어 산속의 소나무 바람 소리에 잠 못 드는 밤중, 쾅쾅 문을 두드리는 소리가 나서 상인이 급히 일어나 창문으로 내다보니, 한 한인韓人이 서있다. 밀매꾼이 몰래 물건을 들여온 것이라고 여겨 놀라 문을 열고 서툰 한어韓語로, "누구세요? 어서 안으로……" 하니, 그 한인은 눌러 쓴 삿갓을 벗어 내던지며 성큼성큼 안으로 들어온다. 대마도 상인은 그 얼굴을 보고 깜짝 놀라며 "어떻게 되신 일입니까?" 하고 인사한다. 마사모토가 "우선 잘 지내는가? 고지마님도 건강하시고?" 하고 인사를 건네니,

"예. 건강하십니다만, 항상 도련님 걱정을 하셔서 만나 뵐 때마다 여쭈십니다."

"걱정을 끼쳤네. 그런데 내가 부탁한 옷은 그대로 있는가?"

"예. 제가 잘 보관하고 있습니다."

"번거롭지만 좀 꺼내주게. 잘못해서 밀무역하는 한인으로 오해 받으면 큰일이니……."

상인은 마사모토의 의복을 꺼내며

"이렇게 몰라 뵐 정도로 많이 크셨으니 필시 옷도 잘 맞으실 겁니다."

"어떤가? 조선 옷이 잘 어울리는가?"

"어디로 봐도 조선인입니다. 하지만 이제까지 잘도 붙잡히지 않고 여행을 하셨군요."

"그건 문제없네."

"이제 그쯤해서 그만하십시오. 요즘은 일본인과의 알력이 심해져서 상인들의 입관도 금지되었고, 여차하면 전쟁이라도 일어날 기세입니다. 정신을 놓고 있어서는 안 됩니다."

마사모토는 의복을 갈아입고 옆에 편하게 앉으며

"참으로 오랜만에 편하군. 그런데 뭐 먹을 것은 없는가?"

"뭐 특별히 맛있는 것은 없습니다만, 밥은 있습니다. 저녁에 산 생선도 있습니다."

"오랜만에 맛있는 걸 먹겠군. 참으로 고춧가루와 마늘의 기름 범벅인 조선요리에는 질려서……. 어떤가? 벌써 나한테도 조선의 악취가 날 테지?"

"예. 악취가 납니다. 아무리 해도 마늘과 기름 냄새는 없어지지 않습니다."

"그리고 또 목욕을 할 수 없으니……. 나는 일본식에 익숙해져 있어서 가끔씩 동래의 온천에도 가고, 집에 있을 때에도 물을 데워 가끔씩 목욕을 했네만……."

"집이라니 어디 말씀이십니까?"

마사모토는 웃음을 흘리며 "가장 오래 머물던 여관을 말하는거지. 그런데 일본에서 온 사절은 지금도 조선에 있는가?"라고 물었다.

"지금은 일본으로 돌아가셨습니다."

"동래에도 오셨다던데……."

"예. 오셨습니다. 참으로 큰 소동이 있어 저도 거기에 가 봤습니다만, 도중에 문을 닫아 사절을 통과시키지 않으려 하며, 돌을 던지기도 하고 사람을 때리기도 하는 등 큰 사건이 있었습니다. 참으로 조선인들은 천한 것들입니다. 설문設門과 동래의 성문城門을 통과하려 했지만 문을 닫아 지나갈 수 없었던 때였습니다. 그러나 제가 꾀를 내어 무사히 통과할 수 있었습니다요."

"굉장하군. 어떤 꾀인지 듣고 싶네."

"까만 개미처럼 , 아니, 조선인은 흰옷을 입으니 흰 개미 떼처럼 몰려 일본인을 못 지나가게 막고 있던 때에, 제가 가지고 있던 돈을 뿌렸습니다. 자기 욕심을 위해서는 집도 나라도 팔아버리는 천한 것들이니, 뿌려진 돈을 주우려 서로 싸우고 난리를 치는 틈을 이용해 저희들은 쓱 통과해 버렸습니다."

"훌륭하네. 전쟁이 일어나면 총과 대포 대신에 돈으로 공략하는 편이 좋겠네."

"틀림없고 말구요. 하하하."

28회

마사모토는 3년만의 일본요리 맛의 각별함을 절실히 느끼며 배가 부르도록 먹은 후, 식후에도 밤이 깊도록 상인과 여러 가지 이야기를 나누었다. 상인에게 인사를 하고 침실로 들어가니, 오랜만에 두꺼운 요 위에 따뜻한 이불의 포근한 잠자리가 마련되어 있었다. 마사모토는 여러 가지 생각으로 쉽게 잠들지를 못한다. 조금 전의 상인의 이야기를 들으니 명치유신明治維新 후의 본국의 사정은 나날이 문명개화가 이루어져 이미 옛 모습이 남아있지 않다 한다. 이러한 때에 이런 뒤떨어진 곳에 남아 방황하는 것이 그 얼마나 허망한 일인가? 그리운 어머니는 이미 원수의 손에 돌아가시고, 정사석에게 원수를 갚을 방법도 지금은 찾을 길이 없다. 게다가 은인인 김수명은 자신에게 그의 딸과 결혼해서 집의 대를 이으라고 한 지 오래이다. 이제 이 나라를 떠나 일본으로 돌아가 학업에 정진해 세상에 뒤처지지 않는 것만이 일거양득의 방법일 터이나, 일본을 떠난 지 벌써 3년이다. 어려운 난관을 극복한 보람도 없이 정가鄭家의 목 하나도 베지 못하고서 어찌 조모를 뵐 수 있고 또 무엇을 나미노신님께 드릴 수 있단 말인가? 좋다! 지금부터는 심기일전해서 원수인 정가에게 복수를 해야겠으나, 단지 하나 걸리는 것은, 그 지방 사람들은 모두 나를 김수명의 사위라 여기는 것이다. 지금 만약 정가의 목을 치면 반드시 그 여파가 김수명에게도 미칠 것이다. 그리고 이제 와서 달리 이곳을 떠나 몸을 둘 곳도 없다. 할머니인 청향에게 간다 해도 화가 미치는 것은 마찬가지이니, 오히려 잠시 일본관에 몸을 숨겼다가 기회를 노려 복수하는 것이 좋을 것이다. 기회는 이제 눈앞에 와 있다. 양국의 교섭이 깨지면 양국은 전쟁을 하게 될 것이다. 이 나라의 오늘날의 무기력과 풍기문란은 오히려 일본의 군대를 빌려 일대 청소를 하는 외에는 달리 성공의 방법이 없다. 실제로 오늘 본 방문榜文에서도 중국을 존경하고 일본을 무시하는 무지몽매, 가련하고 화가 치민다. 여러 가지 고민들로 뒤척이다 보니 어느새 날이 훤히 밝아 아침 시장의 물건을 파는 소리가 소란스럽다.

　마사모토가 일어나 붓을 들고 어제의 방문榜文을 옮겨 적어 거기에 두 통의 편지를 넣어 봉했을 때, 집 주인인 상인이 아침을 들고 들어왔다.

　"빨리 일어나셨군요."

　"너무 많이 먹어서인지 잘 자지를 못했네."

　"이제 아침 드셔야죠. 사람들에게 들키면 번거로우니……. 그런데 오늘은 재미있는 일이 있습니다."

　"재미있는 일이라니, 그게 뭔가?"

　"조선인들이 목도牧島에서 큰 훈련을 한다고 합니다. 무엇을 하는지는 모르겠습니다만, 크게 떠들어대는 꼴에 부아가 치밉니다."

"뭐라고 떠들어 대는가?"

"'육해군의 훈련을 할 테니 일본인은 벌벌 떨며 조심해라'라고 사방에다 방을 붙이고 외무출장소에까지 같은 통지서를 보내 왔다고 합니다."

"육해군의 대훈련이라니 볼거리겠군. 언제부터 시작되는가?"

"참으십시오. 도련님이 관을 나가셨을 때도 저는 매우 난처했습니다. 관내의 모든 일본인들이 도련님은 어찌 되었느냐고 물어대니……"

"뭐라고 대답했는가?"

"어쩔 수 없어, 급한 일로 일본에 돌아갔다고 둘러댔습니다. 그런데 오늘밤 다시 홀연히 모습을 보이면 곤란합니다."

"그렇다면 조선옷을 입고 나가야겠네."

"들키면 큰일입니다."

"괜찮네. 들키거나 하지는 않네."

"여기로 돌아오시는 거죠?"

"오고 싶지만 상황을 봐서……. 혹시 내가 돌아오지 않으면 이 편지를 코지마 님께 전해주게."

상인은 편지를 손에 들고

"편지가 두 통이군요. 코지마 나미노신 님 그리고 사이고 다카모리西鄕隆盛 님. 아아, 이 사이고西鄕라는 분은 매우 명망이 높으신 분이군요."

"사츠마 번의 지사로 요시노스케吉之助라는 분이시지."

"도련님, 이분도 아십니까?"

"아버지의 친우로 나도 신세를 많이 졌지."

조선에 부는 모래바람

29회

　일본을 물리치자는 고시문告示文이 경성부사에게서 오자마자 동래부사는 근방의 각 무관에게 격문을 띄워 알리니, 각자 육해군을 정비하여 와 초량관의 일본인을 위협하려고 난리들이다. 그러니 이날의 군사훈련은 초량 일본관 위협훈련에 불과했던 것으로, 군사수가 많음을 알리기 위해 농부 어부는 물론 심하게는 거지들까지 동원했다고 한다. 전군前軍은 다대포와 부산 소속의 병사 2천여 명이 수백 척의 작은 배에 올라타고 다양한 깃발을 펄럭이며 부산성 밖의 해변에서 출항하고, 중군中軍은 동래부사를 비롯해 각지의 수령문관守令文官 무리들이 각자 작은 배 세 척을 서로 붙들어 매어 둥글게 만들어, 악사는 음악을 연주하고 관비인 기생이 춤을 추니, 마치 뱃놀이를 하는 듯하다. 후군後軍은 울산의 장군과 통영의 절도사이나, 이 또한 수천의 군사를 거닐어 축과 노를 삐걱거리며 서서히 나아가 절영도絶影島에 이른다. 마사모토는 삿갓을 푹 눌러쓰고 조선옷을 입고 용미산龍尾山에 올라 멀리 보이는 섬들을 바라보니 대군은 모두 상륙하여 포수 창수 기수 사수가 각각 나뉘어져 연습을 하고 있다. 하지만 보아하니 한패는 앞으로 가고, 또 한패는 뒤로 가고, 일어서는 이와 바닥에 눕는 병사까지 있다. 훈련 중 담뱃대를 물고 있는 병사도 있고, 진두에서 지휘하는 장교가 갑옷 소매를 더듬더듬 뒤지기도 하고, 종국에는 음식을 먹기도 하는 등 그 규율 없음에 혀를 내두를 정도이다. 마사모토가 이 장면을 보고 혼자 실소를 금치 못하고 있으니, 뒤에서 한 사람이 다가와 가볍게 마사모토의 어깨를 두드린다. 놀라서 돌아보니 양산의 부자 상인인 거씨巨氏의 머슴인 한길준韓吉俊이라는 자로 이전부터 얼굴을 아는 사내였다.

"누군가 했더니 한가였군. 무슨 일로 여기에?"

"대훈련을 구경하려고 하루 허락을 받아 왔습니다. 당신은 왜 이런 곳에 와 계십니까?"

"나 말인가? 나도 훈련을 구경하러 왔지."

"아니! 집의 소동을 어찌하고 구경이나 하고 계십니까?"

마사모토는 놀라서

"집의 소동이라니……?"

"그럼 아무것도 모르시는군요. 도대체 양산을 언제 출발하신 것입니까?"

"그저께 점심 무렵이 지나서네."

"그렇다면 모르는 것도 당연하십니다."

"도대체 무슨 일인가?"

"큰일 중에도 큰일입니다. 주인어른께서 어제 아침에 옥에 갇히셨습니다."

마사모토는 놀라서 벌떡 일어나

"아니 뭐라고 양부養父가 옥에……. 도대체 무슨 죄로? ……."

"무슨 연유인지는 모르나 어제 아침에 포박되어 끌려가시는 것을 보았습니다."

"정말인가?"

"제가 왜 거짓말을 하겠습니까?"

"큰일이다. 그렇다면 이러고 있을 수가 없구나."

마사모토가 황급히 출발하려고 하자

"아아……. 기다려 주십시오. 지금 뛰어간다고 해도 양부가 풀려나는 것도 아니고 군수郡守도 대훈련 때문에 오늘은 부산에 와 있습니다."

마사모토는 잠시 멈추어 서서

"군수가 부산에 와 있는가?"

"예. 오늘 아침 일찍 나와서 내일 돌아간다는 소문입니다. 제일 높은 양반이 자리를 비웠으니 장인을 구할 수도 없습니다. 그것보다 훈련을 관람하고 저와 함께 돌아갑시다. 서둘러서 돌아간다고 해도 이번에는 돈을 써서 구해줄 수도 없는 상황입니다. 그런데 당신은 그 집의 따님과 혼인을 할 생각이십니까?"

마사모토는 당돌한 질문에 놀라

"괜한 것을 묻는 녀석이구나. 나는 그럴 생각은 없다."

"그러시다면 그냥 내버려 두십시오. 김수명은 어떨지 몰라도 당신은 곤란할 게 하나도 없을 테니까요."

의미심장한 미소를 띠며 하는 한길준의 말에 마사모토는

"김씨 가문이 어려워지면 나도 어려워진다. 어떻게 그냥 못 본 척할 수가 있겠는가?"

"아니. 어려워질 것 하나도 없습니다. 그럴 만한 이유가 있습니다."

"그 이유라는 게 뭐냐?"

"김수명과 나의 주인집은 양산에서 모두 부자들입니다."

"그렇지."

"그 부자가 서로 전답문제로 싸워 사이가 아주 나쁘지요."

"그런 모양이더구나."

"그건 그렇다고 치고 김가 쪽에도 딸이 하나, 저희 쪽에도 딸이 하나 있지요. 둘 다 적령기의 상당한 미인들이지요."

마사모토는 크게 웃으며

"무슨 이야기인지 도무지 알 수가 없구나."

"우선 들어 보십시오. 그런데 그 두 미인이 다 당신을……."

말을 하며 한길준은 마사모토의 얼굴을 빤히 바라보더니 생글거리며

"이미 정오군요. 한 끼 하고 가시죠."

"그래. 내가 밥을 사지. 하지만 이야기를 조금 더 듣고 싶네."

"나머지는 밥을 먹고 난 후 이야기하죠. 와! 드디어 대포를 쏘았네. 일본 놈들 간이 콩알만해졌겠네."

30회

마사모토는 가교꾼을 고용해 서둘러 양산에 도착하니 김수명의 집은 사방의 문을 걸어 잠그고 적막해 마치 사람이 아무도 없는 것 같다. 뒷문을 열고 성큼성큼 들어가니 하인들 모두가 부엌에 모여 수군거려 마치 상갓집 풍경이다. 마사모토는 양모養母인 방계의 방 쪽으로 다가가

"어머니 계십니까?" 하니 "아니? 정원인가?" 하며, 눈물 젖은 목소리로 뛰어나와 문을 연다. 마사모토가 들어가 절을 하니, 방계는 등불을 가까이에 대며,

"어이구 돌아와 주었군요. 안 계실 때 큰일이 있었습니다."

마사모토는 말을 가로막으며

"저도 거씨 집안의 머슴에게서 아버님께서 감옥에 잡혀 계시다는 이야기는 들었습니다. 도대체 무슨 죄를 저질렀기에 잡히신 것입니까?"

"아무 죄도 없지요. 세금 연공은 하나도 밀리지 않고 내었고, 불쌍한 사람 도와주는 좋은 남편이라는 것은 다 아는 사실이지요. 상을 받을 일은 있어도 벌을 받을 일은 하나도 없지요."

"그렇다면 아무 말도 않고 그냥 잡아갔다는 말인가요?"

"그저께 밤, 예전부터 군수의 수부守簿[14]였던 유청승劉淸昇이라는 사람이 남편을 찾아와 소곤소곤 이야기를 나눈 후, 남편은 걱정스러운 얼굴로 큰 한숨을 짓고 계셨습니다. 나도 걱정이 되어 무슨 얘기였는지 여쭈어 보았지만 상세하게 말씀하시지는 않으셨습니다. 단지, 정원 씨가 돌아오면 빨리 딸과 혼인을 시키라는 그 말씀뿐이셨지요. 그리고 그날 밤은 바로 잠자리에 드셨습니다만, 다음날 관청에서 사람이 나와 남편을 묶더니 무리하게 잡아갔습니다."

"그 이후는 전혀 모르십니까?"

"혹시나 무슨 착오로 잡히셨다면, 지은 죄가 없으니 바로 풀려나서 돌아오실 거라고 어제 하루를 기다렸지만 돌아오지 않으셨습니다. 그래서 오늘 아침에 옥 안에 넣어줄 물건을 조금 준비해 보내었습니다만, 그 때 남편이 '그렇게 간단히 풀려날 것 같지는 않다. 정원은 아직도 돌아오지 않았는가? 돌아오면 바로 내가 말한 대로 준비하여 결혼

---

14 이방에 해당하는 관직일까? 신문판에는 수부守簿, 육마六馬가 혼용된다. 모두 중국의 관직명이다. 작가가 조선의 관직명에 능하지 못해 고심했음이 보인다. —역자

을 시키게. 만날 수 있다면 정원을 한번 꼭 만나고 싶다고 전해 주게'라고 하셨지요."

마사모토는 노여움에 눈을 치켜뜨고 있었으나,

"아무 죄 없는 사람을 옥에 가두다니 천부당만부당한 일. 아버님은 얼마나 힘이 드시겠습니까? 내일은 무슨 수를 써서라도 한번 만나 뵙겠습니다."

"남편의 간곡한 부탁이니 제발 한번 잠깐만이라도 만나봐 주십시오. 두 사람이 상의를 해서 빨리 나올 수 있는 방법이 있다면 다소의 돈을 써서라도 나올 수 있도록 ……."

"어떻게든 궁리를 해 볼 테니 너무 걱정하지는 마십시오. 그런데 따님은 별일 없으신가요?"

"그 애도 너무 걱정을 하여, 그 때문에 병을 앓아 어제부터 병석에 누워있습니다만, 당신이 돌아온 것을 들으면 필시 기뻐하겠지요. 제발 남편을 하루라도 빨리 옥에서 구해내어 남편의 소원대로 향란과 축복된 혼례를 올려 주십시오."

마사모토는 고개를 끄덕일 뿐 한참을 말없이 생각에 잠겨있더니, 방계를 바라보며

"묘한 이야기를 여쭤봅니다만, 조금 전에 거일산이라는 자가 오지 않았습니까?"

방계는 놀라하며

"왔습니다. 도대체 그 남자와는 전답문제로 싸움을 한 이후로는 오랫동안 서로 교제하지도 않았는데 무슨 생각인지 얼마 전부터 여러 가지 선물을 들고 여기를 찾아왔습니다."

"뭐 때문에 왔습니까? 그래서 나도 이상하게 여겨 남편에게 물었더니, '말도 안 되는 소리다. 상대도 하기 싫으니 선물을 그대로 들고 가'라고 했다고 말할 뿐 다른 얘기는 없었습니다."

"그렇습니까? 오기는 왔군요."

방계는 걱정스러운 듯이

"그자가 무슨 짓을 한 것입니까?"

"아닙니다. 아무것도······. 오늘은 일찍 자고 내일 아침 일찍 아버님을 만날 계획을 생각해 봅시다."

"많이 피곤하실 테지요."

"안녕히 주무십시오."

 31회

지난 3월 3일은 날씨가 너무나 화창했기에 강 하구에는 비단을 실은 배도 떠있고 산간에는 술잔을 돌리는 자들로 활기가 넘쳤다. 양산 굴지의 상인인 거일산에게는 청양靑楊이라는 딸이 있는데, 올해 열여섯의 봄을 맞이해 꽃과 같은 용모에 버드나무 같은 자태를 자랑한다. 하지만 항상 깊은 창속에만 갇혀있어 거친 바람과 해를 맞은 적이 없었다. 오늘은 부모님을 따라 곱게 차려 입고 산과 들에서 봄놀이를 즐긴다. 시녀인 유아柳兒를 데리고 꽃을 따고 나비를 쫓기에 여념이 없었던 중 어느 사이엔가

계곡을 지나 산봉우리를 넘어 산속 깊이까지 들어왔다. 겉저고리를 들어 위를 올려다보니 깎아지른 듯한 바위 위에 작은 소나무 한 그루가 서 있어 녹색이 무성하고, 소맷자락에 걸려 돌아보니 사방에 붉은 꽃들이 흐드러지게 피어있다. 저쪽에서는 새가 울고 이쪽에는 수양버들이 춤추는 아름다운 봄 경치에 청양과 유아는 시간 가는 줄도 모르고 이슬을 밟고 안개를 가르며 즐겁게 돌아다닌 것이다.

"아버님 계신 곳에서 한참 멀리 온 것 같네."

"예. 이제 돌아가셔야지요. 길을 잃으면 큰일나니까요."

"또 언제 나올 수 있을지도 모르니 오늘은 천천히 오랫동안 놀다가 가고 싶어."

"그것도 그렇군요. 길을 잃어 집에 못 가지는 않겠지요. 저희가 늦어지면 아버님께서 분명히 사람을 보내실 거예요."

"이 계곡을 따라 조금 더 올라가 보자."

"예. 그렇게 하시지요. 아직 이곳보다 훨씬 좋은 곳이 있을지도 모르지요."

계곡 물을 따라 한참을 가니 앞쪽에서 들려오는 씩씩한 남자의 목소리가 있었다.

"아니. 사람 소리가……."

서둘러 겉저고리로 얼굴을 가릴 틈도 없이 다가선 남자는, 나이는 청양보다 한두 살 많을까? 복숭아꽃 가지를 한 손에 꺾어들고 유유히 걸어온다. 몸에는 깨끗한 면옷을 걸치고 있다. 아직 상투를 올리지는 않았지만 풍채가 든든하고 얼굴은 옥과 같다. 청양이 멈추어 서서 그 남자의 뒷모습이 아련해질 때까지 지켜보고 있으니, 유아는 빙그레 웃으며, "아가씨 너무 멋진 남자죠?" 한다. 청양은 놀라서 얼굴을 붉힌다. 하지만 이내 아무렇지 않은 척하며 "그런가?" 하고 되묻는다.

"참으로 김가의 따님은 행복한 사람입니다. 저런 남자의 아내가 되다니……"라는 시녀 유아의 얘기를 듣더니 놀라서,

"뭐라고? 김가?"

"예. 지금 옆으로 지나간 사람은 정원이라는 사람으로 김가의 양자이며, 곧 향란 아가씨의 남편이 될 분입니다."

"저 사람이 향란 집의 양자인가? 벌써 혼례를 올린 거야?"

"아뇨. 아가씨 뭘 그렇게 놀라세요?"

청양은 부끄러워져 걸음을 옮기며

"아니. 그냥 궁금해서……."

"아직 혼례는 안 올렸지만 작년의 이야기로는 내년 봄에는 식을 올린다고 했으니, 이제 곧 올리겠지요."

오래 걸어 지친 것일까? 갑자기 청양은 힘없는 목소리로

"향란도 예쁘니 두 사람은 무척 잘 어울리겠네."

"아가씨도 지지 않도록 멋진 신랑을 맞으세요."

"나는 싫어."

"아니? 왜요?"

"시집 안 갈 거야."

"그런 말씀 하지 마시고 결혼하십시오. 일전에도 아버님이 일찍 사위를 보고 싶다고 하시지 않았습니까?"

"뭐라 해도 나는 싫어."

"그래도 결혼 안 하시면 집의 혈통이 끊어집니다."

"끊어져도 할 수 없어."

"그런 말씀 하셔도 부모님이 허락 안 하실 겁니다."

"허락 안 하셔도 괜찮아."

"불효십니다."

"불효라도 어쩔 수가 없어."

외동딸이라 애지중지 길러서인지 평소에도 고집스러운 부분이 없지는 않지만 착한 성품인데 오늘은 유달리 고집을 부린다. 유아는 기가 질려 두 번 다시 결혼 애기를 꺼내지 않는다.

32회

거일산은 어떤 인물인가? 김수명의 아버지 대에는 가난한 소작인으로 나이 서른이 되도록 장가도 못 가고 있던 것을, 김수명의 부친이 불쌍히 여겨 땅 한 자락을 나누어 주고 모든 일을 돌봐주어 그의 형편이 서서히 좋아지기 시작했다. 이 모든 것이 김가의 은혜라 생각하여야 함이 마땅하나 성미가 원래 잔인하고 각박하여 은인인 김가에게 악행을 서슴지 않으니 은혜를 원수로 갚는 꼴이다. 군수 정사석이 양산에 왔을 때 당초에 군청 수리를 구실로 뇌물을 요구한 적이 있었다. 그 무렵 수명의 부친은 돌아가셨고 수명은 아직 어렸기에, 거일산이 김가의 일을 보고 있었으나, 머지않아 본색을 드러내 정 군수에게 아부를 하였다. 정 군수가 요구하는 대로 돈을 바치고 또 본인도 그 틈을 노려 많은 돈을 횡령해 거만하기 그지없었으나, 그때부터 정 군수의 앞잡이가 되어 양민을 괴롭히고 재산을 빼앗았다. 몇 년 전에는 김수명과 전답의 경계선 때문에 다투어 관가에 고하였고, 군수는 거일산을 편들어 모두 거일산의 손을 들어주었으니, 그때부터 일산은 김가의 원한을 사게 되었고, 다년간의 교제는 완전히 끊어져 버렸다. 그렇게 인면수심人面獸心의 그였지만 자식을 생각하는 마음은 보통의 부모와 다르지 않다.

지난 3월 3일에 온 가족이 근교에 나들이를 갔다 온 이후로 사랑하는 딸 청양이 갑자기 병을 얻어 자리에 누운 지 10일째이다. 유명한 의사를 다 부르고 정성껏 치료를 하는데도 좋아질 기미가 전혀 보이지 않고 날로 여위어 가, 지금은 가망이 없어 보이기까지 하는데, 어느 날 여의사는 청양의 병의 원인이 사랑이라고 한다. 일산은 이상하다고 여겨, 시녀인 유아를 사람 없는 곳에 불러, 여의사의 말을 전하고, 혹시 짐작 가는 바가 있는지를 물었다. 어디의 어떤 귀공자라도 정 군수의 힘을 빌려 혼사를 성사시켜 주겠다고 다짐을 하니, 유아는 한참을 생각하더니 여의사의 말이 맞을 것 같다고 아뢴다. 저번 날 산속에서 정원을 만난 이후로 청양의 거동이 수상한 점이 많아 만약에 사랑하는 사람이 있다면 필시 김가의 정원일 거라며 그 당시의 일을 상세히 전한다. 과연 일산도 김가 쪽이라고 하니 난감하기 그지없다. 게다가 공공연히 혼인하기로 된 양자이니 달리 방법도 없다. 어찌 되었건 잘 지켜봐주라고 말해두고, 사람을 시켜 정원의 소생을 알아보니 단지 지난해 김수명이 대구에서 돌아오던 길에 데리고 왔다는 것뿐, 성도 출생도 알 방법이 없으나, 문무에 능하고 사려 깊어 보기 드문 청년이라

한다. 김가의 양친은 사위를 삼으려고 미리부터 마음먹고 있었으나, 정원은 무슨 연유에서인지 결혼에 적극적이지 않고 날을 미루고 있다고 한다. 일산은 이 소식을 듣고 크게 기뻐하여 시녀인 유아를 불러 과연 딸이 사모하는 자가 정원임이 분명한지를 확인하니, 유아가 단연코 그러하다고 답한다. 그렇다면 하루라도 빨리 딸을 위해서라도 매파를 넣어 정원을 사위로 삼겠다고 작정했으나, 다름 아닌 김수명이니 갑자기 부탁을 한다 해도 정원을 양보할 리가 없다. 먼저 정원을 만나 마음을 얻어 보려고, 어느 날 정원이 궁술을 연마하기 위해 교외로 나갔을 때를 노려, 거일산이 그곳으로 갔다. 거기에서 거일산은 정원의 궁술을 칭송하며 접근하여, 마침내 서로의 주소 씨명을 묻고 대답하며 이야기의 단서를 찾아가니, 정원이 왜 김가의 사위되기를 거부하는지를 듣게 되었다. 일산은 기뻐하며 자기 집이 부자인 것과 딸 청양의 얼굴이 고움을 자랑하여 정원의 환심을 사려고 애썼다. 정원은 얼굴에 웃음을 띠며

"그렇게 부잣집의 미인을 아내로 삼으면 더 없는 행복이니 나도 남자로 태어난 이상은 꿈에라도 한번 보고 싶다"고 비웃었으나, 어리석은 일산은 알아차리지 못하고 이렇게 빨리 정원을 맞게 되었다고 기쁨을 감추지 못하니 한심하기 그지없다.

부기 _ 여의는 관비로서 부인의 치료를 담당하나, 간혹 건강한 남자가 병에 걸려 부르는 경우도 있다. 남자 의사가 부인을 진찰할 때는 방 입구에 휘장을 치고 얼굴을 볼 수 없게 한다. 만약 복부를 주무르는 등의 경우가 있으면 항상 얼굴을 돌려야 한다. 관가로부터 인민들에게 돈을 요구하는 경우는 비일비재하다. 인민들은 거부할 수 없어 당국의 인민들은 부자라는 말을 듣는 것을 극히 싫어한다.

33회

앞에서도 말했듯이 거가와 김가는 서로 전답을 두고 다투어 그 관계가 악화된 채, 길에서 만나도 서로 얼굴을 돌리고 외면할 정도로 사이가 나쁘다. 그런데 어느 날 거일산이 갖가지 선물을 들고 높은 김가의 문지방을 넘어 주인인 수명에게 면회를 요청하였으니, 짐승보다도 싫어하는 거일산의 방문이라는 소식에 수명은 전율했다. 그러나 김수명은 원래 온후하고 독실한 성격이어서 바로 쫓아내지도 못하고 방으로 맞아들이니, 거일산은 평소와는 달리 예를 갖추어 우선 평소에 소홀히 대했던 것을 사과하니, 언행이 마치 다른 사람을 보는 듯하다. 김수명은 수상히 여겨 거일산이 장황하게 늘어놓는 얘기가 끝나기를 기다리지 못하고 찾아온 연유를 물었다. 일산은 김가가 베푼 은혜는 죽어도 잊지 못할 일이나, 어느 날의 아침의 잘못된 과욕으로 전답 때문에 분쟁이 되어 서로 교제를 끊게 되었던 바, 사람들은 자신을 가리켜 배은망덕한 자라 욕하니, 하물며 저승에 계신 큰 주인님께서는 얼마나 화를 내고 계실까를 생각하면 몸 둘 바를 모를 지경이니, 바라옵건대 그 전답을 모두 되돌려 드리고 오래된 관계를 다시 바로잡고 싶다는 얘기를 했다. 너무나 의외의 말에, 김수명은 어이가 없어 잠시 망연자실하였으나, 이제까지의 악한이 아무 이유 없이 과거를 뉘우칠 까닭이 없고, 또 소송에서 이긴 땅을 이렇게 이제 와서 되돌려 줄 리가 없음을 깨달았다. 그러나 단지 교제를 다시 이어가고 싶다는 이야기는 이쪽에서도 바라던 바이므로, 내가 진심이면 상대방도 진심이리라 믿고 의심 없이 그렇게 하자고 답하였다. 거일산은 기뻐하며 더욱더 아양을 떨며 입에 발린 말로 치하를 한 후, 결국 부탁하여 이 집의 정원을 딸인 청양의 사위로 삼고 싶다고 청하니, 김수명은 이것이 진짜 그의 속셈일 것이라고 일찍이 짐작하고 있었다. 모처럼의 부탁이지만 정원은 딸인 향란의 신랑이 될 몸으로 보낼 수 없다고 하니, 일산은 다시 한 번, 청양이 정원을 처음 본 이후로 상사병에 걸려 지금은 목숨까지 위태한 지경이니 불쌍한 딸을 도와달라고, 도깨비 같은 눈에 눈물을 가득 담아 부탁한다. 오랜 원수 같은 놈, 자식도 아비도 모두 죽여버려도 시원치 않다고 분개해 하던 김수명도, 꼬리를 내린 개를 내쫓기가 불쌍한 듯, 이리저리 위로를 하여 포기를 시키려고 했지만, 일산이 물러나질 않는다. 그러면 정원을 비롯해 딸에게도 이 일을 알려, 모두가 동의를 하면 원하는 대로 하겠다고 일산을 돌려보냈다. 다음 날, 일산에게 서한을 띄워, 어떤 일이 있어도 이 부탁은 받아들일 수 없다는 것을 알리고, 보내온 선물도 모두 되돌려 보냈다. 그래도 일산은 미련을 버리지 못하고 수단과 방법을 가리지 않고 수명을 설득하려 하였다. 그러나, 끝내 수명의 마음이 변하지 않으리란 것을 알고는, 이제는 보통의 수단으로는 불가능하리라 생각하여, 그렇다면 이쪽에도 다 방법이 있다면서, 어느 날 정 군수를 찾아가 여러 이야기를 나누는 중, 김수명의 딸인 향란은 세상에 보기 드문 미인으로 정 군수가 그녀를 첩으로 삼으면 얼마나 좋겠냐며, 향란을 극찬하니, 정 군수도 급하게 마음이 동하여, 이전의 군수가 원정양의 자식인 소연을 얻지 못한 이래로, 하늘 아래 그녀와 같은 미인은 다시 없으리라 여기고 있었는데, 과연 소문대로 미인이라면, 내가 무슨 수를 써서라도 첩으로 삼으리라 다짐한다.

"그 부모는 이 일을 허락하겠는가?"라며 정 군수가 거일산에게 바짝 다가앉으며 물으니, 거일산은 속으로 쾌재를 부르며

"그 정도의 미인인데 어느 부모가 간단히 허락을 하겠습니까? 그렇지만 군수님께서 꼭 원하신다면 누가 그 명을 거역할 수 있겠습니까? 원정양조차 그렇게 되었는데, 하물며 하찮은 백성인데……. 무슨 문제가 있겠습니까?"라며 부채질을 해대니, 정사석이 함박웃음을 지으며 수부인 유청승을 불러 여러 가지를 의논했다.

34회

부산 포구에서 대연습이 있었던 당일, 마사모토는 한잔의 탁주로 거가의 시종인 한길준을 만나, 그 집의 딸인 청양이 마사모토에게 첫눈에 반하였고, 그래서 아버지인 거일산이 김수명을 방문했으나 거절당하여 그 원한으로 정 군수에게 향란을 천거한 것까지의 일련의 전말을 듣게 되었다. 돌아와서 들은 양모의 얘기에 짐작되는 바가 많았지만, 정원은 망설이지 않고, 다음날 아침 일찍부터 음식을 준비해서 김수명이 잡혀있는 감옥으로 향했다. 간수는 아직 나오지 않았는지, 아님 아직 잠을 자고 있는지, 문이 굳게 닫혀 있고, 안도 조용했다. 뒤쪽으로 돌아가니 문 하나가 나온다. 필시 여기로 드나드는 곳이리라. 정원이 밖에서 두드리니 자다가 놀란 목소리로 일어나 한 사람이 문을 연다.

"안녕하세요. 날씨가 좋습니다."

"뭐야, 이 녀석은? 날씨 좋은 거랑 나랑 무슨 상관이야? 머저리 같은 녀석이 사람을 놀라게 하네. 다음 당번 출근치고는 너무 빠르다 싶더니만……"이라며 남자는 정원을 노려보며 욕을 해댄다. 정원은 그 욕을 흘려들으며 손을 비비며 머리를 숙여

"아침 일찍부터 참으로 미안합니다. 사실은 죄인인 김수명에게 음식을 조금 들고 왔습니다. 살펴보시고 괜찮으시다면 조금 먹이게 해 주십시오"라며 준비해 간 엽전 하나를 건넨다.

"이것은 만일 김수명에게 급한 일이라도 생기면 잘 부탁한다는 의미입니다."

지옥도 돈이 필요하다더니, 뇌물을 보더니 간수는 갑자기 싱글벙글 하더니,

"자네는 아직 어린데도 사물의 이치를 잘 아는 녀석이구나. 자, 안으로 들어오게. 여기서 우물쭈물 하는 것을 남이 보면 좋지 않네."

"그렇습니까? 그럼 잠시 실례하겠습니다."

정원을 안으로 들어오게 하더니 간수는 다시 문을 쾅 닫았다.

"간수라는 직업은 아무나 하는 게 아니야. 상냥하게 대하면 질서가 안 잡히고, 그렇다고 해서 자네처럼 똑똑한 사람을 잡아 욕을 퍼붓고 나면 나중에 후회가 남으니……."

정원은 크게 웃으며

"괜찮습니다. 그런데 김수명은 건강합니까?"

"무척 건강하니 아무 걱정 말게. 우리도 가능한 신경을 쓰고 있으니……."

"고맙습니다. 그런데 도대체 무슨 죄목으로 잡혀 온 걸까요?"

"우리도 도대체 알 수가 없네. 김씨 가문이라면 소문난 부잣집, 게다가 인품이 높다고 소문난 집안인데 무슨 사정으로 들어온 것인지 우리들도 수상히 여기던 바이네."

"고맙습니다. 참으로 훌륭하신 인품이긴 합니다만, 설마 없는 죄를 덮어 씌어 가두지는 않았겠지요."

"그건 알 수 없는 일이지. 죄 없는 사람이 잘못 들어오는 경우도 있으니……."

"그렇다면 빨리 밝혀야만 합니다."

"그래야지. 언제까지고 이런 곳에 잡혀있어서는 안 되지. 양산에서는 그런 일은 없겠지만, 윗사람에게 밉보이면 죄가 없어도 잡혀오거나 죽임을 당하기도 하는 일이 왕왕 있으니……."

"그런 일도 있습니까?"

"있고말고. 밉게 보이면 무슨 트집이라도 잡아 감옥에 잡아넣지. 그 다음에는 독살을 하든 고문을 해서 때려죽이든 무슨 짓이라도 가능하지."

"참으로 위험하군요."

"김 대감도 고문은 당하지 않아야 할 텐데……."

"고문을 피할 방법은 없습니까?"

"그건 좀 어렵지. 하지만 고문당하고 싶지 않다면 하루 빨리 자백을 해 버리든가, 달리 구제 받을 방법을 찾든가, 둘 중의 하나 밖에 없지. 물론 곤장 정도로 끝날 일이라면 손을 쓸 방법이 있기는 하지."

"그런 방법이 있습니까?"

"있고말고. 곤장을 맞게 되면 치는 간수의 손에 그 강약이 달려 있으니, 그 간수에게 미리 잘 부탁해 두면, 소리는 요란하고 그리 아프지는 않도록 때려 주지. 그런데 밉보이기라도 하면 소리는 그다지 크지 않아도 반죽음을 만들어 놓지. 이런 말을 하는 것은, 우리가 곤장을 칠 수도 있기 때문이지."

마사모토는 다시 소매 속에서 한 다발의 돈을 꺼내어

"조금 전의 것은 용돈입니다만, 이번 돈은 드시고 싶은 것이 있으면 사서 드시게 해 주십사하고 당신에게 맡기는 돈입니다."

간수는 크게 기뻐하며

"오냐. 잘 알겠다. 걱정하지 말도록……."

> **부기**_ 관청의 편의에 따라 뇌물을 허락하는 경우도 있다. 처음부터 돈을 노리고 잡아 가두는 일도 있다. 임신한 여자, 70세 이상의 노인은 돈을 갖다 바치는 일이 허다하다.
> 기자도 일찍이 곤장을 때리는 일을 몇 번이고 본 적이 있다. 매에는 대, 중, 소의 구분이 있어, 단지 죄인을 눕혀 옷을 걷어 올려 엉덩이를 때리는 것으로, 사다리 같은 형틀에 묶어 땅 아래를 보게 엎어 치는 것으로 그 방법은 여러 가지가 있다. 간수가 매를 내리치면 죄인은 흙을 씹으며 괴로워한다. 그 중에는 손가락을 움직여 뇌물을 약속하여 간수에게 동정을 구하는 경우도 있어, 손가락 하나를 굽히거나 손가락 두 개를 펴는 것, 이것은 금액의 많고 적음을 나타내는 것이라 한다. 죄인의 돈은 집에서 보내온다.

35회

정원은 두 꾸러미의 돈으로 간수의 마음을 풀어놓고, 다시 한 꾸러미를 내밀어 김수명을 만날 수 있었다. 감옥은 견고한 통나무와 돌로 쌓아 올려 실내는 어둡고 불결하기는 이루 말할 수가 없다. 수인은 누구랄 것 없이 멍석 하나 없이 땅바닥에 드러누워 있다. 험한 매질을 당했는지 피범벅이 된 자도 있고, 집이 가난하여 뇌물을 전혀 쓸 수 없었던 자는 옷과 음식도 제공을 못 받았는지 추위와 배고픔에 울음짓는다. 보고 듣기에 영혼이 사라지고 장이 찢어질 듯하다. 정원이 창 쪽으로 다가가니 그들은 동정을 구하는 듯, 소리를 맞추어 울음소리를 낸다. 간수가 달려와 "시끄럽다. 조용히 해"라며 날카로운 목소리로 제지를 시킨다. 다시 간수는 목소리를 부드럽게 낮추더니 "김 대감 면회인이 와 있습니다" 하고 알린다. 고개를 돌리고 눈을 감고 단좌하고 있던 김수명은 놀라 등을 돌려 앉으며

"아…… 정원. 자넨가? 잘 왔네."

눈물을 훔치며 기뻐하는 얼굴이다. 보아하니 이곳에 온 지 불과 하루 이틀 밖에 지나지 않았는데도 통통했던 볼은 여위어 창백해졌고, 명랑했던 눈은 퀭해져 몰라 볼 정도로 수척해졌다.

"제가 없는 동안에 큰 변고를 당하셔서서 얼마나 상심이 크십니까?"

"이런 꼴을 보고 한심하게 여기겠지만, 나는 전혀 알지도 못하는 일이라네. 설령 이렇게 당해 죽을지라도 절대로 없는 죄를 인정하지는 않을 각오일세."

"그러면 의심스러운 점은 어떤 것이 있습니까?"

"잡혀 온 그날 아침 심문을 한 번 받았으나, 그 이후는 아직 한 번도 부르지도 않네. 그 때 들은 혐의라는 것이, 내가 백성들을 선동하였다고 하는 당치도 않은 소리였네."

"천부당만부당한 소리입니다. 백성들을 하나하나 조사해 보면 금방 밝혀지겠지요."

김수명은 고개를 흔들며

"설령 이 일의 무죄가 밝혀져도 나는 쉽게 못 나갈 것 같네."

"그건 또 왜 그렇습니까?"

김수명은 이야기를 하려고 했으나 밖의 간수가 신경이 쓰여 머뭇거리고 있자니, 돈 세 다발의 위력인지, 간수는 잠시 자리를 비켜주었다. 김수명은 기회를 노려

"본디 죄가 없는 것은 모두가 알고 있는 바, 단지 나를 고생시켜 복수를 하려는 수작이네."

"복수라니? 당신에게 원한을 품은 사람이 있습니까?"

"아니. 원한이라 할 것까지도 없네만, 분한 마음의 화풀이로 죄 없는 사람에게 죄를 덮어씌운 것이지."

"도대체 무슨 이야기인지 모르겠지만, 힘 앞에는 굴복해라라는 말도 있듯이 원한을 사지 않도록 하시는 게 좋지 않겠습니까?"

"다른 일이라면 어떻게든 들어주겠네만, 이 일만은 어쩔 수가 없네."

"자세하게 말씀해 주십시오."

정원의 물음에 김수명은 한참을 생각하더니

"말한다고 해도 달리 방법이 없는 일, 이 일만은 이야기하지 않겠네."

그때 간수가 돌아와 누구에게랄 것도 없이

"시끄럽다. 반장이 곧 순찰을 도니 청소라도 해 둬라"라며 정원이 돌아가기를 재촉한다. 김수명은

"빨리 돌아가게. 반장에게 들키면 시끄러워지니……."

"그럼 이만 돌아가겠습니다."

간수는 서둘러 문을 열어 정원을 기다리고 있다. 정원은 나오려다가 몇 번이고 망설인 끝에 창 쪽으로 달려가 "아무쪼록 몸조심 하십시오. 이제 가보겠습니다" 했다. 김수명은 일어나 두 손에 힘을 주어 부서질 듯이 창틀에 매달리며

"정원에게 꼭 하나 부탁해 두고 싶은 게 있네. 부디 내 딸 향란과 오늘 당장이라도 혼례를 올려주게. 그렇게만 된다면 나는 이곳에서 죽어도 여한이 없다네."

"모처럼의 부탁인데 흔쾌히 허락하고 싶지만 그렇게는 안 됩니다."

"그건 왜인가?"

"저는 다른 곳에 양자로 가야 하기 때문입니다."

"무슨 그런 일이……."

"거가 집안의 딸인 청양의 남편이 되어야 합니다"라는 말을 남기고 정원이 밖으로 뛰어나가니 김수명은 너무나 어이가 없어 철퍽 쓰러진다. 서둘러 다시 몸을 일으켜 보지만 이미 문밖을 넘어서는 정원의 뒷모습을 멀리서 지켜볼 수밖에 없다.

 46회

　정원이 돌아오자 엄마인 방계와 딸인 향란이 좌우를 에워싸고 김수명의 안부를 묻는다.
　"우리 집 주인 양반은 만나셨습니까?"
　"간수에게 뇌물을 써 겨우 만났습니다."
　"예. 만나주셨군요. 그런데 아버지는 별고 없으시던가요?"
　정원은 초연히 향란을 바라보며
　"잠시 못 뵌 사이에 몰라볼 정도로 야위셨습니다."
　모녀는 이 말을 듣고 말을 잇지 못하고 눈물만 흘리며 정원의 얼굴을 쳐다볼 뿐이다.
　"보기에도 딱한 옥중 생활. 이대로 4, 5일만 더 붙잡혀 계시면 목숨도 알 수 없는 상황입니다."
　향란은 앞으로 쓰러지며 울음을 터뜨리고, 방계는 벌써 눈물도 마른 듯 정원의 무릎에 손을 얹고, 분노로 몸을 떨며
　"도대체 남편은 무슨 까닭에 그런 고초를 당하는지요?"
　"죄가 있으니 방법이 없습니다."
　"그 죄라는 것이 도대체 무엇인가요?"
　"백성들을 선동하였다고 하여 군수로부터 심한 심문을 받았습니다. 그러나 원래 죄가 없는 몸이니 어디까지나 모르는 일이라고 딱 잘라 말하고 있으나, 살이 파지고 뼈가 부서지는 무서운 고문에는 생명도 위험합니다."

"목숨과 바꿀 수 있는 것은 아무것도 없지. 몸값을 지불해서라도 구할 방법은 없습니까?"

"몸값을 지불한다고 해도 돈으로는 못 구합니다."

방계는 더욱더 의아한 듯이,

"그럼 무슨 목적으로 죄 없는 사람을 잡아간 것입니까? 아무 방법이 없다면……."

"아니, 그렇지는 않습니다. 꼭 하나 방법이 있습니다. 이것만 되면 내일이라도 나오실 수 있습니다."

"살아날 방법이 있단 말입니까?"

모녀는 기뻐하며 울음을 그친다.

"따님을 군수의 첩으로 보내면 됩니다."

"뭐라고요? 이 딸을 군수의 첩으로……."

"수부인 유청상이 온 것도 다 그 때문이지요. 그 때 승낙을 하지 않았기에 앙심을 품고 군수가 복수를 하고 있는 거지요. 이제 와서 화를 내도, 원망을 해 보아도 상대가 상대이니 만큼, 질 수밖에 없는 싸움입니다. 아버님이 뭐라고 말씀하시든 하루라도 한시라도 빨리 고통을 덜도록 궁리를 하시는 것이 아버님에 대한 자식의 도리이니 아가씨도 싫다고는 하시지 않으시겠지요."

이야기도 끝나기 전, 향란은 원망스러운 듯이 정원을 올려보며 눈물을 삼키며

"첩이라니 천하기 그지없군요. 설령 무슨 일이 있더라도 그것만은 할 수가 없습니다. 부디 다른 방법을 찾아 주시기를……."

"다른 방법이 있으면 말씀드리지도 않았습니다. 아버님을 죽이는

것도 살리는 것도 이제 당신의 마음에 달렸습니다."

강하게 말은 했지만 향란의 마음을 잘 알고 있는 정원은 안쓰럽기 그지없어 가슴이 답답한데, 하물며 그 엄마는 한동안을 쓰러져 정신없이 울어댔다. 한참 후 얼굴을 들어 "남편은 딸에 대해 뭐라고 말씀하셨습니까?"라고 물었다. 정원은 진실을 얘기하지 않고 "이 일에 관해서는 한마디도 안 하셨습니다. 단지 억울하게 누명을 쓰고 죽는 것은 참으로 원통하다고 하셨습니다. 물론 인자하신 성품이셔서 따님에게 나쁜 일이라도 생긴다면 자신은 목숨을 끊는 한이 있더라도 허락하지 않겠다고 하셨지만, 그렇다고 해서 이대로 두고볼 수도 없는 일 아닙니까? 자비심 많은 부모님의 자식은 또 그만큼 효도를 해야 하는 법. 만약에 내가 아가씨라면 몸이 갈기갈기 찢어져도 아버지의 어려운 처지를 구할 텐데……"라고 하니, 향란은 야속하다는 듯이 "목숨을 버려서 해결되는 일이라면 몸이 찢어지는 고통쯤이야 얼마든지 참을 수 있지요. 그러나 정조를 더럽히는……"이라며 얼굴을 붉히고 목이 메어 눈물을 비 오듯 흘린다.

37회

부모님도 허락하고 본인도 사랑했기에 남편이 되리라 믿었던 정원에게 자신의 정조를 바치려 했지만, 아버님을 죽게 할 수도 없고, 그렇다고 아버님을 살리자니 군수 정사석에게 몸을 더럽혀 사랑하는 남자를 남편으로 받들 수가 없게 된다. 이 어찌 슬픈 일이 아니겠는가? 가슴 아픈 딸의 마음을 잘 알지만 달리 무슨 뾰족한 수를 생각할 수 없는 엄마는 단지 엎드려 울고 있을 뿐이다. 그때 정원은 다시 자세를 바르게 하여 "전에도 말씀 드렸듯이 나는 양친은 돌아가셨지만 아직 할머니 한 분이 살아계셔서 몸을 함부로 할 수도 없는 몸으로, 만약에 이번 일에 같이 연루되어 봉변이라도 당하면 너무나 억울한 일입니다. 이 집에는 오랫동안 신세를 졌습니다만, 오늘 바로 이별을 고하고 다른 곳으로 거처를 옮기겠습니다. 항상 몸조심 하시고 지금까지 고마웠습니다"라며 몸을 일으킨다.

생각지도 못한 정원의 한마디에 모녀는 멍하니 어찌할 바를 모르고 있다. 정원이 문을 열어 나가려고 할 때, 향란이 뒤에서 달려 나와

"도대체 당신은 어디로 가시는 것 입니까?"

"여기에서 사람을 고용할 정도의 집안은 거가 집안 밖에 달리 또 누가 있겠습니까? 거가 집안에서는 이전부터 딸의 남편감을 비밀리에 구하고 있던 듯하니, 잘되면 사위가 될 것이고, 그렇지 않으면 그 집에서 일하게 되어 당분간은 먹는 걱정은 잊고 살겠지요."

향란은 흐느껴 울며

"그렇다면 거가의 집에, 그 인간 같지 않은 거일산의 양자가 되어 그 딸과 부부가……."

눈물로 말을 흐리자, 정원은 냉정하게 웃으며

"사촌이 땅을 사면 배가 아프다더니……. 거일산의 재물을 시샘하여 여러 가지 나쁘게 말하나, 하여간 양산 제일의 부자인 거일산이 어

떤 인물이건 간에 일생 함께할 청양만 마음에 들면 그걸로 충분하지."

정의롭고 용기 있고 정이 많아 이제까지 사랑했던 남자의 입에서 저런 이야기를 듣게 되리라고는 꿈에도 생각하지 못했던 향란이다. 더구나 원수처럼 여기던 거일산의 딸에게 정원을 빼앗기는 억울함과 질투와 분노로 저주를 퍼부으려 해도 목이 메고 눈물을 흘리려 해도 눈물이 말라 흐르지 않는다. 엄마는 딸을 위로하여 "항상 정 많던 정원님께서 저런 말씀을 하시는 것은 필시 다른 생각이 있어서일 테니, 엄마가 보기에는 화낼 일이 아니다"라고 타이르니, 향란도 힘없이 매달렸던 소매를 놓는다. 정원이 부엌 쪽으로 걸어 나가고 조금 있자니, 하인이 와서

"정원님께서 저희들에게도 정중하게 인사를 하시고 어디론가 가셨습니다"라고 의아해하며 알린다.

정원의 차가운 말에 방계는 크게 노하였으나, 다시 생각하니 평소에 청렴하고 정의로운 정원은 거짓으로도 그런 말을 할 리가 없는 남자이니, 이것은 필경 남편인 김수명을 구하기 위해 마음에도 없는 말을 해 향란이 자기를 포기하도록 한 의도가 느껴졌다. 그래서 정원이 떠난 후 향란에게도 알아듣도록 타일러 "정원에게 정조를 바치지 못하고 다른 남자의 첩이 되어야 하는 마음이야 아프겠지만, 그렇다고 아버지를 죽게 둘 수도 없으니, 그렇게까지 해서 정조를 지키는 것도 천하의 불효가 될 터이니 정원과도 부부의 연을 맺을 수는 없을 것이다"라고 도리를 타일렀다. 정원의 말을 그대로 믿고 원망을 해 본들 체념하기가 어려운 향란의 마음일 터, 하물며 그런 본심이 숨겨져 있다고 듣고 나니 사랑의 마음이 더욱 깊어져 향란은 그저 울음을 삼킬 뿐

별 다른 대답이 없다. 어머니인 방계도 더 이상은 방도가 없어 난처함에 좀 더 생각해 보라 하며 방으로 돌아갔다.

아버지를 버리자니 자식으로서의 도리가 아니고, 정원을 잊자니 단념이 되지 않는다. 향란은 밤 깊도록 고뇌에 고뇌를 거듭하였으나 달리 좋은 생각이 나지 않는다. 결국 이렇게 살아 무엇 하겠느냐는 비관의 생각에 달 밝은 20일 밤에 집을 걸어나가 용택龍澤의 저수지에 몸을 던지려고 한 순간 누군가가 뒤에서 향란을 안아 붙잡았다.

38회

정원은 속으로는 울면서도 겉으로는 냉담한 척하며 김가의 집을 나서 성문 안의 여관에 도착했다. 정 군수의 극악무도를 분개해 하고 김수명의 위기를 동정하여, 어떻게 그 원수를 갚고 은혜에 보답할 것인가를 깊이 궁리하고 있을 때, 여관의 주인이 급하게 뛰어와 거일산의 방문을 알린다. 정원은 자리에서 일어나 공손히 맞아들이니 거일산도 만면에 웃음을 띠며 신명이 나서 들어온다. 정원이 일어서서 고개를 숙이고 정중하게 인사말을 올리니 거일산은 자리에 앉았다.

"방금 전 한길준이라는 아랫사람이 심부름을 갔다가 돌아와 당신 얘기를 하길래 바로 지금 만나러 왔소."

"친절하시게도…… 여기까지 와 주셨군요. 한씨에게 들으셨겠지만 김가 집안의 주인양반은 범죄의 혐의로 전날부터 옥에 갇혀, 여차하면 나까지도 거기에 휘말릴 수 있다는 소문입니다. 그래서 급하게 이별을 고하고 김가를 나오려던 찰나에 한씨를 만났습니다. 혹시나 거가 집안에 사람이 필요하다면 잘 부탁한다고 청하고 헤어졌습니다."

"자네가 우리 집으로 와 준다는 것은 생각지도 못한 큰 행운이네. 괜찮다면 우리 집은 오늘 밤 부터라도 상관없다네."

"바로 답을 주셔서 정말로 고맙습니다. 그렇다면 어르신 말씀대로 하겠습니다만, 내일은 우선 동래로 건너가 오랜만에 친척을 만나 뵙고 댁으로 들어간다는 얘기도 드려야 하기에 2, 3일 여유를 주십시오."

"과연…… 그래야 도리이지. 이미 결정된 이상 2, 3일을 다투는 이야기는 아니지만 가능하다면 딸아이와도 만나야 하고……"라며 음흉하게 웃는다.

"언젠가 김수명에게도 이야기를 들었겠지만……"

정원은 눈썹을 찡그리며

"무슨 말씀이십니까?"

"아니, 딸 청양에 관해 내가 김수명에게 한 이야기 말이네."

"저는 그런 이야기는 한 번도 들은 적이 없습니다."

거일산은 혀를 끌끌 차며 "그렇다면 자기 혼자 생각으로 답을 한 것이군……"이라고 혼잣말처럼 중얼거리니, 정원이 더욱 의아하다는 듯이

"무슨 말씀이십니까?"

"아니 별 다른 일은 아니네만, 요번 봄에 자네를 만났을 때, 딸에 관해 물었더니, 자네가 딱히 싫지만도 않은 듯이 대답을 하기에, 사실은 내가 자네를 딸의 남편감으로 정하고, 그것을 김가에게 직접 부탁했

었네. 그 때 김가는 자네에게 물어보고 대답하겠다고 하고서는, 집에 돌아오자 바로 편지로 거절을 했었다네. 그러고 보니 자네에게는 일언반구도 없었던 것이었구만."

"그 얘기는 금시초문입니다. 김가네에 다녀가신 것은 전혀 몰랐습니다."

"어쩌겠는가? 사위가 되어 주겠는가?"

"부족한 저의 어디가 마음에 드셨습니까? 황공하신 말씀입니다. 우선 일을 시켜보시고 그래도 마음에 드신다면 그때 분부를 따르겠습니다."

"아니. 자네만 좋다면 우리는 대찬성이네."

"그럼 그 일도 동래에 가서 친척들과 상의를 해서 정하겠습니다."

거일산은 조금 걱정스러운 듯이

"반대는 않으시겠는가?" 한다.

"저만 좋다면야 모두 별 문제는 없을 겁니다."

"그런데 왜 이제까지 김가의 딸과는 혼례를 치르지 않았는가? 돈도 꽤 있고 그 딸도 상당한 미인인데……."

"원래부터 저에게는 과분한 인연이라고 생각하고 있었습니다만, 동성同姓의 결혼은 국법에 위배되는 일이니……."

"동성인가? 그것도 그렇군. 그러나 성이 다르다고 속일 수도 있을 텐데……. 자네도 그 딸은 마음에 들었을 테지?"

정원은 볼 주위를 붉게 물들이며

"좋건 싫건 하여간 귀댁의 따님과는 비교도 되지 않습니다" 하니, '그럼, 정원도 내 딸 청양에게 마음이 있어 김가의 사위되기를 꺼려하였던 건가?'라며 안도하여 크게 기뻐하였다. 내일 동래에 가더라도 오늘밤은 우선 우리 집으로 가서 가족에게 소개를 하고 싶다고 거듭 청하니, 정원은 차마 거절할 수 없어 거일산과 함께 나갔다.

> **부기_** 한인은 놀랄 때는 무릎을 치고, 화날 때는 허를 찬다.

39회

정원이 김가를 떠난 이유 중의 하나에는, 방계가 생각한 것처럼 향란이 자신을 잊게 하기 위한 것이 있었고, 또 다른 하나는 불구대천의 원수인 정사석에게 복수를 하고 싶은 염원이 절실함에 있었다. 그러나 만약에 김수명의 집에서 그 복수를 거행하게 되면 그 불똥이 은인인 김가에게도 미치게 될 것이니, 이번 일을 기회로 삼아 안녕을 고하고 나온 것이다. 그것은 그렇다 치고, 정원은 그날 밤 거일산을 따라 딸인 청양을 비롯해 시녀인 유아, 그리고 한길준 등의 사람들을 만났다. 아버지인 일산이 정원을 손님 대하듯이 극진히 대접하니 청양의 기쁨은 그 어디에도 비유할 수 없을 정도이다. 아팠던 몸도 언제 그랬냐는 듯이 상쾌하여 내일은 벌떡 일어나 목욕도 하고 머리도 다듬겠다고 기쁨에 겨워한다. 정원은 이제는 마음에 걸리는 사람도 없으니, 기회만 생기면 언제라도 정사석의 목을 잘라, 억울하게 죽은 자들의 원혼이라도 달래주려고 내심 기뻐했다. 그러나 운 좋게 정사석의 목을 친다고 해도, 정원의 목숨은 어차피 죽은 목숨과 마찬가지이니, 이제부터라도 각오를 단단히 해야 할 것이다.

정원이 실수를 하게 되면 더 말할 나위도 없이 위험해지니, 오랜만에 할머니를 찾아뵙고 인사라도 고하려고, 다음 날 아침 부슬비가 내리는데도 불구하고 양산을 떠나 예의 암자를 찾아 갔다. 울타리 문을 밀고 들어가니 암자가 너무나 조용하여 인기척이 느껴지지 않는다. '누룩이라도 사려고 시내에 갔나?' 생각하며 잠시를 기다렸으나 아무도 오지 않아, 할 수 없이 암자의 문을 열고 혼자 들어가니 이 어찌된 일인가? 비구니인 청향은 병이 들어 얼굴도 몸도 수척해져 누워 있다. 정원은 크게 놀라

"할머니 무슨 일이십니까?"

청향은 무거운 고개를 들어 올리려 하나 다시 그대로 베개로 고개를 떨구며 떨리는 손을 흔들어 고통을 표시한다. 정원은 신발을 벗어 던지고 베갯머리에 가까이 다가가 "언제부터 이렇게……?"라고 물어도 쉽게 대답하지 못하고 눈물만 흘린다.

"의원은 왔다 갔습니까?"

청향은 고개를 흔들며 가는 목소리로

"어차피 살 수 없는 목숨이나, 다시 한 번만 만나보고 싶어 지금까지 이렇게 기다렸단다. 이렇게 와주어 얼마나 기쁜지 모른단다."

가는 숨을 몰아쉬며 겨우 이렇게 말한다.

"참으로 고생 많으셨습니다. 이렇게 아픈 줄 알았더라면 벌써 달려왔을 텐데……. 빨리 의원을……"이라며 일어서려고 하자,

"아니, 이건 의원이 와도 소용없는 병. 그건 그렇고 너와 나의 관계

를 세상 사람들이 알게라도 된다면 큰일이다. 나을 병이라면 약이라도 써보겠지만 일찍이 의원도 포기한 병이니, 무엇보다 너의 손으로 물 한 사발 마시게 해 주겠느냐?"

이쪽이 거역하고 우기면 병자에게도 나쁠 것 같아 정원도 한 발 물러서, 어깨를 쓸어내리며 극진히 간병을 하니,

"소원이 이루어져 죽기 전에 이렇게 만났으니 아무 여한이 없다. 부디 몸조심 하거라."

"마음 단단히 잡수세요. 제가 돌아온 이상은 무슨 수를 써서라도 원래의 몸으로 되돌리도록 하겠습니다."

"임종을 지켜주겠다니 너무나 고맙고 비로소 성불하겠구나."

하더니, 몸을 일으켜, 떨리는 손을 뻗쳐 베개 밑을 더듬는다. 정원이 부축하여 "무엇을 찾으십니까?" 하며 함께 더듬어 찾으니 반지와 단검 한 자루가 나온다.

"찾는 것이 이것입니까?" 하고 청향에게 건네니 청향은 고개를 끄덕이며 "부처님을 모시고 사는 몸이니 달리 남겨줄 것이 없구나. 받아라" 하고 다시 되건넨다. 정원은 그것을 손으로 받으며

"예. 잘 받겠습니다. 이제 곧 정가 놈의 목을 잘라 할아버지와 어머니의 원수를 갚겠습니다."

"자네가 무사하기를 저승에서도 빌고 있겠네"라고 살짝 미소 짓고 청향은 눈을 감는다. 청향은 점점 숨소리가 약해져 밤이 되어서는 말을 잇지 못하더니, 오락가락하는 장맛비가 그치던 21일 달빛 아래, 돌아가자고 울어대는 새와 함께 황천으로 여행을 떠났다.

40회

　청향의 죽음을 지키며 두견새 소리를 흉내내며 허무하게 밤을 지냈으나, 다음 날은 비가 그치고 활짝 개었다. 정원은 산기슭의 마을로 내려가, 본인은 김 아무개로 어젯밤에 길을 잃고 산 위의 비구니 암자에서 하룻밤을 청하였으나, 암자의 주인이 크게 병든 기색이었기에 잘 곳을 부탁하는 것도 염치없다 여겨져 다른 곳을 찾으려 하였다. 그러나 비구니의 고통이 너무 심한 듯 도움을 요청하기에 거절할 수도 없어, 이것도 인연이라 여겨 하룻밤을 곁에서 병간호를 극진히 했으나, 그 보람도 없이 비구니는 그 다음날 새벽녘에 죽고 말았다. 본인은 숙박비라도 치러야 하기에 장례비용은 모두 본인이 부담하리라 생각하고 장례에 힘을 쏟았다. 남은 절은 범어사에 다시 넘기든지, 후임자가 있으면 그에게 맡기든지, 그것은 여러분들의 의견에 맡긴다고 마을 사람들에게 얘기하니, 그들은 정원의 마음 씀씀이의 훌륭함을 극찬하며 모두가 암자로 몰려가 장례식을 도왔다. 임시로 정원을 상주로 정하여 명산名山의 좋은 땅을 골라 장례를 거행하니 만사가 일사천리로 거행되었다. 정원은 마을사람들의 친절함에 기뻐 그날 밤 술과 안주로 모두를 환대하니 모두가 기분이 좋아져 청향의 생전의 품행 등을 정원에게 상세히 전한다. 당신처럼 정 많은 사람을 하룻밤 묵게 하고, 죽고 나서는 이러한 영광이 있는 것도 모두 부처님의 가르침이라고도 하였다. 청향이 당신을 친손자처럼 여겼을 거라며 눈을 감고 우는 이도 있고, 마을의 젊은이가 여자를 데리고 가서 하룻밤 신세를 지려고 했다가 혼난 이야기 등, 웃음소리에 밤도 이슥해졌다. 정원은 하룻밤을 더 암자에서 머물고 유품을 챙겨 마을 사람들에게 이별을 고하고 할머니의 묘지에 절을 하고 그곳을 떠났다.

정원은 오랜만에 본국의 사정을 살피기 위해 동래부를 향해 가던 도중, 예의 금정리에 들러 온천에 몸을 담갔으나 때마침 욕실 손님이 많아 세상 이야기로 시끌벅적하다. 그 중 갑자기 주의를 끄는 한 이야기가 있어 정원은 탕에서 나와 상인처럼 보이는 남자를 불러 세웠다.

"당신이 지금 하신 이야기를 저도 들었습니다만, 그건 정말 있는 일입니까?"

상인은 불을 붙여 담배를 빨아댄다.

"일본에서 정한론征韓論이 일어나고 있다는 얘기 말인가?"

"그렇습니다."

"아무래도 사실인 것 같아. 일본에서도 그쯤 해두면 좋으련만. 때마침 아메리카, 프랑스가 가장 좋은 본보기지. 그 무섭다는 나라들마저도 항복했는데 그 나라들의 흉내만 내는 일본이 전쟁을 해서 어떻게 이기겠는가?"

"그건 어찌 되었건 사실은 사실입니까?"

"아마도 그럴 걸."

"어디에서 들었습니까?"

"나는 김해 사람으로 일본인과 거래가 있어 이런 얘기는 종종 듣는구먼. 자네는 무슨 이유로 그리 집요하게 그 일을 묻는가?"

"실의 저의 아버지도 일본인과 교역을 해서 매우 걱정이 크기에……."

"그럼 우리 둘 다 빨리 정리하는 게 좋아. 사실은 동래부사가 알아낸 일로, 지금 전쟁이라도 일어나면 이쪽의 준비가 부족하니, 잠시 일본을 속여 준비를 하기 위해 요즘은 급히 일본의 청구를 받아들이는 태도를 취했다는 정보를 그쪽에 돈을 써서 알아냈다네."

"그렇습니까? 그렇다면 사실이군요. 그런데 일본은 왜 전쟁을 시작하는 걸까요?"

"그쪽의 이야기를 여기가 듣지 않는 것과, 저번의 방문榜文 사건이 시끄러워진 탓인 듯해. 이렇게 지껄이고 있는 사이에 물이 다 식어 차가워졌군. 다시 몸을 덥혀 나가야지. 잘 가게."

> **부기_** 당국은 일반적으로 장례를 중요하게 여기고, 묘지의 선악에 따라 자손의 길흉화복이 있다고 전해진다. 그래서 묘지를 고름에 천 리를 마다 않고, 장례가 있는 집은 매일 곡을 하는 것을 예로 여겨, 친척이 적은 집은 곡을 하는 사람을 고용하는 것을 상례로 한다. 울음소리는 클수록 좋은 것이며 울음소리가 클수록 죽은 이를 추모하는 마음이 깊다 한다.

41회

하루에 몇 뿌리의 인삼을 먹어도 효험이 없었던 청양의 병은 씻은 듯이 나아, 다음 날은 아침 일찍 일어나 머리를 다듬고 몸을 씻고 아침밥도 여느 때보다 많이 먹었다. 정원은 새벽에 길을 떠나 동래로 가 이틀 동안은 돌아오지 않는다고 한다. 청양은 따라가고 싶은 마음을 숨기며 이틀을 기다렸다. 3일째가 되자 기다림에 지쳐, 한숨소리에 날을 새우는 것을 시녀인 유아가 지켜보다가 "도대체 정원님은 왜 이리 늦으시는 걸까요?"라며 창밖을 내다본다.

"아직 해가 이르니 설마 오늘 밤에야 돌아오시겠죠? 아가씨! 돌아오시면 우리 좀 골려드려요"라고 하자, 청양도 웃으며 "왜?" 한다.

"왜라뇨? 너무 늦으시잖아요."

"무슨 사정이 있어서 늦는 것은 어쩔 수가 없잖아."

"아무리 사정이 있어도 그렇지 이렇게 사람이 기다리는데……."

"하하하, 그렇게 화낼 것까진 없잖아."

"아무래도 너무 하시는 것 같아서요. 이제라도 돌아오시면 제가 골탕을 좀 먹여야겠어요. 아가씨는 절대 정원님의 편을 들면 안 됩니다."

청양은 수척해진 얼굴을 붉히며

"어휴. 밉살스러워. 내가 언제 편든다고 한 적 있어?"

"말씀하지 않으셔도 마음속으로 생각하고 계시는 거겠지요."

청양은 얼굴이 빨개져

"아니, 그런 생각을 한 적은 없어."

"알 수 없는 일이지요."

청양은 등을 돌리며 유아의 얼굴을 힐끔 보더니

"자기가 항상 한길준의 일에는 편을 드는 주제에……"라며 낮은 소리로 중얼거리니, 유아도 얼굴을 붉히며

"아니. 아가씨. 무슨 말씀을 ……. 다시 한 번 말씀해 보세요."

"싫어."

"아니, 못 들었어요."

"못 들었으면 됐어."

"그러시면 더 신경이 쓰이니 한 번 더 말씀해 주세요."

"그렇담 말해주지. 너는 한길준에 관한 일이라면 편을 전혀 들지 않는다는 이야기야."

유아는 곁눈으로 청양을 흘겨보며

"아가씨 꼭 기억해 주세요. 그런데 이렇게 아가씨와 입씨름만 하고 있어도 결론이 안 나니 우리 서로 화해하고 앞뜰에라도 가 봅시다."

"그래. 그렇게 하자."

두 사람은 앞뜰로 나가 신록 사이를 한참 산책하는 동안에도 다시 정원에 관한 이야기뿐이다.

"왜 이렇게 늦으시는 걸까요?"

"무슨 이유일까? 경우에 따라서는 김가에 들렀을 수도 있겠지"라고 조금 걱정스러운 듯이 말한다.

"아……. 그 향란의 집에……. 설마 그럴 리는 없겠지요. 어제 주인어른과 한길준이 여러 가지 이야기를 나눌 때 저도 들었습니다만……."

"그래? 무슨 이야기였는데……."

"무슨 얘기였을까요? 얘기하지 말까……?"

"안돼. 얘기해줘."

"그냥은 얘기할 수 없어요. 너무너무 좋은 얘기니까요."

"내 반지를 줄게."

"정말이에요? 그렇담 얘기해 드리지요. 정원님이 지금까지 향란을 좋아하지 않았던 것은 아가씨 때문이었다는군요."

"어머! 거짓말."

청양은 기쁨과 부끄러움에 자기도 모르게 큰 소리를 질렀다. 유아가 놀리며 "왜 그렇게 소리를 지르십니까?" 하니, 청양은 가슴을 쓸어내리며 목소리를 낮추어

"거짓말만 하니까……."

"아니, 거짓말이 아닙니다. 못 믿으시겠다면 주인어른께 여쭈어보시면 되죠."

그때 울타리 밖에서 들리는 말 발굽소리에 놀라 돌아보니, 두 사람이 그렇게도 기다리던 사람이 돌아온 것이다.

42회

연못 주위의 버드나무에게 찢어지는 가슴을 한탄하고, 울타리의 대나무에게 한 많은 세상을 원망하는 김가의 딸 향란은, 그날 밤 용택에 몸을 던져 죽으려 했으나, 우연히 사람에게 발견되어 집으로 돌아온 이후는 방안에 틀어박혀 흐르는 눈물로 소매에 눈물 자국 마를 날이 없다. 엄마인 방계는 한시도 곁을 떠나지 않았으나, 아침에 식재료를 파는 자가 옥에서 풀려났다는 소식을 듣고 남편의 소식이 궁금해 잠시 나갔다가 돌아오는데, 그 모습이 처량하고 눈에는 눈물이 글썽하다.

"소식은 조금 들으셨습니까?"

향란이 조심스러운 듯이 물으니, 고개를 떨구고 한숨만 내쉰다.

"알고 싶은 이야기는 다 들었다만 전부 듣기 싫은 이야기들뿐으로 안 듣는 편이 좋았겠다."

향란은 다가가 앉으며

"아직 풀려나지는 못합니까?"

"풀려나다니? 그건 꿈같은 이야기구나."

"그렇다면 언제까지 그 무서운 옥에 갇혀 있어야 한다고 하던가요?"

"오랫동안 옥에 갇혀 있어도 목숨만 건질 수 있다면 다른 방법도 있겠지만 정원의 말과 오늘 그 사람의 말로는 도저히 목숨을 구할 수가 없다고 하니……" 하고 또 하염없이 우니 향란도 함께 눈물을 흘린다.

"혹시 어머니, 그 후에 정원님이 양산에 오시지는 않았습니까?"

"그 이야기도 들었다만, 들으면 더 마음만 아픈 이야기."

"그럼 양산에 돌아오신 것입니까?"

"그토록 친절하던 남자가 우리 모녀를 버리고 갑자기 집을 떠난 것도 빨리 자기를 잊게 하여 너를 군수의 첩으로 보내 아버지를 구하기 위한 것이었다고 기뻐했었는데, 무서운 것이 사람이라고, 어느 사이에 거가의 딸 청양과 눈이 맞아 양자로 들어간다는 소문이다. 그 정도로 의리도 없고 은혜도 모르는 사람인 줄을 모르고 아버지는 잡히는 순간까지도 사위로 삼고 싶다고 하셨던 것이 원통하다."

"그렇다면 정원님이 거일산의 딸인 청양과 결혼을 ……."

"아직 혼례는 올리지 않았으나 온 가족이 벌써 사위 대접이란다. 너도 속상하겠지만 나도 화가 나서 못살겠구나."

향란은 눈을 감고 이를 깨물며 마치 죽은 사람처럼 가만히 있었다. 엄마인 방계는 딸의 얼굴을 흘깃흘깃 엿보며

"화도 나고 원통하겠지만, 이제 와서 말해 무엇 하겠느냐? 이쪽에서 울화로 화병이라도 생기면 그쪽에서 오히려 좋아할 것이다. 사람이라면 당연히 화가 나지. 여우에 홀렸다고 생각하고 잊는 게 좋다."

위로가 되었는지 향란은 미소를 지으며

"어머니 이제 됐습니다. 모두가 제가 나빴습니다."

예상치 못한 향란의 말에 방계는 기쁘기보다는 오히려 놀라서 대답을 못 하고 있자니, 향란은 계속해서

"그런 남자를 위해 죽으려 했다니……. 아버지가 들으신다면 그 얼마나 원통해 하실까요?"

"하나 밖에 없는 목숨을 던지려고까지 했던 너의 마음을 헛되이 하고, 원수인 거가 집의 사위가 된다니……. 천하의 몹쓸 정원이다."

향란은 냉소를 띠며

"유유상종이라 하지 않습니까?"

결단력 있는 딸의 말에 엄마는 마음이 든든해져

"그렇고말고, 너는 정말로 진실한 사람을 골라야 한다."

그런 이야기를 나누고 있는데 밖에 인기척이 느껴진다.

"누군가?"

대답한 것은 아랫사람이다.

"무슨 일인가?"

"정씨라는 분이 문밖에 오셔서 아가씨에게 잠시 이야기가 있다고 하십니다."

"정씨? 잠시 기다리라고 전하게."

43회

 전날 밤 향란이 용택에 몸을 던지려고 했을 때 구한 자는, 이전에 원소연이 칼을 맡긴 상인 정씨이다. 이 날 정씨는 김수명 집의 문을 두드려서 안주인인 방계에게 할 말이 있다고 전하고 문 밖에서 기다리니 얼마 지나지 않아 안쪽에서 방계의 목소리가 들린다.

 "저번에 딸을 구해주신 정씨입니까?"

 "예. 그렇습니다. 전날은 아랫사람이 너무나 정중하게 감사를 표현해 오히려 몸 둘 바를 몰랐습니다."

 "남편의 부재중이라 부족한 점이 많아 송구합니다. 그리고 또 여러 가지 부탁까지 드려서……."

 그쯤 해서 정 노인은 방계의 말을 가로막으며

 "사실은 부탁하신 것에 관해 조금 들은 것도 있고 해서 그것을 전하려고 왔습니다."

 "정말 친절하신 그 마음 감사합니다. 괜찮으시다면 안으로 드시지요."

 "아닙니다. 주인어른도 안 계시는데 아무리 노인이라고 해도 국법에 위배됩니다. 그러니 이렇게 울타리를 사이에 두고 이야기를 하지요. 그런데 주인어른의 안부를 여러 가지 경로를 이용해 알아보니 매일 행해지는 심한 고문에 보통 사람이라면 죽었을 법도 하지만, 이 집에 있던 정원이라는 자가 간수에게 뇌물을 준 것과 그리고 맞아 죽기에는 아직 죄라고 할 증거도 분명치 않고, 게다가 죽게 되면 향란을 첩으로 맞을 수가 없다고 생각해, 좀 더 고생을 시켜 없는 죄라도 고백을 시킬 심산인 듯합니다.

그렇게 해, 이 집의 토지를 몰수하고 아가씨를 관비로 삼고 싶은 것이 정 군수의 속셈입니다. 그러나 주인어른은 끝까지 고통을 참으며 없는 죄를 자백하지는 않으십니다. 가끔 관리들이 아가씨를 관비로 들이라고 종용해 보지만 상대도 하지 않으니 달리 방법이 없어 쩔쩔매는 꼴이랍니다. 드디어 주인어른이 아가씨를 관비로 주지 않겠다고 결정이라도 해 버리면, 내일이라도 당장 쇠약해진 몸에 심한 고문을 가해, 거짓 자백서에 인장을 찍게 해 처형해 버릴 것 같습니다. 이 이야기는 잘 아는 사람에게 들은 것으로 틀림없는 이야기입니다. 그렇다면 내일 중까지는 뭔가 방법을 강구하지 않으면 안 됩니다."

정씨는 이야기를 끝내고 크게 한숨을 내쉰다. 방계는 아무 말 없이 종종 울음소리만 낼 뿐이다. 이때 사람의 발소리가 울타리 근처로 다가온 것은 딸인 향란이다.

"아까부터 어머님께 드린 말씀을 들으셨습니까?"

"예. 빠짐없이 들었습니다. 한 가지 부탁이 있습니다. 부디 아버지를 내일 구해주실 수는 없습니까?"

"그거야 부탁할 것도 없이 여러 가지 수를 써 보았지만 아가씨가 구하는 수밖에 다른 방법은 없습니다."

"저의 몸으로 아버지를 구하는 방법을 부탁드리는 것입니다."

정씨의 대답을 기다릴 것도 없이 방계가 놀라서

"무슨 소리냐? 그렇다면 네가 첩이 되어 아버지를 구하겠다는 말이냐?"

"예."

향란은 웃으며 말하지만 목소리는 떨고 있다. 엄마는 할 말을 잃고 다시 엉엉 운다. 울타리 밖의 정씨는 크게 기뻐하며

"그래야 효녀지. 아가씨가 그걸 받아들이면 유수부劉守簿(유청승 — 역자)에게 빨리 전하여 속히 아버지를 구해낼 수 있습니다."

"평소에 친하게 지내던 사람들도 아버지가 구속되고 나서는 찾아주는 사람도 없는데, 쓸쓸한 모녀를 이렇게 친절하게 돌보아 주시니 고맙기 그지없습니다. 앞으로 부디 잘 부탁드립니다."

"제가 할 수 있는 일이라면 다 할 테니 마음 쓰지 마십시오 저는 조금이라도 빨리 수부守簿에게 이 일을 전하여 아버지를 구하도록 하겠습니다."

> 부기_ 남자가 안마당에 들어오면 국법에 의해 처벌받기에 혹시 일이 있어 남의 집에 와도 주인이 없거나 상대할 남자 주인이 없으면 울타리를 사이에 두고 그 아내와 이야기한다.

44회

 악취가 코를 찌르고 습기가 뼈에 스며들어 그냥 서 있기만 해도 죽을 것 같은 옥인데, 매일 가해지는 서른 대의 곤장에 피부는 짓무르고 살이 찢어져 비애의 통곡이 끊이질 않는다. 감옥에서 유일하게 고통을 호소하지 않고 동정을 구하지 않으며 눈을 감고 정좌하고 있는 이는 바로 온후독실하기로 유명한 양산의 김수명이다. 다른 이들이 우는 것은 죽음을 두려워해서이고, 김수명이 침묵하는 것은 죽음을 기다려서이다. 아……. 이러한 폭정 아래에서 구해줄 신도 부처님도 없음을 한탄하고 있는데, "김수명 조사!!" 하는 호령. 서려고 하나 다리에 힘이 없어 몇 번이고 넘어진 것을, 정원의 세 다발의 엽전은 아직도 유효한지, 손을 뻗어 부축하여 일으켜 세워 법정으로 이끈다.

 "제발 부탁입니다만 오늘은 정말 세게 때려 주십시오."

 "그 무슨 쓸데없는 소리를 하는가? 되도록 살살 때려달라고 해야지, 세게 때려 달라고 하는 사람이 어디 있어?"

 "예. 그러니 세게 때려 죽게 해 주십시오."

 "쉿, 법정에 다 왔다."

 정면에 수부인 유청승劉淸昇이 거만하게 앉아 김수명을 기다리고 있다. 간수가 김수명을 그 앞에 앉게 하자 수부가 "김수명에게 내밀히 조사할 게 있다. 너는 부를 때까지 나가 있어라" 한다. 간수는 길게 인사를 하고 옥사 쪽으로 물러간다. 간수가 사라지자 수부는 여느 때와 달리 다정한 얼굴로,

"그런데 김수명, 오늘 이렇게 가까이에 부른 것은 내밀하게 의논할 일이 있어서네만, 이것은 절대로 정 군수의 지시에 의한 것이 아니네. 이것은 단지 나의 친절한 마음이니 당신도 그렇게 이해를 해서 서로 매듭을 짓고 싶네. 끝까지 서로 타협이 안 되면 그건 어쩔 수가 없는 이야기지만……."

겉으로는 친절한 척하면서 진심은 독기를 품고 있는 유청승의 서두에 김수명은 쓴웃음을 지으며

"전혀 사실무근한 죄로 백방으로 무죄를 외쳤으나 혐의가 풀리지 않는다면 어쩔 수 없습니다. 이제는 하루라도 빨리 죽을 각오를 하고 있기에 오늘의 조사도 기쁜 걸음으로 왔습니다. 여느 때의 고문도 없이 당신의 면담이라니 무슨 일인지 알 수 없습니다만, 무슨 일입니까?"

"당연하지. 사실무근의 죄를 쓰면 그렇게 생각하는 것도 당연할 테

지만, 만약에 혐의라도 있다면 그대로 보낼 수도 없는 일. 단지 그 고통에서 벗어날 수 있는 길은……."

유청승은 사방을 둘러보고 몸을 앞으로 쑥 내밀어

"일전에 이야기 한 딸의……."

김수명은 말을 끊으며 "딸을 군수의 첩으로 보내라는 말이라면 더 이상 하지 않겠습니다"라고 단호히 거절한다. 유청승은 되받아

"저번에 이야기 했을 때는 정원이라는 사람과 약혼을 해서 안 된다고 한 것이 아닌가?"

"예. 그렇게 말씀 드렸습니다."

"그럼 오늘은 승낙해도 되겠군."

"저번에 안 된 일이 오늘이라고 어찌 되겠습니까?"

"정원과의 인연이 끝났는데도 아직 허락하지 않겠는가?"

김수명은 그 의미를 알 수 없어

"김수명과 인연이 끝나다니 무슨 말입니까?"

유청승은 웃으며

"아직도 모르는가? 정원은 며칠 전 자네의 집을 나와 지금은 거가ㅌ家의 양자가 되었네."

"그건 무슨 말입니까?"

"아무리 자네가 잘해 주어도 그 사람은 의리도 정도 모르는 사람이네. 자네와 얽혀 있다가는 자기도 큰일을 당할까 두려웠던지, 그게 아님 세상 소문처럼 거가의 딸인 청양과 이전부터 정을 통하고 있었던지, 어쨌건 가까운 시일 내에 혼례를 올린다는 소문이네. 정원과의 약속 때문이라면 내말을 듣는 편이 딸을 위해서만이 아니라 자네를 위해

서도 백번 낫네. 그것만 기억한다면 더 이상은 말하지 않겠네. 오늘 풀려날 수 있도록 내가 군수에게 말씀을 올리겠네."

김수명은 한참을 말없이 생각에 잠겼더니

"아무리 생각해도 역시 이대로 죽는 편이 좋겠습니다."

"그렇다면 딸은 끝까지 첩으로 보내지는 않겠다는 말인가?"

"예. 그렇습니다."

45회

정 군수의 어용상인인 거일산은 오늘도 문안을 드려 골패를 두며

"아직 미인은 손에 들어오지 않았습니까?"

"전에 이야기 했듯이 김수명을 잡아들여 매일 심한 고문을 하며 딸 애기를 비추는데도 아직 허락을 않네. 오늘 수부를 보내 딸을 보내라고 다시 설득했으나 끝내 거절하니 어쩔 도리가 없네. 내일은 억지로 죄를 만들어 강제라도 도장을 찍게 해, 본인은 독살시켜 병사(病死)로 가장하여, 김가 재산은 몰수하고 딸은 관비로 만들 생각이네."

거일산은 만면에 웃음을 띠우고

"그야말로 묘책이군요. 김수명이 고통에 못 이겨 딸을 바친다고 해도, 나중에 이것을 원한삼아 관찰사에게라도 이르면 후에라도 시끄러워질 수 있는데, 죽여 버리면 후환이 남을 두려움도 없으니 최고입니다."

"원정양의 일족을 모두 죽였으나 아내 하나가 비구니가 되어 산으로 들어간 것이 항상 마음에 걸리네. 하물며 그 김수명이 몇 년 전 자네와 전답의 경계를 둘러싸고 싸웠을 때부터 나에게도 원한을 가지고 있는 듯하니 절대로 방심할 수 없네. 사정을 수부에게 들어보고 어떻게든 결정을 내리겠네."

"제 생각으로는 아무런 후환이 남지 않도록 깔끔하게 정리하는 것이 좋으리라 생각합니다."

군수는 무릎을 탁 치면서

"아! 지금 일을 내었지 않은가?"

"예. 하하하. 그래서 오늘은 제가 이겼습니다."

정 군수는 책상 위의 점대[15]를 가지고 승패를 계산하며,

"너무 지기만 해서 속상하네. 다시 한 번만 하자."

거일산은 골패를 분배하면서

"김가의 몰수한 전답을 모두 저에게 주시지 않겠습니까?"

"그야 줘도 되지. 그러나 다시 한 번 둬서 자네가 이긴다면 모두 주지. 하지만 지면 상당한 사례금을 받겠네. 하하하."

"아, 예. 알겠습니다."

손쉽게 이득을 얻을 것인지, 거액의 사례금을 바쳐야 할지, 주인과 손님은 잠시 말도 없이 열심히 승부를 겨루고 있을 때, 수부가 들어와서 "결국 말을 듣지 않습니다" 하고 아뢴다. 정 군수와 거일산 두 사람은, 그 말을 듣고는, 골패를 던지며

---

15 셈하는 데 쓰는 9cm 가량의 각주 모양의 6개의 나무.

"뭐라고?"

"얘기가 먹히지를 않습니다. 고집불통 영감탱이."

"딸을 준다는 얘기도 없고……?"

"정원이 집을 나가 거가의 사위가 되었다는 이야기를 들었을 때는 그도 놀라서 화를 내기에, 이제 허락이 떨어지겠다고 생각했던 게 저의 큰 착각이었습니다. 그 후로도 여러 가지로 설득해 보았으나, 죽을 각오를 하고 있다며, 결국 고개를 저었습니다."

"한심한 놈. 그럼 말한 대로 빨리 죄목을 만들어 따끔한 맛을 보여 줘라."

"그럼 다시 한 번 확인하겠습니다만, 죄목을 뭐라고 적으면 되겠습니까?"

"어려울 것 없다. 그저 백성들을 선동하여 모반을 꾀한 혐의가 있다고 하면 충분하다."

수부가 군수의 뜻을 이해하고 나가려는 것을, 거일산이 다시 불러 세워, 정 군수를 보며,

"죄목에 도장만 찍으면 바로 중죄인이 되는 김가, 만일 이 일이 밖으로 새어나간다면 가족들은 도망을 갈 수도 있습니다. 그에 대한 준비는?"

빈틈없는 거일산의 조언에 정사석도 감탄하여

"과연 그렇다. 향란이 도망가기라도 한다면 이제까지 고생한 보람이 없다. 빨리 아랫사람들에게 명하여 김가의 모녀가 도망가지 못하도록 만반의 준비를 해 두어라."

"예. 잘 알겠습니다."

다시 군수와 거일산은 골패를 두기 시작했다. 얼마 지나지 않아 수

부가 서류를 만들어 와 군수에게 보이니, 군수는 확인을 하고 다시 수부에게 건네며,

"이것으로 충분하니 빨리 김수명을 불러오게."

> **부기**_ 골패는 중인 이상의 오락거리로 사슴뿔로 만들어 총수가 31개이다. 승부를 가르는 방법이 여러 가지가 있다. 제갈공명이 만든 것이라고 전해진다.

46회

김수명은 다시 재판정에 불려 나왔다. 군수인 정사석은 엄중한 목소리로

"김수명 그대가 백성을 선동하여 모반을 꾀한 것이 명백히 밝혀졌다. 그래도 자백하지 않으니 다시 엄중한 고문을 가함이 마땅하나, 오랜 괴로움을 당하는 것보다 빨리 결론을 내리는 것이 그대를 위해서도 좋을 듯한데, 마지막으로 남길 말은 없는가?"

김수명은 머리를 숙이고 눈을 감은 채 아무런 대답도 않는다.

"왜? 두려운가? 아무 말도 없다는 것은…… 무서운 것인가? 그렇담 여기의 진술서에 지장을 찍어라."

김수명은 놀라하며 "진술서에 지장을 찍으라니 말도 안 된다" 하니,

"아직 죄를 인정하지 않는 것이냐?"

"사실무근의 죄이니 어찌 인정하겠는가?"

"그렇다면 다시 한 번 물을까?"

"아무리 물어도 결론이 나지 않는 다툼이니 하루 빨리 죽여주거라."

"그래. 너의 바람대로 빨리 자백하면 바로 죽여주마. 다시 김수명을 고문해라."

김수명의 곁으로 몰려오는 간수들이 사다리처럼 생긴 형틀에 김수명을 묶고 손과 발을 다시 벌려 묶어서 바지를 벗겨 엉덩이를 드러낸 다음, 곤장을 세워 명령을 기다린다.

"쳐라!"라는 소리와 함께 세게 친다.

"으……" 하는 신음소리가 창자를 끊을 듯, 김수명은 흙을 깨물고 몸을 움찔거린다. 새끼줄로 동여맨 손발은 피부가 벗겨지고 특히 엉덩이 부분은 선혈이 분출해서 때리는 곤장도 피 위에 떠다니는 듯하다. 잔인한 정사석은 그것을 흐뭇하게 바라보다가 "아픈가? 고통스러운

가? 그렇다면 유수부가 제안한 것을 수락함이 좋지 않겠나?" 한다. 김수명은 고개를 흔들며 무언가 말을 하려 하나, 이윽고 호흡이 가빠지고 혀도 망가져 말이 나오지 않는다.

"고개를 흔든다는 것은 아직도 수락하지 않는다는 말인가? 그렇다면 다시 쳐라!"

정사석이 아래턱으로 다시 한 번 명하니, 간수들이 다시 곤장을 내리쳐 김수명은 죽은 듯이 늘어진다. 이때 수부인 유청승이 부산하게 달려 들어와 "급하게 아뢸 일이 있어 왔습니다" 하고 아뢴다. 정사석이 "무슨 일인가?" 하니, 유수부는 간수들에게 "잠시 나가 있거라" 외친다. 간수들이 물러나자 유수부는 목소리를 낮추어

"기뻐하십시오. 미인을 얻으셨습니다."

"뭐라고? 미인이?"

"예. 나하고 잘 아는 정씨 노인이 방금 전 관청에 와서 김씨의 딸 향란이 아버지를 대신해 죄를 갚겠다고 하니, 소중한 김수명이 더 이상 몸을 다쳐서는 안 됩니다"라며 재판정으로 몸소 내려가 김수명의 얼굴을 들여다본다. 그리고 정사석을 향해 "이제 문초는 그만두셔야 하겠습니다. 보기에도 매우 상처가 크니 충분히 위로해 줍시다" 한다. 정사석은 크게 기뻐하며,

"절세의 미인이 스스로 죄를 갚겠다고 할 정도이니 소중한 사람이고 말고. 빨리 의원을 불러 상처를 치료해 줌이 마땅하다. 그런데 정 노인에게는 뭐라고 대답했느냐?"

"일단은 군수를 만나 뵙고 답을 주겠다고 해 지금도 기다리고 있는 중입니다."

"그럼 빨리 향란을 데리고 오라 일러라. 그 후에 김수명은 언제라도 석방하겠다."

수부인 유청승이 나가고 난 후 정사석은 간수를 불러

"너희들은 김수명을 극진히 돌보아 치료를 해 주어라."

갑자기 돌변한 명령에 간수는 어이없어 하면서도, 김수명의 몸에 묶인 새끼줄을 풀어 몸을 편하게 하고 물을 마시게 해 환자가 정신을 차리게 했다. 김수명이 회복되자 간수가 다시 새끼줄로 묶으려고 하니, 정 군수는 그것을 제지하여

"손발을 많이 다쳤으니 묶지 말고 부축해서 가거라."

47회

김수명이 옥에 갇히고부터 곡성이 끊이지 않은 김가의 집안과는 정반대로 거일산의 집은 항상 잔칫집 분위기이다. 청양의 병이 나은 것을 축하하고, 친척일가에게 정원을 소개하는 등, 연일 찾아오는 손님으로 북적대니 춤과 노래 소리가 끊이지 않더라. 욕심 많은 거일산도 평소에는 탁주를 마시더니, 오늘 밤은 한 병의 약주를 준비하여 정원을 상대로 기분 좋게 술을 마신다.

"운이 좋으면 좋은 일만 이어진다더니 오늘은 우연치 않게 전답을 많이 받았네. 우선 이걸로 우선 노후의 생활비는 확보되었지. 이제 하

루라도 빨리 혼례를 올렸으면 하네."

"예. 그러지요. 전답은 어디서 받으셨습니까?"

거일산은 술잔을 올리며

"자네도 아는 곳이다."

"아니. 나도 아는 곳이라니……."

"김수명의 전답이 하나도 남김없이 다 내 것이 되었다."

"김가의 전답이……. 그렇습니까? 어떻게 받으셨습니까?"

"아직 받은 것은 아니지만 곧 그렇게 된다는 의미이지."

"김가 집안에서 매각했습니까?"

"내가 돈을 주고 살 거라면 원수인 김가 집의 전답을 왜 사겠는가?"

정원은 무슨 말인지 알 수가 없어 한참을 궁리하는 듯했다.

"뭐, 걱정할 일은 없네. 사실은 김수명의 범죄도 오늘로 드디어 결판이 날 것이다. 그렇게 되면 모반을 일으킨 당사자는 목을 자르고 재산은 관에서 몰수를 하니 그 몰수한 것을 내가 받는다는 의미이지. 딱 좋은 거지."

이야기를 듣는 중 정원은 안색이 점점 파랗게 질려 깊이 심려하는 듯이 보였다. 거일산은

"왜 그러는가? 자네."

"그렇다면 김수명은 결국 유죄로 확정된 것입니까?" 하고 물으니, 거일산은 정원의 얼굴을 응시하며 "그렇다네" 한다.

"그런 집에서 고용살이를 했다니…… 여차했다가는 저까지도……. 정말로 아슬아슬했군요. 오늘까지 있었다면 무슨 일을 당했을지 생각만 해도 소름이 끼칩니다."

"정말 위기일발이었네."

" 그러면 그 모녀는 어떻게 될까요?"

"원래라면 그 모녀도 함께 참수를 당하나 그 점만은 자비를 베푸시는 듯하네. 딸인 향란은 아마도 관비가 되겠지."

"그것 잘됐군요."

"그렇게 되면 모녀도 행복하고 우리 쪽도 안심이지. 자네가 거처했던 곳이기도 하고, 사위가 된다고 소문이 났던 곳이니, 향란이 자네 옆에 얼씬거린다고 하면 기분 좋을 수가 없지. 우리도 전혀 인연이 없는 것도 아니니 가엽기도 하지만, 차라리 관비가 되어 버리면 서로가 후련할 테지. 이것저것 모두가 기쁘니 또 한잔 하세."

거일산이 다 마시기를 기다려 정원은 정중하게 인사하고 부엌 쪽으로 물러났다.

"한씨! 아직 안 자는가?"

화로 옆에서 꾸벅꾸벅 졸고 있던 한길준은 눈을 떠

"술자리는 끝나셨습니까?"

"이제 끝났으니 자도 좋네."

"그런데 기뻐해 주십시오. 김가 주인님은 살아나셨습니다."

정원은 웃으며,

"속이면 안 되지. 오늘 모든 것이 마무리 되었다고 들었다네."

"제가 왜 서방님을 속이겠습니까? 조금 전에 가마를 타고 집으로 가 보았습니다. 모두 사실입니다. 거짓이라면 제 혀를 자르십시오."

정원은 희비가 교차하여

"정말인가? 정말 죽은 것이 아닌가?"

"살아있습니다. 그러나 가여운 것은 향란 아가씨입니다."

"따님이 어떻게 되었는데?"

"안타깝게도 향란 아가씨는 아버지의 죄를 갚기 위해 악마 같은 군수의 첩이 되었다고 합니다. 지금까지 숨겨왔습니다만, 아가씨는 당신과 헤어지고 나서 사는 보람이 없다며 어느 날 밤에 용택에 몸을 던져 죽으려는 것을 정씨 노인에게 구조되어 안타까운 목숨을 건졌다고 합니다. 그렇게까지 사랑을 받다니 남자로서의 최고의 영광입지요. 아 또 눈물이 나려고 하네."

정원도 허둥지둥 눈물을 숨기고 웃으며 "하품을 했더니 눈물이 흐르네. 먼저 가겠네" 하고 방으로 들어갔다.

48회

김수명을 감옥으로 돌려보낸 후 군수는 의사를 불러 치료를 하는 등 이전과 전혀 달리 대우를 했다. 유수부는 정 노인에게 군수의 명을 전하고 다시 관청으로 돌아갔다.

"명하신대로 정 노인에게 즉시 향란을 데려오도록 분부해 두었습니다."

"수고 많았다. 김수명 치료에 관한 일도 지시해 두었겠지."

"예. 모두 분부대로 ……. 정 노인이 향란을 데리고 오면 그때 김수명을 자택으로 보낼 생각입니다."

"물론 향란이 온 후에 풀어주는 것은 상관없다. 김수명도 좋아하겠지?"

"보기와는 달리 고집이 센 놈입니다. 그러나 이야기가 잘 해결되어 무죄로 석방된다고 했더니 크게 기뻐하는 눈치였습니다. 그러나 딸이 아버지의 죄를 대신해 관비가 되었다고 하자 김수명은 안색이 바뀌어 크게 화를 내었습니다."

"딸이 관비가 된다는 게 그렇게 싫은가? 아니면 거일산과의 일전의 사건이 그렇게 분이 풀리지 않는 것인가? 그렇다면 저번에 거일산이 말했듯이 우리에게 원한을 가지고 있어 언젠가는 걸림돌이 될 것이 틀림없으니 그냥 둘 수 없겠구나."

"그럼 어떻게 하시겠습니까?"

"죽여 버리는 거야. 어사와 관찰사에게 발각되기라도 한다면, 무사히 풀려나려면 또 얼마간의 돈을 써야 할 터이니, 미리 죽여 버리면 후환도 없을 거다."

"잘 알겠습니다만, 그러나 지금 당장 수명을 죽이면 향란을 얻을 수 없습니다."

"물론이지. 부모의 무사를 바라고 관비가 되는 향란이니, 향란 앞에서는 어디까지나 은혜와 친절을 베풀어야지. 그리고 나중에 아무도 모르게 김수명을 죽이는 방법은 얼마든지 있지."

"그러면 나중에 몰래……."

"그때까지는 부모 자식 모두에게 잘해주는 척 속여 두는 게 상책이다. 그건 그렇고 전에부터 수색하던 원정양의 아내는 아직도 어디 있는지 모르는가?"

유수부는 짝하고 손뼉을 치더니

"말씀드리려 했으나 깜빡 잊어 버렸습니다. 사실은 범어사 근처에 있는 암자의 비구니인 청향이 원씨의 부인이라는 소문이 있어 바로 사람을 보내 조사하고 있었습니다. 그런데 비구니는 4월 중순부터 병에 걸려 드디어 10월에 그만 죽어버렸다고 합니다."

정사석은 역정을 내며

"그래서 결국 아무것도 알아낸 것이 없는가?"

"아닙니다. 그렇지는 않습니다. 그 후 암자의 모든 가재도구는 마을에서 가져가고, 암자와 불상은 후임의 비구니에게 모두 양도하고 나머지 것들은 모두 돈으로 바꾸어 범어사에 바쳤다고 합니다. 그리고 그때 여러모로 돌보아 준 마을의 관청 사람에게 들으니, 청향의 소유품 중에 군수 원정양과 딸 소연의 법명法名과 속명俗名을 기재해 놓은 위패가 있었다고 합니다. 그러고 보면 비구니 청향이야 말로 원씨의 아내임이 틀림없을 거라 여겨집니다."

"그런가? 그렇다면 우선은 안심이다. 뿌리를 통째 잘라내지 않으면 언제 나타날지 모르니……. 이제 마음 쓰이는 것은 정씨 노인뿐이네. 왜 이리 늦나?"

"이제 곧 도착합니다."

"여러모로 신세를 졌으니 오늘 밤은 미인에게 술을 따르게 해 마음껏 즐기게 해 주겠네."

"예. 꼭 그렇게 해주십시오."

"술만 있으면 재미없으니 춤과 노래도 준비하게."

"예. 알겠습니다."

"그리고 오늘 숙직하는 기생과 자네가 좋아하는 기생도 하나 부르게."

"예. 고맙습니다."

"정 노인이 향란을 데리고 오면 선물을 좀 주고 싶은데……."

"면 한 필에 엽전 다섯 냥이면 충분할 것입니다."

"그 정도는 줘야겠지. 그리고 또 서른 냥 정도를 거일산에게 주게."

유수부는 의아해하며

"그에게 뭐라도 사셨습니까?"

"아니 저번에 골패에서 져서……."

유수부는 머리를 긁적이며

"저번의 대훈련 때 상인들에게 뺏은 돈도 이제 거의 다 썼습니다. 남은 것은 불과 20냥 정도입니다."

정사석은 유수부의 말을 미처 다 듣지도 않고, 눈썹을 찡그리며 입술을 내밀어 "뭐라고? 그것밖에 돈이 없다고? 그러면 누군가 돈 있는 상인을 잡아들여 두세 마디 협박이라도 하면 돈 2, 30냥 정도는 금방 생긴다. 그런 일도 제대로 못 해서야 수부 일이나 제대로 보겠는가?" 하고 윽박을 지른다.

49회

양산 군수인 정사석의 방은 오늘 밤에 향란이 첩이 된 것을 기념하여 주연이 벌어졌다. 은색 촛불이 눈부시도록 빛나고 술과 안주로 상다리가 휘어진다. 악단은 음악을 연주하고 기생은 노래하고 춤춘다. 술자리가 무르익어 가지만 향란은 바늘방석에 앉은 듯 눈물이 그치질 않는다. 정 군수를 비롯해 유수부까지 어떻게든 그 마음을 달래려고 애쓰지만, 향란의 눈에는 헤어질 때의 어머니의 애통해 하던 모습과 울음소리가 창자를 녹이는 듯하다. 노래도 들리지 않고 춤도 보이지 않아 어두운 구석에 앉아 눈물만 흘리고 있다. 조금 있자니 음악이 그치고 춤추던 기생들도 모두 돌아갔다. 정 군수와 유수부는 향란의 마음을 풀어보려고

"내일은 집에라도 다녀오게. 부모님도 오죽 딸이 그립겠나? 향란도 부모님이 그리울 테니, 언제라도 자유롭게 다녀올 수 있도록 일러두게."

"잘 알겠습니다."

"그리고 바느질 집에 볼 일이 있네."

"뭐 옷이라도 만드시려고……."

"아직 무엇을 만들 것인지 정하지도 않았네. 이쪽으로 불러서 여러 가지 보여준 뒤 혹시 향란의 마음에 드는 물건이라도 있으면 맞추어 주고 싶네."

"향란 아가씨는 어떠신지요. 좋으시겠네요. 사람을 이쪽으로 오게 해서 이왕이면 마음에 드시는 물건을 주문할 수 있도록 하겠습니다. 특별한 주문은 없습니까?"

아버지를 위해 몸은 여기에 있지만, 짐승같이 잔인한 놈의 간계에 휘말려 관비가 된 것을 생각하면 원통하고 분해, 향란은 관에 들어온 후 꽃잎 같은 입술을 굳게 닫아 말이 없다. 이에 유수부는 향란이 말을 하도록 해 군수를 기쁘게 하려고 여러 가지를 궁리하니, 타고난 아첨과 아부를 늘어놓는다.

이제 향란도 마음을 바꾸어, 여기에 온 이상은 군수의 첩이 된 것을 받아들이고, 군수의 환심을 사 두 번 다시 부모에게 해가 가지 않기를 바랄 뿐이다. 그리하여 드디어 향란도 눈물을 걷고 "예. 융숭한 대접 대단히 감사합니다만, 의복도 이럭저럭 당분간은 곤란하지 않을 만큼은 준비되어 있습니다" 하고 대답하니, 정사석은 꾀꼬리 같은 향란의 목소리에 기뻐서 어쩔 줄을 모른다. 정사석은 기쁨에 술 한 잔을 더 들이키고 "향란, 술잔을 받아라" 하니, "저는 술은 싫어합니다" 하고 향란이 무뚝뚝하게 내뱉는다. 유수부는 크게 웃으며

"젊은 사람이 너무 그러면 애교가 없어서 안 됩니다. 모처럼의 청이니 받는 척이라도 하십시오."

향란은 말이 없다. 정사석은 화도 나지 않는 듯

"뭐 술이 싫으면 억지로 마시게 할 수는 없지. 그러면 가까이 와서 술이라도 따르거라."

이제 어쩔 도리가 없어 향란은 눈물을 참으며 머뭇머뭇 군수의 곁으로 다가가 술병을 든다. 모두들 크게 기뻐하여 술잔을 몇 번이고 더 들이킨다. 유수부는 취한 척하며 "저는 너무 많이 마셨습니다. 그러니 중매인은 밤이 깊은 듯하니 이제 슬슬 물러나겠습니다" 하고 나간다.

50회

　심부름꾼은 요강을 들고 시녀는 규방의 준비가 끝났다는 것을 알린다. 정사석은 규방으로 들고, 시녀는 향란을 재촉해서 잠들지 않기를 몇 번이고 간청한다. 향란은 도마 위에 오르는 심정으로 규방 근처에 왔다. 정사석은 취기에 기분이 좋아져 잠에 곯아 떨어져 코 고는 소리가 천둥과 같다. 향란은 들어가려다가 몇 번을 주저했으나, 이러고 있을 수만도 없어서, 큰 결심을 하고 방으로 들어가 정사석의 뒤쪽에 앉아 다시 눈물을 쏟아내고 있다. 이미 밤은 깊어 성 안에는 사람소리도 들리지 않고, 멀리서 개와 닭의 울음소리만이 들려올 뿐이다. 아버지는 심한 고문에 몸이 많이 상했다고 하더니, 지금은 어떻게 지내고 계시는지? 어머니는 나 때문에 얼마나 걱정을 하고 계실까? 하고 상심에 젖는다. 그리고 정원을 맞이하게 된 청양은 나와는 달리 얼마나 행복할까? 정원과 청양은 언제부터 좋아하는 사이가 된 것인지? 사람들은 정원을 두고 품행이 방정하여 요즘에 흔히 보기 드문 청년이라고 말하였고, 부모님도 그렇게 생각하셨고, 나도 세상에 둘도 없는 사람이라 흠모했었는데, 안타깝고 원통하다. 이런저런 생각에 잠겨있을 때, 창문을 가볍게 두드리는 소리와 함께 "향란 아가씨……" 하고 나지막하게 부르는 소리가 들렸다. 향란은 수상히 여겨 창문을 열어 내다보았으나 아무도 보이질 않는다. 이런 늦은 밤에 나를 찾아 올 사람도 없을 텐데, 그렇다면 여우에게 홀린 것인가? 하며 서둘러 문을 닫으려고 하니, 갑자기 한 남자의 그림자가 다가와 "향란 아가씨! 저 정원입니다"

라고 본인의 이름을 댄다. 목소리는 틀림없는 그 사람이다. 향란은 너무 놀라 두세 걸음 뒤로 물러나더니, 놀란 탓에 문을 열고 나뒹굴며 크게 울어댄다. 정원은 당황하여 향란의 입을 막고 주위를 둘러본 후

"아가씨는 필시 저를 나쁜 놈이라 원망하고 계시겠지요. 저도 전후 사정을 말씀드리고 싶습니다만, 지체해서 잡히기라도 한다면 고생한 보람도 물거품이 될 테니, 단지 한마디만 해 두겠습니다. 나는 이전의 군수인 원정양의 손자로 정사석의 독수毒手에 잡혀 비통한 최후를 맞이한 원소연의 아들입니다. 저는 조부와 어머니의 원수를 갚아야 합니다. 그래서 오늘 저는 정사석 군수를 죽이겠습니다. 내가 아가씨 댁을 나와 거가의 집으로 간 것도 후에 당신과 부모님에게 누를 끼치지 않기 위함입니다. 그리고 모두의 은혜를 저버리고 당신과 결혼하지 않은 것도 가슴 속에 대망을 품고 있는 자로서, 후에 어떤 위험이 도사리고 있을지 알 수 없기 때문입니다. 이제 나는 정사석을 베고 새벽이 오기 전에 여기를 떠나 다른 나라로 갈 것이니, 다시 아가씨를 만날 수는 없을 것입니다. 은혜를 베풀어 주신 댁에 아무것도 갚아 드리지 못해서 참으로 죄송하게 여기고 있습니다만, 적어도 정사석에게 몸을 더럽히기 전에 원수를 갚고 아가씨를 구출해 내는 것이 저의 작은 마음이라 여겨주십시오. 물론 정사석이 죽고 나면 그 당시의 사정 등을 관청사람들이 당신에게 추궁하겠지요. 아가씨는 반드시 아가씨에게 위험이 없도록 이야기를 하십시오. 그리고 부모님께는 아가씨께서 말씀을 잘 드려주세요."

정원은 향란이 고함을 지르지 못하도록 왼쪽 손으로 안고 오른쪽 손으로는 입을 막고 얘기를 계속했다. 향란은 버둥거리며 뜨거운 눈물을 쏟아 내었다. 정원은 감개무량한 어조로

"잘 아셨겠죠? 그러면 이제 헤어집시다. 건강하십시오."

말을 마치고 일어서니 향란은 마치 미친 사람처럼 정원의 옷에 매달린다. 정원은 돌아보며, 정사석이 잠들어 있는 방을 안에서 닫는다. 이것은 적이 도망가는 것을 막기 위함이고, 또 향란이 들어오는 것을 막기 위함이다. 이 소동에 눈을 뜬 정사석은 크게 놀라 깨어 "누구냐?" 하고 고함을 지른다. 정원이 의연히 대답한다.

"원정양의 손자이고 원소연의 아들인 정원이라고 한다."

정사석은 놀라

"한 번 본 적도 없는 어린 놈이 무슨 일로 여기를……."

"네놈의 목을 가지러 왔다"라는 말을 마침과 동시에 정 군수의 목은 몸에서 잘려 나왔다.

> **부기**_ 한인은 잠자리에서 오줌을 누고 손님 앞에서도 부끄러워하는 법이 없다. 이 요강을 나르는 하인을 도인(導引)이라고 부른다.

조선에 부는 모래바람

51회

 군수 정사석의 성난 목소리와 첩인 향란의 슬픈 외침 소리에 시녀와 하인도 잠을 깨 모두들 이곳으로 달려 모였다. 마사모토[16]는 피 묻은 칼을 들고 마당으로 달려 내려가서, 잡으려고 달려오는 두세 명의 하인을 때려눕히고, 울타리를 넘어 산길을 따라 성 밖으로 나아갔다. 길을 서둘러 날이 밝기 전에 할머니인 청향의 묘를 참배하고, 오늘 정사석의 목을 잘라 원수를 갚은 일과, 이제부터 일본으로 건너가 아버지의 가명家名을 이을 것을 고하였다. 잠시 휴식을 취한 후 동래로 향한 것은 동쪽 하늘이 하얗게 밝아와 모든 문이 열릴 무렵이었다. 오늘은 동래의 장날로 아침부터 도시 전체가 시끌벅적하다. 그 혼잡을 틈타 마사모토는 어느 주막에 들어가 빨리 아침을 먹고, 큰길까지 늘어선 상점에서 창 넓은 삿갓을 하나 샀다. 이것을 눌러 쓰고 사람들의 눈길을 피해 초량에 있는 일본관으로 돌아갔다. 마사모토는 상인 모씨의 집을 찾아가 그 후의 소문 등을 물으니, 그가 전하는 소식이다.

 일본은 나날이 개화하여 옛 모습이 조금도 남아 있지 않다고 들었으나, 하지만 이곳은 어제도 오늘도 조금도 다름없다. 일전에 일본에서 정한론征韓論[17]이 일었을 때는 양국 간의 통상교섭도 많은 진척이 있었던 듯하나, 하루아침에 정한론이 물거품이 되고 사가佐賀지방에서

---

16 여기서부터는 임정원을 마사모토로 표기하는 경우가 많아진다. 정원正元이라고만 표기되어 있으나, 정원正元이 본인을 일본인으로 자각하여 일본인의 입장에 서는 경우가 많기 때문이다. 한국인 임정원과 일본인 하야시 마사모토가 혼재한다고 할 수 있다. ─역자
17 1873년에 일본에서 일어난 사이고 다카모리西鄕隆盛를 중심으로 한 조선 정벌론.

내란이 일어났다는 소문이 일자, 한인이 다시 우리 일본인을 대하는 태도가 무례하고, 거만하기 짝이 없다. 실제로 지난 날 내지^{內地}(일본본토를 의미 — 역자)의 상인 대여섯 명이 상황을 시찰하러 항구로 들어왔을 때, 한인들이 그들의 언어 풍습을 보고 바로 대마도 사람인 걸 알았다. 동래부사는 이제까지 드나들던 상인들에게까지 일본관의 출입을 금지시켜 채소, 생선, 땔감조차 구할 수 없게 했다.

상인은 마사모토에게 참으로 이가 갈리도록 미운 처사라고 울분을 토했다. 마사모토는 초량^{草梁}의 일본관에 머문 지 3일 만에, 대마도로 돌아가는 배가 있어서 다음 날 부산을 출발해 대마도에 도착했다. 오랜만에 나미노신을 만나, 5년간의 고생 끝에 결국 원수의 목을 잘라 돌아가신 아버님의 원혼을 달래고 돌아가신 어머니를 절에 모신 일 등을 상세히 전하니, 나미노신도 듣는 것마다 감탄하며, 바로 쇼큐로 부부를 위해 스님을 모셔 성대하게 법회를 열었다. 수일 후 마사모토는 나미노신에게 "이제까지는 복수심 하나로 다른 것을 돌아 볼 여유가 없었습니다만, 이제부터라도 늦지 않게 학업에 정진해 황국^{皇國}을 위해 이 몸을 바치기로 결심했습니다. 그래서 가까운 시일 안에 내지^{內地}로 건너갈까 합니다"라고 말씀드리니, 나미노신도 그 뜻의 숭고함을 칭찬하며 많은 여비를 내놓아 마사모토를 내지로 보냈다. 마사모토는 고향인 가고시마^{鹿兒}로 돌아가, 돌아가신 아버지의 친구를 찾아뵈니, 모두 공훈이 높은 명치유신^{明治維新}의 원로들이었다. 그 중에서도 사이고 난슈^{西鄉南州}[18]는 특히 쇼큐로와 친분이 깊어, 마사모토의 재능이 타인에 비해 월등하다

---

[18] 사이고 타카모리^{西鄉隆盛}. 에도막부 말기와 유신 초기의 일본의 정치가.

는 것을 알아 가르치고 격려하여 도쿄東京로 유학을 보내었다. 마사모토는 사이고 난슈의 지원으로 도쿄의 사립학교에 들어가 영어공부에 전념했으나, 1년도 지나지 않아 우연한 행운을 만났다. 다름 아니라 일본 정부는 마사모토의 유신 때의 공훈을 높이 평가하여 상을 내리려 했으나 마사모토의 행적을 알 수 없어 애태웠던바, 마사모토가 사립학교에 있다는 것을 알고 큰 상을 내린 것이다.

52회

뜻하지 않은 상을 받은 마사모토는 해외유학의 뜻을 품어 그해의 12월에는 영국의 런던으로 건너가 면학하였으니, 학업의 진보가 현저하여 만 3년에 이룬 바가 과히 크다. 그 후 유럽과 미국을 순찰하고 무사히 귀국한 것은 세이난전쟁西南戰爭[19]의 다음 해였다. 마사모토는 각지를 여행할 때 항상 동양과 서양의 급박한 위기관계를 주시하였고, 귀국 후에는 몸을 던져 일청한日淸韓 삼국의 협동단결을 외쳐, 서양 강국의 위협에 맞설 것을 주장했다. 돌아와서 일본의 사정을 보니, 조금은 피상의 감도 있지만 진보가 현저해서 앞으로의 전망도 밝다. 그러나 청나라의 상황을 들으니, 완고하고 고루함이 쉽게 바뀌지 않고, 조선

---

[19] 1877년에 사이고 다카모리를 주축으로 해서 일어난 명치정부에 대해 불만을 가진 무사들의 최후의 반란.

도 허약쇠퇴가 거의 망국과 흡사하다고 한다. 마사모토는 깊이 생각하니, 일본과 청나라와의 단합 문제, 타이완 사건, 오키나와 문제, 이 모두가 일본의 의협심과 다른 나라들의 거만함 때문에 도저히 성공할 가망성이 없다. 우선 조선부터 시작해서 해결하자고 결심하고, 마사모토는 수개월 후 다시 조선의 부산으로 향했다. 이로부터 얼마 지나지 않아 강화도 사건[20]이 일어났다. 일한 양 정부는 수호조약을 맺어 수신사를 왕래시키고 교통무역을 재개하니, 전년에 마사모토가 있었던 때와는 관내의 사정도 많이 달라져, 배도 정기의 선로를 열고, 중개소와 여관도 생겼으며, 거류하는 상인도 몇 배나 늘었다. 마사모토는 무역시찰이라는 명목으로 여관에 묵으며 규정이 허락하는 범위에서 관외를 산책하며 민심을 살폈다. 그러나 청국을 존경하고 일본을 배척하는 풍습은 조금도 달라지질 않아, 뭔가 일만 생기면 돌을 지붕으로 던지는 등 일본인에게 폭행을 가하지 않는 곳이 없더라.

마사모토가 부산에 머물길 반 년, 그동안에 당국의 귀인, 지사라는 수명의 사람들을 만났으나, 그들은 일본인과 교제하기를 꺼려하고, 가끔씩 교제를 청하는 사람도 남의 눈과 소문을 두려워한다. 터놓고 시대의 형세를 논하는 자는 새벽하늘의 별처럼 드물다. 마사모토는 밖에서 그들을 깨우치기가 어렵다고 느껴 오히려 내부에서 계몽지도하기로 결심했으나, 이 나라를 떠난 지 불과 4년 밖에 되지 않는다. 혹시 아는 사람이라도 만난다면 군수 정씨를 죽인 마사모토는 처형을 벗어나기 어려울 것이다.

---

20 1876년 2월27일, 조선과 일본 사이에 체결된 통상조약. 강화도조약

해변의 모래는 불타는 듯하고 해안의 버드나무는 잠자는 듯하다. 더위를 피하기 위해 마사모토는 오후에 용두산에 올라 고송나무 아래 그늘이 울창한 곳을 산책하였다. 산속의 금비라[21] 신사에서 잠시 휴식을 취하려고 벽에 기대어 앉아 팔꿈치에 머리를 기대고 있다가 어슴푸레 잠이 들었는데 "자네!"라고 부르는 사람의 목소리가 들린다. 놀라서 깨어 보니 양산의 정씨 노인! 어머니가 검을 맡기고 용택에서 어머님의 불행을 알려준 그 노인이 아닌가? 놀란 가슴을 진정시키고,

"누구십니까?"

"양산의 정가입니다."

"구경 오셨습니까?"

"그렇소."

정씨는 눈을 동그랗게 뜨고 마사모토의 얼굴을 뚫어지게 쳐다보더니

"많이 닮았습니다."

"그 사람이 일본인입니까?"

"아니, 우리나라 사람입니다. 그것도 상당한 호걸이죠."

마사모토는 웃으며

"호걸과 닮았다니 영광입니다. 그게 누굽니까?"

"이름은 정원으로, 양산의 군수인 원정양씨의 적손으로 한때는 상인의 우두머리가 되어 여러 가지 고난을 겪었지만, 결국에는 군수인 정사석을 죽이고 부모의 원수를 갚고 그 뒤 어딘가로 모습을 감추어 아직까지 행방을 모릅니다. 그 남자에 대해서는 여러 가지 기담도 있습니다."

---

21 금비라金毘羅 : 불법의 수호신. 일본에서는 항해의 안전을 지키는 신으로 신앙됨.

"복수! 멋진 일을 했군요. 그러나 숨다니 비겁하군요."

정노인은 고개를 흔들며

"그때 재빠르게 도망갔기에 잡히지 않았지, 잡혔다면 처형당했을 겁니다."

"어떻게 복수했습니까?"

정노인은 담배를 들고

"성냥 있습니까?"

53회

마사모토는 소맷자락에서 성냥을 꺼내어 주고 정씨에게 자리를 옆으로 터주었다. 정씨도 마루에 앉아,

"정원이라는 청년이 정사석의 목을 잘랐을 때는, 한 사람의 처녀가 그 자리에 있었을 뿐으로 어떻게 안으로 들어갔는지 아무도 자세히 모릅니다. 단지 그 처녀의 말로는 앞의 군수인 원정양의 딸인 소연의 아들로 정원이라고 하며, 정사석의 잠을 깨운 즉시 목을 잘랐다고 합니다. 도대체 소연이 누구와 혼인을 했었는지는 아무도 모릅니다. 그래서 정원이 언제 어디에서 태어나 누가 키웠는지 그것도 전혀 모릅니다."

"정원이라는 자의 이력은 몰라도 상관없소. 어딘가에 아버지가 있었기에 태어난 것이겠지요."

"그 이상한 호걸은 우연히 양산의 김수명이라는 자의 위기를 구하게 되었고, 그것을 계기로 그 집에 기거하게 되었습니다. 학문도 있고 남자답고 게다가 당신과 같이 잘생겼으니 그 집 딸인 향란이라는 절세가인이 그를 흠모하게 되었지요. 아버지인 김수명도 어머니인 방계도 꼭 정원을 양자로 삼고 싶다고 몇 번이고 그에게 청을 넣었으나, 상대는 대망을 품은 몸으로 이리저리 핑계를 대고 미루었지요. 그러던 중 같은 고을의 지주로 거일산이라는 자의 딸인 청양이 또 그에게 반해 버렸습니다. 그냥 반한 정도가 아니라 상사병으로 죽어가니, 거일산이 직접 김수명의 집으로 가 정원을 양자로 삼고 싶다고 청해보았지요. 그러나 그리도 아끼는 정원을 양자로 보낼 리가 없었지요. 게다가 이 거일산은 김씨 가문의 고용인으로서 큰 은혜를 받았음에도 불구하고, 그 집안의 돈과 전답을 빼앗아 서로 의절한 사이였으니, 김수명이 이 제안을 거절했지요. 그러자 속이 검은 거일산은 바로 평소에 각별한 사이였던 정사석에게 미끼를 던져 향란을 첩으로 삼도록 구슬려, 같은 일당인 유수부에게 뇌물을 주어 두었던 것이지요. 그리고 김가 집안으로 사람을 보내어 향란을 첩으로 보내라고 몇 번을 요구했지만, 그가 좀처럼 승낙을 하지 않으니, 정 군수는 김수명에게 반란을 모의했다는 누명을 씌어 옥에 가두고 심한 고문을 가한 것이지요. 김수명이 잡혀 들어가자 정원도 바로 김가에서 나와 거가 집으로 들어간 것이고요"라고, 사건의 전말을 알려준다.

"주인집의 어려움을 몰라라 하고 나오다니 당치도 않은 사람입니다."

"거기에는 여러 가지 사정이 있지요. 김가에 있으면서 복수를 한다면 그 화가 김가 전체에 미칠 것이기에 그래서 이별을 고한 것이지요. 정원은 거일산 집으로 들어가 청양의 남편이 된다는 소문이 무성한데도 아직 향란은 아무 것도 모르고 정원의 무정함을 원망하여 안타깝게도 몸을 던져 죽으려고까지 한 것이지요. 그것을 마침 내가 발견하여, 불쌍한 목숨을 구하고, 그녀에게 정사석의 첩이 되도록 이모저모로 설득을 하여 간신히 승낙을 받아 아버지인 김수명을 구한 그날 밤에 정원이 복수를 한 것이지요."

"그래서 김씨 가문은 어떻게 되었습니까?"

"앞에 말한 이유로 연루되기를 두려워했던지 집을 처분하고 바로 양산을 떴지요."

"그럼 거일산은?"

"사람들에게 미움을 받던 거일산은 그다음 해 봄에 소작인에게 맞아 죽고 딸인 청양도 그 무렵부터 행방불명이 되어 아직 소식도 없지요."

"정원에 대한 수색은 아직도 계속되고 있습니까?"

"수색이라고요? 행방을 찾아 상을 주어야지요."

마사모토는 의아한 듯이 "아무리 부모의 원수라고 해도, 군수를 죽이고 도망을 간 큰 죄인이니, 지금이라도 잡히면 엄벌에 처하겠지요?" 하고 물으니, 정씨는 냉소를 띠우며

"귀국貴國의 법이 어떤지는 모르겠으나 유덕한 군자인 원정양에게 누명을 씌워 그 딸과 함께 죽여 버린 정사석이야 말로 죄인이지요. 그 악한에게 복수를 한 효자인 정원을 벌하다니 그럴 리가 없지요."

"제가 그 정원을 닮았나요?"

"그대에게 우리나라의 의관을 입히면 정원 그 사람과 똑같겠네요. 목소리까지 꼭 닮았고. 그런데 그대는 조선말이 아주 능숙하군요. 어두운데서 얘기를 하면 일본인이라고는 도저히 모르겠네요."

54회

마사모토는 정씨 노인과 헤어졌다. 생각하건대 이렇게 수개월에 걸쳐 여기에 머무는 것도 다, 정 군수를 살해한 범인으로 발각되어 잡힐 것을 염려한 때문이다. 그러나 정 노인이 말한 대로라면 더 이상 두려워할 일이 아니다. 아니 한 발 더 나아가 적극적으로 뜻있는 자들을 만나야겠다는 생각이 들어 마사모토는 의관을 갖추어 입고 몰래 일본관을 나왔다. 양산으로 갈까? 아니, 김가도 거가도 모두 없어진 마당에 아무 소용이 없다. 그러면 바로 한양으로 가 뜻을 이루자고 결심하고, 밤사이에 동래東萊를 지나 조모인 청향의 묘를 참배하고, 이전의 암자에 도착했을 때는 이미 동이 트고 있었다. 마사모토는 비구니의 아침 독경이 끝나기를 기다렸다가 안으로 들어가 "저는 밤을 새워 여행을 한 자입니다. 밥 한 그릇 얻을 수 있겠습니까?"라고 청하니, 젊은 비구니는 쾌히 마사모토의 청을 들어 손수 만든 떡과 인삼차를 들고 왔다. 화로 주위에 늘어진 식기들을 치우며 지난밤에 묵었던 남녀의 이야기를 들려준다. 마사모토는 이 비구니가, 남녀가 정을 통하는 장소를 제공하는 썩어빠진 부패승이라는 짐작을 하며, 그 이야기를 울어대는 매미의 울음소리로 흘려들으며, 여기를 떠나올 때를 회상하였다. 해가 떠오르자 지난밤의 여독 탓인지 졸음이 몰려오기에 동전 한 닢을 내밀며 잠시 쉬어가기를 청하니, 비구니는 크게 기뻐하는 기색이다.

"밤에는 방을 빌리는 사람들이 있으나 낮에는 담뱃불을 빌리는 사람들뿐이니 편히 쉬어가세요. 다른 손님이 오면 내가 적당한 시간에 깨우겠습니다. 당신과 둘이만 있으면, 사람들의 눈도 있는데 마침 시내에 볼 일도 있으니 잠시 다녀오겠습니다" 하며 젠체하는 표정도 우습다. 마사모토는 건성으로 들으며 방 하나를 빌려 깊이 잠을 청하고, 정오 무렵이 되어서야 눈을 떠 그곳을 떠났다. 황산진黃山津을 건너 말을 타고 양산을 지났다. 한적한 길을 지나 저녁 무렵에 밀양密陽에 도착했으나, 아직 숙소를 정하기에는 이르다. 청도淸道까지 가려고, 도보로 밀양의 성문을 나섰으나 얼마가지 않아 날이 저물어 버렸다. 이 부근은 특히 초행길인데다, 산이 많아 보행이 험난한 곳이다. 도중에 몸도 지치고, 또 짚신에 쓸린 발의 고통도 점점 더해 오는데 쉴 수 있는 여관은 하나도 보이지 않는다. 그렇게 몇 마을을 다리를 끌며 걷자니, 무성한 숲 속에서 희미하게 불빛이 보이니 서둘러 그곳으로 가 하룻밤을 청하려 하였다. 여기에서 잠시 휴식을 취하고 피로를 풀 수 있겠다고 생각하고, 발을 서둘러 그 집 문을 두드리니, 주인처럼 보이는 나이 마흔 정도를 넘긴 여자가 등을 들고 나온다.

"누구십니까?"

"저는 동래에서 청도로 가는 사람입니다만, 밤길인데다 또 다리를 심하게 다쳐 지금은 한 발도 걸을 수가 없습니다. 무리한 청입니다만, 하룻밤만 머물 수 있겠습니까?"

주인은 마사모토를 뚫어져라 쳐다보더니 "참으로 난처하시겠습니다. 보시다시피 누추한 집입니다만, 괜찮으시다면 들어오시지요" 한다. 마사모토는 크게 기뻐하며

"그럼 하룻밤만 묵겠습니다."

"누추하지만 드시지요."

안주인은 마사모토를 안으로 맞아, 불을 지피고 차를 낸 후 밥상을 준비하고 또 모깃불을 부채로 부치는 등 극진히 대접하니 참으로 친절하다.

"당신은 술은 안 드십니까?" 하고 안주인이 묻는다. 마사모토가 이 집을 둘러보니 아무래도 술과 밥을 파는 듯하다. 그래서 술을 권유받고서 거절하기도 민망하여

"술은 별로 좋아하지는 않습니다만, 오늘 밤은 피로도 풀 겸 한잔 마시겠습니다" 하고 대답했다. 안주인은 술을 가지고 나왔고 마사모토는 기분 좋게 한잔을 들이켰다.

55회

안주인이 잠잘 곳을 준비하는 것을 기다리지 못하고 마사모토는 고맙다는 말을 하고는 그대로 잠에 빠져 비몽사몽이다. 안주인은 베갯맡에 다가와

"부를 일이 있으면 손뼉을 쳐 불러 주세요. 부채는 저기에, 물은 여기에……"라고 늘어놓았지만, 벌써 코고는 소리만 방안 가득하다. 그때 밖에서 사람소리가 난다. 안주인은 서둘러 나가 문을 연다. 두 사람이 함께 들어 왔으나 둘 다 험상궂은 인상이다. 안주인은 살짝 남자를 불러 "조용히……" 하니, 두 남자는 웃음소리를 참으며

"좋은 먹이라도 걸렸나?"

"지금 막 잠들었으니……."

"그건 황공하지."

살금살금 안으로 들어와 동태를 살피며

"일행은 없는가?"

"멍청한 놈이네."

안주인은 삼나무 잎을 화로에 던져 넣어 부채로 불을 일으키며

"스무 살 정도 된 훌륭한 청년으로 동래에서 청도로 일이 있어 가는 도중에 발을 다쳤다고 했습니다."

"산적이 많다는 소문이 횡횡하여 아무리 서두는 여행객이라도 밤길을 피하니 영취산靈鷲山의 요새도 포획물이 없이 곤란하던 차였다."

"포획물이 어찌되었건 잠자는 약을 먹여두었으니 마음대로 하세요."

"포획물이 나오면 누님에게도 두둑이 쥐어드리죠. 그렇지 않다 해도, 요즘은 여기저기의 병영에서 요새정벌에 나선다는 소문이 있으니, 우리 편으로 끌어들일 만한 여행객을 잡아 가기만 해도 수령에게 말해서 반드시 그만한 보상은 하리다."

"어쨌건 좋은 이야기네요. 우선 한잔 하죠."

"술이라면 못 참지."

"마시고 싶지만 모처럼 잡은 먹이가 잠이 깨서 놓치면 안 되는데……."

안주인은 술과 안주를 준비하며

"조금 전에 잠들었으니 좀처럼 깨지는 않을 것이오. 걱정되면 먼저 처치해 두고 나중에 마시지요."

"그게 좋겠군."

"그럼 준비하는 동안 우리도 일을 해놓지."

두 도적은 새끼줄을 들고 방으로 들어가 꽤 무거운 보자기를 들고 나왔다.

"이거 무거운데……."

"빨리 열어 봅시다."

"자아, 빨리 마시세요. 보자기는 내가 풀 테니……."

도적들이 술을 마시는 옆에서 여자는 마사모토의 짐을 풀어,

"어! 이런 것이 들어있습니다."

"뭐야. 단도잖아."

"이상한 것을 지니고 있는 놈이네."

"이것 보세요. 반지가 있어요."

도적 하나가 반지를 손에 들고 화로 옆의 돌에 문지르더니,

"좋아. 좋아. 이것은 좋은 금이다."

"축하한 보람이 있네. 고마운 일이지."

"여기의 흰 것은 뭘까?"

"이건 종이입니다. 하지만 조선의 것이 아닙니다."

"일본 종이네. 희한한 물건을 가지고 있네."

"그 밖에는 버선 두 켤레와 신발 하나"

"헝겊조각이 하나인가?"

"어머!"

자기도 모르게 갑자기 크게 소리를 지르다가 급히 손으로 입을 막고 방 쪽을 돌아보며

"여기 좀 보세요."

"뭔데?"

"왜?"

"왜고 뭐고 간에 엄청난 일입니다. 금은방망이가 세 개, 사금이 한 봉지입니다."

동전은 가치가 낮아서 많이 들고 다니기가 어려워 멀리 여행하는 자는 금은을 지니고 다니며 그때그때 팔아서 동전으로 바꾼다. 필시 마사모토도 그러했으리라.

"이런 수확은 드물지."

"엄청난 부자구나. 보기에도 훌륭해 보이는 인물이다."

"요즘 보기 드문 손님이니 사례는 듬뿍 주셔야 합니다."

"누님. 술 한잔 더!"

"예. 많이 드세요."

화로에 둘러 앉아 마시고 떠드는 사이에 들리는 마사모토의 화난 목소리.

"안주인은 어디에 있는가? 어디?"

56회

홀연히 눈을 뜬 마사모토. 몸은 새끼줄에 묶여 있어 일어서지도 못하고, 아아……. 이것이 꿈인가, 현실인가? 아무리 피곤해서 곯아떨어졌다고 해도 이런 치욕을 당하고도 모르다니……. 도대체 어떤 놈들의 소행인가? 치밀어 오르는 화를 누르며 잠시 기다리고 있자니, 부엌 쪽에서 들려오는 사람의 목소리. 귀 기울여 들으니 훔친 물건의 품평으로 시끌시끌하니 필시 도적이다. 마사모토가 크게 소리를 질러 안주인을 부르니 대신 답하며 황망히 뛰어오는 도적 한 놈. 크게 취한 듯하다.

"아. 드디어 잠이 깼는가? 그러면 함께 산으로 가자."

"그렇게 무서운 얼굴을 할 것까지는 없지. 좋은 곳으로 데려가지."
하고 빤히 얼굴을 쳐다보더니 입을 소매로 쓱 문지르며 말한다.

"무례하게 이렇게 사람을 묶은 너희들은 누구냐?"

"듣고 싶은가? 듣고 싶다면 알려주지. 우리는 조선팔도에 소문난 산적인 영취산의 운자봉雲子峯이라고 들어 보았나? 그 운자봉의 부하들이다. 이제 요새로 끌고 가 함께 동지가 될 것이다."

"그럼 너희들은 도적이란 말인가?"

"그래. 도적이다."

"두목의 이름이 운자봉이고, 부하는 몇 명이나 있는가?"

"영취산에 백 명 정도. 도도산에 50~60명. 그 외의 나머지를 모두 합하면 총 삼천 명은 되는데, 머지않아 관병이 영취산을 공격한다는 급보가 있어 한 사람이라도 우리 편을 늘릴 수 있도록 네 놈도 생포한 것이다. 우선 도적을 삼 일만 해봐라. 그만둘 수가 없을 거다."

마사모토는 웃으며 대답을 피한 채 내심 무언가를 생각하는 듯하다. 조선의 도적 한두 놈이야 간단히 해치우겠지만, 이렇게 원기가 쇠퇴한 나라의 산적 중에는 용감하고 훌륭한 인물이 있기도 하다는데, 운자봉이라는 자는 과연 어떤 자인가? 도대체 도적의 요새는 어떻게 생겼는가? 한번 가보는 것도 재미있을 것 같은 호기심이 일었다.

"우물쭈물 하고 있으면 날이 샌다. 빨리 가자."

도적이 재촉하지만 마사모토는 미동도 하지 않고

"동지가 되어 달라고 부탁을 한다면 못 되어 줄 것도 없지. 너희들이 힘써 나를 잡았으니 그 공적도 세워주고 싶으나 이렇게 양 손을 묶여서는 만사 불편하네. 요새에 갈 때까지 손이라도 풀어주게."

"허…… 속여서 도망가려는 심산을 누가 모를 줄 아느냐? 요새에 가서 수령님의 지시를 들을 때까지 가만히 있어라."

마사모토는 냉소하며,

"도망가려면 지금이라도 갈 수 있다. 불편해서 풀라고 하는데 싫다면 할 수 없지"라며, 어깨를 움직여 힘을 주니 새끼줄이 툭 끊어진다. 두 도적이 크게 놀라 좌우로 덤비는 것을, 마사모토는 유도의 비법으로 둘을 집어 던지고 부엌으로 건너가 빼앗긴 보자기를 챙긴다. 그것을 지켜보던 안주인이 혼비백산하여 뛰어나가는 것을, 마사모토가 머리채를 잡아 넘어뜨리고 두세 번을 밟아 뭉갠 후, 다시 방으로 돌아온다. 두 도적은 손을 모아 눈물을 흘리며 목숨을 구걸한다.

"순순히 말만 들었으면 이런 꼴을 당하지 않았을 텐데…… 허리가 아픈가? 빨리 나서지 않으면 날이 밝는다."

"그러면 요새로 가겠다는 말씀입니까?"

"왜 내가 너희들을 속이겠느냐? 빨리 안내해라."

두 도적에게 짐을 들리고 초승달 아래 이슬 젖은 풀을 가르며 영취산의 요새에 도착한 것은 달이 희고 별이 붉어 새벽이 밝기 시작한 무렵이다.

"저기에 보이는 오두막은 무엇인가?"

"저기가 요새의 출입구로 당번이 출입자의 통행권을 일일이 조사합니다."

"그렇다면 여기에서 아까처럼 나를 묶어라. 그게 너희들의 공로를 입증할 테니……" 하며, 마사모토 스스로 두 손을 뒤로 돌려서 묶으라 하니, 도적들은 두려움에 서로 얼굴을 보며 황당해 한다.

57회

구름을 가르고 안개를 헤쳐 반 리 정도를 걸어 겨우 요새에 도착했다. 요새를 보니 바위를 성으로 삼고 나무숲을 울타리로 둘러싸 밖은 철통같고 안은 금토(金土)와 같더라. 산꼭대기의 평탄한 곳에 몇 채의 집이 있어, 이곳은 두목 운자봉을 비롯한 중요한 자들의 거처이고, 그 밖의 수하들은 나무 그늘과 바위 밑에 풀 멍석을 깔고 생활한다. 대부분은 낮에는 자고 밤에 일어나 일한다. 마사모토와 함께 온 두 명은 부들부들 떨면서 다시 줄을 묶어 마사모토를 계단 아래에 앉히고, 여행자를 생포하여 많은 황금까지 뺏었다고 머뭇거리며 아리니, 마사모토는 웃음을 참으며 고개를 들어 위를 올려다보았다. 여기가 요새의 행정소인 듯 각각의 도적의 이름이 적혀져 있는 포획물이 장소가 비좁을 만큼 빽빽하게 들어차 있다. 좌우의 벽에는 활, 창, 검, 마구 등이 늘어서 있다. 두목인 운자봉은 아침마다 여기에 나와 포획물의 양을 조사하고 그 공로에 따라 상벌을 내린다 한다. 지금이 바로 그 시간으로 어린 동자 하나가 호랑이 가죽 방석을 깔아 정면에 자리를 마련하니 두세 명의 심복과 따르는 도적들을 좌우로 대동하고 운자봉이 들어와 포획물을 획 둘러본다. 마사모토를 생포한 경위를 두 도적에게 듣더니, 마사모토를 노려보며

"너는 어디 출신이냐?"

"부산입니다."

"이름은?"

"임정원이라고 합니다."
"부모 형제는?"
"한 사람도 없습니다."
"무슨 일로 어디로 가고 있었느냐?"
"근처의 부잣집에 숨어들어가 금은을 훔쳐 도망가던 중 수하의 부하들에게 붙잡힌 것입니다."
운자봉은 웃음을 머금고
"뭐라고? 도둑질을 했다고?"
마사모토도 마찬가지로 웃으며
"예. 피차일반입니다."
"자네는 오늘부터 내 수하가 되어 여기에서 일해보지 않겠나?"
"그야말로 제가 바라는 바, 초보도 아니니 거두어만 주시면 반드시 도움이 될 것입니다."

운자봉이 좌우를 둘러보며

"밧줄을 풀어 주어라"라고 한 후 사라지니, 두 도적은 황급히 밧줄을 풀어 상처를 쓰다듬으니 그 모양 또한 웃기다.

우선 요새에 들어간 자는 취사 심부름 같은 잡일을 하여 그 마음이 충직함을 인정을 받고 나서 밤에 도둑질에 나서는 것을 상례로 한다. 마사모토도 이 날부터 취사역의 인부를 대신해 밥을 짓고 고기를 삶아 도적들의 식사를 마련하는 한편, 운자봉을 비롯한 중역들의 낮밤의 연회를 위해 술을 데우고 반찬을 준비하느라 땀 닦을 틈도 없다.

"아…… 덥다. 더워. 이렇게 더운데 아침부터 밤까지 아궁이 밑에서 검게 그을려 일만 하고 있는데, 두목들은 여기와는 달리 술이나 마시고 있으니 부럽다. 부러워. 나도 저런 신분이 되어 보고 싶네."

"두목들도 처음에는 모두 취사에서 시작해 출세했다는 소문이네. 공이 있으면 언제라도 저런 신분이 되지. 도도산에 가는 자가 나타나면 바로 소두목으로 삼아 준다는 얘기가 있으니 한번 해 보겠나?"

"이런 힘든 일을 하는 것도 목숨을 부지하기 위해서이지. 관병이 도도산으로 가는 길을 막아 진을 구축했다는 것을 아는데 누가 죽으려고 거기에 가겠는가?"

"공을 세우겠다고 일전에 서너 명이 밀서를 들고 갔지만 모두 붙잡혔다고 하니, 이제는 어느 누구도 나서지 않을 거야."

'이야기가 너무 길어지면 솔개가 고기를 채어 가는 법. 그 솔개의 날개를 빌려 도도산까지 날아가 솜씨 좋게 일을 마치고 소두목이 되어 이 뜨거운 일을 마치고 싶네……'

"어이! 거기 신참! 뭘 멍하니 생각하고 있나? 밥 타는 냄새가 나는데……."

마사모토는 놀라서 아궁이의 불을 뺀다.

58회

영취산과 도도산의 도적들은 요즘은 그 수가 늘어 백주에 가도를 횡행하며 맹위를 떨쳐대니, 관도 이제는 그냥 둘 수도 없어 각 진영의 병사들을 동원하여 도적의 요새를 친다는 소문이 자자하다. 진주晋州 적량赤梁에서는 우선 병사들을 모아 양쪽의 산 사이에 진을 쳐 산 정상으로 가는 연락을 두절시키려고 한다. 영취산의 운자봉은 자기편의 세력을 모우는 한편, 도도산에 있는 부두목과 전략을 협의하기 위해 때때로 사자使者를 보낸다. 그러나 모두 중도에 잡혀서 죽임을 당하거나, 간신히 목숨만 건져 도망쳐 오거나 해서, 지금까지 누구 하나 도도산에 도착한 자가 없다. 그래서 이쪽의 사정을 알리려고 해도, 또 그 쪽의 사정을 알려고 해도 도무지 방법이 없다. 운자봉은 초조해져 이 일을 완수하는 자에게 크게 상을 내리겠다고 독려하였으나, 어느 누구하나 나서는 이가 없다. 이제는 달리 방법이 없어, 일제히 일어서 관병을 처부수고 도도산으로 가 거기의 도적들과 연합하여 싸우는 수밖에 없다고 결심하고, 어느 날 요새의 도적들을 모두 모아, 화를 내며 또 한편은 안타까워하며 이 뜻을 전한다. 두 산이 각각 분리되어 관병과 싸우는 것은 무모한 짓이다. 그래서 지난날부터 상을 내걸고 도도산으로 갈 사람을 찾았지만 150여 명의 부하들 중 아무도 지원하는 이가 없어, 이제는 달리 방법이 없어 요새의 무리들을 이끌고 도도산과 합세하려 한다는 취지를 전하니, 일동은 숨을 죽이고 아무 말이 없다. 이때 신참인 마사모토가 말석에서 걸어 나와 운자봉에게 인사를 하고 "두목님, 이 일은 제가 멋지게 해내겠습니다" 한다. 일동은 놀라서 눈을 번쩍 뜨고 운자봉도 역시 매우 놀라 한다.

"누구냐?"

"신참인 정원입니다."

운자봉은 기특하면서 또 한편은 걱정스러운 듯이

"한 번도 이런 일을 해본 적이 없는 신참이 자청했다고 해서 옳거니 하고 승낙할 수는 없다."

"뭐라고요? 일을 시킬 수 없다고요? 언제까지고 불 지피는 일만 계속시키고 다른 일을 시키지 않으면 그 능력을 알 수가 없는 법입니다. 마침 좋은 기회이니 일을 시켜 한번 시험해 보십시오. 만약에 일로 가장하고 도망갈지도 모른다는 걱정이 있을지 모르나, 도망갈 사람이라면 여기에 있어도 아무런 도움이 못 되는 인간일 것입니다. 여기를 버리고 도도산으로 진영을 옮긴다면 힘들게 모은 이 곡식과 금은보화들을 들고 갈 수도 없습니다. 또 도도산에 이 수의 인원이 늘어난다면 먹을 것이 모자라 관병을 기다릴 것도 없이 모두 아사할 것입니다. 열린 잔치를 다 망치기보다는 지금 지혜로운 판단을 하시는 것이 좋습니다"라며 훈계하듯이 연설을 하니, 대담한 마사모토의 거동에 모두가 너무

놀라 말문이 막혔다. 운자봉은 마사모토를 가까이 불러,

"그럼 자네가 갔다 오겠는가?"

"걱정하지 마십시오."

"쉽게 가겠다고 하나, 가는 길에는 관병 수백 명이 진을 치고 있어 개미처럼 가득하다네."

"그건 잘 알고 있습니다."

"거기를 어떻게 빠져나갈 것인가?"

"세치의 혀끝으로 완벽하게 빠져나가겠습니다."

"그래. 가기는 간다고 해도 돌아오는 길이 걱정이다."

마사모토는 웃으며,

"답을 얻어 돌아오지 않는다면 사자使者라고 할 수도 없습니다."

운자봉은 바르게 고쳐 앉으며 "그럼 부탁할까?" 하니, 마사모토가 "예" 하고 간단히 대답한다.

"그럼 이제 나의 뜻을 전하겠다."

"아닙니다. 신참인 저의 구두상의 전갈은 믿지 않을 것입니다."

운자봉은 눈썹을 찡그리고 걱정스러운 듯,

"관병에게 붙잡히면 상투 안과 속옷 안까지 조사한다는데……."

"물론 버선 안까지 조사를 한다는 것은 잘 알고 있습니다. 그러나 가지고 있지 않으면 아무 지장 없습니다."

"관병에게 들키지 않고 도도산에 전달할 좋은 방법이 있는가?"

"저의 책략을 잘 지켜봐 주십시오."

59회

영취산의 운자봉은 도도산의 유劉 부대장에게 보내는 한통의 밀서를 마사모토에게 건넸다. 마사모토는 이것을 흔쾌히 받아들고 나온 후, 붓과 벼루를 들고 와 한 통의 서한을 만들더니, 이것을 옷깃 박음질 선 속에 감추고, 운자봉의 자필로 된 서한은 화살촉으로 만들어, 석양이 질 무렵 활을 메고 조용히 요새를 출발했다. 산기슭에 도착했을 때에는 해가 져 어두웠으나, 앞쪽의 들판에서 불길이 하늘을 치솟고 군의 깃발이 높이 펄럭이는 것이 보인다. 보아하니 이것이 관병의 진영인 것이다. 마사모토는 활에 화살을 끼워 문 앞으로 다가가, 보름달처럼 시위를 당겨 화살촉으로 변형시킨 밀서를 관병진영의 뒤편에 있는 산길을 향해 날렸다. 보초병은 마사모토를 수상히 여겨 이것저것을 추궁하니 마사모토는 두려워하는 척하며 호소한다.

"저는 일전에 부산에서 대구로 향하던 중 도적에게 짐을 뺏기고 요새에 잡혀 있기를 보름이나 되었습니다. 도망가려고 벼르던 중에 관병이 와서 영취산과 도도산을 친다는 소문이 있었습니다. 두목인 운자봉은 유劉 부대장에게 밀서를 보내려고 몇 번이나 사자를 보냈지만, 번번이 관병에게 붙잡혀버리니 답답하기 그지없어, 이 일을 잘해내는 자에게는 큰 상을 내리겠다고 하니, 저는 포상 따위는 관심도 없고 단지 도망가야 한다는 일심에 사자가 되기를 청하였습니다. 그래서 운자봉이 유부대장에게 보내는 밀서를 가지고 왔으니 대장님께 이것을 바쳐 부디 용서를 비는 바입니다" 하고 격앙된 목소리로 아뢰니, 보초

가 알겠다며 안으로 들어간다. 보초는 되돌아 나오더니 마사모토를 대장 앞으로 끌고 간다.

"요새에 붙잡혀 있다가 도망가려고 도도산에 사자로 나섰다는 게 사실이냐?"

"예. 그렇습니다."

"밀서를 가지고 왔느냐?"

"예. 들고 있습니다."

마사모토는 옷깃의 실밥을 뜯어 서한을 꺼내어 대장에게 내민다.

"이것을 드렸으니 저는 이만 물러가겠습니다."

대장은 봉투를 뜯어서 밀서를 자세히 읽고 잠시 생각에 잠기더니 마사모토를 향해 "부탁은 들어줄 수가 없네" 한다.

"왜입니까?"

울먹이는 목소리로 물으니

"산으로 가야 한다. 이 편지를 보니, 운자봉은 관병을 상대할 수 없다는 것을 알고 유부대장과 같이 목숨을 끊어 자신들의 죄를 사죄하고 부하들을 구하겠다는 내용이다. 싸움을 하지 않고도 적장 두 명의 목으로 항복을 구해 온다면 금상첨화이다. 만일 자네를 도도산으로 보내지 않고 풀어 준다면 유부대장에게 이 일을 알릴 방법이 없다. 우물쭈물하고 있는 사이에 사방에서 병사들이 올라가 싸움이라도 일어난다면, 운자봉도 쫓기던 쥐가 고양이를 무는 형상으로 필사적으로 덤빌 것이 분명하다. 전쟁을 방지하고 서로 사람이 죽는 것을 막아야 한다. 그러나 도도산의 유부대장이 운자봉의 말을 듣지 않고 싸움을 걸어온다면 어쩔 수 없지만, 가능한 인명피해를 줄이라는 훈시도 있었으니, 일단 자네는 이 편지를 들고 도도산으로 가 여기에서의 일은 비밀로 하고 편지를 전하고 답장을 받아오게. 그 답장이 운자봉의 의견과 다르면 바로 자네에게 자유를 주겠네. 만약에 운자봉의 말처럼 자살해서 부하들을 구하려고 한다면, 자네는 한 번 더 영취산으로 돌아가 운자봉에게 답장을 전하게. 알겠는가?"

마사모토는 곤란한 듯이 머리를 긁적이며 입을 삐죽 내밀어,

"대장님의 명령이라면 어쩔 수가 없군요."

60회

　마사모토는 솜씨 좋게 관병장을 속이고 밀서를 다시 받아 넣어 보초의 배웅을 받으며 진영의 뒤쪽 산길에 이르렀다. 보초를 돌려보내고 조금 전에 날려 두었던 화살을 다시 주위 무사히 도도산의 요새에 도착한 것은, 온 산의 새들이 둥지를 떠나 날아오르는 시각으로, 유부대장은 아직 취침중이다. 유부대장은 영취산에서 전갈이 왔다는 보고에 급히 뛰어나와 마사모토를 맞는다. 유부대장은 나이는 40쯤 되어 보이고 코가 오똑하고 눈은 깊숙하고 털이 많은 사람이다. 좌우에는 얼굴이 검붉은 두 명의 사내아이가 부채를 들고 바람을 일으키고, 많은 수의 부하들이 뒤로 늘어서 있으니, 그 기세가 전혀 운자봉에 뒤지지 않는다. 유부대장은 졸린 눈을 크게 뜨며 계단 아래에서 무릎을 꿇고 앉은 마사모토에게
　"자네가 영취산의 사자인가?"
　"예. 저입니다."
　"사자를 몇 번이나 보냈지만 다 실패하였는데 너는 어떻게 통과했느냐?"
　"영취산에서 보낸 사자도 모두 잡혔습니다. 이렇게 말하는 저도 사실은 잡혔다가 빠져나온 것입니다"라며, 옷깃의 실밥을 뜯어 밀서를 꺼낸다. 유부대장은 받아들더니 의아한 듯이
　"너는 증표를 가지고 있지 않구나."
　"만일의 사태를 대비해 일부러 가지고 있지 않습니다."

"증표가 없다니……"라며 봉투를 뜯어 밀서를 읽더니, 불같이 화를 내며 밀서를 바닥에 내던진다.

"영취산의 사자라니, 새빨간 거짓말이다. 네 놈은 관병의 첩자. 내가 속을 줄 아느냐? 증표가 없을 때는 운자봉의 자필 서한이어야 하는 법, 게다가 위서偽書에는 나에게 자살을 권하고 있으니……이놈! 저놈 잡아라."

호령 소리에 두세 명의 부하가 마사모토를 잡으러 달려온다. 마사모토는 태연하게

"과연 그것은 위서입니다. 그 서한을 관병에게 보이고 솜씨 좋게 관영을 빠져나왔습니다. 즉 수령의 자필 서한은 여기에 있습니다."

곁의 화살을 하나 유부대장에게 건네며, 관병의 대장과의 일을 빠짐없이 고하니, 유부대장도 크게 기뻐하며 자신의 어리석음을 크게 반성하였다.

"운자봉은 좋은 부하를 얻었네. 나는 그대를 한 번도 본 적이 없는데 언제부터 산에 들어왔는가?"

"아직 5, 6일 밖에 되지 않습니다."

"어디 출신이냐?"

"부산입니다."

"무슨 일로 산에 왔느냐?"

"물건을 훔치고 도망가다가 숙소에서 속임을 당해 독주를 마시고 자고 있던 중, 영취산의 부하에게 잡혀 왔습니다."

"이름은 무엇인가?"

"임정원입니다."

유부대장의 검붉은 얼굴은 갑자기 황토빛으로 바뀌었다.

"임정원. 분명히 지난해 양산에서 군수인 정사석을 죽인 남자가 임

정원이라고 했지."

마사모토는 웃음을 터뜨리며

"조부인 정양과 엄마인 소연을 위해 원수를 갚은 거가의 식객인 정원은 바로 저입니다."

"과연 그 정원인가? 그렇다면 그대는 집안도 담력도 도저히 우리가 미칠 수 없는 존재입니다. 빨리 운자봉에게도 이 일을 전하여 당신을 수령으로서 받들도록 말씀드리겠습니다. 그런데 그때 양산에서 수부를 맡고 있던, 나와 동성同姓인 유수부를 아시는지요?"

"유씨? 아……! 수부였던 유청승. 정사석의 수하였던 악한. 그놈의 이름은 몇 번이고 들었습니다만, 만난 적은 없습니다. 부대장은 아십니까?"

"아니 동성이지만 전혀 모르는 인물입니다."

유부대장은 마사모토에게 술과 안주를 후하게 대접하고 그동안에 자신은 영취산으로 보내는 답장을 준비했다. 유부대장이 마사모토에게 전략 등을 상의해 오니, 마사모토도 일일이 상세하게 논의를 한 후, 유부대장에게 작별을 고했다. 그리고 한통의 가짜 답서를 직접 작성해 다시 옷깃에 넣어, 해가 기울기 시작할 무렵에 도도산을 떠났다.

61회

마사모토가 도도산에서 돌아왔다. 진짜 밀서는 화살에 숨겨 관병의 진영 너머로 날려두고, 가짜 밀서를 그 대장에게 내밀어 갈 때와 마찬가지로 무사히 영취산에 복귀하니, 운자봉의 기쁨은 하늘을 찌른다. 150여 명의 산적들과 함께 마사모토의 담력과 지혜를 높이 칭찬하여 그 대우가 일전과 다를 뿐 아니라, 또 도도산의 부대장의 서한에 적힌 마사모토의 약력 등이 요새에 널리 알려져, 이번 일의 공로에 대한 포상으로 소두목으로 책정되니, 그 위세가 운자봉을 능가할 정도로, 도적들이 모두 존경하여 경외시하기에 이르렀다.

마사모토가 요새로 들어간 것은 영웅호걸을 만나 국가의 대사를 꾀하기 위함이었다. 그러나 운자봉을 위시한 다른 일당들도 모두 좀도둑 무리에 지나지 않아 이야기 상대가 되지 않으니, 마사모토의 실망이 이만저만이 아니었다. 그래서 이제는 하루라도 빨리 요새를 내려가려고 마음먹고 청을 했지만, 받아들여지지 않는다. 아무도 모르게 도망을 가자니 노자 한 푼 없어 난감하다. 며칠을 허무하게 지내고 있자니, 산기슭의 보초병으로부터 관병이 급히 퇴진하여 양쪽의 산이 서로 소통할 수 있게 되어 도도산에서 유부대장이 와서 운자봉과 만나고 있다고 알려왔다. 마사모토는 얼마 전부터 부하에게 무술을 가르치고 훈련시켰지만, 오늘은 유부대장이 오는 이유로 오랜만에 휴가를 받아 산 이곳저곳을 산책하고 있었다. 쓰르라미 소리가 요란스러운 녹음이 우거진 숲에 이르니, 젊은 남자 하나가 이끼 낀 돌에 앉아 사람이 온 줄도 모르고 생각

에 잠겨있다. 마사모토가 "자네는 누군가?" 하고 크게 부르니,

"어젯밤에 여기에 잡혀온 한양 사람인 이동인李同仁입니다" 하고 조용히 답한다. 마사모토는 곁의 나무 밑둥이에 엉덩이를 걸치며

"독주를 마셨구먼" 한다. 이동인도 웃으며

"자네도 독주를 마셨는가?"

"물론이네. 그런데 자네는 한양에서 어디로 가던 길이었나?"

"초량의 일본인 거주지에……."

"부산항의 거류지에?"

"자네는 간 적이 있는가?"

"나는 몇 번이고 갔었네."

이동인은 자리를 고쳐 앉으며

"그렇다면 자네에게 좀 묻고 싶네. 거류지에서 일본으로는 매월 몇 번 정도 배가 다니는가?"

예상하지 못한 질문에 마사모토는 내심 놀라면서

"증기선이 두 번, 그리고 범선은 정해져 있지 않네."

"일본의 오오사카大阪. 아니 이런 것을 자네에게 물어도 알 리가 없지."

"그렇지 않네. 나는 일본인 중에 친한 사람이 있어 그 지리 풍속 생활까지 모두 소상히 알고 있네."

이동인은 크게 기뻐하며 가슴에서 수첩을 꺼내어

"부산에서 오오사카까지 배편으로 가는데 대강 며칠 정도 걸리는가?"

"각 각의 항구에 들러서 가니 4, 5일은 확실히 걸리지."

"오오사카에서 교토京都까지는?"

"기차로 약 한 시간."

"비용은 자네도 모르겠지?"

"일반석으로 가면 일본의 10량 2할이니, 우리나라 돈으로 50량이네."

"자네는 참으로 상세하게 알고 있네."

"나는 부모님의 원수를 갚고 일본으로 도망가려고 생각한 적이 있어 그때 다 알아둔 거지."

"거류지에 본원사本願寺라는 별원別院이 있는가?"

"있네. 그런데 도대체 자네는 왜 그런 것을 묻는가?"

이동인은 잠시 이 대답에 주저했지만 결심한 듯이

"나는 일본에 가려고 한다."

마사모토는 크게 놀라

"그건 또 왜인가?"

"조정에 있는 완고당頑固黨은 천하의 형세를 조금도 알지 못하고, 일제히 척화斥和만을 외쳐 국가의 대계를 망치고 있다. 나는 이것을 개탄하여 개국론開國論을 주장하는 뜻을 정부에 펼쳤으나, 반대당이 격분하여 나를 잡아 죽이려고 하네. 그래서 나는 몸을 일본으로 피하여 좋은 기회를 기다리려고 부산으로 내려가던 중 산적에게 잡힌 것이라네."

이야기가 끝나자마자 마사모토는 주먹을 쥐고 이동인의 미간을 때리며,

"이 매국노 같은 놈!" 하며 눈알을 굴리며 이를 갈며 다시 때리려고 덤비니, 이동인은 태연하게 '참새가 고니의 뜻을 어찌 알겠느냐'라고 읊조리며 일어서려고 한다. 마사모토는 급하게 막아서며

"자네. 화내지 말게. 이번 것은 자네를 시험하기 위해서였다네. 내가 오늘 밤 궁리를 해서 자네를 부산으로 보내도록 하겠네."

62회

　산적의 두목인 영취산의 운자봉雲子峯은 힘과 담력이 좋아, 선대의 운자봉[22]이 각 도의 도둑들을 이끌었던 무렵에 산에 들어가 그의 수하가 되었으나, 일찍이 간사한 재주에 능했던 자였기에 동료들의 환심을 사 머지않아 도도산을 지키는 부대장이 되었다. 어느 날 관병을 맞아 열심히 전투를 하고 있을 때 밑의 부하와 짜고 두목 운자봉을 죽이고 스스로 요새의 총대장이 되어 운자봉에서 기거하게 되었다. 사치스러운 생활이 날로 더해가던 어느 날, 유劉씨가 미녀 하나를 구해 요새로 들어옴에 크게 치하하여 공훈도 없는 유씨를 도도산의 부대장으로 임명하였다. 그 자신은 날마다 술과 음악으로 세월을 보내니 수하의 충성심은 예전과 같지 않다. 운자봉의 방 옆에는 작은 밀실이 있어 요즘같이 더운 여름에도 사방으로 문을 꼭 닫아두어 운자봉 이외에는 아무도 들어가지 못한다. 여기야 말로 운자봉이 여자를 숨겨둔 방으로 향기가 창틈으로 새어나와도 어느 누구나 얼굴을 본 적이 없다. 유씨가 여자를 잡아온 지 벌써 3년째. 처음에는 여인의 울음소리가 그치지 않아 그 수하들도 가엾이 여겼으나 이제는 교태로운 소리뿐 아니라 노랫소리마저 들려 그것을 부러워하는 자들도 생겨 요새의 규율이 흐트러지고 있다.

　여인은 이 요새에 잡혀 있는 것이다. 그것도 호랑이처럼 무서운 운

---

[22] 원본 그대로. 조선인의 이름에 능숙하지 못한 작가가 영취산의 1대 두목의 이름과 현재 두목의 이름을 동일하게 사용하고 있다. ─ 역자

자봉의 장난감이 되어……. 오랑캐에게 시집간 소군昭君[23]이 더 낫겠다며 부러워하는 이 여인은 도대체 누구인가? 나이는 열아홉 스물쯤 되어 보인다. 원래 흰 피부인데다가 3년 동안 잡혀있어서 햇빛을 보지 못한 탓에 속이 비쳐 보일 만큼 투명하고 수척해 보이는 얼굴에 비애의 빛이 가득하지만, 깊이 사랑에 빠진 운자봉의 눈에는 바람에 스친 해당화처럼 비에 젖은 배꽃처럼 아름답기 그지없다. 지금 미인은 쓸쓸히 희미한 등불 아래에 앉아 깊이 생각에 빠져 있다. 운자봉은 오늘 밤 오랜만의 유부대장과의 대면에 폭음폭식을 마치고 여인에게로 찾아온 것이다.

"또 무슨 걱정을 하고 있는 게냐?"라며 여인의 곁에 앉으니 여인은 더욱 울상이 되어 운자봉에게서 등을 돌린다.

"아프냐? 아프면 빨리 약을 먹어라."

동그란 눈을 가늘게 뜨며 비위를 맞추듯 위로하자 여인은 가끔씩 한숨을 쉴 뿐,

"너한테 좋은 물건을 하나 주겠다"라며 내놓은 반지 하나. 여인은 관심 없다는 듯이 다시 몸을 돌리려다가 문득 그 반지에 눈길을 빼앗겨 유심히 바라본다. 운자봉은 기뻐하며

"마음에 드는가? 질도 좋고 무게도 있으니 이것으로 병도 나을 게야."

여인은 반지를 손에 들고 몇 번이고 앞뒤를 돌려 확인하더니

"이 반지는 어떻게 구한 것입니까?"

"물을 것도 없이 뺏은 거지."

---

[23] 호胡나라에 시집간 소군이라는 여인. 결국 그 호나라에서 죽게 되는 비운의 여인이다.

"누가 가지고 있던 것인가요? 그걸 말씀해 주세요."

"그 사람은 지금 요새에 들어와서 부하가 되어 있지."

"그 사람의 이름은?"

"정원이라고 하던데……."

"어머!"

미인이 크게 놀라하니 운자봉이 이상히 여겨 "아는 사람인가?" 하고 물으니, 미인은 시치미를 떼며

"아닙니다. 단지 반지 주인이 지금 여기의 부하가 되었다기에……."

"뭐라고?"

"부하의 것이니 제가 받을 수도 없을 것 같아……."

"반지가 부하의 것이라서 받을 수 없다고……? 그런 신경 쓸 필요는 전혀 없네."

미인은 망연자실하여 아무 말이 없고, 운자봉은 곁눈으로 미인을 바라보며 한참 동안 무언가를 생각하는 듯하다.

63회

이때 문 밖에서 헛기침 소리가 두세 번 나더니 "운두목님!" 하고 부르는 소리가 틀림없는 유부대장이다. 운자봉은 옆방으로 건너간다.

"아직 안 자는가?"

"오랜만의 만남이라 아직 이야기가 많이 남아 다시 한 번 찾아뵌 것입니다."

두 사람은 자리에 앉고 어린 심부름꾼은 차를 내온다.

"일이 있으면 손뼉을 쳐 부를 테니 그때까지는 다른 방에 가 있거라"라며 어린 사내아이를 돌려보낸 후, 유부대장은 옆방을 힐끗거리며 바짝 다가와 앉아

"우선, 여인은 요즘 어떤지 여쭙고 싶습니다."

"처음에는 밤낮으로 울기만 해서 나도 난처했는데 요즘은 많이 익숙해졌는지 마음을 여는 것 같아 안심하고 있었다네. 그런데 또 무슨 생각이 난 것인지 말도 잘 하지 않고 또 울기 시작하니 여자의 변덕은 참으로 곤란하네."

"두목님의 은혜에 감사해 마음을 풀었던 여인이 다시 울기 시작한 이유를 두목님은 아십니까?"

"이유? 무슨 이유가 있는가?"

"이번에는 분명한 이유가 있습니다. 저번에 도도산에 사자로 다녀온 정원이라는 자는 아직 요새에 있습니까?"

"그 누구도 할 수 없었던 어려운 일을 해냈기에 바로 소두목으로 승진시켜 요즘은 부하들에게 무술을 가르치게 하고 있네. 나이에 맞지 않게 훌륭한 기량이네. 자네는 어떻게 그자의 신분을 잘 아는가?"

"무얼 감추겠습니까? 내가 그의 조부인 원정양을 죽이고 그 딸인 소연, 즉 정원의 어머니를 정사석의 첩으로 만들려고 여러 가지 모색을 하던 중, 결국 소연까지 죽게 한 장본인입니다. 정원이 정사석을 죽여 복수를 했을 그 당시에 양산의 수부를 지냈던 유청승이라는 자가 바로

저입니다. 모든 것이 저의 계략이었습니다."

"양산의 유씨라고만 듣고 자세하게 묻지 않았다만, 그러고 보니 자네는 정원의 원수 중의 한 사람이 아닌가?"

"그러니 이대로 둘 수는 없습니다."

"그러나 들킬 염려도 없네."

"있습니다. 제가 유수부라는 것을 아는 사람이 여기에 두 사람 있습니다."

"자네와 나겠지."

"아닙니다. 또 한 사람."

밀실 쪽을 힐끔거리며 걱정하는 눈빛. 운자봉은 다가가 앉아 밀실 쪽을 가리키며

"그런가?" 하고 물으니 유부대장은 고개를 끄덕거린다.

"미인이 우울해 하는 것도 모두 그자 때문입니다."

운자봉은 안색을 바꾸어

"그들 둘이 무슨 관계가 있는가?"

"물론입니다."

"그래서 정원의 반지를 보여주자 안색이 창백해져 반지 주인의 이름을 집요하게 물었구나 ……."

유부대장은 크게 놀라며

"그렇다면 벌써 미인은 정원이 요새에 있다는 것을 알고 있군요. 그야말로 고양이 앞의 생선이군요. 조금도 방심하면 안 되겠습니다. 아…… 곤란한데……."

"그런데 둘은 무슨 사이인가?"

"다름 아닌 약혼자."

"뭐라고? 약혼자라고? 분하다."

"그뿐 아니라 정원은 관병의 첩자입니다. 부하들의 소문에 의하면 일부러 잡혀 요새에 들어왔다고 하니 이것이 가장 의심스러운 점입니다. 그리고 솜씨 좋게 관영을 통과한 것도 의심스럽고 관병이 쉽게 물러난 것도 의심스럽습니다. 생각건대 양 쪽의 요새를 공격할 가망이 없어서 정원을 요새에 잠입시켜 배신하게 할 계략입니다. 어려운 심부름을 완벽하게 해낸 것도 이쪽에서 중요한 역할을 맡게 해 후에 일을 도모할 수 있게 하기 위함입니다. 나를 죽이려는 것은 명목상의 목적일 뿐입니다. 나 하나 죽는 것은 상관없습니다만, 첩자임을 안 이상은 하루도 지체할 수 없어 이 일을 말씀드리려 일부러 다시 온 것입니다"라고 교묘하게 운자봉을 선동하니, 운자봉은

"이런 천하의 나쁜 놈, 오늘 중에라도 죽여 버리겠어"라며 소리를 질러대니, 유부대장은 이것을 막으며

"보기와는 달리 힘이 좋고 용기가 있는 놈이라 설불리 덤비다가는 큰 코 다칠 수 있습니다. 그것보다는 저번의 약을 써 자고 있는 동안에 조용히 해치우는 편이 좋습니다."

64회

    마사모토는 이 날 우연히 개화당의 이동인을 만나 그의 지조가 굳음을 확인하고 이쪽의 본심도 전하여 훗날을 도모하였다. 일전의 도도산의 사자 건으로 받은 상금을 이동인에게 건네고 저녁에 유부대장을 위한 술자리의 혼잡을 틈타 살그머니 산을 나와 부산으로 보냈다. 이동인은 헤어질 때 마사모토의 후의에 감사해 하며 한양에 사는 동지들의 성명과 주소를 상세히 알려주었다. 마사모토는 한양으로 가겠다고 결심하였다. 그래서인지 설렘 탓에 저녁에 잠자리에 들어도 쉽게 잠을 이룰 수 없었다. 뜻있는 자들의 소재를 알게 되었으니 가는 곳마다 돈을 조금씩이라도 청하여 노자를 만드는 게 좋을까? 아니면 지금 바로 출발하는 것이 좋을까? 그렇다고 도적들에게 이 많은 돈을 남겨두는 것도 무익한 일일 터이니, 적어도 아버지의 유품인 황금반지와 단도만이라도 되찾아 가야겠다는 생각이 드나, 그것도 쉽질 않다. 공개적으로 돌려달라고 해도 거절할 것이고 조용히 훔치기도 쉽지 않으니, 어떻게 해야 하나 여러 가지 궁리에 밤이 깊어간다.

    요새의 밤을 알리는 딱따구리의 소리는 메아리가 되어 울리고 낮처럼 소나무 사이를 환히 비추는 달빛은 높은 산봉우리에 반사되어 쓸쓸하다. 관병이 물러나고 여기저기에서 도적들이 활개를 쳐서 물건들을 뺏어오니 날마다 축하연이 끊이지 않는다. 병사들이 잠들어 곯아떨어진 한밤에 마사모토의 방 가까이를 살금살금 걷는 자가 있다. 처음에는 짐승이 먹이를 구하러 온 것인가 하고 생각했지만, 문 앞에서 발소리를 죽이며 들어오는 것을 자세히 보니 틀림없는 사람이다. 볼일이 있으면 문밖에서 불러야 하거늘, 숨어들어오다니 참으로 괴이하다. 잠시 뭘 하는지 지켜본 후 붙잡아서 혼을 내주자고 미리 준비해 둔 성냥을 베개 밑에 두고 자는 척하고 있자니, 누군가가 걸어 들어와 불을 붙여 마사모토의 얼굴을 확인한 후 마사모토 위에 쓰러져 흐느껴 운다. 이때 마사모토가 확인한 것은 틀림없는 여자. 이것은 도대체 무슨 일인가 하고 일어서려는 순간 바로 호롱불이 꺼지고 방안은 다시 어둠이 되었다.

"누구십니까?"

"저를 잊으셨습니까?"

눈물에 젖은 목소리는 가냘팠지만 귀에 익은 목소리이다.

"그러고 보니 귀에 익은 목소리다. 그러나 운자봉의 첩 이외에는 여자라고는 없는 이 요새에 이 시간에 어떤 일로 여기에 계신 것인지 참으로 알 수 없습니다."

여자는 뭐라고 대답하려고 하나 목이 메어 말이 나오지 않는다. 마사모토는 답답하여

"얘기를 안 하면 도무지 알 수가 없습니다."

여자는 드디어 얼굴을 들고

"제 이야기를 하자면 끝이 없습니다. 무엇보다 당신은 빨리 여기를 피하십시오."

마사모토는 다시 놀라

"도망가라니 무슨 말인지……."

"도도산의 유부대장은 양산의 수부를 지냈던 자로 유청승입니다."

"그가 유수부인가?"

"유수부와 운자봉이 당신을 죽이려는 계획을 세웠습니다. 면목 없습니다만, 당신을 알고 있으면서 못들은 척할 수도 없어 모두가 잠들기를 기다려 알리러 왔습니다. 짐도 모두 가져왔으니 빨리 도망가십시오" 하더니, 어둠 속을 더듬거려 손으로 물건을 건네더니, 여자는 번쩍이는 칼을 집어 들고 자신을 찌르려고 한다. 마사모토는 손을 뻗어 여인의 손을 낚아채어

"무슨 짓입니까?" 하고 물으니, 여자는 떨리는 목소리로

"이 손 놓아 주십시오. 저는 유수부에게 잡혀 산적두목의 여자가 된지 3년째, 밀실에 갇히어 죽으려고 해도 죽을 수도 없던 불행한 몸입니다. 지금 죽지 않으면 도망갈 수도 없습니다" 하고 몸부림을 친다. 마사모토는 그 손을 놓지 않고

"죽으려면 언제든지 죽을 수 있습니다. 우선 여기를 벗어나서 사정 이야기를 들어봅시다. 나쁜 유수부 놈! 당신은 여기서 기다려 주십시오."

무슨 생각을 한 것인지 단도를 집어들더니 마사모토는 문밖으로 뛰어 나갔다.

65회

마사모토가 어디론가 나간 뒤, 운자봉의 방에서는 심상치 않은 소리가 들렸다. 여자는 크게 놀라 혹시 운자봉이 잠을 깨서 내가 마음대

로 밀실에서 나와 여기에 있는 것을 안다면 어떡하나 하는 두려움에 좌불안석하고 있을 때, 마사모토는 좌우의 겨드랑이에 무언가를 끼고 돌아왔다.

"자아. 빨리 갑시다."

여자는 고개를 흔들며

"산적의 첩이 되어 몸을 더럽힌 제가 어떻게 세상 사람들을 만나겠습니까. 그것보다 온정을 베푸시어 여기에서 저를 죽여주십시오."

"당신이 운자봉의 첩이었다는 것은 유수부 외에는 아무도 모르는 사실이오. 그 운자봉과 유수부는 보시는 대로 제가 죽였습니다."

마사모토가 방의 불을 붙이고 두 개의 덩어리를 집어 던지니, 틀림없는 두 사람의 목이다. 여자는 애써 그것을 외면했지만 놀라서 온몸을 부들부들 떤다.

"이렇게 되었으니 이제 우리 두 사람이 발설하지 않는 이상 아무도 모릅니다. 빨리 여기를 뜹시다. 이러고 있다가 부하들에게 잡히면 또 귀찮아집니다."

손을 잡고 재촉하니 여자도 일어선다.

그럼 도대체 이 여자가 누구인가? 양산의 부자 거일산의 딸이며 지난 날 마사모토에게 반해 죽으려고 했던 청양인 것이다. 마사모토가 정사석을 죽이고 양산을 떠났으니, 그녀는 바람에 떨어진 꽃잎이 되어 물살에 이리저리 밀려다니는 만신창이 신세와 같다. 청양은 원망하며 또 한편 그리워하며 눈물로 세월을 보내던 중, 그 다음 해 여름 무렵부터 경상도는 가뭄이 심해져 강도 둑도 모두 말라버려 박씨의 전설이 있는 그 용택마저도 말라 버렸으니 그 지역의 도민들은 크게 걱정하여 기우제를 지내는 등 큰 소란을 빚고 있었다. 이럴 때는 부잣집도 돈을 아끼지 않고 술과 생선을 보내어 기우제를 거하게 지내게 하는 것이 당연한 일이나, 탐욕에 눈이 먼 거일산은 동전 한 닢 내지 않을 뿐 아니라 오히려 공물이 적다고 소작인을 책하니 그 욕심은 짐승보다도 못한 인간임에 틀림없다. 이에 분개한 소작인들은 어느 날 밤에 죽창을 들고 거일산의 집을 덮쳐 주인을 죽이고 재물을 빼앗아 온 집안을 쑥대밭으로 만들어 버렸다. 그 집의 많은 하인들 중 한길준은 사람들을 달래어 주인인 거일산을 구하려고 했지만 실패하여 일찍이 서로 좋아하였던 시녀인 유아와 함께 운 좋게 그 집에서 빠져나올 수 있었고, 또 다른 이는 처음부터 폭도들과 마음이 통해 금은보화를 훔쳐 멀리 도망간 자도 있었다. 청양은 집안의 소동을 그냥 물끄러미 지켜볼 뿐 달리 집안을 구할 방법이 없던 차에, 유수부가 정원 쪽으로 문을 열고 들어왔다. 유수부는 놀라서 도망가려는 청양을 안고는,

"나는 아버지의 친구인 유청승이니 그리 무서워하지 마라. 너의 사정을 듣고 이렇게 급하게 달려왔더니 아버지는 벌써 폭도에게 당해 목숨마저 위태롭더구나. 내가 너의 아버지를 구하여 가마에 태워 밀양의 지인에게 보내었다. 그리고 이제 너를 구하여 밀양으로 다시 보내려고 한다. 여기에 있으면 무슨 변을 당할지 모른다"라며 꾀어 서둘러 청양을 가마에 태워 양산을 떠나 밤새 달려온 곳은 밀양이 아니라 영취산의 요새로 도적들의 소굴이었던 것이다. 유청승은 가마에서 청양을 내려놓으며,

"어제 말한 것은 모두 거짓으로 아버지 일산은 폭도들에게 무참히 죽임을 당했고 고아가 된 너를 불쌍히 여겨 이리로 데리고 온 것은 두

목인 운자봉에게 너를 바치기 위함이었다"라고 말하니, 청양은 속았음을 알고 아버지의 불행과 자신의 기구한 운명을 한탄하여 미친 듯이 울부짖는 것을 피도 눈물도 없는 유청승이 강제로 끌고 가 운자봉의 첩이 된 것이다.

66회

산이 높고 계곡이 깊어 달은 있지만 안개가 자욱하여 지척을 알 수 없어 숨기에는 그만인 날씨에, 마사모토는 청양을 데리고 잡초덤불을 헤치고 보초의 눈을 피해 날이 밝기 전에 산을 빠져나왔다. 산기슭의 마을에 도착해 두 대의 가마를 고용하여 서둘러 창녕昌寧에 도착하니 이제는 쫓아오는 이도 없다. 두 사람은 주막에 들러 앞일을 얘기하며 잠시 휴식을 취하였다. 청양의 엄마는 진주晉州 사람으로, 그 동생은 최씨 집안으로 시집을 가 이전에 양산에 온 적도 있다고 한다. 청양의 이모는 집이 부자는 아니지만 정이 많은 사람으로 언제든지 청양을 돕겠다고 하였다고 한다. 마사모토는 크게 기뻐하여 진주까지 같이 가기로 하고,

"당신은 이모 집에서 기거하는 것이 좋겠습니다. 나는 사정이 있어 우선 한양으로 가야 합니다" 하고 의사를 전하고, 다시 가마를 타고 창녕을 떠나 그날 밤은 의녕宜寧에서 1박을 하고 다음 날 저녁에 진주의 최씨 집에 도착했다. 청양의 이모와 이모부는 모두 기뻐하며

"거가의 불행은 이미 잘 알고 있다. 너는 어디에 숨어 있다가 이제야 나타났느냐?"며 묻는다. 마사모토는 청양이 수치스러워하는 것을 알고

"저는 부산 사람으로 원래 거씨 집안에서 일하던 사람입니다. 그래서 제가 아가씨를 구하여 오랫동안 숨겨 두었으나 이번에 한양으로 가게 되어 아가씨를 이 댁으로 모시려고 온 것입니다"

라고 교묘하게 둘러치니 이모도 안도하여 크게 기뻐하였다. 일이 끝나고 바로 떠나려고 하니 최씨 부부는 간곡히 마사모토에게 하룻밤 자고 가기를 청한다. 부부의 마음을 거절하기도 어려워 그날 밤은 그 집에서 1박을 하고 다음 날 아침 출발하기로 하였다. 마사모토는 운취산을 나와서도 운자봉과 유청승 두 사람의 목을 버리지 않고 광목에 감아 들고 다녔는데 최가의 집을 나와 적량赤梁의 병영의 만호후萬戶候에게 두 사람의 목을 건넸다. 도적 두목 두 사람이 부하였던 정원에게 죽임을 당했다는 소문이 사방에 퍼지니 만호후는 마사모토의 공을 높이 사서 날마다 축하잔치를 벌이며 마사모토를 붙들었다. 마사모토는 단호히 거절하여 한양으로 가기를 청하였으나 받아들여지지 않아 어쩔 수 없이 최씨 집에 잡혀 허무하게 며칠을 더 머물렀다.

마사모토는 무료한 나머지 하루는 집을 나와 촉석루矗石樓라는 곳으로 놀러 갔다. 진주晉州는 견고한 성으로 유명한 남강南江이 해자를 이루고 있고 강물은 흘러 낙동강洛東江으로 들어간다. 대나무와 버드나무가 강둑에 늘어서 있고 물은 얕고 모래는 푸르러 소도 사람도 잠든 곳이다. 둘러싸인 절벽은 높고 철썩이는 파도에 나는 새가 첨벙거리고 물고기가 나는 물가에 큰 바위가 하나 있다. 이름 하여 논개바위이다. 그 높이 솟은 바위 위에 누각이 있어 액자가 있고 비석이 있다. 시와 문장에서는

그 누각을 노래하고 바위를 찬양한다. 그 유래를 알아보면 임진왜란 때 왜군이 포위를 해 서로가 물러서지 않고 몇 날 며칠을 전투를 했던 바, 왜군이 성을 기어오르고 위에서는 불을 날려 시체는 쌓여 넘치고 병사들의 피로 강물이 붉게 변했다. 의용 충절의 병사들이 죽어나가던 그때, 논개라는 기생이 있었다. 옥과 같이 빛나고 꽃과 같이 아름다운 여인으로, 그녀는 화류계에 살면서 원수에게 욕되게 사느니 의롭게 죽는 것이 낫다고 치맛자락을 날리며 바위 위에 서서 외친다. 어서 와서 나를 안으라고, 와서 덤비라고 적군을 향해 소리친다. 그 아름다운 자태는 물에 비치고 비단 소맷자락은 바람에 나부끼어 선명하다. 적군은 그 아름다움에 취하고 용기에 탄복하였다. 적장 중에 용기 있는 자가 바위 밑으로 달려가 사다리를 타고 올라가니 논개는 교태스럽게 그를 끌어안고 몸을 날려 함께 물속으로 뛰어들어 죽었다. 적은 장수를 잃고 다시 싸울 수가 없었고 결국은 병사를 철수하여 돌아갔다고 전해진다. 송宋나라의 의기義妓인 모석석毛惜惜도 적을 끌어들여 나라를 위해 목숨을 바쳤으나, 논개도 적장을 죽여 손쉽게 대군을 물리쳤으니 그 공이 모석석에 조금도 뒤지지 않는다. 이제는 촉석루에 오르면 종일 풍악을 벗 삼아 객수客愁에 취하고 또 아름다운 영혼에 젖어든다고 한다.

옛날에는 기생 중에서 열부가 나오고, 지금은 무장의 가문에 오합지졸이 많으니, 마사모토는 정기가 사라진 안타까운 나라를 개탄하지 않을 수 없다. 어두워져 최가에 이르니 만호후로부터 찾는다는 전갈이 와 있었다.

> **부기_** 촉석루는 명승지이다. 그러나 이를 아는 자는 많지 않다. 비문 중에 일본의 대장의 이름이 있었으나, 기자는 그것을 지금은 기억하지 못한다.

67회

마사모토가 촉석루에서 돌아오자마자 만호후萬戶侯의 부름이 있어 바로 적량赤梁의 병영으로 갔다. 만호후는 마사모토에게 운취산과 도도산의 두목을 죽인 포상으로 5백 냥을 하사했다. 마사모토가 자신은 말과 함께 홀로 만 리를 유랑하는 자로 이 많은 금전을 받아도 특별히 쓸 곳도 없다며 한사코 거부하였으나, 받아들여지지 않아 막대한 상금을 받아 최씨崔氏네로 돌아갔다. 그 반은 최씨 부부에게 주고, 또 반은 그날 놀았던 논개바위에 비를 세우라고 주었다.

그 다음 날 진주를 출발하여 삼가三嘉와 합천陜川을 지나 도진渡津을 건너 대구에 도착했다. 인동 선산 상주를 지나 백화산을 넘어 충청도로 나와 보은 괴산 음성을 지나 경기도로 들어갔다. 음죽 이천을 지나 광주에서 송파도를 건너 한양에 도착했다. 거리로 백리, 일수로 30일이다. 높은 산은 백화, 속리산. 큰 강은 한강, 낙동강이다. 볼 만한 산성은 선산의 금오산성, 인동의 천생산성이다. 이 외에도 크고 작은 골짜기, 하천, 울타리, 마을, 정자가 있어 풍관이 좋은 것들도 있으나, 대체로 도로가 험악하고 비가 오면 하수가 넘치고 바람이 불면 산의 나무가 넘어져 갈 길이 막히는 경우가 허다했다. 마사모토는 서두를 것 없는 여행으로 유학자와 명사를 만나 그들의 이야기를 듣고 그들의 행동을 지켜보아 후일의 동지를 얻으려고 노력하였으나, 그들의 대부분은 낡은 유교관습을 읊을 뿐 도움이 될 만한 자가 없었다. 마사모토는 낙담하여 한양에 당도한 후 바로 이동인에게 들었던 뜻있는 선비를 찾았으나, 오만방자한 것은 당국의 일반적인 병폐인가?

때 묻은 옷을 걸치고 낡은 관을 쓴, 게다가 어리기까지 한 마사모토가 하찮게 여겨졌는지, 문지기와 집사마저도 마사모토를 거지처럼 취급하였다. 마사모토는 웃어 보기도 하고 화를 내어 보기도 하고 돈을 쥐어주기도 해, 그저 주인을 만나게 해 달라고 매달렸으나 한 달 동안은 그 뜻을 이룰 수 없었다. 어리석은 그들을 놀라게 할 가장 좋은 방법이 한량인 유학자들의 풍류를 다투는 화려한 복장임을 깨닫고 이를 모방하여 이제는 의관을 갖추어 입었다. 그리고 반 달 정도 시간이 지나자 마사모토는 뜻하지 않은 곳에서 뜻있는 선비를 만날 행운의 기회를 갖게 되었다.

마사모토의 숙소는 동대문 안에 있다. 어느 날 하늘이 맑고 상쾌하여 숙소를 나와 성문 밖으로 산책을 나갔다. 당국의 도회지는 사람들이 모여 살아 오물과 오염을 말로 표현하기 어렵다. 마사모토는 경성에 온 이후로는 항상 악취 속에서 호흡하였으나, 오늘 모처럼 교외로 나오니 마음이 상쾌하여 발 가는 대로 정처 없이 걸어 마침내 어느 평야에 다다랐다. 멀리서 소리가 들리고 많은 사람들이 열을 지어 걸어가는 모습이 마치 병사들의 훈련 같다. 마사모토는 풀에 앉아 잠시 휴식을 취하며 그들을 지켜보자니, 또 한 무리가 이쪽 산그늘에서 나타나, 두 무리가 다가서기를 몇십 보 앞, 두 무리가 이야기를 나누는가 싶더니, 주위의 돌들을 집어 던지며 싸우기를 한참 동안이나 했다. 마침내 두 편은 흩어져 격하게 싸우더니 승패가 결정되었는지 승리의 함성을 지르며 대열을 갖추고 진 편은 모두 흩어져 도망갔다. 마사모토가 놀라서 다가가 그들을 보니, 그들은 병사가 아니라 모두 관의 사령使令들이었다. 도대체 어

떤 싸움인지? 또 관은 왜 이런 싸움을 막지 않는지? 알 수가 없어, 그들이 싸운 곳까지 가까이 다가가 보니 선혈이 선명하게 풀들을 물들였고, 그 옆에 한 명의 부상자가 괴로운 듯이 신음하고 있었다.

> **부기**_ 사령은 각 관청의 심부름꾼으로 기생의 남편이 많다. 그들은 일본의 협객과 비슷하여 관청의 앞잡이로 이런 싸움을 주동한다. 그들의 결투에 두 종류가 있어 채찍을 들고하는 편전鞭戰과 돌로 하는 석전石戰이 있다. 한량은 무관, 유학幼學은 문관 후보자로 소위 한가한 양반집 자제들이다. 이들은 방탕을 일삼는다.

68회

　마사모토는 부상자를 불쌍히 여겨 가까이 다가가 보니, 손과 발 여기저기에 맞은 상처가 있으나 큰 부상은 아니다. 약을 먹이고 돌보니 부상자도 금세 기운을 차려 마사모토의 얼굴을 빤히 바라본다.
　"어느 분인지 모르겠지만, 감사합니다."
　"좀 좋아지셨습니까?"
　"덕분에 다 나았습니다."
　"걱정하지 않으셔도 됩니다. 상처도 심하지는 않으니……."
　부상자는 갑자기 일어서려다가 다시 쓰러진다.
　"못 일어나겠습니까?"
　"보기에는 심하지 않은 듯하나, 다리가 아파서……."
　"무리하면 안 됩니다. 댁은 어딘지요?"
　"동대문을 지나면 바로입니다."
　"저와 가깝군요. 제 어깨에 기대어 천천히 걷지 않겠습니까? 그게 아니면 가마꾼이라도 부릅시다."
　부상자는 다리를 어루만지며
　"가마꾼도 여기서는 부를 수 없습니다. 그러나 당신에게 기대는 것도 너무 미안하여……."
　"아니, 사양하지 마십시오. 저도 어차피 동대문까지 가야 하니……."
　"그렇다면 당신도 그 근처에 사십니까?"
　"동대문 안의 여관에 있습니다."

"그러면 미안하지만 함께 가겠습니다."

마사모토는 손수건을 찢어 무릎부위를 단단히 묶어 부축해 일으켰다. 그 때 세 명의 사령이 달려와 크게 소리를 지른다.

"저 놈이다. 춘사령이다."

"죽은 줄 알았더니 따끔한 맛을 보여주자."

"춘사령을 도와주는 놈도 필시 나쁜 놈이다."

눈을 부릅뜨고 어깨를 추켜세우며 달려오는 자들을 마사모토는 본 척도 않으며 "내 어깨를 꼭 잡고 계세요" 했다. 부상자는 발걸음을 멈추고,

"저 자들은 나의 적이니 그대로 나를 놓아 줄 리가 없습니다. 나 때문에 당신까지 곤란해지면 안 되니 빨리 여기를 떠나십시오."

마사모토는 웃으며 "일단 제가 돌보기로 한 이상은 끝까지 책임을 집니다. 저에게 맡기십시오"라며 다시 부축하여 가려는 순간, 사령 하나가 달려 와, 마사모토의 앞을 막고 또 다른 두 명이 마사모토의 좌우에서 달려들었다.

"기다려라. 너는 춘사령의 하인인가?"

"왜 춘사령을 데리고 가는가?"

마사모토는 크게 노하여

"도대체 너희들은 누구냐? 왜 앞길을 방해하느냐?"라고 소리치니, 세 명은 화를 내며

"이 무례한 놈이……."

"그런 놈에게는 말이 필요 없으니 빨리 춘사령이나 데리고 가자."

"그래도 방해를 하면 가만 두지 않겠다."

마사모토는 부상자를 풀 위에 눕게 하고

"무례한 것은 너희들이다. 사정은 모르지만 부상자를 보고 있을 수 없어 데리고 가려고 하니, 무슨 사정인지 먼저 이야기를 하고 부상자를 넘겨달라고 한다면 모르지만, 이제는 늦었다. 데리고 갈 수 있으면 데리고 가라. 나와 겨뤄 볼 생각인가?"

"건방진 녀석. 사지를 찢어 주지"라며 앞에 있던 한 놈이 소라 크기만한 주먹을 쥐고 가슴을 향해 달려드는 것을 마사모토가 왼손으로 막아, 숙련된 유도기술로 서너 번 걸어 넘어뜨리니, 좌우의 두 사람도 놀라 주먹을 쥐고 달려든다. 마사모토는 몸을 돌려 재빠르게 한 명을 넘어뜨리고 남은 한 명의 옆구리를 세게 걸어찼다.

부상자는 걱정스럽게 이 싸움을 보고 있으나 적이 모두 쓰러지는 것을 보고는 너무 기뻐 아픔의 고통도 잊고 기어서 다가와

"당신은 다치지 않으셨습니까?"

"예. 조금도……."

"당신이 아니었으면 저는 죽었을지도 모릅니다. 정말 덕분에 살았습니다."

"아닙니다. 그런데 이 싸움의 원인은 도대체 무엇입니까?"

 69회

그 때 부상자는 마사모토에게 말한다.

"이야기하자면 깁니다. 그러나 각각의 관청의 관리가 좋아하는 한 기생이 원인입니다."

마사모토는 말을 자르며,

"그런 일이라면 이렇게 싸울 것까지는 없을 텐데……. 하여간 이러고 있는 동안에 적의 무리가 다시오면 번거로우니 빨리 집으로 돌아갑시다."

마사모토는 부상자를 부축하여 동대문으로 가는 길에

"싸움의 원인이 기생이라는 것은 도대체 어떤 연유입니까?"

"아실지 모르겠습니다만, 지금 경성에서 제일은 향운이라는 기생입니다. 이 향운이 다른 기생과 다른 것은 첫째로 서방이 없다는 것이고, 둘째로는 누구와도 잠자리를 하지 않아 그렇게 인기가 좋습니다. 아무래도 깊게 언약을 맺은 사람이 있는 것이 분명하다거나, 그렇지 않으면 불구일 거라는 등 험담도 있습니다만, 워낙 미모와 자태가 뛰어나 다른 기생과는 비교가 되지 않습니다. 게다가 노래와 춤도 뛰어나고 학문도 있으니 양반 부잣집의 자식들이 탐을 냅니다. 자기의 여자로 만들어 한량사회에서 한껏 뽐내고 싶은 마음에 돈과 재물로 구슬리고 있지만 향운은 절대 허락하지 않습니다."

"드문 여자군요. 이름이 향운."

"춘향의 색에 춘운의 재능, 거기에서 이름을 딴 것이겠지만, 얄밉지 않습니까? 재물에는 이끌리지 않으니, 이제는 재능으로, 얼굴로 그 여자를 얻으려고 누구나가 달려듭니다만, 누구에게도 콧방귀를 끼며 물리칩니다. 실제로 나도 '이 정도면 되겠구나'하고 상당히 공을 들여 보았습니다만, 한 번도 성공하지 못하고 힘만 들였습니다."

마사모토는 웃음을 참으며

"그것 참 안타깝군요."

"그러나 인간은 고집스러워 안 되면 안 될수록 좋아 보이지요. 어떻게 해서라도 향운을 탐낸 이가 두 사람 있었지요. 한 사람은 궐내에서 미남자로 유명한 지금 가장 실세인 정내관鄭內官이고, 또 한 사람은 작년의 춘문관春文官 시험에 급제한 평판이 좋은 이수재李秀才입니다. 정내관은 부하인 사령에게 시켜 향운을 들이려고 수작을 썼습니다. 그래서 이수재도 지지 않으려고 아는 사령에게 부탁을 한 것이 이 싸움의 발단입니다. 그렇지 않아도 각자가 근무하는 관청 일로도 서로 사이가 좋지 않은 사이입니다. 꼭 정내관이 여자를 취하게 하고 싶은 무리와, 이수재의 편을 드는 무리로 나누어져 싸우는 사랑의 전쟁입니다. 향운을 얻으려고 달래기도 하고 협박도 하였지만, 당사자인 향운은 요지부동으로 움직이지 않습니다. 그러니 사령들 사이에서는 그 알력이 더욱 심해져 드디어 오늘의 석전石戰을 치르게 되었습니다."

마사모토는 참지 못하고 실소했다.

"그게 싸움의 경위입니까? 어이가 없군요."

부상자는 조금 부끄러운 듯이

"저도 그 무리입니다."

"당신은 어느 편입니까?"

"저는 병조兵曹의 사령이어서 이수재 편에 가담하였습니다. 대체로 사령은 기생의 기둥서방이 많으나 저는 요릿집을 겸업으로 하고 있어 이수재님의 도움을 많이 받았습니다."

"예? 요릿집? 그럼 그곳엔 다양한 사람들이 드나들겠군요."

"예. 양반 분들이 많이 드나드십니다. 당신도 앞으로는 꼭 자주 들러 주십시오."

"저는 시골출신으로 기생놀이 같은 것은 못합니다만, 좀 만나보고 싶은 사람은 있으니 다음에 당신에게 소개를 부탁드릴지도 모르겠습니다."

"소개하는 것은 지극히 간단한 일입니다. 그리고 오입이라는 것은 특별한 방법이 있는 것도 아니어서 두 번만 하면 훤히 알게 됩니다. 요즘 예법은 제가 낫는 대로 기생을 하나 소개하여 알려드리겠습니다. 꽤 인기가 있는 기생이라도 스무 관문으로 하룻밤 놀 수 있습니다. 두 번째는 다섯 관문이 더해지니, 생각해보면 쌉니다."

마사모토는 어이없다는 표정으로

"기생에게도 서방이 있으니 설마 그런 짓은 못하겠지요?"

"무슨 말씀입니까? 서방이 알고도 기생을 파는 것이니 전혀 문제없습니다. 벌써 동대문에 도착했군요."

> **무기**_ 기생놀이를 하는 사를 오입장이라고 한다. 오입장의 법도는 쇄 까다로워 만약에 법을 어기는 자가 있으면 더할 나위없는 치욕으로 여겼다. 소설 『춘향전』(소설의 저자인 나카라이 도스이가 수년 전에 『오사카아사히신문』에 게재함—역자)의 기생 춘향과 『구운몽』의 재녀인 춘운을 나타낸다. 사람들이 기생을 사기 위해 기생집에 가면 기생의 서방은 자리를 피하는 것이 상례이다. 화대는 처음보다 두 번째가 비싸다. 한국의 화폐 1관문은 10할의 비율로 쳐서 1원이다.

70회

피투성이의 손수건을 사람들이 보는 것도 부끄러워, 춘사령이 동문 밖에 있는 지기의 집에 들러 깨끗한 옷으로 갈아입고 기다리고 있으니 두 대의 가마가 마중을 왔다. 마사모토는 여기서 헤어지자고 했으나, 춘사령은 억지로 가마에 태워 함께 집으로 향했다. 집에서는 하인을 불러 마사모토를 소개하고 크게 접대를 하였다. 마사모토는 거절하지 못하고 향응을 받으며 집안 여기저기를 살피니, 방은 서너 칸 정도로 보통 집보다 크고 실내는 매우 청결하여 일찍이 본 곳과는 많이 다르다. 춘사령은 마흔 즈음이고 아내는 35~36세로 직업 탓인지 마사모토를 대접하는 것도 능숙하다. 그러나 다른 손님이라도 있는지 안절부절 못해 보인다. 사령은 그것을 알아차리지 못하고 그날의 석전의 양상과 마사모토 때문에 목숨을 구한 전말을 상세하게 전하니 아내는 듣는 것마다 경탄하여 마사모토의 은혜에 감사한다. 그러면서도 다시 밖으로 나가려고 하니, 춘사령은 아내를 막으며

"누가 손님이라도 와 있는가?"

"실은 아까부터 이수재님이 싸움의 전말을 듣고 싶어 와 계십니다."

"이수재님이? 그런가? 빨리 알려주지……."

"당신을 걱정하고 계시다가 조금 전에 연락이 와서 대략의 전말을 알게 되어 그 분도 안심하고 돌아가시려는 것을 제가 못 가게 만류했습니다."

마사모토는 미안한 얼굴을 하며

"손님이 계신 줄도 모르고 실례했습니다. 부디 저는 신경 쓰지 마시

고…….."

"그런 말씀 마십시오. 아무 신경 쓰지 마시고 마음껏 드십시오"라며, 춘사령은 아내를 향해

"자네는 안으로 들어 이수재님과 있게."

아내가 마사모토에게 인사를 하고 안으로 들어간 후, 춘사령은 싱긋 웃으며

"말씀드린 그 이수재가 와 계시는군요."

마사모토도 웃으며

"오늘의 석전에서 한 편인 당신이 부상을 당했다면 이수재도 마음이 쓰이겠지요. 그런데 당신에게 묻고 싶은 것이 있습니다. 혹시 이동인이라는 사람은 아십니까?"

춘사령은 소리를 죽여

"알고 말고요. 이수재와는 형제와도 같은 사이여서 여기에 자주 오십니다."

"이수재가 그 이동인과 친합니까?"

"친한 정도가 아닙니다. 동인에 대해서는 지금도 매우 걱정하고 있습니다만, 당신도 동인을 아십니까?"

"예. 잘 압니다."

춘사령은 사방을 둘러보고 목소리를 낮추어

"얼마 전부터 수색이 심합니다만, 어디로 갔는지 전혀 알 수가 없습니다."

마사모토는 고개를 끄덕이며 소매에서 슬쩍 수첩을 꺼내어

"이수재의 이름은 무엇입니까?"

"가웅嘉雄입니다."

"과연, 이가웅, 이동인의 친구이군요. 조금 전에 소개를 부탁드린 사람 중에는 이가웅도 있었습니다."

"그건 뭣보다 쉬운 일입지요. 지금이라도 소개하지요."

"그렇게 서두를 일은 아닙니다. 당신의 상처가 다 나으면 한번 동석시켜 주십시오."

"예. 편하실 때에 모시겠습니다."

"하지만, 기생 향운에게 그렇게 빠져있어서야 시간이 있겠습니까?" 하며 조롱섞인 말로 비웃자,

"아무리 향운에게 열중해 있더라도 매일 드나들지는 않을 것이며, 또 당신이 동인의 친구임을 알면 필시 만나러 옵니다."

"그럼 근일 중 한번 만납시다. 몸조심 하십시오. 오늘은 이만 물러가겠습니다."

마사모토는 작별을 고하고 여관으로 돌아갔다. 3일 후 춘사령은 완쾌하였다며 마사모토를 찾아왔다.

71회

춘사령은 한 아름 선물을 들고 와 마사모토에게 건네며 전날의 호의를 감사하였고 마사모토도 기뻐하며 술과 안주와 환담을 즐겼다.

"전날 당신이 돌아가신 후 이수재를 만나, 석전에서 패하여 다 죽게 된 것을 당신이 도와준 것과 당신이 동인군의 지인으로 꼭 만나 뵙고 싶어 한다는 것을 소상히 전하였습니다. 이수재님은 크게 기뻐하며 꼭 만나서 감사말씀을 드리고 이동인에 대해서도 여쭈고 싶은 것이 있다고 합니다. 당신의 이름과 숙소를 알면 지금 당장이라도 찾아오겠다고 서두르셨습니다. 덜렁대는 저인지라 숙소만 알 뿐 성함도 알지 못해, 나중에 몸이 나으면 꼭 같이 숙소로 찾아뵙겠다고 약속을 드렸습니다. 묘한 인연으로 신세를 지게 되었으나 당신의 출생지와 성함도 듣지를 못했습니다."

"고향은 경상도의 부산이고 성은 임, 이름은 정원이라고 합니다."

"임…… 정은?"

"바를 정正에 으뜸 원元입니다."

"아…… 정원……. 그럼 일전에 경상도에서 산적 두목 두 명을 해치웠다던 그 소문난 호걸이 아닙니까? 분명히 정원이라고 했던 것 같습니다만……."

마사모토는 쓴웃음을 지으며

"그런 소문이 났습니까?"

"났지요. 그들은 유명한 산적으로 관에서도 애를 먹을 정도의 세력을 가지고 각지를 흔들었지요. 내 남동생도……"라며 팔짱을 끼며 말을 잇는 모습이 장중하기까지 하다.

"동생이 산적을 만났습니까?"

"만났다면 다행이지만, 본인이 산적이 되었습니다."

"산적이 되었다……."

"면목 없습니다만, 동생은 원래부터 게으른 녀석으로 부모와 형제의 말을 듣지 않고 술과 도박 여자놀이에 돈을 탕진하였고 결국에는 여자와 도망을 가 행방도 알 수가 없었습니다. 후에 들으니 경상도의 산적이 되어, 언젠가는 대구에서 근해로 나가는 화물선의 선장으로 위장하여 선주를 죽이고 물건을 가로채려고 했으나, 오히려 선주에게 발각되어 죽임을 당하였다고 합니다."

'아니 그렇다면 김수명을 구하려고 죽여서 낙동강에 밀어 넣은 그때의 도적이 바로 춘사령의 동생인가?'라며 놀랐으나, 마사모토는 태연한 척하며

"그것 참 안됐군요."

"어차피 자신이 저지른 일이니, 억울할 것도 없습니다. 어차피 언젠가는 당신처럼 강한 분을 만나 죽게 되겠지요."

마사모토는 고개를 끄덕일 뿐 아무 말도 하지 않았다.

"지금 말씀드린 그 임정원이 당신이군요."

"그건 아무래도 괜찮소. 자랑할 만한 일도 아니니 ……."

"아 그렇다. 필시 그렇지. 엄청 강한 분이라고 생각하고 있었습니다. 이런 분이 우리 편이 되면 정내관 녀석들 백 명이 덤벼들어도 조금도 두렵지 않습니다."

마사모토는 춘사령이 술기운에 흥겨워져 음성이 높아지는 것을 막으며,

"그건 곤란합니다. 고작 기생싸움에 끼어들어서야……. 저는 사양하겠습니다. 그것보다 이수재를 만나면 기생놀이를 그만두도록 충고해야겠습니다."

"그런 모르는 소리를 하시면 안 됩니다. 왜 향운을 잊을 수 없는지 당신도 그 아름다운 자태를 한 번만 보고 나면, 이수재가 왜 그리 못 잊어하는지 아실 것입니다."

마사모토는 대꾸할 가치도 없어 웃고 있었다.

72회

새해 첫 날의 분주함은 우리나라와 별반 다르지 않다. 세 잔 술에 취해 추위를 잊고 몇 그릇의 반찬과 떡에 배를 두드리니, 태평의 정월 초하루다. 부자는 선조의 제사상에 갖가지 공양물을 올리고 집안사람들에게 의복을 제공하며 일가친척을 불러 음식을 제공하며 즐기고, 가난한 자도 자기 분수에 맞게 축하하고 즐기는 것이 상례이다. 안타까운 것은 기후가 추워 밖에서 놀기가 어려워 아이들은 연을 날리고 소녀들이 그네를 타는 모습을 보기도 어렵다. 어두운 방안에 앉아 남자는 골패를 두고 여자는 윷놀이를 즐기며 즐거운 얘기를 나눈다.

마사모토는 지난 날 춘사령을 도운 인연으로 의외의 기회를 맞이하게 되었다. 일찍 이동인에게서 들었던 유지들을 만나 뜻을 나누게 된 것도, 의심과 시기, 걱정으로 가득한 조선인들 속에서 누구하나 마음을 터놓고 이야기를 나눌 상대가 없었던 차에, 유일하게 이가웅만은 마사모토를 깊이 신뢰하여 자택으로 초대하여, 춘사령과 함께 시대의

악습과 폐해를 논하고 국가의 급무를 고민했다. 그러나 춘사령의 말대로 향운을 단념할 수가 없는지, 가끔 마사모토를 불러 청춘을 달래었다. 마사모토도 두세 번은 다른 사람을 빗대어 마음을 돌리게 하려 했으나, 이씨의 본심을 알고는 질책하지도 못하고 그만두었다. 설날 아침 마사모토는 춘사령의 집에 초대를 받아 축배를 들고, 새해축하를 겸하여 혼자 도성으로 나들이를 가기로 했다. 새 옷으로 단장을 하니 이런 귀공자가 달리 없다. 먼저 이가웅의 집에 들렀다가, 그 후 여기저기를 돌아 서대문 밖에 이르니, 이제야 겨우 세워진 일본공사관이 문 앞에 국기를 휘날리며 축하의 뜻을 알리고 있다. 청수관淸水館 앞에 일본인 한두 명이 보이니 기쁜 마음 한이 없지만 들어가 볼 수도 없다. 그냥 지나쳐 남쪽으로 돌아 숭례문에서 큰 길로 나와 성 안의 요지인 종각을 지나칠 무렵, 갑자기 뒤에서 일본어로 말을 걸어오는 사람이 있

다.

"도련님…… 도련님……."

놀라서 돌아보니 양장 차림의 일본인. 잊을 수 없는 그 사람이다. 바로 지난 날 코지마 나미노신의 부탁을 받아 마사모토를 데리고 초량 일본인관으로 왔던 대마도의 상인이다. 너무 기쁘고 놀라 멈춰 서려고 하다가, 요즘 수상한 벽보가 붙어있어 일본인을 대하는 한인의 태도가 심상치 않음에, 지나가는 사람들의 이목을 조심하여 멈추어 섰다. 그리고 마사모토는 대궐 쪽으로 걸음을 옮기니 상인이 뒤따른다. 인적이 드문 곳에 이르러,

"잘 있었는가? 언제 경성에 왔는가? 코지마님은 여전히 건강하시고?"

"온 지 얼마 안 됐습니다. 코지마님은 여전하시고 일전에 잠시 만났을 때도 도련님 걱정을 하셨습니다."

"그렇겠지. 한동안 연락도 못 드렸으니……. 근데 언제까지 체류하는가?"

"잠시 둘러보려고 왔습니다. 하지만 상황을 봐서 인천에 지점을 낼까하고 생각하고 있습니다."

"그것도 좋겠네. 하지만 이쪽은 사람이 별로 없어 시내를 둘러보는 게 좋지. 조심하게."

"예. 왠지 기분 나쁜 놈들이 많습니다. 그런데 도련님은 어디에 사시는지?"

"동대문 근처에 와서 일본인 하야시라던가 마사모토를 찾으면 정체가 발각된다네. 그런데 자네는?"

"청수관 앞의 한인의 집을 빌려 있습니다. 도련님 한번 꼭 찾아 주십시오. 낮에는 밥 짓는 한인이 한 사람 있지만 밤에는 저 혼자 쓸쓸합니다."

"알겠네. 여러 가지 듣고 싶은 이야기도 있으니 오늘밤에 가겠네."

"맛있는 것을 준비하겠습니다."

"그런데 나는 어디까지나 한인 취급을 해야 하네."

"예. 알겠습니다. 저도 조선어를 대강은 압니다."

"저쪽에 한인이 오네! 잘못하면 시끄러워지니 빨리 여기서 헤어지세. 오늘은 특별히 술에 취한 한인이 많으니 조심해서 돌아가게."

그 앞을 술 냄새를 풍기며 한인이 "왜놈!"이라며 소리를 지르며 이쪽으로 온다. 상인은 서둘러 사라진다.

73회

　마사모토는 우연히 상인을 만났으나, 성 안의 분위기가 험악하여 일본인에게 해를 가하는 자가 있어 상인과 그대로 헤어졌다. 우선 숙소로 돌아와 밤이 되기를 기다려 상인의 숙소인 청수관 앞으로 왔다. 한인의 집은 연못 근처의 작은 초가집을 빌린 것이다. 굴뚝에는 연기가 뒤뜰의 매화나무 가지 위로 피어오르고 창은 굳게 닫히어 집안은 조용하다. 마사모토는 조선어로 "주인 계십니까?" 하니, 상인이 기뻐하며 문을 밀고 뛰어나와 "이랏샤이마세……"라고 내뱉다가 놀라서 갑자기 어눌한 조선어로 "들어오십시오. 아무도 없습니다" 한다.

　마사모토는 미소를 지으며 "그럼 실례하겠습니다" 하고 들어선다. 상인은 쌓아놓은 이불을 펴며

　"엄청 추워졌습니다. 또 눈이 오죠?"

　"눈이라도 오면 좋을 텐데……."

　"아니. 전 싫습니다. 눈이 안 와도 이렇게 추운데…… 여기에 눈까지 오면 얼어 죽습니다."

　"그 정도로 춥지는 않다네. 눈이 오면 시내가 깨끗해지고 더러운 냄새도 안 나니 좋지."

　"그건 그렇습니다. 이렇게 불결한 도시는 아무데도 없을 겁니다. 내가 조선인이라면 시내의 청소부가 되어 소똥 말똥을 주워 거름으로 쓸 텐데…… 아깝습니다. 오늘도 돌아오는 길에 유명한 왕족의 저택을 지나는데 돌담과 도랑 사이에…… 웩, 생각만 해도 속이 메슥거립니다. 오

랜만에 맛있는 것을 먹으려는 참에 이런 이야기는 그만둡시다. 맛있는 음식이라 해도 고작 통조림에 서양 술 정도입니다."

"최고네. 맛있겠다."

"그리고 바다빙어를 사 두었습니다. 일본 간장으로 졸이겠습니다."

"일본 간장이라니 너무 고맙네. 참으로 이 나라의 간장은 맛이 이상하네. 이렇게 여기에 있으면 간장과 설탕이 제일 그립네."

"설탕도 있습니다."

"절묘하네."

"그럼 우선 과자와 차를 내겠습니다."

"같이 먹게나."

"그런 말씀 마시고 드십시오. 매일 기름기 많은 약과와 단 인삼차만 드셨을 테니……. 저는 다대포와 동래에서 하룻밤을 잘 때에도 차와 과자, 간장과 설탕을 준비해 갑니다."

상인은 차와 과자를 마사모토에게 대접하고 술병을 따 닭조림을 대접하니, 이미 날이 저물어 하늘에는 눈이 흩날린다.

"드디어 눈이 옵니다. 오늘은 여기에서 주무십시오."

"이제 곧 성문이 닫힐 시간이니 지금 나가면 번거로워지겠네."

"그렇습니다. 그러니 천천히 많이 드십시오."

"설날인데 참으로 잘 먹었네."

그때 창문을 똑똑 두드리는 사람이 있어, 상인이 "누구시오?" 하고 물으니, 상대는 대답이 없다.

"잠깐 볼일이 있어 왔습니다. 잠시만 나오십시오" 하는 목소리는 분명한 한인이다. 상인은 마사모토에게 목례를 하고 나가 한참 동안을

낮은 목소리로 얘기하더니,

"그렇다면 어쩔 수 없네. 오늘 밤에라도 데리고 오게."

"부디 발각되지 않도록……."

"그건 문제없다."

"그렇다면 지금 당장 데리고 오겠습니다."

"더 싸게 할 수는 없는가?"

"그럴 수는 없습니다. 물건을 보시면 압니다. 얼마나 싼지……."

"물건을 보고 좋지 않으면 그때 값을 깎겠네. 하하하……."

"하하하. 그럼 또 뵙겠습니다."

마사모토는 그들의 이야기에 귀를 기울이다가, '참으로 비슷한 목소리도 있구나' 하고 생각했으나, 한인이 돌아가는 것을 창문으로 보고는 "과연 그자다. 한길준이다" 하고 중얼거렸다.

74회

조선인이 돌아가자 주인인 상인은 방으로 들어와 마사모토를 향해, "지금 이야기는 들으셨습니까?" 하고 웃으며 묻는다.

"가끔 소리는 들렸으나 자세히는 모르네."

"무슨 이야기이겠습니까?"

"아무래도 장사 이야기였겠지."

"물건은?"

"맞춰 볼까?"

"예. 맞춰 보십시오. 한턱 낼 테니……."

"들키지 않을 거라 확신하는 것을 보니, 조선에서 금지시키고 있는 홍삼임에 틀림없네."

"홍삼…… 과연……."

"맞지?"

"아니. 틀립니다."

"그럼 뭘까?"

"모르실 겁니다. 참으로 재미있는 물건입니다. 지금 들고 올 테니 살짝 들여다보십시오. 하지만 비밀매매이니 나오시면 안 됩니다."

"알겠네."

두 사람은 술잔을 기울이며 부산과 일본내지의 사정 등을 이야기하고 있는 사이에 밤은 깊어져 가고 눈이 쌓이고 추위는 한층 더해졌다.

"추우니 조금 더 드십시오."

"아니네. 충분하네. 오랜만에 진수성찬을 배불리 먹었네."

"그럼 편히 쉬십시오. 이불이 변변치 않습니다만, 방에 불을 넣어두었으니 모포 두 장으로 잘 수 있을 겁니다."

"나는 평소에 익숙하니 이불도 모포도 필요 없네."

"아닙니다. 더 있으니 사양하지 마시고 사용하십시오. 그리고 밤에 누가 와서 잠을 깨면 창을 열고 '누구냐?'고 물으시고, 혹시 나에게 볼일이 있어도 조선어를 사용하지 마시고 일본어로 말씀해 주십시오."

마사모토는 의아해 하면서도 고개를 끄덕였다.

벌써 문 밖에 인기척이 있다. 소매의 눈을 터는 소리가 난다. 상인은 마사모토에게 인사를 하고 나가 대문을 열었다. 마사모토가 방문 틈으로 살짝 엿보니 한길준은 삿갓을 벗고 앞장서 들어온다. 그리고 이어서 갓을 깊게 눌러쓰고 들어오는 한 사람이 있다. 한길준은 문을 닫으며 그 사람에게 말한다.

"이제 괜찮다. 삿갓을 벗어도 되네."

같이 온 사람은 안도하며 삿갓을 벗고 외투를 벗어 주인에게 등을 돌리고 앉은 것을 보니 아무래도 젊은 여자인 것 같다. '집 주인의 비밀 매매라는 것은 이건가……?'라며 숨죽이고 보고 있자니, 상인은 과자와 차를 내어 대접한다.

"일본차와 과자는 아직 먹어 본 적이 없지?"

자신이 하나를 먹으며 부인에게도 권하니 부인은 기뻐하며 맛있게 먹는다. 조금 있다가 한길준은 주인인 상인에게

"저는 이제 돌아가겠습니다. 날이 밝을 무렵에 다시 살짝 데리러 오겠습니다."

"서두를 필요 없네. 아직 시간이 이르니……"라며 상인이 술을 권하니 한길준은 연거푸 서너 잔을 마시더니 "중매는 초저녁에……"라고 하며 일어섰다. 부인은 부끄러워하며 초연히 등 앞에 앉아 있고 상인은 술을 마신다. 그렇게 한참을 말이 없더니 이윽고 상인은 입을 열어 "야…… 이제 추워졌습니다. 내일은 눈이 쌓이겠군요" 하고 혼잣말처럼 중얼거리니 부인도 살짝 얼굴을 들었다.

"술 한 잔 더 줄까?"

"아니 충분합니다."

"그럼 과자라도……."

"이제 됐습니다."

"그럼 이제 이야기라도 하지. 그대는 경성 출생인가?"

"아닙니다. 먼 곳입니다."

"그럼 어디?"

"경상도의 양산입니다."

"양산? 그런가? 양산은 부산에서 가까워 한두 번 간 적이 있네. 아주 좋은 곳이었지. 아버님과 어머님은?"

"두 사람 다 안 계십니다."

"형제는?"

"저뿐입니다."

"참으로 외로운 처지군. 양산…… 흠…… 나는 일전에 김수명이라는 자와 아주 친분이 있었네. 그리고 거일산이라는 상인과도 두세 번

만난 적이 있지."

여인은 매우 놀란 듯하더니, 갑자기 입을 다물었다. 옆방의 마사모토는 베개에 머리를 얹고 있다가 살짝 일어나 방문 틈으로 여인의 얼굴을 들여다보고 크게 놀랐다.

75회

정월 축하로 분주하고 여기저기에서 연회가 열렸다. 이 설날 6일 동안은 이가웅도 마사모토를 만나 담소를 나눌 여유가 없었으나, 그날 밤 책 한 권을 마사모토에게 주며, 초이렛날은 춘가 집에서 연회를 갖자고 청했다. 마사모토는 시간을 고려하여 다음날 오후가 되어 춘사령의 집으로 향했다. 이가웅도 미리 와 기다리고 있었다. 춘사령 부부가 술자리를 준비하는 동안에, 이가웅은 이동인이 부산에서 파발꾼에게 보내온 편지를 꺼내어 마사모토에게 건넸다. 편지에는 경성을 나와 부산 거류지로 오던 중 도둑에게 다 빼앗겨 영취산에 들어가게 되었고, 그때, 임정원이라는 지사를 만나 큰 도움을 얻어 요새를 도망 나왔으며, 그길로 바로 부산 거류지에 도착해, 부산으로 가는 배를 기다리는 중에 편지를 써서 맡긴다는 내용이 적혀있었다. 그리고 이 임정원은 왕년에 양산의 군수인 정사석을 죽여 부모의 원수를 갚은 소년 호걸로, 일찍이 청운의 꿈을 지닌 마음이 따뜻하고 존경할 만한 인물이니, 조만간에 경성으로 가서 반드시 찾아뵙고 인사를 드리겠다고 적혀있었다. 이가웅은 마사모토에게 몇 번이고 감사를 전하였으며 마사모토는 거듭 운이 좋았음을 기뻐했다.

"정사석에게 복수를 한 사람이 당신인 줄은 전혀 몰랐습니다. 그렇게 되면 당신은 원정양씨의 아들이군요."

"아닙니다. 손자입니다. 원정양님의 딸의 아들이 되지요. 조부가 돌아가신 후 어머니는 부산의 임씨와 혼인하여 나를 낳았습니다. 그 후 바로 다시 정사석의 덫에 걸려 죽음을 당하셨습니다. 조부가 돌아가신 것은 내가 태어나기 2년 전, 어머니는 저를 낳고 2, 3개월 만에 돌아가셨습니다."

"정사석은 나쁜 놈이군요. 참으로 형제가 꼭 닮았군요."

"형제…… 정사석에게 형제가?"

이가웅은 웃으며

"모르셨습니까? 정내관이 그 친동생입니다."

"아니, 정내관…… 당신과 미인을 사이에 두고 다툰다는 그 정내관?"

"예. 그렇습니다. 그가 정사석의 동생입니다."

"참으로 묘하군요."

"미인인 그 향운을 오늘 술자리에 부를 생각입니다."

"여기로 부릅니까?"

"예. 이제 곧 올 겁니다."

마사모토는 쓴웃음을 지으며 "이름난 미인이라니 참으로 재미있겠군요" 했다. 이때 춘사령이 들어와 술자리의 준비가 끝났음을 알렸다. 마사모토는 이가웅과 함께 안쪽의 방으로 들어가니 산해진미가 한 상 가득

차려져 있다. 자리에 앉자 춘사령의 지시에 따라 여러 명의 기생과 악사가 들어와 기생은 노래하고 악사는 연주한다. 조금 있자니 은은한 향기가 그윽하게 퍼지며 춘사령의 아내의 손을 잡고 이쪽으로 걸어오는 여인이 있다. 그 유명한 향운이니, 머리 위는 빛이 나고 발끝은 연꽃이 핀 듯하다. 볼은 복사꽃처럼 붉고 입술은 앵두 같다. 눈썹은 먼 산의 안개 같고 머리는 칡처럼 광택이 나 세 갈래로 땋아 뒤로 늘어뜨렸다. 앞에 와 있던 기생들도 아름다우나, 여기 향운을 보고 있자니 학 옆의 닭, 모란 옆의 백합이라고 하겠다. 향운은 얌전히 미소를 띠었으나, 그 맑고 사랑스러운 눈길이 마사모토와 마주친 순간, 그 빛나던 얼굴빛은 파랗게 질려 수치스러운 듯 당황해하며 자리에 앉고 나서도 뭔가 깊이 수심에 잠긴 듯하다. 이가웅은 향운을 불러 마사모토를 소개했으나, 여느 때와 달리 입을 다문다. 이가웅이 이상히 여겨 그 연유를 물으니 "아침부터 몸이 좋지 않다"고 낮은 소리로 대답한다. 이가웅은 마사모토에게 잔을 건네며

"한양 제1의 미녀의 고향도 필시 영남이지요. 당신이 꼭 한잔 주십시오."

마사모토는 흔쾌히 잔을 들어 "영남이라니 그립군요. 그럼 한잔 드리지요" 한다. 향운은 무릎걸음으로 나아가 떨리는 손으로 잔을 받았으나, 감히 마사모토를 올려 볼 수 없었다.

부기 _ 영남은 경상도이다.

— 코사후쿠카제 전편 끝 —

76회

성안의 남산 기슭에 작은 집이 있다. 사방을 대나무 울타리로 둘러치고 정원에는 매화꽃이 흐드러지게 피어 있다. 주인으로 보이는 한 명의 노파가 문 안을 청소하면서 몇 번인가 문에 기대어 길 밖을 둘러보며 입으로는 무언가를 중얼거리는 모습이 필경 누군가를 기다리는 듯하다. 마침 쓰개를 깊게 눌러쓰고 치맛자락을 바람에 날리며 이쪽으로 급히 오는 여인이 있다. 노파는 기뻐하며 맞이한다.

"이제 오느냐? 오늘은 유독 늦기에 걱정했다. 춘가네에서 집까지는 멀어 가마라도 타고 오면 좋을 텐데…… 춥겠다. 저녁밥은 먹었니?" 하고 물으니, 여인은 문 안으로 들어와 겉옷을 벗어 들고 노파에게 고개를 숙이며, "많이 늦었습니다" 한다.

"언제 어느 술자리에 가더라도 저녁 전에는 돌아오는데 오늘은 어두워져도 돌아오지 않으니 얼마나 걱정했는지 모른단다."

두 사람은 안으로 들어가 화로를 사이에 두고 마주앉아

"물도 끓여두었으니 빨리 옷 갈아입고 밥이라도 먹으렴."

"밥은 먹었습니다."

"그러니?"

"어머니!"

여인은 무슨 결심을 했는지 어머니를 다시 한 번 부른다.

"왜 그러니?"

"오늘은 특별한 사람을 만났습니다."

"특별한 사람? 어디에서?"

"춘가네에서……."

"손님은 이수재님이 아니었느냐?"

"이수재님이었습니다만, 동행이 있었습니다. 그 동행이……."

"특별한 분이었더냐?"

"그렇습니다."

노파는 고개를 갸웃거리며

"누굴까?"

"맞춰보세요."

"아무래도 나는 모르겠다."

"어머니가 깜짝 놀랄 분입니다."

노파는 조금 놀란 듯

"누굴까? 내가 아는 사람인가?"

"예. 아주 잘 아는 사람입니다."

"내가 아는 사람은 춘사령, 한길준, 아버지가 돌아가시기 전에 비싼 약을 팔아 우리 모녀를 힘들게 했던 돌팔이 의사인 석씨 외에는 아는 사람이 없는데……."

"경성에서는 그렇습니다만, 이전에 양산에 있었을 때는……."

"그 때 알던 사람은 많지. 그 때 알던 사람인가?"

"그렇습니다."

"너무 많아서 모르겠다만, 나이 많은 사람인가?"

"아니오. 그렇지도 않습니다."

"아버지보다 젊은 사람이냐?"

여인은 기쁜 미소를 보이며

"그렇게 말하면 금방 알걸요."

노파도 따라 웃으며

"이제 슬슬 알려 주거라."

여인은 계속 문밖의 발소리에 귀를 기울이며

"어머니, 손님이 오시면 술을 올려야겠습니다. 옆집의 김가네에 부탁해서라도 사다 놓아 주십시오."

노파는 눈썹을 찡그리고 손을 흔들며,

"누가 오는지 모르겠다만, 그런 일을 하다간 금방 사람들에게 소문이 난단다. 어떤 손님이라도 저녁 전에는 돌아오고, 아무리 지체 높은 양반이라도, 아무리 정을 주는 사람이라도, 집으로 모시는 일은 하지 않았는데, 이제 와서 젊은 남자를 밤중에 집으로 불러 술까지 대접하면, 다른 사람들에게 면목이 없다. 그렇게 하지 않는 게 좋겠구나."

여인은 풀이 죽은 목소리로

"다른 손님과는 달라서 혹여 이쪽에서 부탁을 해도 음흉한 짓은 하지 않을 사람이니 걱정 않으셔도 됩니다."

노파는 여전히 걱정스러운 얼굴로

"도대체 누구인지 빨리 말하거라."

여인이 이에 답하려는 순간, 대문을 가볍게 두드려 "기생 향운의 집이 여긴가?" 하고 묻는 사람이 있다. 여인은 놀라 뛰쳐 일어나

"어머! 어머니. 벌써 손님이 오셨습니다."

77회

도성 제일의 미인으로 유명한 기생 향운香雲은 김수명의 딸 향란이고, 그 어미는 즉 방계이다. 지난해 김수명金洙明은 거일산巨一山과 군수 정사석의 간계에 빠져 옥에 갇혀 밤낮으로 심한 고문을 당하였으나, 딸인 향란이 스스로 자청하여 관비가 되어 겨우 목숨만은 건졌다. 자신은 석방이 되었지만, 후에 딸의 이야기를 듣고 비탄의 마음을 금할 길 없었다.

"금지옥엽 같은 딸을 보내고 목숨을 얻어 무슨 소용이 있으리…… 나는 얼마든지 옥 속에서 죽어도 되니 저 짐승 같은 정사석에게 딸을 줄 수는 없다"고 울부짖으니, 방계를 비롯한 이웃들이 위로를 했다. 그로부터 이틀 후 김수명 집의 문을 쾅쾅 두드리며 열어달라고 외치는 소리가 크다. 이것은 틀림없는 딸 향란일 터……. 사람들이 문을 열고 맞이하여 어찌된 일인지 물으니, 향란은 정원이 정 군수 방에 숨어 들어와 본인의 이름을 밝히고 정 군수를 죽여 복수한 일까지를 상세히 설명한다. 김수명은 물론 모두가 군수의 악행, 천벌이 내린 것이라고 기뻐하며, 향란이 몸을 더럽히지 않고 무사히 돌아왔음을 축하했다. 그리고 정원이 김가金家를 떠난 연유와 거씨巨氏 일가에 몸을 맡긴 연유를 이야기하며, 그의 득과 용기를 칭송하며 밤을 밝혔다. 다음 날 관아官衙의 신고로 관찰사가 양산으로 내려와 정원의 소생, 내력, 군수의 악행까지 엄중히 조사를 하였으나, 군수의 잘못을 덮으려는 자는 딱 한 사람인 그의 아랫사람인 유청승劉淸昇뿐으로, 그 외의 사람들은 모두가 이전의 군수였던 원정양의 덕을 기리고, 정사석의 모함에 의해 원정양과 그 딸인 소연이 무고하게 죽은 것을 호소했다. 그리고 또 정사석이 김수명의 딸을 첩으로 삼기 위해 아버지 김수명을 옥에 가두었던 등의 각각의 악행을 고하니, 관찰사는 그 죄목을 상세하게 경성에 전해, 정 군수를 사직시키고, 또 거일산이 승소하여 뺏어간 김수명의 전답을 원래대로 김수명의 소유로 돌려주었다. 얼마 지나지 않아 신임의 군수가 와서 행정을 크게 바로잡았다.

김수명이 나이도 들고 또 경성으로 가고 싶은 마음도 있었기에, 이것을 기회로 소유하고 있던 전답과 가옥을 모두 팔아 정든 양산을 떠나 경성에 도착한 것은 그 해 초가을이었다. 김수명은 처음에 경성의 안동安洞에 집을 마련하여 골동품 가게를 열어 점점 번성했으나, 다음 해 겨울에 일어난 화재로 많은 재산을 다 잃고 나서는 갑자기 건강이 악화되었다. 거기에 눈까지 나빠져서 다시 일어나지 못하고 1년 넘게 좋은 약과 침술과 기도로 정성을 다했지만 보람 없이 죽게 되었다. 그 후 가재도구를 팔아 모녀가 목숨을 유지해 가던 중, 결국에는 집도 다른 사람의 손에 넘어가 남산南山자락에 있는 지금의 집으로 옮겨와, 빨래와 바느질 등의 손에 익지 않은 일로 근근이 모녀가 생활해갔다. 모든 것이 부족한 생활, 특히 김수명이 생존 중에 남긴 빚은 모질게도 모녀를 조여와, 돈을 갚기는커녕 그날그날 입에 풀칠하기도 어려웠다. 마침내 방계가 큰 병에 걸려 다 죽게 되었을 때, 향란은 어떤 사람의 소개로 기생이 되었다. 그렇지만 아버지 김수명의 유언에 따라, 아무리 가난하게 살아도 절대로 천한 첩과 노비가 되지 않도록 하여, 훌륭한 남편의 아내로서 집안을 일으키려고, 당국의 풍습과는 달리 아무리 지체가 높은 양반이라도 잠자리를 같이 하지 않았다. 오직 가무만으로 여흥을 돋우고 약간의 수고비를 받았으니, 그 이름이 삽시간에 장안에 널리 퍼져나갔다. 아무리 잘난 오입장이라도 향운을 한번 본 적 없다면 부끄러운 일이라 할 정도로, 너할 수 없이 인기를 누리고 있었다.

정월 초하룻날 이수재李秀才에게 이끌려 춘가春家에 갔다가 집에 돌아온 기생 향운은 돌아와서 어머니 방계와 편안히 얘기를 나누고 있는데, 사람을 부르는 목소리가 밖에서 들려와, 방계가 등잔불을 들고 문을 열고, 너무 놀라 "앗!" 하고 소리를 질렀다.

78회

그는 향운香雲이 기다리고 기다리던 마사모토였다. 어머니 방계는 기쁨의 눈물을 흘리며 안으로 맞아 들여, 서로 이별 후의 이야기를 울다가 또 웃으며 술과 안주를 들면서 나누었다.

"고명한 기생 향운이 아가씨일 줄은 참으로 꿈에도 생각하지 못했습니다."

마사모토가 의연하게 말하니, 향운은 수치스러운 빛을 감추지 못하며,

"저도 오늘의 손님이 당신이라고는 생각지도 못하고, 처음에 얼굴을 보았을 때는 너무 놀라서 쥐구멍에라도 들어가 숨고 싶었습니다."

방계는 "정말로 인간이라는 것은 변하는 것인가 봅니다. 하지만, 딸이 이런 천한 일을 하는 것도 여러 가지 사정이 있어서입니다"라고 딸을 거들었다. 마사모토는 방계의 말을 막으며,

"아버님의 불행과 대강의 얘기는 조금 전의 아가씨의 말씀으로 알 수가 있습니다. 이제부터는 미력하지만 힘써 은혜를 갚겠습니다"라고 한다. 방계는 "은혜는 무슨 은혜입니까? 오히려 저희가 당신에게 은혜를 입었습니다. 하지만 여자 두 사람 외에 달리 의지할 곳도 없는 신세이니 앞으로도 언제까지고 저희를 도와주십사 부탁드립니다"라고 애원한다.

"예. 아무 걱정 마십시오. 인간 칠전팔기라고 하니 반드시 좋은 시절이 올 것입니다"라는 마사모토의 한마디가 모녀에게 있어서는 더 할 나위 없이 믿음직스럽게 여겨져, 방계는 "우리 집 양반이 지금까지 살아계셨더라면 얼마나 기뻐하셨을까요? 당신이 떠나고 나서도 매일처럼 당신 얘기를 하면서 꼭 한 번은 만나고 싶다고 하셨습니다. 병에 걸리고 나서도, 죽을 때까지 당신의 이름을 부르면서……. 부디 딸에게 당신 같은 남자를……" 하고 말을 잇자, 옆에서 향운은 "어머! 어머니……" 하며 말을 막는다. 방계가 딸을 보니, 얼굴이 빨갛게 물들어있다.

"왜? 내가 틀린 말하는 것도 아닌데……."

"아버님을 만나 뵙지 못한 것은 참으로 안타깝습니다."

향운은 술을 따라 마사모토에게 한잔을 더 권하며

"당신이 여기에 오신 것은 언제쯤입니까?"

"작년 가을입니다. 정확히 당신 때문에 사령들이 돌싸움을 한 무렵입니다. 그 돌싸움이 계기가 되어 춘사령과 친해져, 이수재와도 교제를 하

게 되었습니다. 그래서 향운이라는 이름은 경성에 도착해서 바로 듣게 되었습니다. 그러나 향운이 당신이리라고는 오늘까지 전혀 몰랐습니다. 어디에 어떻게 사는지 물어물어 수소문해서 행방을 겨우 찾았습니다."

"천한 일을 하게 되어 가능한 한 소생을 밝히지 않으려고 감추고 있기에 사람들은 알지 못할 것입니다."

"사실은 어제 묘한 곳에서 거씨巨氏 가문의 일을 돕던 한길준韓吉俊을 잠깐 만나, 아가씨의 거처를 물었습니다. 머지않아 거기에 찾아가서 물어보려고 생각하고 있던 참이었습니다."

"아…… 한길준이라면 저도 알고 있습니다."

"가끔 여기에도 옵니까?"

"주인 양반이 살아있을 때는 삼 일에 한 번꼴로 여기에 와 거일산과 당신의 소문을 들려주었습니다만, 요즘은 그 사람도 형편이 어려워져, 양산에서 함께 와 부부처럼 살았던 유아柳兒라는 여자도 어딘가 양반집에 종살이를 보냈다는 소문을 들었을 뿐, 요즘은 전혀 오지 않습니다."

마사모토는 고개를 끄덕거리며

"그렇겠죠. 많이 힘든 모양이에요. 그런데 아가씨께 묘한 것을 여쭤봅니다만, 정내관鄭內官은 아직도 아가씨를 좋아합니까?"

의외의 질문에 향운은 크게 수치스러워하며 몸 둘 바를 몰라 한다. 어머니 방계는 그것을 보고

"항상 치근덕거립니다만, 이 아이는 그쪽을 싫어해 세 번 중에 두 번은 몸이 안 좋다고 거절합니다. 조금 전에도 심부름꾼이 와서 내일은 꼭 와달라고 부탁하고 갔습니다."

향운이 "내일은 꼭 어머니께서 거절해 주십시오" 하자, 방계는 곤혹

스러운 듯이

"저번에도 몸이 안 좋다고 거절했는데……."

"예. 하지만 또 거절하겠습니다."

"오늘 이수재의 저택에는 다녀갔다고 소문이 날 텐데, 내일 그분을 거절하는 것은 곤란하지 않을까?"

"정내관뿐만이 아니라 내일은 어떤 손님도 거절하겠습니다."

이때 마사모토는 돌아갈 준비를 끝내고 "밤이 깊었습니다. 오늘은 이것으로 돌아가겠습니다" 한다. 방계는 놀라서 잡으며

"그러실 수 없습니다. 누추하지만 오늘 밤은 여기서 오래간만에 머물러 주십시오. 아직 못한 말들이 많이 있습니다."

"설령 여기에 묵는다 해도 어차피 그간의 이야기는 끝이 없을 것입니다. 또 오겠습니다."

"그럼 집은 어디에 있습니까?"

"동문東門 안의 여관이니 그다지 멀지 않습니다."

"동문까지는 꽤 먼 거리입니다. 여기서 주무시고 가십시오. 그리고 새벽부터 눈이……"라며 창을 여니 벌써 눈이 흩날린다.

"어머 벌써 눈이 오고 있습니다."

79회

끝없이 내리는 눈이 그치기를 기다리며 잠시 앉으니, 이제는 바람까지 불어 한 발도 내디딜 수가 없는 지경이다. 이 눈과 바람은 이 집 주인의 마음을 알고 있는 것이다. 마사모토는 결국 그날 밤 향운의 집에서 자고 다음 날 아침 일찍 일어나 나서려고 했으나, 밤새 쌓인 눈이 창문까지 쌓여 있다. 종일 향운과 담소를 나누니, 앞뜰의 매화꽃에 앉은 새도 부러워할 만큼 정겹다. 저녁 무렵이 되자 하늘도 개이고 길가의 눈도 많이 치워졌기에, 마사모토는 모녀의 청을 물리치고 숙소로 돌아왔다.

마사모토가 돌아간 후 모녀는 쓸쓸해져 저녁밥도 먹는 둥 마는 둥 하고 두 사람이 화롯가에 앉아 그저 멍하니 말이 없다. 엄마인 방계는

"나는 너무 기쁜 나머지 마음이 떨려 이야기도 잘 듣지 못했지만, 정원님은 언제 또 온다 하고 가셨느냐?"

"너무 오래 계셔서 숙소에서 걱정하신다면서 오늘은 우선 돌아가서서 다음에 곧 다시 오신다고 저에게 말씀하셨습니다."

"그랬구나. 내일이라도 와 주시면 좋을 텐데……. 그리고 그 분도 여관에서 계실 거면 당분간 여기에 와 계시면 우리도 안심되고, 서로 좋을 텐데…… 하지만, 가업이 이렇다 보니……. 젊은 남자가 있으면 손님이 어떻게 생각을 할지……?"

"저도 그 얘기는 했습니다만, 조금 생각할 일도 있어 당분간은 지금의 숙소에 계시고 싶다고 하셨습니다."

"그럼 어쩔 수 없구나. 나는 내 아들이라도 만난 듯하구나" 하며 향

운의 얼굴을 응시하니, 향운은 얼굴을 붉히며

"그 분도 어머니를 만나 부모님을 만난 듯 기쁘다고 하셨습니다."

"좋은 일이구나. 이것을 아버지가 보셨더라면 얼마나 기뻐하셨을까……?" 하며 불단을 향해 눈물을 훔치니, 향운도 말이 없다.

"오늘 너를 부른 이수재는 정원님과 우리가 이전부터 아는 사이라는 것을 아는가?"

"정원님이 전혀 모르는 척을 하셔서 저도 그런 척했습니다만, 저의 거동을 보고 대강은 눈치를 채셨을 겁니다."

"그런가? 하지만 이수재는 정원님과 친하다고 하니 별 문제가 없겠지만, 심술궂은 정내관이 혹시 이 일이라도 알게 되면 또 무슨 짓을 할지 몰라, 나는 그것이 제일 걱정이구나. 조금 전에도 마중 온 남자가 이쪽을 흘깃흘깃 보며 '손님이 있는가?' 하고 묻더구나. '아니오 의사가 와 있소' 하니 '어디의 누구냐?'고 꼬치꼬치 물어 난처했단다. 그도 그럴 것이 남자라고는 전혀 얼씬도 않던 집에서 정원의 목소리가 들렸으니……"

향운은 혀를 차며

"개는 주인을 닮는다고 하더니, 정내관 집의 사람들은 문지기까지 나쁜 놈입니다" 한다.

"무슨 생각을 하고 돌아갔는지……? 다음에 널 부를 때는 필시 무슨 소리를 할 게야."

"나는 이제 다시는 그 집에 안 갈 테니 무슨 생각을 하든지 전혀 상관없습니다."

방계는 말없이 웃으며

"그렇게 갑자기 강하게 나가도 곤란하지. 중요한 손님이니 적당히 상대해 두는 게 좋을 거야. 그건 그렇고 이렇게 깨어있으면 안 되니 슬슬 자자."

"조금도 졸리지 않습니다."

"그래도 자야 한다."

"어머니 주무십시오."

"그럼 먼저 잘 테니 너도 곧 자거라" 하고 방계는 먼저 잠자리에 들었다. 향운은 죽어가는 불씨를 다시 살리며 하염없이 생각에 빠져든다. 가끔씩 즐거운 추억에 빠져 있자니, 갑자기 창을 열고 뛰어 들어온 험상궂은 사내 두 명이 향운 앞에 불쑥 선다.

80회

어디서 숨어들었는지 알 수 없지만, 향운은 난폭한 낯선 남자의 갑작스러운 출현에 깜짝 놀라 비명을 지르며 도망가려 했으나 긴 머리채를 잡아 채이고 말았다. 방계가 향운의 비명소리에 놀라 이부자리를 박차고 뛰어나가 무슨 일이냐고 막아서니, 그 중 한 남자가 방해하지 말라며 방계를 밀쳐 내고 준비해 온 밧줄로 꽁꽁 묶어 수건을 입에 물리고 옆에서 울고 있는 향운을 끌어내어 어디론가 사라졌다. 방계는 쫓아가려 해도 소리치려 해도 자유롭지 않은 몸이니, 단지 한탄하며 슬퍼할 뿐이다. 그렇게 밤을 지새웠으나, 다음 날 아침 일찍 생선을 팔

러 온 남자가 이 광경을 보고 놀라 밧줄을 풀어주니, 방계는 그길로 동문 안에 있는 마사모토의 여관을 찾아갔다. 마침 마사모토도 기침하던 참으로 이렇게 일찍 방계가 온 것을 보고 심상치 않은 일이라 여겨 의관도 갖추지 못하고 방계를 맞아들여 자초지종을 물으니, 온 밤을 울며 지새운 방계는 안색이 창백하고 눈은 붉게 충혈되어, 또 부푼 입술로는 말도 제대로 할 수 없었다.

"아가씨가 어떻게 되셨습니까?"라는 마사모토의 재차의 물음에 방계는 하염없이 흘러내리는 눈물을 닦으며

"큰일 났습니다."

"큰일이라뇨?"

"딸이 어젯밤에 유괴되었습니다."

"누구에게……?"

"전혀 모르는 남자 두 명이 어젯밤 갑자기 뛰어 들어와 나를 포박하고 딸을 잡아갔습니다."

"달리 도둑맞은 것은 없습니까?"

"예. 아무것도 도둑맞은 것은 없습니다."

"어떤 놈들이었습니까?"

"두 사람 다 나이는 서른 대 여섯 정도로, 얼굴의 피부가 검고 키가 크며 눈이 부리부리한 무서운 남자였습니다."

"아무 말도 하지 않고 당신을 묶고 아가씨를 잡아갔습니까?"

"어제는 모녀가 늦도록 당신에 대해 얘기를 나누고 있었습니다만, 춥기도 하고 언제까지고 당신 얘기를 나눌 수도 없으니 이제 슬슬 잠자리에 들자고 딸에게 말했으나, 딸은 잠이 오지 않는다며 화로 옆에 계속 앉아 있었습니다. 그럼 나는 먼저 자겠다며 잠자리에 든 순간, 딸의 비명 소리가 들려 나도 깜짝 놀라 뛰어 나갔습니다. 도망가려던 딸이 남자에게 머리를 잡혀 넘어지던 참이었습니다만, 나머지 한 명이 나를 보고 방해하면 죽이겠다며 갑자기 수건으로 입을 막고 몸을 묶어 버렸습니다. 그것 외에는 아무것도 없었습니다."

"곤란하네. 아무 단서도 없어서……."

마사모토는 팔짱을 끼고 당혹한 얼굴을 했다. 방계는 슬픈 얼굴로

"어떻게 구해 낼 방책은 없습니까?"

"어디에서 어떻게 찾아야 할지 전혀 감이 잡히지 않습니다. 그러나 어젯밤에 온 놈들은 필시 누군가의 명을 받고 온 것일 겁니다. 지금부터 춘사령을 만나 그의 의견을 들어보면 대충은 짐작이 갈 것 같습니다. 너무 걱정하지 마십시오. 어떻게 해서라도 찾아내겠습니다."

"제발 부탁드립니다."

마사모토는 방계를 안심시켜 돌려보낸 후, 빨리 준비를 갖추어 춘사령 집을 찾아가 자초지종을 설명하고 짐작 가는 곳을 물으니, 춘사령은 크게 놀라한다.

"어떻게 그 일을 아셨습니까?"

"어머니 방계가 어젯밤을 꼬박 울고 지새우고 거의 실신 상태가 되어, 오늘 아침 일찍 여관으로 와서 소식을 전하고 지금 막 돌아간 참입니다."

춘사령은 눈썹을 찡그리며

"그럼, 그녀가 당신 계신 곳으로 왔다면 당신은 그 전부터 방계를 알고 있었습니까?"

마사모토는 씽긋 웃으며

"예. 잘 알고 있는 사이입니다."

"그럼 딸 향운은?"

"역시 잘 압니다. 하지만 어제까지는 전혀 모르는 사람인 줄 알았습니다. 기생 향운으로서는 첫 대면, 김씨 가문의 따님으로서는 오랜 기간 잘 아는 사이입니다. 우선 그 관계부터 설명 드리지요."

이때 춘사령의 아내가 와서

"저…… 이가웅님께서 오셨습니다."

 81회

춘사령이 일어서고 이가웅이 들어오니, 마사모토는 정중히 맞이하여,

"아침 일찍부터 어떤 일로……."

"사실은 오늘 아침에 볼일을 보러 나가던 중, 이상한 소문을 들어 바로 이쪽으로 왔습니다."

"기생 향운에 관한 소식입니까?"

"벌써 들으셨습니까?"

"그 일로 이 집 주인과도 의논을 하고 있던 중입니다."

"마침 잘되었습니다. 저는 향운의 집 근처에 사는 사령에게 잠깐 얘기를 들은 것뿐으로 자세한 것은 잘 모릅니다만, 어젯밤 갑자기 어떤 괴한들이 향운의 집에 숨어들어와 납치해 갔다고 들었습니다."

"말씀하신 그대로입니다."

"당신은 어디서 들으셨습니까?"

"실제로 그 자리에 있던 사람이 오늘 아침에 와서 얘기를 해 주었습니다."

"그 자리에 있던 사람이라면……."

"향운의 어머니인 방계입니다"라는 얘기를 듣고, 이가웅도 춘사령도 의아하다는 듯한 얼굴을 했다. 마사모토는 웃으며

"향운의 어머니가 저를 찾아왔다니 얼마나 이해가 되지 않는 이야기이겠습니까만, 그 자세한 연유를 이 집 주인에게도 말씀드리려던 참입니다. 원래 저는 향운이 아직 규방에 갇혀 있을 무렵 그 집의 양자

로 맞아들여질 만큼 각별한 사이였습니다."

이가웅은 크게 놀라

"당신과 그 향운이······."

"예. 그렇습니다. 저는 정사석에게 복수를 하기 전에, 그녀의 아버지, 김수명을 구한 적이 있습니다. 그 인연으로 저는 오랜 시간 김가金家에서 신세를 졌고, 결국 양친은 저를 딸의 남편으로 삼고 싶다고 말씀하시게 되었고, 딸인 향란, 즉 지금의 향운도 그것을 허락했습니다. 그러나 저는 대망이 있는 몸으로 결코 그것을 받아들일 수 없어 미안하게도 김씨 집안에 작별을 고했습니다. 그 집안의 원수라고도 할 수 있는 거씨巨氏 집안의 양자가 된다는 약속을 하고 김씨 집안을 배반한 것은, 필경 복수의 재앙을 훗날 남기지 않기 위한 저의 책략입니다. 그 무렵 정사석은 향란의 색과 향기에 취해 꼭 그녀를 첩으로 맞이하려고, 아버지 김수명에게 누명을 씌워 옥에 가두고 참혹하기 그지없는 심한 고문 끝에 드디어 사형을 명하였습니다. 그러나 김수명은 기개 있는 상인중의 상인이었으니, 딸을 희생하여 본인의 목숨을 구하기를 원하지 않아, 끝까지 대항하며 죽기를 각오하고 있었습니다. 딸인 향란은 아버지를 돕기 위해서는 정조를 버려야만 했고, 또 정조를 지키려 하니 아버지에게 불효를 저지르게 되는 딱한 처지였습니다. 그래서 고심한 끝에 죽으려고도 했으나 마침 그곳을 지나가는 사람에게 구조되었습니다. 거기에 제가 거씨 가문의 양자가 되었다는 얘기를 듣고, 아가씨는 마음을 다잡아 아버지를 구할 결심을 하게 되었고, 부모의 죄를 갚는다는 명목으로 정사석의 첩이 될 것을 허락하였습니다. 죽을 뻔하던 아버지는 풀려나왔으나 향란은 그날 저녁부터 정사석의 첩이 될 운명이었으니, 참으로 가련할 뿐입니다. 저는 정情 때문에 그냥 보고 있을 수가 없어서, 할아버지와 어머니의 원수를 갚고 또 향란을 구하기 위해 그날 저녁 정사석을 칼로 찌르고 바로 양산을 떠났습니다. 김수명의 가족은 그 후 고향을 떠나 이곳으로 와서 장사를 시작했습니다만, 김수명은 병에 걸려 쓰러지고, 두 모녀는 궁핍한 생활을 하던 끝에 오늘 같은 일이 일어난 것입니다. 기생이지만, 관습과 달리 남편을 맞이하지 않고 또 누구에게도 몸을 허락하지 않는 것은, 필시 저에 대한 정조일 것입니다. 그러나 기생 향운이 김씨 가문의 향란이라는 것은 어젯밤의 연회 때, 저도 처음으로 알았습니다. 그 자리에서 당신에게 말을 하지 않은 것은 다른 기생과 사령이 듣는 것을 꺼려해서, 흥을 깨지 않으려고 했기 때문입니다. 그래서 저는 어제 바로 집에 돌아와 향운의 집으로 가서 모녀를 만났습니다. 이렇게 깊은 관계가 있어 어젯밤의 사건도 방계가 우선 저에게 알려 준 것입니다. 사정은 대강 이런 것으로, 당신의 향운에 대한 짝사랑을 방해한 것은 다름이 아니라 바로 저 임정원입니다."

조금의 과장도 없이 사정을 얘기하고 껄껄 웃으니 이가웅도 함께 웃으며,

"참으로 제 체면도 당신 때문에 우습게 되었습니다. 한번 근사하게 대접을 받아야겠습니다만, 우선 다급한 미인의 행방은 어떻게 되었을까요? 혹시 단서라도……"

"그게 하나도 없어 난감합니다."

"단서가 없으면 보부상의 손을 빌리는 것 밖에 달리 수단이 없습니다."

> **부기_** 보부상은 행상꾼으로 그들의 조합은 상당한 세력을 가지고 있어, 이전에는 상무국의 관할을 받아 그 세력을 통치하게 되었다. 이에 대원군, 민영익도 보부상을 규합하였다. 대원군이 지금에 이르기까지의 세력을 얻은 것은 보부상을 뒤에 업었기 때문이다. 보부상의 대장은 평상시의 공리_{公吏}이기도 하지만, 명예직으로서, 권력 있는 우두머리는 우리나라 일본의 소방대의 대장보다도 높은 위세이다. 도주범과 도적 등의 추적은 보부상에게 부탁하면 반드시 찾아낸다고 한다. 만약 현재의 보부상이 격문을 띄우면 7일 만에 전국 각지에 봉화를 올려 급변을 알리는 것과 같다고 한다.

82회

정내관과의 뜻하지 않은 경쟁에 물러설 수 없어 오랫동안 기생 향운을 사랑하며 사모했던 이가웅도, 마사모토의 꾸밈없는 이야기를 듣고 참으로 기이한 인연에 감탄할 뿐이다. 그 후 춘사령에게 명해 보부상을 만나보고 향운의 행방을 의뢰했더니, 3일간은 아무 소식도 없어, 어머니 방계는 매일 마사모토를 찾아와 딸의 안부를 물었다. 정월 14일은 액막이라고 하여 경성의 모든 사람들은 잔치를 열어 운수대통을 기원한다. 그날 밤 마사모토는 보부상을 통해 들은, 향운에 관한 소식을 듣기 위해 이가웅의 저택을 찾았다. 이가웅은 서재로 맞아들여 술을 권하며 목소리를 낮추어 말한다. 마사모토는

"아직 잘 모르십니까?"

"사실은 조금 전 사람을 보내어 소식을 물었습니다만, 전혀 모른다

는 소식입니다."

이가웅은 힘없이 말을 뱉으며 탄식한다.

"만약에 죽었다면 시체 정도는 나올 것입니다."

"아닙니다. 죽은 것 같지는 않습니다. 보부상들의 의견도 우리의 생각과 마찬가지로 추측하고 있는 것 같습니다만, 정확한 물증을 찾을 수가 없어서……. 여러 가지 궁리를 하고 있는 듯합니다."

"물론 정내관의 짓이겠지요?"

"그럴 겁니다. 그래서 누군가 평소에 정내관과 친하게 지내는 자를 찾아 자세히 알아보고 싶습니다만, 우리 중에는 그와 교제하는 자가 없어 문제입니다. 상대가 평범한 사람이라면 적당한 사람의 힘을 빌려 집안을 조사할 수도 있겠지만, 나는 새도 떨어뜨린다는 권세의 정내관 집이니, 만일 일이 잘못되기라도 하면 뒷일이 걱정입니다. 주의에 주의를 기울이지 않으면 안 됩니다."

"그는 어떻게 그렇게 권력을 얻었습니까?"

"그 형(정사석 군수 — 역자)과 달리, 정내관은 남자다운 호기도 있고 아부도 능숙하여 궁녀들과 사이가 좋습니다. 궁녀들과 사이가 좋으면 내관으로서는 아주 유리합니다. 만약 당신 같은 미남자가 내관이 된다면 입신출세는 당연한 일이지요. 한번 생각해 보시겠습니까?"

마사모토는 바보 같은 소리에 질려서 웃으며

"참으로 부패한 나라군요."

"그러니 한번 멋진 혁명을 일으키지 않으면 필경 이 나라는 멸망할 것입니다. 그런데 곤란한 일이 생겼습니다."

"무슨 일입니까?"

"일본의 순사가 사람을 죽였습니다."

마사모토는 놀라서

"아니, 언제 어디서?"

"바로 얼마 전에 서문西門 밖에서……."

"사건의 발단은?"

"일본 공사관 담당의 순사가 근처를 순찰할 때, 무지한 현지인들 중에는 왕왕 일본인에게 돌을 던지거나 욕을 하는 자가 있어 일본순사도 항상 노여워하고 있던 바였습니다. 그런데 서문 밖의 아무개도 항상 욕을 하는 무리 중의 한 사람이었고, 그에 격분한 순사는 칼을 빼들고 머리를 쳤고, 그 조선인이 즉사했다고 합니다."

"그래서 어떻게 되었습니까?"

"다행히 외교부의 이소원李蘇遠과 일본공사가 협의하여 비밀리에 끝냈다고 합니다만, 사람들의 입은 단속할 수가 없어, 완고당은 이미 그 소식을 듣고 척화斥和의 구실로 우민들을 선동하고 있다고 합니다. 참으로 우리들 진보당에게 있어서는 안타까운 이야기입니다. 어차피 한 번은 부딪치지 않으면 결론이 나지 않을 것 같습니다."

"안타까울 것 없습니다. 원래 우리나라의 인민人民은 세계에서 가장 거만한 데가 있어, 자만심이 하늘을 찌릅니다. 작년에 프랑스와의 사건, 또 미국과의 사건, 그 후의 일본과의 교섭, 모두 굴욕적으로 조약을 맺었으면서도, 모두 승리한 듯한 기세입니다. 세상에 청국淸國만이 존재하는 줄 알고 다른 나라가 있음을 모르는 참으로 천하태평한 자들입니다. 어차피 작은 대포 한 발로는 몽매한 꿈은 깨지지 않으니, 빨리 눈앞에 산만한 군함이 나타나 턱밑에서 야전포 터지는 소리를 듣고 힘을 내어 나아가는 것이 더 좋을 겁니다. 완고당이 우민을 선동하여 척화를 외치는 구실이 늘어나는 것은 우리나라를 위해 축하해야 할 일입니다. 일본의 근세사近世史가 그 거울입니다"라고 마사모토는 말을 맺으며, 의관을 갖추어 인사를 하고 나간다. 역풍이 몸을 가르듯이 어둡고 무겁다. 그리고 하늘에는 달도 보이지 않아 깜깜한 길을 더듬어 한참을 걸었을 때, 우연히 나타난 무언가가 있었다.

83회

지금 마사모토가 만난 것은 액막이 볏짚 인형이었다. 많은 조선인들이 운수가 사나울 때, 이처럼 볏짚 인형을 만들어 인형에 자신의 의복을 입혀 큰 길에 버려 운수대통하기를 기원한다. 마사모토는 비웃으며 거기를 지나쳤으나 조금 더 앞으로 나아가자 또 다른 대여섯 개의 검은 인형을 볼 수 있었다. '이것들도 모두 인형인가……' 하며 지나치려고 하는데 두세 명의 그림자가 마사모토의 앞길을 막아서며 양 옆에서 공격한다. 수상한 놈들이라 여겨 공격할 자세를 취하고 "누군데 이름도 밝히지 않고 행패를 부리는가? 사람 잘못보아 나중에 후회하지 말아라!"고 했지만, 놈들은 아무런 대답도 없이 공격해 온다. 마사모토는 용맹히 한 놈을 때려 눕혔다. 방망이를 피해 손목을 비틀고 재빨리 그 방망이를 뺏어 세게 머리를 내리쳤다. 교대로 공격해 오는 적들을 상대로 한참을

싸웠으나, 인형으로 변장한 적들이 도대체 몇 명인지도 알 수 없다. 요즘은 화적火賊이라 칭하며 철포를 들고 남의 물건을 훔치는 일당도 있다고 하니, 날아오는 총알에 맞을 수도 있고, 또 무익한 싸움에 휘말릴 우려도 있어, 우선은 피해야겠다고 마음먹었다. 달려오는 두명의 적을 쓰러뜨리고 바로 어둠을 틈타 그 자리를 피했다. 그 길로 남산의 향운의 집에 당도하니 방계는 아직 잠자리에 들지 않고 불빛이 희미한 등불 아래에 앉아 딸을 걱정하며 울고 있었다. "아직 주무시지 않으십니까?"라는 소리에 방계는 성급히 대문 빗장을 열고 안으로 맞이한다.

"잘 오셨습니다. 제 딸 소식은?"

방계를 울리지 않을 심산으로 마사모토는 거짓으로

"대강은 짐작이 갑니다. 하루 이틀 더 기다려 주십시오."

"그럼 알게 된 거군요. 아…… 다행이다. 필경 무사하겠지요?"

"다친 흔적은 없습니다."

"정말 다행입니다. 도대체 딸을 유괴한 놈들은 누구입니까?"

"누군지 아직 모릅니다."

"있는 곳만 아십니까?"

"예. 그렇습니다."

"경성 안이지요?"

"예. 그렇습니다. 걱정하지 않으셔도 됩니다. 어머님도 혼자 불안하시지요? 오늘 부터는 제가 함께 있겠습니다."

방계는 크게 기뻐하며

"당신이 그렇게 해 주신다면 얼마나 든든할까요? 주위 분들도 여러 가지 친절하게 해 주십니다만, 어느 누구에게도 같이 있어달라는 부탁을 하지 못하고 이렇게 혼자 있습니다. 불안하고 슬퍼 밤에도 통 잘 수가 없습니다. 아! 깜박 했습니다만, 낮에 한길준이 왔습니다."

"한길준이…… 뭐라고 했습니까?"

"역시 딸에 관해서 걱정을 했습니다. 그 사람도 조금 짐작 가는 곳이 있으니 물어보겠다고 했습니다."

"한길준에게 짐작 가는 곳이 있다니, 빨리 만나보고 싶군요."

"당신 얘기를 했더니, 꼭 뵙고 싶다며 숙소를 물었습니다."

"그렇다면 내일이라도 제가 찾아보겠습니다."

"그 남자도 필시 가난한 듯 작년도 올해도 똑같은 솜옷 한 벌을 입고 있었으니 싼 숙소에서 빈둥거리고 있을 겁니다."

"그 가난한 사람이 이쪽에 1관문貫文[24]이나 되는 돈을 냈다면 힘들었겠군요. 정내관 쪽은 그 후로 사람도 안 보냅니까?"

"딸이 유괴된 바로 다음 날 또 사람이 왔습니다."

마사모토는 웃으며

"다음날 사람이……. 하하하. 내 그럴 줄 알았습니다."

마사모토와 방계는 여러 가지 이야기로 밤늦게까지 시간을 보내다가 각자 잠자리에 들었다.

---

24 화폐의 단위로 엽전 한 닢이 1문이며 100문이 1관문이다.

84회

　다음 날 15일은 아침부터 눈이 와 하늘색이 어둡고 춥기가 그지없었다. 저녁이 되어서 동풍이 불어 구름을 밀어내니 한 쪽 하늘이 맑아지며 근래에 없던 청명한 날이 되었다. 밤에 달이 나왔을 때는 지신밟기 손님들로 성 안이 시끌벅적하다. 마사모토는 한길준을 만나려고 저녁 무렵 그의 숙소를 찾았지만 마침 자리를 비웠다기에 이곳저곳을 서성이며 땅을 밟는 광경을 바라보다가 돌아가려는 순간, 다리 앞쪽에서 한 사람이 이쪽을 부르는 듯하다. 돌아서 보니, 틀림없는 한길준이다.
　"한씨인가?"
　"예. 저입니다."
　"마침 잘되었네. 안 그래도 여관엘 갔었는데……."
　"예? 그것 참 묘합니다. 저도 아침부터 두 번이나 댁에 다녀왔습니다만, 어젯밤부터 안 계신다고 하기에 '어디 좋은 곳에 가셨나……?' 했습니다. 여전히 여자들에게 인기가 많아 부럽습니다. 그런데 당신이 상경하신 것은 김가네에서 들었습니다만, 언제 상경하셨습니까? 작년 가을? 아 그렇습니까? 그런데 당신은 작년에 엄청난 일을 저지르셨더군요. 당신이 사라지고 나서 따님에게는 난리, 그것도 큰 난리가 났습지요. 아아…… 거가巨家의 행적 말입니까? 무서웠습니다. 그때부터 그 댁의 따님은 행방이 묘연해졌습니다. 아! 중요한 일을 잊고 있었습니다. 남산 쪽은 아직 행방을 모릅니까?"
　"그래. 그렇게 한꺼번에 여러 개를 물어도 대답을 할 수가 없네. 거가 이야기도 자세히 들어 알고 있네. 그리고 그 집 딸은 진주의 숙부가 돌보고 있다네."

"진주의 숙부라면 분명 최가이지요?"

"그렇다네."

"그 소동 후 진주에 사람을 보내 찾았지만 진주에는 없다고 했습니다."

"어디에 숨었다가 그 후에 나타난 것이겠지."

"확실합니까?"

"확실하다고 들었다. 유아도 무사한가?"

"면목 없습니다. 저와 별다른 일은 없었습니다만, 거가가 그렇게 되니 차마 못 본 척할 수도 없어 함께 데려와 장사를 시작했습니다만, 이것저것 실패만 해 일전에 헤어졌습니다."

"그거 참 안됐네. 그런데 유아는 지금 어디에 있는가?"

"여기 저기 양반집을 돌았습니다만, 지금은 정내관 집에 있습니다."

"정내관?"

"향운과의 관계 때문에 당신도 아실 겁니다."

"이름은 들은 적이 있지만, 만난 적은 없지."

한길준은 사방을 둘러보며 목소리를 낮추어 마사모토에게 묻는다. "그런데 향운의 소재를 찾으셨습니까?"

"아직 몰라 난처하네."

"알기 어려울 겁니다."

"조금이라도 아는 게 있으면 알려주게. 어머님이 불쌍해서……."

"어머님 때문만은 아니겠지요?"

"놀리지 말고 알려주게."

"한턱 내십시오. 저기의 세상 사람들은 지신밟기 놀이에 술 마시며 노래 부르며 즐기는데 찬바람 맞으며 서서 이야기를 하다니…… 눈치가 없으시군요, 한턱 내세요."

"야…… 자네는 재치있게 얻어먹는 사람이군."

"예. 그렇습죠. 언젠가 부산에서 군사훈련을 보았을 때도 저의 집의 아가씨 이야기를 하며 술을 얻어먹었지요."

"그래. 내가 사지. 내가 살 테니 어딘가로 가세."

"아이구. 감사합니다. 오랜만에 좋은 술을 마시게 되었습니다. 이럴 때 안 마시면 언제 마십니까?"

" 그러게. 나도 많이 물어볼 테니……."

"뭐라도 물어보십시오. 맛있는 것만 먹으면……."

"잘 아는 집이 있는가?"

"처음 여기에 왔을 때는 작은 술집도 많았습니다만, 모두 먹고 마시고 놀아 다 망했습니다."

"춘사령 집을 아는가?"

"한 번도 간 적이 없습니다."

"그럼 거기로 가세."

"어디라도 갑니다. 참으로 명백한 신의 가호입니다. 오늘 밤 여기에서 다리를 일곱 번 밟았습니다. 일곱 번째에 신의 가호를 만나 맛있는 음식을 먹게 되었습니다. 올해는 필시 좋은 일이 많이 생길 것 같습니다."

> **부기_** 정월 15일은 지신밟기라고 하여 한양의 사람들이 모두 술과 안주를 들고 달 아래의 다리를 밟으며 음주가무를 즐긴다. 이날 다리를 일곱 번 건너는 것이 액막이라고 하여 사람들로 붐빈다. (『朝鮮紀聞』)

 85회

　마사모토는 한길준을 데리고 춘사령의 집으로 가 술상을 청해 크게 대접하였다.
　"오랜만에 배터지게 먹고 실컷 마셨습니다."
　"아직 많이 남았으나 너무 많이 취하기 전에 묻고 싶은 얘기나 좀 하지."
　"이렇게 많이 얻어먹고 얘기를 나누려니 왠지 황송해서……."
　"뭐라도 좋으니 어서 이야기하게."
　"사실은 어젯밤에 유아가 '요즘 소문에 의하면 향운이 유괴되었다던데 아는 것이 없냐고?' 묻기에, '사실은 나도 오늘 그 소식을 들어 방계에게 문안인사나 가려고 하니, 자네도 조심하게'라고 하니, '그건 당연한 얘기이나, 유괴한 사람이 누군지 아세요?' 하고 묻는 게 아니겠습니까? 어느 별 볼 일 없는 놈이 향운을 대구 근방까지 끌고 가 사창가에라도 팔려는 속셈이든지? 향운에게 반한 남자가 향운이 거절할 것을 알고 보쌈한 것이든지 등등 생각나는 대로 지껄이자, 그녀가 눈을 동그랗게 뜨고, '오래 전부터 이수재와 향운을 둘러싸고 싸워왔던 정내관이 범인이 아닐까?' 하며 슬쩍 비추는 것이었습니다. '짐작 가는 데라도 있는가?' 하고 물으니, '특별한 것은 없으나, 일전부터 방 하나를 창을 다 막아 놓고 주인어른 빼고는 아무도 출입을 할 수 없게 해놓았습니다. 그 방에서 가끔 이상한 신음소리가 들리는데 그것이 필시 여자의 울음소리라는 것입니다. 들리는 소문도 있고, 그 안에 갇혀 있는 게 향운 아가씨가 아닐까? 만약 그렇다면 너무나 안타까운 일이니 빨리 도와주고 싶다'는 이야기였습니다. 저도 그 댁의 아버지가 생존하셨을 때 많이 신세를 졌던 몸으로 도와드리고 싶어, '더 살펴보고 향운 아가씨가 맞으면 꼭 구해 드리라'고 이르고 돌려보냈습니다. 하지만, 아직 아무런 소식이 없습니다."

마사모토는 한길준의 이야기를 다 듣고 한참을 눈을 감고 팔짱을 낀 채 생각에 잠겼으나, 잠시 뒤 미소를 지으며

"유아의 짐작이 맞을 거야."

"내일이나 모레 중에 그녀가 올 것입니다. 그 때 더 자세한 소식을 물어 당신께 보고하겠습니다."

"내 쪽에서도 알아보겠다. 만약에 짐작대로 정내관의 집에 있다면 유아의 힘을 빌릴지도 모르겠으니, 말 좀 잘해 주게. 일이 잘되면 더 이상 유아에게 종살이를 시키거나, 다시는 그날 밤과 같은 위험한 장사는 하지 않아도 되도록 해 주겠네."

"그 날 밤의 위험한 장사라니……."

한길준은 얼굴이 상기되어 떨면서 물었다. 마사모토는 웃으며

"나 외에는 아무도 모르네."

"어떻게 당신이 그것을……."

"어떻게 아냐고? 두세 잔 더 마시세."

"그걸 아시다니 정말 놀랐습니다. 향운 아가씨 일은 유아에게 확실하게 부탁을 하겠사오니 제발 남이 모르도록……."

"하하하. 꽤 심각해졌네. 걱정할 것 없네."

마사모토는 술잔을 더 돌려 한길준을 충분히 취하게 한 후 함께 춘가 집을 나왔다. 그리고 마사모토는 방계를 만나려고 한길준과 헤어져 남

산으로 향했다. 때마침 가는 길에 싸우는 사람 소리가 들려 달빛에 비추어 보니 크게 취한 남자가 젊은 여자를 잡아 소리를 지르고, 그 옆에는 삿갓을 눌러쓴 또 한 명의 남자가 있다. 가까이 다가가 보니 여자는 다름 아닌 유아였다. 마사모토가 근처의 처마 밑에 몸을 숨기고 지켜보자니, 삿갓을 쓴 남자가 지나가다가 부딪혔는데 큰 남자가 술김에 시비를 걸어 같이 동행하던 유아가 머리를 굽신거리며 빌고 있는 것이다. 큰 남자가 막무가내로 주먹을 쥐고 때리려고 하니, 유아는 앞을 가로막으려 필사적이다. 마사모토는 지켜보다가 더 이상 참을 수가 없어 뛰쳐나가려는데, 일본무관처럼 보이는 자가 다가가 큰 남자의 뒷덜미를 쥐고 넘어뜨려 다시 일어서려는 것을 다시 걷어찬다.

86회

　기생 향운을 유괴한 자는 사람들이 짐작한 대로였다. 정내관인 정사용鄭思用으로, 근래 향운을 불러도 그녀가 오지 않고 오히려 이수재와 친하다는 소문도 있어 이제 더 이상 두고 볼 수만은 없다고 결심한 것이다. 그래서 지난 밤 두 명의 괴한들에게 향운의 유괴를 명하여 정내관의 저택의 방에 가두고 날마다 으르고 달래고 있지만, 향운은 요지부동으로 죽을 생각만 하며 식사도 거부하여 어머니와 정원에 대한 생각에 눈물이 그칠 날이 없다. 그렇게 7, 8일이 지나자 심신이 극도로 쇠약해져 꽃과 같던 자태도 윤기를 잃고 애처롭다. 이 밤 향운은 벽에 기대어 잠들었으나 갑자기 문이 열리고 들어온 찬바람에 잠이 깨어 원망스러운 듯이 올려다보니 보름달이 수척해진 자신의 모습을 비출 뿐이다. 나를 찾을 사람이 있을 리가 없다. 미운 정내관이 또 나를 괴롭히는구나, 라며 다시 눈을 감으니, 살금살금 다가와 향운의 귀에 "아가씨" 하고 속삭이는 소리. 향운은 놀라 눈을 크게 뜨니 정내관이 아니라 시녀로 보이는 여자다. 향운은 힘없는 목소리로 "누구십니까?" 여자는 더욱 목소리를 죽여 "아가씨 저예요" 하며 이쪽으로 얼굴을 돌리니, 달빛 아래 본 그 얼굴에 놀라 "유아야!" 하고 크게 외친다.

　"큰 소리를 내서서 들키면 안 됩니다."
　"왜 이런 곳에."
　"저는 이 집에서 종살이를 하고 있습니다."
　"종살이?"

"아가씨가 악한에게 유괴되었다는 것은 소문으로 들었습니다. 하지만 별채에는 주인어른 말고는 아무도 들어갈 수가 없어 누가 있는지 도지히 알 수가 없었습니다. 하지만 가끔씩 들려오는 여자의 울음소리와 주인 정내관이 이수재와 아가씨를 사이에 두고 싸웠다는 이야기는 저도 들어 알았기에 혹시 아가씨가 아닐까 걱정하고 있었습니다. 어제 한길준을 만나
그 이야기를 했더니 십중팔구 아가씨일거라며 잘 살펴보고 구해드리라고 신신당부를 하고 돌아갔습니다. 그 후 만사에 신경을 쓰고 있자니 정내관은 어젯밤에 늦게까지 손님과 술을 마셨습니다. 제가 술주전자를 들고 들어가려는데 아가씨의 이름이 들렸습니다. 밖에 서서 잠시 듣고 있자니, 향운이 주인어른께 그렇게 차가운 이유는 향운에게 정인이 있어서라고 했습니다. 그 때 주인이 역정을 내며 그자가 누구냐고 물으니, 다름 아닌 당신의 형을 죽인 원가元家의 손자인 임정원으로, 그 자는 한동안 행적을 감추었으나, 작년에 영남의 요새에 올라가 산적 두목을 죽이고 그 후 다시 내려와 지금은 향운의 남편 행세를 한다는 것입니다. 전 날은 정내관 집의 하인이 향운을 부르러 갔을 때, 안에서 남녀가 소곤소곤 속삭이는 소리가 들렸으나, 그것도 '임정원이었다'라고 했을 때 저는 너무 놀랐습니다. 정말로 그분이 여기오신 걸까? 그럴 리가 없다고 다시 엿들었습니다. 아……! 이런 얘기는 나중에 천천히 해도 되는데……. 오늘 밤은 마침 정내관이 숙직으로 집에 없습니다. 아가씨, 저와 함께 도망갑시다. 그럼 우선 이것을 입으세요."

유아는 일전에 대마도 상인의 집에 몰래 갈 때 준비한 삿갓과 외투로 향운을 남장시켰다. 수일간 절식하여 수척해져 다리조차 가누지 못하는 향운을 유아가 부축하여 뒷문으로 빠져나갔을 때, 앞에서 설명한 취한을 만났던 것이고, 그때 마침 시내를 순찰하던 대일본의 육군 중위인 쿠리모토 지조栗本仁三씨를 만나 다행히 난을 벗어날 수 있었던 것이다.

87회

마사모토가 처마 밑에 숨어 사태를 지켜보고 있자니, 쿠리모토 중위는 취객을 호되게 혼내주고 그들이 혼비백산 도망가는 것을 지켜보다가 그 자리를 떴다. 유아는 안도의 한숨을 내쉬고 향운을 보며,

"아가씨. 큰일 날 뻔했습니다만, 마침 일본인이 도와주었습니다. 빨리 도망갑시다."

"나는 취한도 무서웠지만, 구해준 일본인이 더 무서웠어."

"조선인들은 일본인이라면 도깨비처럼 무서워합니다만, 전혀 그렇지 않습니다. 일본인은 강하지만 정이 많아 약한 자를 보면 친절하게 도와줍니다."

"그런가? 나는 전혀 본 적도 없지만, 무서운 사람이라는 얘기만 들어서……."

"이제 어디로 갈까요? 남산 집으로 가면 바로 뒤쫓아 올 텐데……. 우선 한길준의 숙소로 갈까요?"

"나는 동대문 쪽으로 가고 싶다."

"동대문? 친척이라도 있으십니까?"

"그건 아니다만, 항상 돌봐주는 요릿집이 있으니 거기로 가서 사람을 보내자."

"저…… 한길준에게?"

"아니."

"그럼 어머니께?"

"아니다."

"그럼 누구에게?"

"네가 얘기했던 사람이지."

"알겠습니다. 정원씨에게 말입니까? 그렇습니까? 그 분이 동대문에…….''

"여기에서 그리 멀지 않다. 힘들겠지만 같이 가자."

"가고 말구요. 오랜만에 만나 옛날이야기라도 나눕시다. 하지만 조금 전은 얼마나 마음을 졸였는지 모릅니다."

"아까 못한 이야기를 꼭 듣고 싶구나."

두 사람이 함께 걷기 시작하자 마사모토는 이야기를 방해하지 않으려고 뒤에 숨어서 걸었다.

"아무래도 어젯밤 정원 씨는 이수재 님의 댁에 갔을 겁니다. 그러니 집에 돌아오는 길을 노려 아무도 모르게 죽이려 했을 겁니다. 그때 임정원님이 죽었다면 아가씨도 정내관의 말을 들었겠지요. 형의 적은 물론이고, 연적은 더더욱 용서할 수 없었겠지요. 그러니 반드시 성공시키라 명하고, 또 성공하면 반드시 큰 상을 내리겠다고 했겠지요. 이야기가 성립되자 악한들은 바로 일에 착수한 것이겠지요."

향운은 발을 멈추고 유아의 소매를 잡으며 떨리는 목소리로

"그럼 정원님을 죽이라는 명이 있었다는 얘긴가?"

"그렇습니다. 정원님은 강한 분이라 필시 무사하시겠지만, 걱정입니다. 그렇다고 해도 도와드릴 방법도 없어 걱정만 하고 있던 중, 사람들이 돌아왔습니다. 너무 빨리 돌아와, 정원을 만난 건지 못 만난 건지, 일은 잘 된 건지 어떤 건지 걱정하며 옆방에서 엿듣고 있자니, 세 사람은 삿갓도 옷도 더러워져 돌아왔습니다. 주인 정내관이 어떻게 되었느냐고 물으니, 세 사람 모두 면목 없다고 머리를 숙이며, 정원을 만났지만 정원이 너무 강해 흠씬 두들겨 맞고 이렇게 돌아온 것이라 했습니다. 다음에 다시 복수를 하겠다고 하자 주인 정내관이 크게 화를 내는 것을 들으며 저는 얼마나 기뻤는지 모릅니다"라고 하니, 향운도 안도하며 크게 웃는다.

88회

마사모토는 몰래 뒤따르며 유아와 향운의 이야기가 끝나기를 기다렸다가 다가가 인사를 하였다. 세 사람은 춘사령의 집으로 가 축하연

회를 하고 방계, 이수재, 한길준에게 각각 사람을 보내어 자초지종을 알렸다. 밤이 깊어 유아는 한길준과 함께 돌아가고 정원은 향운을 데리고 남산의 어머니 집으로 갔으나, 또 정내관이 올 것을 두려워해 두 모녀가 정원에게 부탁을 하였다. 그래서 두 사람은 당분간 정원과 같이 생활하기로 했다. 한길준은 이가웅의 힘을 빌려 궁궐의 사령이 되었고, 남산에 집을 마련하여 아침저녁으로 향운을 찾아 한 가족처럼 친하게 지냈다.

오랫동안 섭정을 하였던 청현궁靑礥宮의 국부군國父君은 수년 전부터 외척에게 권세를 뺏겨 쓸쓸한 신세가 되었다. 그는 기회만 있으면 그들을 밀어내고 다시 권력을 잡으려고 노리고 있으나, 근년의 정부는 개국주의자를 등용하여 국민의 마음을 얻지 못하고 있다. 정부는 존화척왜尊華斥倭를 주장하여 우민을 선동하고 밀사를 보내어 청국에 도움을 요청하려고 하나, 외척세력에 둘러싸인 현 정부는 자만감에 넘쳐, 무슨 일이든 중요하게 여기지 않고 무시하기 일쑤다. 반면 이가웅의 동료들은 진정으로 국사를 걱정하며, 청국의 속국으로 살기를 꺼려하여, 일한화친日韓和親의 필요성을 절감하고 있다. 그러나 우왕좌왕을 반복하는 현 정부와 일을 하다가는 마침내 외척의 전횡을 초래할지도 모르는 일이니, 걱정이 태산이다.

그러면 지금의 이 나라의 당파를 나누어 보면, 외척당으로 이루어진 정부와 국민의 신뢰를 받는 국부당의 두 파로 나누어져 있어, 전자는 일본파이고 후자는 중국파이다. 각각이 자기의 이익을 위해 자신을 알고 국가를 망각할 뿐이다. 그 어디에도 속하기를 거부하고 진정으로 독립입국獨立入國을 갈망하는 이가웅과 같은 이는 새벽하늘의 별처럼 소수이다. 이가웅 일파의 참모인 마사모토는 잠시 두 당의 경쟁을 방관하여 운이 좋으면 어부지리를 취할까, 하고 노리고 있으나, 양자의 싸움은 파국을 치닫는다. 잠시 국민의 눈이 열리기를 기다려 조용히 일을 진행시킬 수밖에 없다고 결심하고 느긋하게 시기를 기다린다.

7월 어느 날 저녁, 마사모토는 향운과 손을 잡고 남산의 폭포에서 놀다가 날이 저물어 집에 돌아와 이가웅을 만났다. 하지만 이가웅은 온몸이 땀범벅이 되었고 얼굴빛도 예사롭지가 않았다. 그리고 무척이나 서두르고 있는 듯 숨이 차 말도 제대로 하지 못한다. 마사모토는 놀라서 그를 안으로 모시고 물을 건넨다. 무슨 일이냐고 물으니, 이가웅은 분개하여, "오늘 아침에 한 어리석은 백성이 일본공사관을 습격하여 외척당을 치려고 했습니다. 원래 우리 당과는 사이가 좋지 않은 자들이지만, 우리 당의 개국주의자들이 이번에 또 어떤 변을 당할지 몰라 나는 우선 충청도의 지기의 집으로 피신하려 합니다" 한다. 마사모토는 비웃으며, 고작 우민의 죽창이니 별일 없을 거라고 위로하였다. 그리고 마사모토 본인은 아직 남들에게 알려지지 않은 몸이어서 별 화도 없겠지만, 이가웅은 개국당의 거수로 이름이 난 자이어서 한치 앞도 알 수 없으니 빨리 피신하는 것이 좋겠다며 그를 피신시켰다. 그 후 마사모토는 집을 나와 서대문 쪽으로 향했으나 많은 한인들이 우왕좌왕하며 소란스럽기 그지없다. 무슨 일인가? 하고 살피니, 전날 향운을 구해준 쿠리모토 중위가 검을 빼들고 서 있고, 그 옆에 또 한 명의 일본인이 피범벅이 되어 쓰러져 있다. 우민은 개미떼처럼 사방을 둘러싸서 돌과 기와를 집어 쿠리모토 중위에게 마구 던진다. 마사모토는 주저하지 않고 옆에 있던 작대기를 집어 들고 한인들이 모여 있는 곳으로 뛰어 들어가 그 작대기를 휘두르니 모두들 혼비백산 도망가기 바쁘다. 마사모토는 서둘러 중위를 부축해 거기를 떠나려고 했으나, 안타깝게도 중위는 이미 숨을 거두고 말았다. 마사모토는 서문 밖으로 나와 급히 청수관淸水館으로 달렸으나, 이미 일본공사관은 불길에 휩싸여 문 밖에는 많은 시체가 보일 뿐이다.

89회

마사모토는 일본공사관 직원들이 난을 피해 인천으로 피신했다는 소식을 듣고 뒤를 따랐으나, 일동은 다시 인천부府에서 폭도를 만나 제물포로 피신했다 한다. 그들은 마침 외국군함이 근해 측량을 위해 와 있었기에 다행히 귀국할 수 있었다고 한다. 마사모토가 그 다음날 경성으로 돌아와 형세를 살피니, 일본당으로 알려진 수 명이 살해당하고 난을 피해 도망간 자도 셀 수가 없다 한다. 왕비전하를 비롯한 외척의 주역들도 각지로 난을 피하고, 폭도와 병사들까지도 총검을 들고 처자를 거느리고 성 밖으로 도망을 갔다.

성 안은 쓸쓸히 사람 하나 보이지 않는데 국부군은 다시 정권을 펼치려고 인사경질을 단행했고, 일본공사를 실은 외국군함은 부산에 들러 나가사키長崎를 향했다가 10일 만에 다시 일본의 군대의 호위를 받고 경성으로 되돌아 왔다. 그리고 당국의 정부에게 담판을 요구했으나 응하지 않아 공사公使는 할 수 없이 인천으로 돌아가 본국정부의 지시를 기다려 진퇴를 결정하기로 하고 그 사정을 육군진영에 통보했다.

마사모토는 이것을 듣고 생각하건데, 국부군이 존화척왜尊華斥倭를 주장하는 것도 지금의 정부, 즉 외척당을 내쫓기 위해서이나, 국력을 고려하지 않고 무조건 일본을 배척하려는 것도 사려 없는 행동인 것이다. 그럼에도 국부군이 일본공사의 담판요청을 거듭해서 거부하는 것도 참으로 이상한 일로, 그렇게 시간을 보내다가 종국에는 청국정부의 힘을 빌리려는 속셈일 수도 있다. 마사모토는 일본공사가 인천으로 피하는 것을 한탄하여, 익명의 서한을 일본공사의 숙소와 육군진영에 보내어, 일본공사가 경성에 머무르며 본국정부의 지시를 기다리는 것이 가장 합당한 일이라 알렸다. 일본의 육군사령관인 오카시마岡島는 이것에 크게 감동받아, 공사가 왕성王城(경성 ― 역자)을 비우면 물론 군사도 철병을 해야 한다며, 일단 진영을 꾸려 뒷자리를 먼지 하나 남지 않도록 깨끗하게 정리하고 일본공사를 따르기로 했다.

오카시마는 일본공사가 한 발 앞서 인천으로 향하면, 그 뒤를 따르겠다며, 규율 있는 군인은 장수의 명을 따르며, 아무리 화가 치밀어도 감정에 휘둘려 큰일을 그르쳐서는 안 된다고 일본공사를 몇 번이고 설득했다. 하지만 공사는 진퇴를 함께 하자고 조르며 그 충고를 듣지 않았다. 그래서 사령관도 할 수 없어 병을 이끌고 인천으로 향했으나, 조선 병부는 바로 사람을 보내어 일본공사를 막았다. 공사가 경성에 다시 들어왔을 때는 많은 수의 청국군이 이미 서대문을 막고 있었다.

청국과 조선의 관계는 명明 때 가장 긴밀하여 청에 이르러서는 소원해졌다. 명조 때는 은혜를 베풀었으나 청조 때는 오히려 미움을 사 한인은 청인을 원수 보듯이 했다. 미미한 무역과 사신행렬 외에는 교섭이 없었음에도 국부군은 외척과 앞을 다투어 척왜斥倭를 외쳤다. 조선이 걸핏하면 청국의 도움을 받으려고 하니, 매년 내우외환이 끊이지 않아 남을 돌아볼 여유가 없는 청국 정부도 이 틈을 이용해 조선과 주종의 관계를 분명히 하려고 한다. 청국은 대만, 오키나와 사건 때부터 야심을 가져 일본과 세를 겨루기로 결심했는지, 이번 사변에 대해 듣고서는 바로 일본에 필적할 만한 수의 병사를 조선에 보내어, 경성과 수원, 남양에 주둔시켰다. 그리고는 바로 황제의 칙명이라 전하며 국부군을 잡아 북경으로 송환하였다. 그 후에는 외척 정부를 도와 일본정부와 화해를 주선하였고 점차 조선의 내외의 정치 모두에 간섭하게 되었다.

일본과 청국, 양국의 병사가 조선에 주둔하게 된 후, 마사모토는 상인으로 변장하여 각 진영을 출입했으나, 그 동안 깊이 느낀 것은 일본 병사는 규율이 엄하나 체구가 왜소하고 빈약한 점이고, 그에 반해 청국 군사는 규율이 없으나 체격이 비대하고 장건한 점이다. 무기는 서로가 비슷하나, 승부근성이 강한 일본무관은 색다른 전함과 총포를 보면 다음에 우리 것에도 활용해 보고 싶다고 한다. 이것은 일본인이 신문물을 깊이 부러워하는 바를 나타내는 것이다.

마사모토는 한인 행세를 하며 청국군대의 진영에 들락거리며 비밀을 정탐하여 일본육군의 참모부에 있는 신문기자에게 알리는 등, 드러나지는 않지만 큰 성과를 올리고 있었다. 머지않아 왕비는 환궁하였고, 일본인을 살해한 한인 세 명도 모화관慕華館에서 일본 관리의 입회하에 처형되었고, 대궐을 침입한 세력도 능지처참하여 사태는 일단락되었다.

> **부기**_ 능지처참은 우선 손발을 자르고 후에 목을 치거나, 시체를 묶어 나라 전체를 끌고 다니다가 손발을 자르고 목을 친다. 기자도 일찍이 본 적이 있다. 참수형은 상투에 화살을 찔러 여기에 밧줄을 묶어 앞으로 당겨 목을 앞으로 끌어당겨 자른다. 전부 무딘 칼을 이용하는 방법으로 몇 번이나 칼질 후에 겨우 몸과 목이 분리된다.

90회

사변 후에 일본과 청국의 양국병력은 여전히 경성에 머물렀다. 청군의 난폭함과 일본군의 절도 바른 행동에 한인들은 청군을 싫어하고 일본군을 경외하게 되었다. 이제 길에서 "왜놈"이라는 소리는 들리지 않았고 "뗏놈"이라는 소리만 들린다. 마사모토는 이제 일한화친이 이루어지겠다며 기뻐하였다. 그 무렵 일찍이 영취산을 벗어나 일본으로 건너간 이동인이 국부군의 난을 듣고 급히 경성으로 돌아왔다. 마사모토도 동지를 얻었으니 이제 기회를 놓치지 말고 서둘러 조선의 내정을 개혁하여 구식의 폐습을 일신하기로 했다. 그리고 조선의 무역을 번창시켜 나라의 곤궁을 구하고 청나라 의존을 탈피할 여러 가지 계획을 강구했다.

마사모토가 가장 신경을 쓴 것은 당국의 재정을 정리하는 것으로, 가장 급선무의 일이었고 또 가장 어려운 일이었다. 원래 당국의 인민의 세금은 매우 무겁다. 하지만 나라의 수입은 지극히 적다. 이것은 나가는 것은 많지만 들어오는 것이 적다는 의미이다. 이는 세금으로 중간관리의 배를 채운 것을 의미하며, 또 한편으로는 육해상의 운반사정이 불편하여 풍랑 때문에 배가 뒤집히거나 도적에게 약탈당하는 경우가 많음을 의미한다. 그러면 우선 조선의 금광을 일본정부에 담보로 맡기고 일한공동은행을 창설하여 화폐의 본위를 확정하여 화폐교환 임무를 일본정부에게 일임하는 것이다. 나라의 큰 도시에는 각각 그 지점을 두고, 신용 있는 환전법을 시행하여 쌀과 돈의 운반을 없애는 것이다. 그 후 점차로 조세와 그 나머지 개혁을 하는 것이다. 우선은 정부의 유력한 인사들을 설득하여야 하나, 지금은 이동인을 일본에 보내어 이 일을 도모하여야 한다고 모두가 합의를 하였다. 국부군의 난 때 충청도로 몸을 숨겼던 이가웅은 지난 날 왕비와 함께 성 안으로 돌아왔다. 마사모토도 이 사건의 발기자의 한 명인 것이다.

이동인이 다시 일본으로 가기로 되어 이가웅이 춘사령의 집에서 송별연회를 열었을 때, 마사모토와 이동인을 초대하였다. 마사모토는 일찍부터 와 있었으나 동인은 무슨 연유인지 아직 보이지 않았다. 이가웅은 기다리다 지쳐,

"일본에 가는 배는 아직 4, 5일이나 시간이 남았고, 다른 볼일이 있다면 내일, 모레 해도 될 텐데…… 동인이 너무 늦네."

"오늘 아침에 만났을 때도 이 모임이 기대된다며 빨리 와서 늦게까지 얘기를 나누고 싶다고 얘기했습니다. 그러니 곧 오겠지요."

"하지만 날이 어두워지고 한참이나 지났는데…… 아까 춘사령을 부르러 보냈는데 그 사람까지 안 오니……."

"이번에 일본에 가서 담판을 지어보고 빨리 진행되면 1년이라도 2

년이라도 일본에 머물러 경성땅을 밟지 않겠다며 무척이나 기뻐하고 있었으니, 그 준비도 당연히 시간이 걸리겠지요. 이번 계획은 조선정부만 확실히 하면 일본은 아무 문제가 없습니다."

"일본정부가 승인하면 이쪽은 바로 실행합니다."

"그렇게만 된다면 얼마나 좋겠습니까?"

"요직의 인물들은 대부분 동의했으니까요."

마사모토는 웃으며,

"오늘 동의한 사람이 내일 동의하지 않을지도 모릅니다. 우리 민족은 항상 이랬다저랬다 하는 민족이라…… 일본당인가 싶더니 청국당이 되고 청국당인가 하면 일본당으로 변하고, 확실한 소신이 없으니 같은 편이라도 믿을 수가 없습니다. 그래서 이번 계획도 아직은 비밀로 해두었으면……. 만약에 청국에 들키기라도 한다면 청국이 방해를 할 겁니다. 청국이 입을 대면 조선은 끝까지 밀고가지 못합니다. 물론 불가능 합니다. 그러니 은밀히 일을 해치워야 합니다. 일이 끝나 버리면 아무리 청국이 입을 대도 일본정부는 끄떡도 하지 않습니다."

그런 이야기를 나누고 있을 때, 집주인인 춘사령이 숨을 헐떡이며 뛰어 왔다.

"큰일 났습니다. 이동인이 암실딩했습니다."

91회

이동인의 조난 소식을 듣고 두 사람은 크게 놀랐다. 춘사령의 안내를 받아 마사모토와 이가웅이 현장으로 달려갔으나, 그때는 관리도 와 있었고 검시도 이미 끝나 사체는 이가웅이 거두게 되었다. 서둘러 범인의 행적을 쫓았으나 단서도 찾을 수 없었다. 두 사람은 다시 춘사령의 집으로 돌아와 다른 두세 명의 동지를 불러 이동인의 죽음을 애도하고 이가웅이 상주가 되어 장례식을 치렀다. 6일째에는 풍수를 골라 근교에 묻었으나 장례식은 매우 극진하였다. 다음 날 마사모토와 이가웅은 춘사령의 집에 모였다. 이가웅은 울면서 마사모토에게 "이번 계획에서 가장 중요한 이동인을 잃었으니 누가 대신 일본에 가서 일을 처리하겠는가?"라고 묻는다.

"당신이거나 아님 저겠지요."

"나도 일본 사정도 알고 견문을 넓히기 위해 일본에 가보고 싶은 마음은 굴뚝같지만 일을 잘해낼 자신이 없다네. 아무래도 자네가 고생을 해야겠네."

"무관무위無官無位의 일개 서생인 제가 일본에 간다고 해도 아마 신용을 얻기는 어려울 것입니다. 하지만 조선의 현 정부의 위임장을 증거물로 들고 가면 의심은 안 받겠지요. 하지만 제가 걱정하는 것은 주요 인사들이 이랬다저랬다 하여 언제 마음이 바뀔지 모르는 것과, 당신의 안부입니다. 특히 이동인의 암살은 참으로 의심스럽습니다."

"물론 의심스럽지. 이동인은 후덕한 군자, 남에게 원한을 사서 암살을 당할 인물은 절대 아니지. 그리고 보면 국사國事를 위해 일하다가 반대당의 독수에 걸려 죽었음이 틀림없네. 하물며 이동인도 그런데, 일본당으로 알려진 나 같은 사람은 언제 어떻게 죽을지 알 수가 없네. 그러니 나의 일신을 위해서라면 일본에라도 가는 편이 훨씬 안전하겠지만, 국가보다 나를 앞세워서야 되겠는가? 내가 가는 것보다 자네가 가는 게 일본 사정에도 밝고 일도 빨리 진척될 터이니, 자네가 제격이네."

마사모토는 숙연히 심호흡을 하고

"참으로 국가의 이익을 우선시하여 개인의 안전을 뒤로 미루는 당신과 같은 분이 두세 명만 더 있어도 그리 걱정이 없겠습니다. 이동인을 잃고 남은 모두가 불의의 사태에 빠진다면 도대체 누구와 국사를 논하겠습니까? 그걸 생각하면 당신의 안전을 최우선으로 생각하는 것이 국가 백 년의 대계일지도 모릅니다."

"그렇게 아까워할 목숨도 아니네. 그러나 이제부터는 충분히 조심하겠네. 요직의 관리들에게는 어디까지나 약속을 지키도록 하여 이번 계획을 성사시키도록 여기에 남아서 힘을 쏟겠네. 그 점은 걱정하지 말게."

"그러면 저는 이제 떠나겠습니다."

"잘 부탁하네. 당국자의 위임장은 내일이라도 받아 놓겠네."

마사모토는 다음날 여장을 챙겨 일본 배가 오기를 기다려 당국을 떠나 일본 동경에 도착했다. 그 해 가을 초에 도착하여 어떤 때는 일본인 하야시 마사모토로 동향 출신의 사람들을 만나고, 또 어떤 때는 조선인 임정원으로 외무성에 출입하여 안팎으로 다양하게 노력하였다. 그래서 모든 일이 술술 풀리어 결국 가조약假條約을 작성하게 되었고 이것을 경성에 있는 이가웅에게 보내어 일단 정부의 열람을 청하였다. 그러나 10일이 지나도 아무런 답이 없어 이상히 여겨 이가웅에게 서한을 보내 재촉하였다. 하지만 이것도 서한이 잘 전달된 것인지도 확인이 되지 않아 답답해하고 있었더니, 겨울이 되어 겨우 이가웅의 답을 들을 수 있었다. "근래 청국의 간섭이 점점 심해져, 정부의 관리들 중에서 원래 우리 편이었던 자들 중에도 청국 쪽으로 마음을 돌린 자들이 많아, 일전의 조약도 고려할 가치가 없다며 결정되지 못하였으니 참으로 개탄스럽다. 하지만 아직 이쪽에서 그들의 마음을 다시 돌리려고 노력하고 있으니 조금 더 기다려 달라"며 약간의 체제비를 보내왔다. 그래서 마사모토는 이윽고 해를 넘겨 다음 해 봄의 4월까지도 허망하게 객사에서 이가웅의 서한을 기다리고 있었다.

부기 초재라는 것은 17일을 의미하고, 풍수라는 것은 매장지를 고르는 것이다.

92회

일본은 아버지의 나라, 조선은 어머니의 나라, 어머니의 나라에서 태어나 아버지의 나라에서 자란 마사모토이다. 은혜와 사랑에 차이가 있을 수 없으니, 부모의 양국이 모두 번성해 가기를 바라는 것이 숙년의 바람이다. 지난 병자의 난 후, 청국은 조선을 마치 속국을 대하듯 하여 외교정치는 물론 그와 다른 중요한 일들도 모두 청국의 지시를 받게 되었다. 청국은 점점 힘을 키우고 일본은 세력을 잃어간다. 마사모토는 이것을 개탄하여 조선에 미치는 청국의 힘을 줄이고 일본의 힘을 증강시키려고 결국 이번의 계획을 꾀한 것이다. 이런 때에 조선에 인재가 있다면 국익을 도모하고 백성을 이롭게 하도록 일본의 지도를 받아 양국이 협력하여 청국의 허세를 누르고 이 나라를 부강하게 하였을 것인데…… 안타깝기 그지없다. 조선 정부에는 사람이 없다. 이 가웅과 같은 두세 명의 혜안을 가진 자가 있지만, 조정을 움직일 만한 세력이 되지 못하고 중도에 계획이 실패함은 천추의 한이다. 계획대로 일이 성사되기가 어려울 것을 미리 알고 마사모토가 우울해 하고 있을 때 청국과 프랑스의 개전 소식이 날아들었다.

이래서는 더욱 어려워지겠다며 낙담하여 동경의 숙사에 2, 3개월 투숙하고 있다. 어느 날 아침 여느 때와 마찬가지로 『시사신보時事新報』를 읽고 있자, 「조선의 미래」라는 기사가 있었다. 그림까지 곁들여 각국이 이후 조선을 분할해 가는 양상이 소개되어 있었다. 기자는 몽상이라고 밝히고 있었으나 마사모토는 그렇지만도 않으리라 확신했다. 여러 사람들에게 기사의 출처를 물어 독일과 시베리아를 거쳐 온 것이라는 것을 알게 되어 초조함은 더 커져갔다.

어느 날 마사모토가 중식을 마쳤을 때, 갑자기 들어오는 사람이 있었다. 상투로 머리를 묶어 두부는 틀림없는 조선인이었지만, 몸에는 양복을 두르고 손에는 시가렛을 들고 손목에는 시계를 찼다. 성큼성큼 걸어서 마사모토 앞으로 와 선글라스를 벗으니 이는 바로 이가웅이다. 마사모토는 기쁘고 놀란 가슴을 달래며, 그 간의 사정을 들었다.

"이렇게 만날 줄은 전혀 몰랐습니다. 당신은 조약체결을 위해 정부의 전권을 위임받아서 오신 건가요?"

"우리나라는 도저히 안 되네. 현 정부의 대다수 관리는 청국에 마음을 두고 있어 조약 건도 전혀 진척이 되지 않네. 너무 속이 상해서 우리 당에서 가장 훌륭하신 왕족인 박정효朴貞孝님을 통해 국왕전하께 알현을 요청하였던 바, 정내관이 미리 알고 청국공관에 다 알려 버렸다네. 그 후 청국공관이 방해를 해 다년간의 고생도 보람 없이 조약은 수포로 돌아갔네. 안타깝기 그지없네. 이제 남은 급선무는 청국당을 몰아내는 것이네. 자네가 일본으로 건너오기 전에, 정부 관리들 중에는 이랬다저랬다 변심하기 쉬운 무리가 많다는 이야기를 듣고, 그 때 나는 문제없다고 큰소리를 쳤네만, 오늘 이 사태가 되고 보니 자네의 선견지명과 나 자신의 얕은 생각이 너무나 실감나네. 조선의 사태가 이러니 이제 와서 다시 되돌릴 수가 있겠는가?"

"되돌려야죠. 저도 대충은 그러리라 짐작하고 일본정부에는 적당히 둘러대어 놓았습니다."

"그거 잘했네. 일본인들도 많이 놀랐겠네."

"조선인들의 계획이라는 것이 그러리라는 것은 이미 알고 있는 일로 별로 놀라지도 않지요."

이가웅은 말을 않고 부끄러워하는 듯하다.

"그런데 당신은 당분간 일본에 머물 생각인가요?"

"아니네. 나는 자네를 모시러 왔네."

"모시러……."

"그렇다네. 일본당은 이번 사태로 청국당을 크게 비난하여 결국은 조선의 독립을 방해하고 진보에 장해障害를 주는 것은 사대事大 즉, 외척당임을 알게 되었다네. 그래서 하루라도 빨리 그들을 밀어내고 개혁을 단행해야 한다고 서로 협의하였다네. 마침 청국과 프랑스의 전쟁이 시작되었으니, 이것을 기회로 청국당을 제거하고 일본당이 세력을 잡아야 하네. 급히 이 일을 자네에게 알리고 함께 귀국하려고 일부러 일본으로 온 것이라네."

93회

절조와 덕의가 부족한 당국의 인심은 권세와 이익과 개인을 좇아 국가를 돌아보지 않는다. 청국당의 권위가 높아짐에 절조를 버리고 무릎을 꿇어 일본당을 빠져나가는 자가 하루하루 늘어가 마침내 마사모토의 계획이 수포로 돌아가게 된 것이다. 이렇게 몇 년이 지나면 완전한 청국의 속국이 될 것이다.

이가웅을 비롯한 일본당 안의 굴지의 지사인 박정효朴貞孝와 김송균金松筠은 분개하여 결국은 결연한 수단으로 조정 안의 청국당을 제거하여 일국의 독립을 이루기로 결의했다. 마사모토는 어디까지나 온화한 수단으로 뜻을 이루려고 했으나 청국당 때문에 뜻을 이루지 못하고 여기에 이른 것이다. 그 후 어떻게든 청국당을 몰아내려고 고심하고 있던 차 본국에서 이가웅이 마중을 왔으니 서둘러 채비를 차려 동경을 출발했다.

마사모토는 가는 길에 여러 가지 생각을 한다. 이번에는 격한 수단을 써서라도 청국을 몰아내야 한다. 나라의 백성들이 청국을 따르고 일본을 밀어내니, 이후 어떻게 백성의 마음을 바로잡을 것인가? 일본당이 거사를 일으키면 사대당은 모두 청국에 붙어 복수를 할 것이다. 그리고 공법의 무게를 모르는 정부는 그들을 도울 것이다. 일본당은 국민의 공격을 받고 또 청국정부의 위협을 받을 것이니, 우리 일본당은 무엇을 의지할 것인가? 청국당은 청에 힘을 빌릴 것이지만, 일본당은 일본에 힘을 빌릴 수 있을까? 아마 일본은 이것을 거절할 것이다. 만일 거절하지 않으면 동양의 난은 여기서 비롯되고 그 이익은 서양이 얻을 것이다. 조선의 미래는 과연 『시사신보』의 예언과 다르지 않을 것이다. 일본당은 말한다. 청국은 프랑스와 전쟁을 하느라 조선을 돌아볼 여유가 없다고……. 하지만 이것은 참으로 허황된 소리이다. 청국은 내일 망할지라도 결코 조선의 정권이 일본에 넘어가게는 하지 않을 것이다. 하물며 조선에 약간의 병사를 보내는 것이니 조금도 그 고통을 느끼지 못할 것이다. 아아! 이번의 일본당의 계획은 감정에만 치중된 것으로 잘못된 판단의 손해만 있을 뿐 조금의 이익도 없을 것이다.

마사모토는 기회를 기다려 서서히 일을 추진해야 한다고 결심했다. 물론 이가웅은 마사모토를 동지라고 생각하고 있으나, 배의 객실에서 마사모토는 이가웅에게 차분히 조심스럽게 자신의 생각을 전했다. 나라를 위해 일하는 자는 결코 경거망동하지 말아야 하며, 사대당의 수령을 없애고 국가안녕을 되찾으려면 민중의 힘을 빌려야 한다. 고작해야 다섯에서 열 명 남짓한 정치가를 제압하기는 나 하나라도 어렵지 않겠지만, 국민의 다수가 청국을 따르고 일본을 멀리하는 이 사태를 해결해야 한다. 이것은 나무의 가지 몇 개를 자르기는 쉬우나 뿌리를 자르기는 어려운 것과 마찬가지 일이다. 병자호란 때 청국당은 무모한 전쟁을 일으켜 우리 당에게 크게 이익을 주었지만, 근래의 우리 당의 무모하고 경망한 행동은 청국당을 이롭게 할 뿐이다. 그러니 우리는 결코 그러한 폭동에 가담하면 안 되는 것이다. 설령 우리 당이 사대당 정부를 쓰러뜨리고 집권을 한다 해도 백성의 마음이 떠나버린다면 어떻게 그들을 다스릴 것인가? 과격하게 말하자면, 우선 국부군을 우리 당으로 끌어들여서, 외척당 척결이라는 구호 아래 사실은 사대당 방출을 꾀해야 한다. 그렇다. 그 때는 반드시 백성의 다수가 반드시 우리 당에 힘을 줄 것이다. 잘못하여 구호를 사대당 퇴치로 내걸게 되면 국부군도 백성도 모두 우리 당의 적이 될 것이다. 등등 막힘없이 줄줄 마사모토의 의견을 애기하니 이가웅도 크게 깨달아 마사모토의 의견에 따라 조선에 도착하면 하루라도 빨리 사람들을 만나 설득하기로 했다.

마사모토와 이가웅이 돌아오기를 기다리던 일본당은 그날 밤 이가웅의 집에 모여 협의를 하였다. 여기에서 마사모토는 주모자인 김송균과 박정효에게 반대의 소견을 말하고 이가웅과 함께 설득을 하였으나, 이가웅이 출발한 후에 이들의 계획은 더욱 진척되어 이제 멈출 수도 없는 지경에 이른 것이다.

94회

마사모토는 시기상조라며 일본당의 사람들을 말렸으나 이미 제반 준비가 다 이루어져 이제 멈출 수도 없다. 결국 그 해 말, 일본당은 경성 우정국 개업식이 열리는 날 밤에 자객을 써서 청국당의 거장을 죽이고 왕명을 빌어 조선의 일대혁명을 일으키려 했다. 자객은 우선 청국당 중에서 나이가 젊지만 위엄 있는 민영익을 죽이려 했으나 실패하였고, 후에 폭탄을 날렸으나 이것도 뜻대로 되지 않았다. 이때 박정효와 김송균은 빨리 왕궁으로 달려가 국왕에게, 사대당의 반역이 있었고, 청국인이 이를 도와 난을 일으키려 한다며, 빨리 조선이 일본에 원군을 청하기를 아뢰었다. 그래서 국왕은 일본공사에게 사자를 보내어 입궐을 청하고 잠시 별궁으로 피신했다. 일본공사는 부하 관리와 군인을 데리고 왕궁으로 와 박정효와 김송균 그 외의 일본당의 사람들과 함께 왕명을 받들었다. 그리고 청국당의 수령과 조선의 주요 대신들

여러 명을 찾아 목을 베고 새로운 인사를 단행하니, 그 일처리가 참으로 신속하여 대부분의 사람은 그 다음날까지 무슨 일이 있었는지 조차 몰랐다. 이가웅은 마사모토의 이야기를 들었기에 이 거사가 아직 시기상조임을 알았지만, 여기에 이르러서는 수수방관할 수만도 없어 지난밤부터 김송균, 박정효 이 두 사람과 함께 마사모토를 만나 조언을 얻고 있었다. 혁명의 다음날 아침 이가웅은 마사모토를 초대해 전 날의 사태를 아뢰고 이후의 대처법을 물으니, 마사모토가 답하길,

"설령 일본당이 국왕을 끼워 반대당을 쓰러뜨렸지만, 백성의 다수와 청국군은 이것을 인정하지 않고 일본당을 적대시함은 명백합니다. 참으로 그대들이 의지할 곳은 국왕전하뿐으로 그 나머지는 모두 적임을 알아야 합니다. 그러나 이것은 미리 예견된 일로 이제와서 무엇을 두려워하겠습니까? 바라옵건대 끝까지 목숨을 걸고 국왕전하 곁에서

목적을 달성하는 것입니다."

이가웅이 돌아간 후, 국왕의 진퇴에 관해 일본당 안에서 의견이 나누어져 한 무리는 '왕궁으로 돌아가야 한다' 하고, 또 한 무리는 '강화도로 피난을 가서 일본군에게 도움을 청해 무력으로 신정부를 열어야 한다'며 설전이 벌어졌다. 이가웅은 박정효와 함께 후설을 주장했지만, 결국 받아들여지지 않았고 저녁이 되어 다시 환궁했다.

그 다음 날 성 안의 청국군은 왕궁을 공격하였고 궐내의 조선군이 모두 그들과 합세하여 일본군과 전쟁이 일어났다. 일본공사는 일본군이 국왕을 보호하면 오히려 국왕을 위험하게 할 수 있었기에 국왕을 조선군에게 위임하고 왕궁을 물러났다. 이가웅은 눈물을 훔치며 일본공사에게 "왕궁과 자기 당의 인사들에게 총을 겨누고 반란을 일으킨 조선군에게 왕을 의탁하는 것은 조선의 신하로서 있을 수 없는 일로 어떤 고난이 있더라도 왕을 모셔야 한다"고 매달렸지만, 일본공사는 결국 듣지 않고 군사를 이끌고 공사관으로 돌아갔다. 그리고 대부분의 일본당원들도 도망을 가버려, 이가웅은 힘없이 마사모토를 찾아왔다. 그리고는 사건의 자초지종을 전하고 이 거사를 막지 못한 것을 후회하며 결국 스스로 목숨을 끊으려는 것을 마사모토가 급하게 제지하여 일단 그를 경성을 떠나있게 하였다.

이날부터 성내에 폭도가 봉기하여 일본인을 죽이고 집을 태우고 재산을 약탈하고 일본공사관을 습격하였다. 그래서 공사 이하 일본인은 저장해둔 양식이 없어 우선 인천으로 난을 피했다. 폭민은 공사관을 불태우고 일본당의 남은 가족들을 찾아 무참하게 죽였다. 그래서 일본당의 중책들이 일본공사관 직원들과 함께 조선을 떠났고 이제 청국군이 국왕을 보위한다고 한다. 마사모토는 하늘을 우러러보며 조선이 결국 청국의 속국이 되었구나 하며 울분을 터트렸다. 그리고 그렇다면 적어도 죄 없는 일본인이 화를 당하지 않도록 음으로나마 그들을 도울 궁리를 하였다.

공사를 비롯한 일본인 일동이 인천으로 물러난 후 향운 모녀는 성내의 소동을 듣고 벌벌 떨고 있을 뿐이다. 그들은 마사모토의 안부를 걱정하며 창에 기대어, 또 문 앞에 서서, 마사모토가 돌아오기만을 기다리고 있었다. 어느 날 마사모토가 돌아왔을 때 기뻐 반기는 향운을 보고

"저고리를 한 벌……. 빨리 빨리!"

95회

마사모토의 안색이 평소와 다름에 향운은 놀라,
"저고리 말입니까? 마고자라면 있습니다만……."
"아니. 저고리. 자네가 매일 입는 저고리."
향운은 웃으며
"그걸 왜 찾으십니까?"
"내가 입을 거네."
향운은 의아한 듯이 "무슨 일이라도 있습니까?"
마사모토는 온 길을 몇 번이고 힐끗힐끗 보면서

"조선군과 청국군이 나를 체포하러 올 거니, 그 전에 도망가야 한다네."

향운은 달려가 마사모토의 소매를 붙들고 눈물을 글썽이며

"왜 체포를 한답니까? 어머니도 어제부터 걱정을 많이 하십니다."

"특별한 것은 없네. 단지 이가웅과 친하니 우선은 체포하여 행선지라도 캐려는 것이겠지. 지금 계동을 지나올 때, 조선군과 청국군이 거기 서! 하고 불러세워 포박을 지우려 하는 것을 칼로 자르고 뛰어왔으니 반드시 그들이 내 뒤를 따를 것이다."

"큰일 날 뻔하셨군요. 그런데 어디로 가실 생각인가요?"

"정해진 곳은 없다. 우선 성 밖으로 나간 후 발 가는 대로 가야지."

"어머니와 저도 함께 갈까요?"

"그대들은 안전할 거네. 만약에 내가 간 후에 군사들이 와서 물으면 그 사람은 집에 없다고 적당히 둘러대면 되네."

"그러면 어머니와 저 두 사람만 여기에 남아 있습니까?"

마사모토는 고개를 숙이고 잠시 생각하더니

"내가 한길준을 만나 앞으로의 일을 부탁하겠네. 혹시 한길준이 도망가라고 하면 그때 도망가게. 장소는 한길준에게 알려두겠으니……."

"함께 가면 안 됩니까?"

"나와 같이 도망가면 필시 포졸에게 잡힐 거네. 잡히면 그 정내관이 나에게 죄를 뒤집어씌울지도 모르지."

정내관이라는 소리를 듣자마자 향운은 몸을 떨며 "붙잡히더라도 저는 같이 가겠습니다."

마사모토는 냉소를 지으며

"칼을 들고 싸우는 일이라면 다섯 아니 열 명이라도 상관없으나 그

조선에 부는 모래바람

놈들은 총을 들고 있으니 이길 수가 없다. 함께 도망가서 죽는 것보다 잠시 서로 떨어져서 연명하는 편이 좋다."

"정내관이…… 그 나쁜 정내관이……."

"언제 포졸이 들이닥칠지 알 수 없으나 혹시나 하는 마음에 미리 얘기를 한 것이다."

"옵니다. 반드시 옵니다. 지금까지는 당신이 함께 있어서 저를 가만히 놓아두었습니다만, 당신이 없다는 것을 알면 바로 저를 또 괴롭힐 겁니다. 또 두 사람 다 정내관에게 잡혀 능욕을 당하느니 총에 맞아 죽는 것이 한결 낫습니다."

"그러니 정내관이 잡으러 올 것 같으면 도망을 가야지."

"아니오. 죽는 게 훨씬 낫습니다."

"아니. 나는 아직 죽기 싫다."

"그렇다면 역시 저를 두고……."

"물론. 서로를 위해 헤어져 도망가는 게 좋다. 머뭇거리다가 잡힐지도 모르니 어서 저고리를……."

마사모토는 목소리를 높이고 향운은 으앙 하고 운다. 방계가 놀라서 나와 보니 향운이 마사모토의 옷자락을 잡고 울며 매달린다. 방계는 살금살금 다가가

"딸이 잘못한 게 있으면 부디 용서해 주십시오."

마사모토는 얼굴을 펴고

"잘못한 것은 없습니다. 어제와 오늘의 성내의 사태로 이가웅도 난을 피해 멀리 도망을 갔습니다. 행방 추적을 위해 저를 체포하러 올지도 모르는 일이니, 그렇게 되면 일이 어려워져 성 밖으로 잠시 몸을 피

할 생각입니다. 세상이 조용해지면 바로 돌아올 생각입니다."

방계는 너무 놀라 말이 없다. 문 밖의 시끄러운 사람소리가 들리자 마사모토는 몸을 날려 저고리를 걸치고 단검을 차고 뒷문 쪽으로 도망갔다.

96회

마사모토는 뒤쪽 사립문을 넘어 산 쪽으로 도망가려 하니, 여기에도 수명의 조선군이 있다. 마사모토를 보더니 잡으려고 달려오는 것을 칼로 찌르고 산길을 지나 한길준의 여관으로 가 두 여인을 부탁하고 한강을 건너 수원 쪽으로 가려고 용산진에 이르렀다. 강 양쪽의 버드나무는 사람을 부르듯 손짓을 하고 있지만, 사방에는 배 한 척 없다. 마사모토는 실망하여 한참을 기다리고 있었지만, 결국 지나가는 배 한 척이 보이지 않는다. 할 수 없이 강둑을 따라 상류 쪽으로 걷다가 어느 어부 집에서 배를 빌리려고 했다. 선주로 보이는 노인이 나오더니, 성내城內의 소동으로 강을 건널 수도 없고, 술집에 가서 술 한잔 마시는 것도 금지되어 있으니, 오늘 밤은 배를 낼 수가 없다며 내일 또 오라고 한다. 마사모토는 난처해져 여러 가지로 부탁을 해 보았지만 노인은 완강하게 거절한다. 그럼 내일 또 오겠다고 하며 물러서서 근처의 강둑으로 다시 가니, 두세 척의 작은 배가 모래 위에 놓여 있다. 마사모토가 별로 힘들이지 않

고 그 한 척을 물 위로 밀고, 돛대도 노도 없이 옆에 있던 널빤지 하나를 들고 물을 가르며 바람이 부는 대로 하류에 도착했다. 선주에 대한 답례로 약간의 돈을 배에 놓아두고 배를 옆의 버드나무에 묶어 두었다. 서둘러 반리 남짓을 걷자니 술집이 하나 있어 시끌벅적하다. 밤은 춥고 배는 고프니 잠시 여기에서 쉬어야겠다고 문을 열고 들어가니, 몇 무리의 손님들은 모두 한강에서 숙박하는 뱃사람들인 듯하다. 모두들 경성의 사변에 대해 이야기를 나누었으나, 마사모토보다 늦게 들어온 뱃사람이 "이번에 경성을 시끄럽게 한 반역자를 잡기 위해 한강의 나루터는 엄하게 통행을 금하고 우리처럼 뱃일을 하는 사람들조차도 해가 지고 나서는 배를 세우도록 하라는 하명이 있었네. 그런데 조금 전에 어선을 훔쳐 이쪽으로 도망 온 자가 있다며 포졸이 이 근방의 여관을 샅샅이 뒤지고 있어 큰 소동이네. 우리도 배를 검문당해 시간이 많이 걸렸어"라고 한다. 마사모토는 놀라서 서둘러 밥을 먹고 나와 걸음을 재촉하고 있는데 세 명의 병사를 만났다. 그들은 마사모토를 불러 세워 우선 주소 성명을 묻고 무슨 일로 어디로 가느냐고 추궁한다. 마사모토는 거짓으로 둘러 댔으나 그들은 의심을 풀지 않고, 종국에는 정부에서 발행하는 죄인 물색서를 꺼내어 마사모토의 얼굴과 대조를 한다. 성은 임, 이름은 정원, 나이 서른 정도, 보통 키에 보통 체격, 혈색은 희고 머리는 검고 코는 오똑하고 눈썹은 짙고 눈에 광채가 난다, 라고 낮은 소리로 읽은 후, 마사모토를 보며 일단 진영으로 가서 조사를 받자고 한다. 마사모토가 이모저모 방법을 써 빠져나가려고 했으나 통하지 않아, 마지막으로 가지고 있던 돈을 내밀었더니, 이욕에 눈이 먼 자들이라 마사모토를 보내주었다. 참으로 부패한 것들이라고 마사모토는 비웃으며 한참을 걸었다. 그러자 이번에 또 다른 병사가 나타나 묻는바 대답하는 바가 전과 다를 바가 없었다. 마사모토는 이제 돈도 다 써버려 건넬 돈도 없어 삼십육계로 도망가는 수밖에 없었기에, 그들이 허술한 틈을 노려 질풍처럼 도망을 쳤다. 놓칠 수 없다고 따라오는 병사들, 마사모토도 길을 가리지 않고 필사적으로 달렸으나 마침 세 명의 청국군이 맞은편에서 다가와 앞길을 막아선다. 마사모토는 상처 입은 멧돼지처럼 반격하여 그들을 물리치고 거기를 빠져나갔다. 산속으로 들어갔을 때 갑자기 한 발의 총성이 들리더니 총알이 날아와 오른쪽 허벅지를 관통했다.

97회

　마사모토는 총알에 허벅지를 맞고 쓰러져 천을 뜯어 상처를 매려고 하는데 한 무리의 사람들이 이쪽으로 달려오는 것을 보고 비틀거리며 일어서 다시 도망치려 했다. 하지만 상처가 깊어 몸이 자유롭지 못해, '이제 여기서 죽는구나……' 하며 마른 풀 위에 누워 허망하게 하늘을 바라보고 있자니, 때마침 거기를 지나가던 위대한 한 사람이 있었다. 긴 털외투를 입고 모자를 쓰고 있었으나 마사모토를 보고 멈춰 서더니 "누군데 이렇게 밤에 산에 누워 있느냐?"고 물었다. 마사모토는 "병사들에게 잡힐 뻔했지만 바쁜 용무가 있어 여기까지 도망왔으나 갑자기 총알을 맞았다"고 대답했다. 그 남자는 안타까워하여 거기를 뜨지 않고 마사모토를 돌보았다. 그때 조선 병사 수 명이 횃불을 들고 여기저기 고함을 지르며 마사모토를 찾았다. 그 사람은 병사를 향해 낭랑한 목소리로 "자네는 오 서방이 아닌가? 너희들이 총을 쏜 자는 여기에 있다" 하며 마사모토를 가리킨다. 오 서방이라는 자는 그 남자에게 고개를 깊이 숙이며 "추 선생님! 어디에 가시는 길입니까?" 하고 물으니, 추 선생은 수심에 잠긴 듯 "지금 너희들의 총을 맞은 자는 나와 잘 아는 자로 여기서 만나기로 했다네. 오늘 종일을 기다렸지만 오지 않아 혹시 산길을 잃은 것인가 하고 지금 마중 나온 것이네" 하고 교묘하게 둘러댔다. 오서방은 크게 놀라 "선생님의 지인인 것을 알았다면 이런 일도 없었을 텐데……. 얼굴과 용모가 임씨를 닮았기에 체포하려고 했지만 쓸데없는 짓을 했군요" 하며 머리를 숙여 사죄했다. 그리고 마사모토를 부축하여 산 중턱의 추씨의 집까지 모시고 가니, 주인 추씨는 정성껏 마사모토를 간호하여 마사모토의 부상도 빨리 회복하여 10일 정도 지나니 보행에 지장이 없게 되었다. 처음에 산에서 추씨를 만났을 때부터 그리고 생면부지인 자기에게 이렇게 친절을 베푸는 추씨를 마사모토는 수상히 여겼으나 집에 도착해서 주인을 찬찬히 보니, 그의 머리는 붉고 눈동자는 초록색으로 틀림없는 백인이다. 그러면 당국에 잠입해 오랫동안 포교활동을 해오던 서양의 선교사인 것이다. 경성과는 한강을 하나 사이에 둔 거리로 그리 멀지도 않으니 이보다 좋은 안전한 장소도 없을 것이다. 그래서 추씨의 집에 머물기를 수 개월이다. 그동안 한길준과는 연락이 되어 일본의 대사가 담판을 온 전말, 그 외의 사변 후의 상황, 향운 모녀의 소식, 이가웅의 안부 등 모두를 듣고 있었다. 어느 날 한길준은 급하게 이가웅의 서한을 전했다. 마사모토가 열어보니, "경성의 인심이 이제 안정이 되어 체포도 걱정 없으니 빨리 돌아오시오"라고 적혀있다. 마사모토는 주인 추씨에게 감사의 말을 전하고 다음 날 경성으로 돌아왔다.

성내에 일본상인은 다시 돌아와 그 번창함이 전과 다름없다. 그러나 사변 전과 비교하면 한인의 신용을 많이 잃었을 뿐 아니라 우매한 폭민은 반대당의 유언비어를 그대로 믿어, 김송균 박정효의 난은 일본인의 공모에 의한 것이라고 믿고 있다. 일본정부의 조선에 대한 정책도 소극적으로 변하여 지금은 일본이 조선에 별 뜻이 없음을 알릴 뿐이다. 반대로 청국의 간섭은 점점 더 심해져 무관武官 원청개袁淸凱를 이사에 임명해 경성공사로 활약하게 하여 일본당을 모두 처형하여, 조선을 마치 자국의 포로로 삼아 대국大國의 실권을 넓히려 한다. 이가

웅은 마사모토의 선견을 감탄하며 경애의 정이 이전보다 깊어져 아주 작은 사소한 것까지 마사모토의 의견을 구한다. 어느 날 남산을 방문했을 때, 이가웅은 개탄하여 말한다.

"영국이 거문도를 점령하였을 때와 러시아가 밀약 실행을 촉구했을 때는 어떻게든 무사히 지나갔지만, 이번에는 참으로 곤란하게 되었습니다. 반대당의 수장인 민영익閔泳翊과 김은식金殷植은 얼마 전 천진天津에 갔을 때 이대야李大爺와 밀약을 체결하고 귀국 후에 국왕을 폐하고 새 국왕을 세우기로 약속하고 왔다고 합니다. 그리고 국부군도 이제 곧 귀국한다고 합니다."

"아니, 폐위의 밀약이라니 쉽지 않은 이야기. 국부군이 귀국한다는 소문이 사실이라면 걱정 없습니다."

이가웅은 고개를 갸웃거리며

"왜?"

"요즘 조선은 청국에 대해 조공을 게을리하였고, 일전에는 북략사北略使를 파견하여 북쪽 경계를 구분하여 토지를 되찾겠다고 하는 등, 어쨌든 현 정부의 하는 일이 청국의 마음에 들지 않으니 이대야李大爺가 폐위를 결정한 것이겠지요. 그러나 민씨가 생각한 것은 호랑이의 힘을 빌려 외척의 세력을 펼치고 싶은 것뿐이니, 수단은 같지만 목적이 다르지요. 또 청국에서 민씨의 전행을 억제하기 위해 국부군을 귀국시키려는 것이라면 민첩한 민영익이 필시 이대야의 의도를 파악할 것은 뻔한 일입니다. 도저히 지켜질 수 없는 약속이니 걱정할 것 없습니다. 만약에 그것을 모르고 밀약을 실행시키면 서로의 의견이 충돌해 모두 우스운 꼴이 되지요. 일본당이 가장 유리해지겠지요. 하지만 민영익도 그렇게 어리석은 짓은 않을 겁니다"라며 크게 웃는다.

> **부기** _ 프랑스의 선교사는 2백 년 전부터 당국에 잠입하였다. 난을 입어 죽임을 당하기도 하였지만, 한 사람이 죽으면 또 한 사람이 오고, 갑이 당하면 을이 오는 식으로, 정부도 처음에는 보이는 즉시 처형을 하거나 외국으로 추방하였지만, 그 기개에 져서 지금은 거의 묵인하고 있는 형세이다. 각도에 선교사가 없는 곳이 거의 없을 정도이다. 수년 전 어느 한인이 선교사를 신고해 그를 죽였을 때, 프랑스는 크게 노했다. 정부는 이들을 호송하기에도 비용이 많이 들어 애를 먹고 있어 마침내 신고한 자를 다른 죄를 씌어 처벌하고 선교사는 석방했다고 한다.

98회

외척당 중 가장 권력이 있는 민영익은 청국 천진에서 이대야李大爺와 몰래 국왕의 폐위를 약속했다. 이가웅은 이 소식을 듣고 울분을 참을 수 없었으나 마사모토의 말을 듣고 결코 이루어질 수 없다는 것을 알고 안심했다. 이가웅이 국왕에게 은밀히 이것을 고하여, 민영익은 국외로 도망가고 김은식은 일본과의 교섭을 이유로 유배형을 선고 받았다. 이로 인해 청국의 이대야李大爺는 민씨 일족을 원망하여 원청개에게 명하여 외척당의 전행을 처벌하고, 한편으로는 국부군을 본국으로 송환하여 숙원을 이루려고 하였다. 그러면서 청국의 간섭은 점점 더 깊어지니 한인들이 이제서야 청국에서 멀어지고 싶어하는 마음이 생기기 시작했으며, 특히 외척당은 청국의 간섭을 피하기 위해 노국露國과 교섭을 하려는 자도 생겨났다. 노국도 이때를 이용하여 조선 민중의 마음을 사려고 하였다. 청국에게 유일한 미움거리였던 일본당은 뒤로 가고 이제는 노국당이 대두하였다.

마사모토는 일찍이 서양 여러 나라를 유람하여 크게 느낀 바가 있어, 동양의 부강과 진보를 갈망하나, 이처럼 일청한 삼국이 일치단결하지 못하고 또 역사는 서로의 감정을 자극하여 멀어지게 하니 자칫하면 전쟁이 일어날 듯하다. 하지만 지난 갑신정변 후에, 일본의 조선에 대한 정략과 함께 일본의 진보의 형세가 개인적인 야심이 아님을 알게 되었고, 설령 야심이었다 해도 별 여력이 없음을 알게 되어, 청한 양국의 일본에 대한 다년간의 의구심이 풀리게 되었다. 미래의 안녕을 위해서는 과거의 역사를 말끔히 잊고 3국이 협력해야 한다고 외치는 자도 생겨났다. 청국이 조선을 속국으로 여겨 내정간섭을 한 것은 일본에 자극을 받았기 때문이다. 그러니 일본이 야심을 가지고 있지 않음을 알고시는 청국도 조선을 속국이라고 하지 않게 되있다. 그러나 단지 조선이 일청 두 나라의 조언을 얻어 서양의 강국들에게 유린당하지 않으면 족하다며, 이대야李大爺와 원청개袁淸凱도 한발 물러섰으나, 아직 노국을 두려워하여 조선의 내정을 간섭하고 있다.

어느 날 국부군의 거처인 청현궁 앞에 와서 명함을 내밀며 알현을 청하는 한인이 있다. 스스로 말하기를 자신은 조선 제일의 명의이다. 처음에 문지기는 그 사람이 관직이 없음을 보고 큰소리로 쫓으려고 했다. 그러나 근래 국부군은 가장 사랑하던 손녀가 병에 걸려 그 걱정에 침식을 잊고 있던 차, 스스로 최고의 명의라고 자처를 하니 한번 만나보기로 했다. 국부군은 기뻐하며 맞아들여 손녀를 위해 병을 보도록 했다. 그 의사는 오만하게, "나는 나라를 고치는 의사이지 사람의 병을 고치지는 않소이다"라고 하니, 그토록 대단한 국부군도 놀라 할 말을 잃었다. 의사는 한층 목소리를 높여 "각하는 손녀의 병을 걱정하고 국가의 병은 걱정하지 않습니까? 외척당의 현 정부는 외국의 국채를 발행하기 위해 노국과 비밀협약을 맺어 3백만 불의 저당에 함경도를 건네기로 협약했습니다. 각하는 손녀만 돌보고 국가의 병은 방치하십니까? 각하는 손녀의 병을 치료하는 의사만 환대하고 국가의 병을 치료하려는 의사를 내치는 것입니까? 각하는 손녀 한 사람을 사랑하고 만민을 내버려 두는 것입니까?"라며 눈물을 흘리며 말한다. 국부군은 놀라 망연자실하였으나 한참 후 큰 소리로 "네 이놈! 미쳤느냐? 여기를

어디라고 생각하느냐?" 하고 호통을 친다. 의사는 미동도 않고 오히려 차가운 미소를 지으며 "나라를 걱정하는 자가 미쳤다면 국가의 대사를 수수방관하는 자는 무엇입니까? 소생은 손녀님을 위해 정중하게 죽음을 빌겠습니다. 오래 살아서 국가의 멸망을 보는 것보다 가엾기 때문입니다"라며 자리를 뜨려고 한다.

99회

조선 국민이 신처럼 존경하고 도깨비처럼 두려워하는 국부군을 욕보인 의사는 다름 아닌 하야시 마사모토이다. 국부군은 처음에는 그의 무례함에 화를 내었고 또 한편 그의 용기에 놀랐다. 그래서 그를 불러 세워 자세하게 물으니 마사모토는 다시 자리로 돌아가, 외척당의 현 정부가 비밀조약을 맺어 노국의 보호를 구하려 한다고 알렸다. 만약 지금 함경도를 노국에게 건넨다면 이 나라는 바로 불구가 되어 결국에는 모두를 잃게 되니, 그 전에 그 비밀협약을 방해하여 국가의 멸망을 구해야 하니, 국부군이 바로 그 일을 해야 한다고 호소했다. 그리고 자신은 나라의 백성을 대신하여 이 일을 알리기 위해 일부러 무례를 범했다고 아뢰었다. 국부군은 끝까지 듣더니, '참으로 그 일이 사실이라면 이대로 둘 수 없구나. 나는 내 몸보다 손녀를 아끼고 내 손녀보다 국가를 아낀다. 나는 이제 궁으로 나가 이 일을 바로잡겠다'며 흥분하는 것을 마사모토는 진정시키며 "각하. 지금 바로 궁으로 가셔도 아무런 방법이 없습니다. 그것보다 우선 원청개袁淸凱와 청국공사의 손을 잡아 엄하게 정부를 추궁해야 합니다. 외척당이 노국에 붙어 무리하게 일을 처리하려 함은 나라를 팔려는 매국노 심산이니 빨리 처단하셔야 합니다. 만약에 노국에서 도우려고 하면 우리도 일청 양국의 힘을 빌려야 합니다"라고 막힘없이 설명하니, 국부군도 그에 따라 바로 원청개袁淸凱에게 서한을 보내어 내방을 요청했다. 그 후로는 마사모토를 대하기를 빈객의 예를 갖추니 참으로 묘한 일이다. 마사모토는 밤이 될 때까지 국부군과 시사를 논하고 내일은 동지인 이가웅을 동반하고 찾을 약속을 하고 운현궁을 나섰다. 돌아가는 길에 이가웅의 집에 들러 그 날의 이야기를 하니 이가웅은 손뼉을 치며 기뻐하며 마사모토의 재주를 칭송하여 감탄을 아끼지 않았다.

다음 날 마사모토는 이가웅과 함께 청현궁을 찾았다. 국부군은 기뻐하며 맞이하여, 오늘 아침에 원橫이사를 만나 그 일을 보고하니, 원橫이사가 깜짝 놀라 돌아가 자세히 사정을 살피니 모든 게 사실이었던 바, 어떻게든 그들의 전횡을 막으려 했다. 마사모토는, 자기 일가문의 이익을 꾀하여 나라를 돌아보지 않는 작금의 외척당에게 이대로 정치를 맡겨두어서는 국가가 멸망할 것이며, 오히려 이번을 기회로 삼아 어르신께서 그들을 벌해야 한다고 간곡하게 간언을 드렸다. "어떻게?"라는 국부군의 물음에, 마사모토는 조심스럽게 대답한다. "외척당의 소행은 국내외 모두가 혐오하는 행위로, 그들의 정권을 빼앗아 국가의 안녕을 꾀하는 것이 오늘날의 급선무라고 생각하여, 소신이 몇 번이고 간청을 드렸습니다. 외척당이 사영四營의 병사를 이끈다고 해도, 나머지 국민들이 어르신을 공경하면 어르신은 수만 명의 병사를 거느린 것과 마찬가지입니다. 하지만 조선에는 장수가 될 인재는 부족하니, 바라옵건대 갑신정변 때에 망명한 사람들을 불러 함께 일을 도모하십시오. 김송균도 박정효도 모두 우국지사입니다. 하지만, 일이 잘되지 않아 이제는 국민의 원망을 사고 있지만, 그 마음을 살피면 오직 나라를 위한 마음뿐입니다. 이렇게 위급한 때에 허망하게 그들을 타향에서 썩게 하는 것은 참으로 안타까운 일입니다. 지금 그들을 불러 외척당을 몰아내면 그 공으로 그들의 죄를 사해주고 국민의 원망도 자연스럽게 없어질 것이며, 일한 양국의 관계도 점점 더 좋아질 것입니다" 하고 아뢰니, 국부군은 아주 기뻐하며 "그것 참으로 좋은 묘책이네. 다행스럽게 나와는 사이가 좋은 일본인 중에 오오가와大川라는 자가 있어 근일 중에 동경으로 간다네. 그에게 편지를 부탁하여 은밀하게 박과 김을 부르겠네. 이가웅 자네가 대신해서 적게." 국부군은 하인을 불러 붓과 벼루를 명하고, 마사모토는 옆에 앉아 조언을 하니, 이가웅은 붓을 들고 밀서를 적어간다.

> **부기** _ 4영은 전, 후, 좌, 우이다.

100회

국부군은 마사모토의 의견을 받아들여 일본에서 유랑자가 된 김송균에게 보내는 서한을 만들어 일본인인 오오가와에게 맡겼다. 그 이후로는 국부군은 마사모토를 신뢰하여 만사를 털어놓고 이야기하게 되었다. 어느 날 이가웅은 마사모토를 찾아와, 러한밀약이 드디어 체결된다며 원袁이사가 이대야李大爺에게 전보로 알려왔다고 전했다. 이가웅은 당국자에게 위험성을 알렸지만 그럴 리가 없다고 할 뿐이었다 한다. 사실은 어제도 노국공사가 외아문外衙門으로 가서 모의를 하였고, 외척당의 간부들은 노국의 힘을 믿고 청국을 무시하기까지 한다. 이제 드디어 밀약이 성사되고 나면 파기하기는 참으로 어려운 일이니 어떻게 해야 하느냐고 묻는다. 마사모토는 깊이 고민한 후에, 우선 국부군을 찾아뵙고 함께 상의하자며 청현궁으로 갔다. 밤이 깊도록 논의를 하였으나 결론을 내지 못하고 결국 국부군은 국왕을 알현하고 부모의 묘소를 돌아보고 그리고 충청도 덕산德山으로 가, 그 지방의 우국지사를 규합하여 다시 나라를 위해 뭉치기로 약속했다. 그 다음날 다시 궁궐을 찾아 국왕전하께 인사를 올리고 그리고 노한밀약의 소문이 사실은 실제로 이루어지지는 않겠지만, 외척당의 간부들을 엄하게 벌주어야 한다고 간언하고 궁을 나왔다. 집에 돌아와 조금 있자니, 국왕전하, 왕비, 세자 부부가 각각 아랫사람들을 보내어 청현궁으로 와서 출타를 촉구하였다. 국부군은 다시 마사모토와 이가웅을 불러 여러 가지를 논의 하던 중, 얼마 전 일본에 갔던 오오가와가 김송균의 서한을 들고 돌아온 것을 받았다. 매우 기뻐하며 열어보니, 김송균은 국부군의 계획을 높이 평가하며 망명자로 쓸쓸히 타향에서 죽어가는 것은 죽어서도 한이 될 것이니, 국가를 위해서는 언제라도 죽을 각오가 되어있으며, 국부군의 지시를 기다린다고 적혀 있었다. 그리고 3국의 동맹은 목전의 급무이지만, 조선에서는 외척당이 방해를 하고 있으니, 국부군이 은밀하게 일본으로 건너와 우리들을 거느리고 청국으로 건너가 일을 성사시켜야 한다고 적혀 있었다. 마사모토도 이가웅도 입을 모아 국부군에게, 조상의 묘를 돌아본 후, 덕산에서 부산 거류지로 가 김송균을 거기로 불러 함께 의논을 나누는 것이 좋다고 간언하였다. 국부군도 흔쾌히 덕산으로 가기 위한 여장을 준비하고 있었으나, 이상하게도 그 날부터 청현궁의 문밖에는 포졸이 널려있었고, 마사모토와 이가웅은 귀가 중에 암살

당할 위기에 놓이기도 하여, 일이 발각되었다는 것을 알아차렸다. 두 사람은 덕산으로 가는 길에 어떤 변을 당할지도 알 수 없어 우선 국부군의 출발을 말렸다. 그러던 중에 노한밀약의 전모가 일본의 신문에도 게재되었고 일반 조선인들 사이에도 알려지게 되었다. 그리고 외척당 중에서도 반대자가 있어 밀약은 일단 중지하기로 되었다. 노국공사는 휴가를 핑계 삼아 본국으로 돌아갔으나, 다시 경성으로 돌아오면 반드시 외척당을 부추겨 무슨 일을 저지를 것이라고, 원이사도 걱정을 하였다. 그래서 그는 청국의 천진으로 가서 이대야李大爺를 만나기 위해, 모국의 모친의 병을 핑계 삼아 경성을 떠났다. 마사모토와 이가웅은 외척당의 방해가 심하여 어떤 변고를 당할지 모르니 국부군의 일본행을 보류한다는 내용의 편지를 김송균에게 보냈다. 그랬더니 김송균은 그쪽에서 몰래 오겠다며 동경을 출발해 귀국길에 올랐다. 하지만 반대당에게 들켜 경성의 각처에는 '국적 다시 우리나라로 와 난을 일으키려 한다'라는 방문榜文이 붙어 있으니, 인민은 우왕좌왕하며 크게 경계하였다. 하는 수 없이 김송균은 다시 동경으로 발길을 돌렸다.

　조선에는 이씨李氏 조선에 관한 예언서가 있다. 이씨 왕조는 5백 년만에 무너지고 정씨鄭氏 왕조가 대신 일어날 것이다. 이것은 귀천을 불문한 조선의 일반 인민이 믿는 바로, 꼭 올해가 그 5백 년, 이씨 왕조가 멸망하는 해이다. 그렇지 않아도 민심이 흉흉한데, 그 노한밀약의 소문이 잠잠해졌을 무렵에는 근방 각지에 화적이 창궐하여 봉화대에는 연기가 끊일 날이 없었다. 세상이 어지러운 중에 이씨 왕조 501년의 봄을 맞이하니, 마사모토는 방계의 청을 묵인하기 어렵고, 이가웅을 비롯한 춘사령과 한길준의 권유도 있어, 길일을 골라 경사스럽게 김향

란과 결혼식을 올렸다.

> **부기**_ 이조의 운명을 예언한 것은 가장 유명한 선인이다. 이 나라에서는 선인 도사를 존경하고 믿는 폐습이 있다.

101회

　조선국에 도적이 봉기하여 사람을 죽이고 재물을 약탈하는 등 그 세력이 창궐하니, 국왕이 각 진영의 장군에게 명하여 토벌하게 하였다. 그러나 관병이 도적에게 패하여 엄청나게 많은 수를 거느리고도 도적에게 항복하는 자까지 생겨났다. 이윽고 친위대까지 동원해서 도적을 정벌하려고 하였으나 도적은 깊은 산속으로 숨어들어가 총을 들고 대항했다. 오랜 기간의 전쟁에도 승패가 나지 않던 중, 한 무리의 도적이 경기에서 일어나 왕성王城도 위험할 지경이다. 국왕은 사자를 보내어 우선 군을 회군시키려 했으나 도적이 뒤쫓아 와 친위대를 몰살시켰다. 국경지역까지 패배 소식을 알리고 경기도의 급보를 알리니 나라 전체가 혼란스럽다. 그러나 누구하나 이것을 정리하고 수습할 인사가 없으니 국가 멸망이 코앞이다.

국왕전하는 침식을 들지 못하고 어느 날 밤 인민의 생활을 둘러보고 재야의 인재를 찾으려 의복을 변장하고 궁을 나서니 달은 어둡고 바람은 차다. 부녀자와 어린아이들은 허둥대고 배고파 울어대니 참담해서 눈도 뜰 수 없다. 남대문에 이르니 문을 지키는 병사 하나 없어 문은 대낮처럼 열려있다. 국왕이 망연자실 서서 움직이지를 못하고 있자니, 마루 위에서 천둥 같은 코고는 소리가 들린다. 문지기가 게으름을 부려 마루 위에 자는 것일 거라 생각하고 깨워 혼내려고 마루 위로 올라가니, 창 사이로 비치는 달빛에 비친 그는 나이는 30 전후, 턱이 넓고 코가 오똑하며 머리가 검고 풍성하여 범상치 않은 장사이다. 원통형 사기 술병을 베개 삼아 큰 대자로 자는 모습이 완전히 곯아떨어진 것 같다. 갓은 옆에 떨어지고 구두는 한 쪽만 옆에 뒹군다. 진동하는 술 냄새를 참으며 국왕은 다가갔다. 어깨에 손을 대고 흔드니 그 장사는 벌떡 일어나 큰 눈을 부라리며 국왕을 노려본다. 국왕은 멈칫거리며 "너는 누구냐?"고 물으니, 장사는 깨진 종처럼 큰 소리로 "너는 누구냐?" 하고 되묻는다. "왜 여기에 있느냐?"고 물으니 "너는 왜 여기에서 사람 잠을 깨우느냐?"고 씩씩거린다. 국왕은 "나는 이 근처에 사는 이씨다. 마침 여기를 지나가다가 코고는 소리가 나서 보니 네가 잠들어 있더라. 밤이 깊어 바람이 찬데 그대로 두면 감기라도 걸릴까봐 깨운 것이다. 무례했다면 용서하게" 하니, 장사는 웃으며 "감기 걸리건 말건 이제는 쓸모없는 신세지" 하고 툭 내뱉더니 다시 쓰러져 자려한다. 국왕은 더욱 이상하게 여겨져 그의 이름을 누차 물으니, "그 참 시끄러운 남자구먼" 하고 중얼거리며 일어나 앉아 "나는 청주의 장씨張氏로 천하무쌍의 호걸이지. 지금 조선8도에 도적이 창궐해 양민이 불안해하고, 군주도 무서워 친위대를 도적정벌에 보내었으나, 말할 가치도 없는 겁쟁이 장수들 중에는 도적에게 스스로 항복하는 자까지 있어 허망하게 도적의 숫자만 늘어나고, 변경의 수비도 뚫리고 도성의 수비도 약해졌다는 소식을 들었다. 내가 일어나 적을 무찌르고 국가를 태평성대하게 하기 위해, 가산을 팔아 성 안으로 들어가 장수되기를 청하였으나 포졸들은 사람을 보는 눈이 없어 호걸을 대하기를 마치 미친놈 대하듯 한다. 지금은 장수의 꿈도 없어졌고 수중의 돈도 바닥이 나니 술이나 마시고 세상불평이나 하는 참이다" 하고 크게 한숨을 쉰다. 국왕은 잠자코 듣다가 "그대가 그 정도의 호걸이라면 지금 도성의 수비가 허술한 틈을 타, 현재의 국왕을 죽이고 관위를 빼앗으면 되지 않겠는가?"라고 한다. 하지만 그 말이 채 끝나기 전에, 장씨의 주먹이 날아와 국왕은 어지러워 쓰러진다. 장사는 눈을 부릅뜨고 달려들 기세이다. 국왕은 기어서 도망쳐 궁으로 돌아오자마자 내관을 보내어 그 장사를 모시고 오게 해 토벌대장의 인장을 주었다. 그리고 한 달도 되지 않아 나라 안의 도적이 평정되고 다시 태평세월이 되었다. 무관武官 중에는 지금까지 장씨 성이 많다고 한다.

이씨 개국 501년에 이르러 도적의 횡포는 점점 더 심해져 친위병들 마저도 도적들에게 패하였다. 이가 멸망설은 점점 퍼져만 갔다.

102회

5월 5일 단오절은 4대 명절의 하나로 남자는 씨름을 하고 여자는 그네를 탄다. 성 안의 번잡하기가 이루 말할 수 없다. 특히 작년까지 도적 무리들이 창궐하여 민심이 흉흉하였기에 다른 명절들은 조용히 지나갔었음에 비해 씨름, 석전石戰과 같은 놀이에는 사람들이 붐빈다. 마사모토는 방계와 향란과 함께 축하연회를 한 후 조금 취하여 어슬렁어슬렁 사람들이 모여 있는 남대문 쪽으로 발을 옮겼다. 이 날 모화관에서 씨름대회가 있어 아무나 참가할 수 있다고 하니 청국인까지 섞여 승부를 겨룬다고 한다. 구경이라도 가자며 마사모토도 사람들에게 섞여 모화관에 도착했다. 수만의 구경꾼이 사방을 메우고 지금은 씨름판이 한창 달아오르고 있던 참이다. 마사모토가 멀리 떨어진 언덕 위에서 모래판 쪽을 보니 청한 양국의 씨름꾼들이 남북으로 갈라져 서로 힘을 겨룬다. 그중에는 일본인을 비롯한 경성에 거주하는 외국인도 있다. 처음에는 한인들끼리의 씨름이었으나 도중에 청국인이 참가해 열기를 더해갔다. 마침내는 청한 양국의 힘겨루기가 되었으나 이제 대부분의 씨름꾼들의 경기가 끝나고 이제 남은 것은 마지막 결전이니 참으

로 볼 만하다. 이미 한 명의 청국인이 쿵쿵 발을 굴리며 모래판 위로 나타나자 바로 한인이 덤벼들었으나 내던져져 숨도 쉬지 못한다. 조선 씨름꾼 세 명이 도전했으나 모두 금방 패배함에 청국인은 모래판 위를 뛰어다니며 용맹을 자랑한다. 청국을 응원하던 자들은 이구동성으로 환호를 지른다. 수만의 한인들은 모두 기가 죽어,

"초가楚家는 어디 있는 거야? 어디로 간 거야?"

소리를 지르니, 갑자기 군중 속을 헤치고 나타난 한인 한 명이 거칠게 옷을 벗더니 모래판으로 나타난다. 보아하니 몸은 울퉁불퉁하고 피부는 늙은 소나무처럼 거칠다. 한인들은 "초가가 나왔다!"며 흥분하고, 청인들은 긴장한다. 승부를 기다리자니, 초가는 이제까지 한인을 쓰러뜨렸던 청국의 장사를 던져 넘어뜨리고 계속해서 덤벼드는 서너 명을 다시 모래판으로 던진다. 이제 더 이상 초가의 상대가 없을 것 같던 때

에 또 다른 한 명의 청국인이 나타났다. 6척의 키에 비대한 몸집을 한 그는 진씨陳氏라고 했다. 그는 청국 배의 선부로 이날 우연히 제물포에서 구경을 왔으나, 같은 동포가 이렇게 지는 것을 보고 뛰쳐나온 것이라 했다. 진씨는 천성적으로 괴력을 가지고 있어 돛을 짊어지고 보트를 드는 등 천하무적을 자랑하였으나, 여기 경성에서는 아무도 그 명성을 알지 못하고 단지 그의 머리모양을 보고 한 편임을 알뿐이다. 초가의 괴력에 놀라 모두들 숨죽이고 있자니, 초가는 모래판에 떡하니 서서 화난 호랑이처럼 서성이며 상대를 기다린다. 진씨는 팔을 크게 벌리고 적을 기다린다. 초가는 철과 같은 이마를 흔들며 뼈와 살이 부서져라 진씨의 가슴으로 달려들었으나, 진씨는 끄떡도 하지 않고 오히려 적의 어깨를 잡아 혼신의 힘을 다해 번쩍 집어 던졌다. 청인들은 기뻐 난리가 났고 한인들은 어이가 없어 멍해있다. 마사모토는 이것을 보고, 그렇지 않아도 거만하기 그지없는 청국인들이 만약 이대로 이겨버리면 앞으로 얼마나 더 거만해질지 모르는 일이라고 생각해, 일본식 스모로 콧대를 납작하게 해주자고 사람들을 가르고 모래판을 향해 걸어 나갔다.

 103회

한인들의 우상이었던 초가가 허망하게도 진씨한테 패하였으니, 청인은 승리에 취하여 있다. 청인의 관중들은 이제 더 나설 상대가 없다는

것을 알고 다음 상대를 외쳐대나, 한인들은 슬퍼하여 탄식할 뿐이다. 그 때 갑자기 모래판에 나타나 샅바를 두르고 준비를 하는 자가 있으니, 피부는 눈처럼 희고 이목구비가 수려한 참으로 보기 드문 미남자였다. "누군데 겁 없이 나왔느냐?"고 진씨가 불쌍히 여긴다. 보아하니 나약한 양반의 자제가 동포가 지는 것을 보고 참을 수 없어 나온 듯하다. 그의 흰 피부와 붉은 입술은 기생을 안아야 하지, 호랑이와 사자처럼 거친 진씨를 상대할 만하지 않다. 그의 아름다운 눈과 수려한 눈썹은 진씨의 한 주먹거리도 안 될 텐데, 그를 기다리는 기생이 불쌍하다며 조롱하는 자도 있었다. 마사모토는 조용히 앞으로 나선다. 진씨는 마사모토가 젊고 몸이 깨끗함을 보고 얕잡아 보고 웃기만 하였다. "정원이냐?" 하고 묻더니, 진씨는 한 손을 흔들며 익살스러운 표정을 지으며 한심스럽다는 듯 표정을 짓는다. 그 꼴이 얄밉기 그지없다. 마사모토가 벌떡 일어나 진씨의 어깨를 걸어차니 진씨는 비틀거리며 눈을 부릅뜨고 주먹을 쥐고 덤벼들더니, 닻을 내리고 배를 드는 힘으로 마사모토를 번쩍 들어올린다. 모두들 '안타깝구나. 꽃같이 고운 미남자가 죽겠구나……'라며 안타까움을 금하지 못하고 있는데, "아아……" 하는 마사모토의 기합과 함께 진씨는 저쪽으로 내팽개쳐졌다. 구경꾼들은 꿈같은 광경에 잠시 멍해서 말도 못했으나, 마사모토는 당연하다는 듯이 의관을 갈아입고 군중 속으로 사라졌다. 한참 후에 군중이 천지를 울리는 소리로 마사모토를 칭찬하는 소리를 뒤로 하고 자리를 뜨니, 군중들도 얼굴 한번 보려고 뒤를 따른다. 마사모토는 번거로움을 피하기 위해 근교로 자리를 피해 어두워지기를 기다려 남문으로 들어가 귀가하려는데, 갑자기 뒤에서 불러 세우는 사람이 있다. 마사모토가 돌아보니 도포를 입고 삿갓을 쓴 40살 정도의 용모가 온화한 한 남자가 공손하게 마사모토에게 인사를 한다.

"갑자기 불러 세워서 미안합니다만, 조금 전 씨름을 하셨던 분이 맞지요?"

"예. 저입니다."

"분명 당신일거라고 생각했습니다."

"무슨 일이십니까?"

"특별한 용무는 없으나, 오늘은 참으로 볼 만했습니다. 만약에 당신이 없었다면 청국인에게 져서 조선인은 면목이 없었을 겁니다. 당신 덕분에 우리는 체면을 세웠습니다. 당신의 주소와 성명을 묻고 싶습니다만……"

마사모토는 곤란한 듯이

"당치도 않은 인사에 부끄럽습니다. 저는 남산 근처에 사는 임씨로 이름도 없는 가난한 서생입니다."

"남산. 아…… 나도 그 근처에 삽니다. 집에 가는 길이라면 함께 갑시다."

마사모토는 번거롭게 여겨져 마침 옆에 술집이 있는 것을 보고 "저도 함께 가고 싶습니다만, 저는 배가 고파 식사를 하고……. 안녕히 가십시오" 하며 술집으로 들어갔다.

104회

    마사모토는 술집으로 들어가 술과 안주를 청하여 마시고 있자니, 조금 전의 그 남자가 들어와 마사모토에게 목례를 하며,
    "저도 한잔 하고 싶군요."
    "그렇습니까? 혼자 마시는 술은 쓸쓸하군요. 이리로……."
    그 남자는 사양하지 않고 마사모토 쪽으로 와서 주인을 불러 술과 안주를 청한다.
    "주문한 것이 올 때까지, 실례지만 한잔 드리겠습니다."
    "예. 주십시오. 세상이 시끄러워서인지 명절인데도 조용하군요. 앞으로 어떻게 될지……."
    "예. 정말 그렇습니다."
    "지금의 왕조는 멸망할까요?"
    "망하게 하면 망하고 망하지 않게 하면 망하지 않지요."
    "하지만 5백 년이 지난걸요."
    "모두가 그렇게 생각하면 망하겠지요."
    "망할까요?"
    "아이가 있습니까?"
    "예. 아이가 있습니다. 당신의 아이가 자라서 슬슬 여자놀이를 시작할 때, 지금은 안 되지만 네가 몇 살이 되면 집을 물려줄 거다. 그 다음은 네 마음대로 해도 된다. 등의 안이한 생각은 하지 마십시오. 지금의 국가가 세워졌을 때는 많은 반역자와 도둑이 있어 혼란의 시기였지요.

그래서 그 때의 선인仙人이 말한 이조 5백 년 설이 아직도 살아있는 것입니다. 아무리 그 얘기를 없애려고 해도 사라지지 않고, 도사道士 선인仙人을 믿는 일반국민은 교묘하게 이씨 조선의 계략에 휘말려 조선이 5백 년 동안은 망하지 않을 거라고 믿었기에 반역인도 없이 무사하게 오늘날까지 올 수 있었습니다. 이씨왕조의 개국 초에는 멀게만 느껴졌던 5백 년이 다 지나 오늘이 되고 보니, 지금까지 조용했던 만큼 시끄러운 것도 당연한 일입니다. 필시 그때그때의 임시변통을 해 두어 그 사이에 국가의 초석을 닦으려는 생각이었지만, 생각대로는 되지 않아 현재의 국왕전하는 5백 년째의 빈핍 운세를 타고 태어나신 거지요. 그래서 국왕이 고생을 하시는 것입니다. 결국 창업의 난을 피하기 위해 이조의 선조가 우민을 속여 5백 년 동안은 망할래야 망하지 않도록 만든 것입니다. 일부러 만든 것이라는 것을 국민이 안다면 이렇게 혼란해 하지도 않을 것이지만, 무슨 얘기를 해도 개국 때의 속임수가 너무 강해서 국왕전하에서 만민에 이르기까지 거짓 예언을 믿고 오늘 망할까? 내일 망할까? 모두가 불안해하고 있으니, 어차피 망할 거라면 재미라도 보자고 관리들은 관官을 팔아 뇌물을 받고, 군대는 무너지는 왕조를 지키기보다 총칼을 차고 강도짓을 하는 게 낫다고 생각하니, 모두가 멸망을 자초하고 있습니다."

그 남자는 숨을 죽이고 마사모토의 이야기를 듣더니

"참으로 그렇습니다. 그런데 근래 궐내에는 매일 요괴가 나온다는 소문이 있어, 이것도 조정이 멸망할 전조라고 합니다."

마사모토는 실소하며,

"궐 안에 요괴가……"

"궁궐에 돌이 날고 정원에는 곡성이 들리는 등 해괴한 일이 있는 것은 갑신정변 때 죽은 사람들의 망령의 저주라는 소문입니다. 왕비는 그래서 굿을 한다, 점을 친다며 난리법석이지요."

"갑신정변 때 죽은 사람이라니…… 그거 이상하지 않습니까? 그 때 죽은 사람이라면 반대당 김송균 박정효에게 저주를 내려야 하지 않겠습니까? 반대당은 맥을 못 추고 오히려 아무런 원한도 없는 왕비를 괴롭힌다는 것은 이상한 일이지요. 만약 내가 숙직을 한다면 요괴 두세 명은 생포하여 사건의 전말을 알아볼 것입니다. 어쨌든 앞으로는 무당과 예언자들이 줄지어 나타나 노국의 속국이 되는 것이 좋다든가, 어느 나라에 기대면 좋은가를 떠들 것입니다. 저는 이제 취해서 돌아가겠습니다. 계산은 내가 하겠습니다"라며 술집을 나가니, 그 남자도 거기를 나와 마사모토 뒤를 따른 것을 마사모토는 알지 못한다.

105회

그날 밤은 빨리 잠자리에 들었다. 다음날이 되어서도 마사모토는 전일前日의 일은 굳게 입을 다물고 방계와 향란에게 알리지 않았다. 하지만 벌써 소문이 퍼져 오후에 방계는 볼일을 보러 시내에 갔다가 그 얘기를 듣고 기뻐 어쩔 줄을 모른다. 돌아오자마자 큰 소리로 "들었습니다" 한다. 그 때 향란은 호금胡琴을 켜고 마사모토는 벽에 기대어 그

것을 감상하고 있었다. 방계의 황급하고 기쁜 소식에 향란은 손을 멈추고,

"어머니 무슨 일입니까? 무슨 이야기를 들었습니까?"

방계는 자리에 앉으며

"어제 일을……. 칭찬이 자자하더구나."

"저는 무슨 일인지 모릅니다만, 당신은 아시나요?"

마사모토는 웃으며

"씨름 이야기겠지."

"어제 씨름에서 재미있는 일이라도 있었습니까?"

"어제 정원님이 그렇게 강한 청국인하고 맞붙은 거야."

향란은 놀라서

"당신이 청국인과. 왜 그러셨어요? 그런데 어머니 누가 이겼나요?"

"들어봐라. 성 안에 초가라는 힘센 장사가 있어, 그 사람이 청국인 세 사람을 던졌을 때 갑자기 진가라는 청국인이 나타나 초가를 이겨버렸지. 이제 아무도 상대가 없겠다고 실망하고 있을 때, 피부가 희고 잘생긴 한 남자가 갑자기 모래판에 나타났지."

"왜 그랬을까? 청국인한테 졌겠지요."

"그래 너도 그렇게 생각하겠지. 그 자리에서 보고 있던 사람들은 고양이와 호랑이 싸움 같아서 위태롭게 여겼는데 갑자기 그 미남자가 청

국인을 멀리 집어던졌단다."

"우와. 고양이가 호랑이를 이긴 거군요."

"그래서 사람들이 난리지."

향란은 마사모토를 보며

"당신은?"

"그렇게 모르겠니? 그 사람이 바로 정원님이지."

"그럼 당신이 이긴 거군요."

"이겨도 멋지게 이긴 거지. 지금 사람들이 모여 그렇게 부드러운 분에게 어떻게 그런 힘이 있을까? 하긴 그렇겠지. 산적 두목을 두 사람이나 죽일 정도로 힘이 세니…… 하며 모두들 정원님 칭찬 일색이란다."

마사모토는 말없이 두 사람의 이야기를 들었으나 방계를 향해

"고작 한 명의 선원입니다. 그런 자를 상대로 씨름에서 이겼다고 해도 자랑거리가 되지는 않습니다. 단지 청국인은 거만하여 더 이상 우쭐해지면 안 될 것 같아 힘을 쓴 것입니다. 사람들의 입에 오르내리는 것은 부끄러울 따름입니다. 앞으로 그런 얘기를 하는 사람이 있으면 다른 사람이라고 말해 주십시오."

갑자기 큰 소리로 호령하는 소리가 들리고 한 대의 가마가 문 앞에 들어왔다. 누가 무슨 일로 온 것인지, 마사모토가 문으로 나가니, 정2품 승지承旨인 이가건李嘉健이 수심에 잠겨 가마에서 내렸다. 이가웅과는 형제와 같은 사이지만, 그 아버지인 이가건은 당상堂上[25]의 직위로 마사모토는 이전에 한두 번 인사를 나누었을 뿐이다. 오늘 이렇게 여

---

25 조선시대에 정3품 이상의 품계에 해당하는 벼슬을 통틀어 이르는 말.

기까지 찾아온 것은 필시 무슨 연유가 있을 거라며 반갑게 맞이하니, 이가건은 인사를 하며 앉는다. 마사모토는 아래로 내려가 앉아 명령을 기다리니, 이가건은 불러 옆에 앉게 한다.

"갑작스러운 방문, 무슨 일인지 알 수 없으나, 아랫사람을 보내주셨더라면 바로 갔을 텐데……."

"오늘 내가 이렇게 온 것은 국왕폐하의 심부름이네."

106회

국왕전하의 심부름이라는 의외의 말에 마사모토는 놀라 자리를 내려앉는다.

"국왕전하께서 자네의 지혜와 용기를 높이 사서 자네에게 관직을 내리셨네."

마사모토는 더욱 놀라

"무슨 착오가 있었는지 알 수 없으나, 불초의 제가 임관任官을 하다니 꿈에도 생각해 보지 못했습니다. 부디 잘 말씀 드려서 사퇴할 수 있게 해주십시오."

"자네는 내 아들인 이가웅을 비롯해 조정의 여러 사람들과도 친분이 있어 누군가가 임금님께 아뢴 것이라고 생각하겠지만, 전혀 그렇지 않다네."

마사모토는 한쪽 빰에 웃음을 띠며

"누가 아뢰었기 때문에 임금님께서 아셨겠지요."

이가건은 손을 흔들며

"그러면 자네에게 묻고 싶은 게 있네. 어제 자네는 모화관 씨름대회에서 청인을 이겼는가?"

마사모토는 부끄러워하며

"청국인의 교만을 눌러 잘난 체하는 버릇을 고쳐주기 위하여 잠시 힘을 썼습니다만, 어떻게 아셨습니까? 아드님에게 들으셨습니까?"

"씨름대회 후에 술집에 들렀는가?"

"어떻게 거기까지 아십니까?"

이가건은 고개를 끄덕이며

"누구를 만나지 않았는가?"

"남대문을 지날 때, 뒤에서 누가 불러세워 돌아보니, 삿갓을 쓰고 도포를 입은 사람이……."

"나이는 40쯤으로 용모는 온화하고 지극히 품격이 높으신 분인가?"

마사모토는 이상히 여기며

"말씀하신 그대로입니다."

"그리고 그분은 어떻게 하셨는가?"

"씨름 얘기를 한 후 주소를 물으셨습니다."

"술집에서 다시 그 분을 만났는가?"

"뒤에 따라 들어오셔서 같이 술을 마셨습니다."

"어떤 이야기를 했는가?"

"사방에 도적이 들끓는 것과 궐내에 요괴가 나타나는 일, 이조 5백 년 멸망설 등 여러 가지 세상 이야기를 하였습니다."

"그 때 그분을 누구라고 생각했는가?"

"한 번도 만난 적이 없는 사람. 게다가 이름도 주소도 모르고 헤어졌습니다."

"그 분이 바로 국왕전하네. 가엾은 국왕전하는 이조 멸망설을 걱정하여 민심을 살피러 변장하고 성내를 마음 가는 대로 걸으며 초야의 인재를 찾으셨네. 어제도 저녁부터 궁궐을 나가 모화관의 씨름경기에서 그대를 보시고 뒤를 따라가 술집에서 현 시국을 자네에게 떠보니, 자네의 역량이 뛰어날 뿐 아니라 용기와 지혜를 겸비한 인재라고 판단하시어 오늘 이렇게 나를 보내었네. 남산 자락에 임씨라는 호걸이 있으니 빨리 가서 궁중으로 모시고 와서 관직을 내려 임용하려고 하니 빨리 모시고 오라 하셨네."

이승지는 엄숙하게 왕명을 전하니 마사모토는 감격해하며 생각하기를, '이 나라의 국왕을 위해 힘을 쏟기를 간절히 원했지만 이제 어떻게 해야 하는가? 몸은 일본의 국적을 가지고 있으면서 타국의 관직을 얻을 수 있는가? 허락된다 하더라도 소생을 밝히면 장래에 일을 도모할 때 어려움이 생길 것이다. 때가 너무 이르다. 그렇다고 계속 거절할 수도 없는 일이다.' 그래서 공손하게 이승지를 향해 우선 왕명의 황공함을 감사드리고 우민이 옥석을 알지 못하고 실례를 범한 점을 사죄드렸다. 그 후, 왕의 명을 받들어야 당연하나, 마사모토의 어리석은 재능으로는 도저히 관위를 받을 수가 없어, 일전에 술집에서 말씀드렸던 대로 궐내의 요괴를 찾아내어 성은에 보답하고 싶다는 취지를 전하였다.

이승지가 돌아간 후, 마사모토는 급히 준비를 하여 입궐하였다. 지금은 숙장문肅章門을 지나 청정전聽政殿으로 들어가려는데, 늘어선 긴 규방의 창에 기대어 멍하니 이쪽을 보고 있는 한 명의 궁녀, 마사모토와 눈이 마주치자 두 사람 모두 크게 놀란다.

107회

마사모토와 눈이 마주쳐 크게 놀란 궁녀는 진주에서 헤어진 거가의 딸인 청양이다. 자신의 신세와 모습이 변하여 마사모토도 말도 걸지 못하고 이쪽을 바라보고 있자니, 청양도 어색한지 창 밖으로 몸을 반쯤 내고 바라보다가 결국 말 한마디 하지 못한다. 때마침 친영도독親營都督인 민영신閔永信이 입궁하여, 마사모토는 당황하여 자리를 피하고 청양도 창 안으로 들어갔다. 마사모토는 이승지에게 연락하여 입궁을 알리니, 이승지는 관방官房으로 불러들여 국왕전하가 아까부터 기다리고 계시는 것을 마사모토에게 전하였다. 외척당인 민영신이 입궁한 것을 알고 크게 신경을 써서 민영신의 퇴궁을 기다려 별전에서 국왕전하를 만나기로 하였다. 잠시 기다리고 있자 민도독이 궁을 나가고 국왕전하는 은밀히 별전으로 마사모토를 불렀다. 마사모토는 폐하에게 아홉 번 절하고 머리를 조아리고 은혜에 감사하고 지난날의 잘못을 사죄했다. 전하는 미소 지으시며 몇 번이고 이승지를 통해 관위를 하사하라고 하셨다. 하지만 마사모토는 고사하여 받지 않았다. 이승지도 옆에 앉아 계속 마사모토를 천거하였다. 국왕전하는, 마사모토가 이렇게 관직을 받기를 고사하니, "이제부터 이승지의 부하가 되어 궁궐에 들락거리며 보좌를 하거라" 하고 명하시니, 마사모토는 감개무량하여 눈물을 흘리며 "소생에게 베풀어 주시는 은혜 황공하기 그지없습니다. 바라옵건대 살아서 충견이 되고 죽어서 호국의 귀신이 되겠습니다" 하고 아뢰고 궐을 나왔다. 마사모토가 남산으로 돌아온 때는 이가웅도 와서 궁중에서의 일을 물었다. 마사모토는 전날 모화관에서의 일로 국왕전하를 만나 술집에서 함께 얘기를 나눈 일과, 오늘 이가건이 와서 왕명을 전하여 입궁한 일을 모두 소상하게 전하니, 이가웅을 비롯한 방계, 향란 모두 놀라고 기뻐 그날 밤은 축하연을 열어 날이 새는 줄을 몰랐다.

다음 날부터 마사모토는 궁궐에 출사하였으나, 이가건의 관방에서 비책을 건의하고 하문에 답하였다. 날이 갈수록 이승지의 신임을 얻어 이승지의 막료라 할 만하였다. 그래서 때때로 별전에 나가 막후에서 고문顧問 역할을 하니, 대부분의 신하와 궁녀들은 그의 존재를 알아, 모두들 마사모토를 두려워하고 존경하기 그지없다. 특히 궁녀들은 마사모토의 용모가 출중함에 반해 마음을 졸이는 자까지 생겼다. 전에 마사모토가 춘사령에게 들은 정내관의 소문은 이제 마사모토의 이야기가 되어 버렸다. 마사모토는 역겹게 느껴져 이가건에게 궁에서 나가게 해달라고 청했지만, 허락되지 않은 채 6개월이 지나갔다. 그러는 사이에, 나는 새도 떨어뜨릴 정도의 권력을 휘두르던 정내관의 인기는 궁녀들 사이에 시들해졌다. 들으니 기생 향란을 아내로 삼은 임정원이 얼마 전부터 이승지의 추천에 의해 궐내에 드나들게 되어 머지않

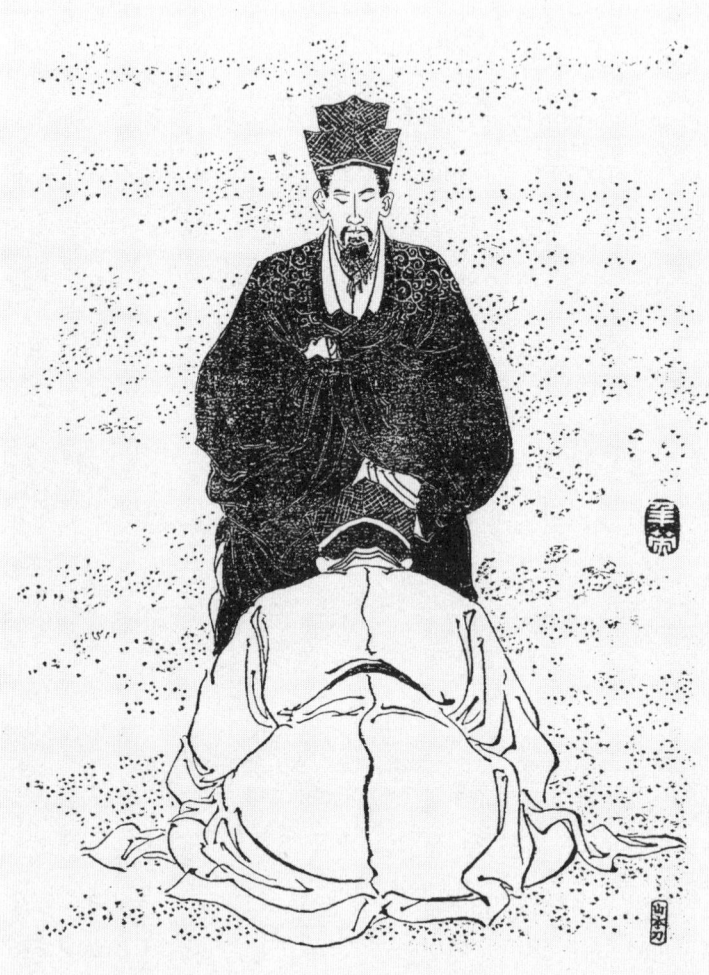

아 궁중의 고관이 된다는 소문이다. 정내관도 자기 집안의 실권失權도 필시 임정원의 소행이라고 생각해 화가 나서 어쩔 줄을 모른다. 어떻게 그에게 원수를 갚을까를 궁리하나, 일찍이 그의 재치에 당한 적이 있어 허술하게 할 수도 없다. 요즘은 병을 핑계 삼아 집안에 앉아 계획을 꾸미고 있다.

108회

외척당 중 최고의 권위를 자랑하는 친영도독 민영신은 오늘 밤 정내관을 은밀히 불러들였다.

"한참 궁에 들어가지 않았으나, 요즘 형편이 어떤가?"

"저도 요즘은 몸이 안 좋아 입궁을 못해 자세한 것은 모릅니다만, 저번에 잠깐 말씀드렸던 임정원은 지금도 이승지의 입김으로 국왕을 알현하여 이제 곧 임관한다는 소문입니다."

"그 정원이라는 자는 이승지의 친척인가?"

"그렇지는 않습니다. 이가웅과 친한 사이랍니다."

"이가웅과 친하다면 나이도 아직 어리겠구나."

"예. 말씀하신대로 나이는 젊어 지금 한창 때이며, 간사한 꾀가 넘쳐 궁녀들에게 인기가 높다고 합니다."

"어디 출신인가?"

"지난해 반란을 기도했던 것이 발각되어 처형된 원정양의 손자로, 저의 형인 정사석을 살해하고, 그 후 경상도 영취산의 요새에 들어가 두목 둘을 죽이고 재물도 다 가져갔던 자로, 종국에는 그걸 자랑삼아 관으로부터 상금까지 받은 무뢰한입니다. 어제도 모화관에서 청국인 진씨를 씨름판에서 이겼던 자로, 보통내기가 아닙니다. 그 녀석이 궁궐에 들어오고 나서는 저의 일도 계획대로 되지 않아 지금 애를 태우고 있는 중입니다."

"왜 그 정도 녀석 때문에 애를 태우는가?"

"아닙니다. 그 녀석이 궁중에 요괴가 나타난다는 소식을 듣고, 꼭 요괴를 잡아 정체를 밝히겠다고 노리고 있어, 일하는 자들이 모두 그를 두려워해 당분간 계획을 중지하고 있습니다."

민영신은 껄껄 웃으며

"겁쟁이 녀석들. 그렇게 그 녀석이 무서우면 먼저 그 녀석을 처치해 버리고 일을 하면 되지."

정내관은 손사래를 치며

"그게 그렇지 않습니다. 사실은 그 정원이라는 놈이 국부군의 총애를 받아 전년의 노한밀약 때부터 일본에 있는 김송균과 모의하여 삼국동맹을 꾀하였습니다. 몇 번이나 자객을 보내어 암살하려고 했지만, 실패했습니다. 달리 방책을 세워야……."

"아니, 뭐라고? 국부군의 총애를 받아 삼국동맹을 꾀하였다면 우리에게 필시 방해가 되는 놈이니 이대로 두어서는 안 되지."

"갑신정변 때도 김송균, 박정효와 함께 가담한 놈입니다."

"좀 더 빨리 알았더라면 무슨 수를 썼을 텐데……. 안타깝네."

"어쨌건 앞으로의 방해꾼은 정원과 이가건 부자."

"우선 이승지를 없애면 그 졸개인 정원을 없애는 것은 식은 죽 먹기지. 좋은 수가 없을까?"

민영신은 옆에 있는 긴 담뱃대를 들고 담뱃가루를 채우더니 몸을 좌우로 흔들면서 담배를 피운다. 잠시 생각에 잠기더니, 싱긋 웃으며

"좋은 생각이 났다. 빨리 그 요괴를 다시 나타나게 해야겠네."

정내관은 무릎을 가까이 맞대며

"하지만 정원에게 잡히면 큰일입니다."

"걱정할 것 없다. 만일 잡히면 그걸 이용해 이승지를 처치할 묘책이 있다."

"그럼 정원에게 붙잡힌 우리 쪽 사람은 어떻게 합니까?"

"그때야 우리가 중간에서 무마를 하면 되지. 만약에 그것도 안 되면 고작 한두 명이 죄를 덮어쓰는 거지. 먹이를 던져야 고기를 잡지."

"어떻게 먹이를 던지지요?"

"이 일을 했던 자들을 불러 다시 확실하게 일러두어야지."

때마침 어린 시종이 술상을 들고 왔다. 민영신은 술잔을 들고

"아직 밤도 이르니 한잔 들고 나서 불러 이야기를 해도 늦지 않네."

"그럼 마시면서 자세하게 얘기를 듣겠습니다."

109회

　산적과 도적이 사방에서 일어나 목멱산木覓山의 봉화가 끊이질 않는다. 이조李朝 전복의 소문은 나날이 시끄럽다. 첨성대에서는 하늘의 기운에 흉조가 있다고 시끄럽고, 역관은 점괘에 기이한 점이 있다 하니 조선의 민심이 흉흉하다. 마침 궐내에 요괴가 나타난다는 소문도 있다. 달 밝은 밤에 징과 북으로 통금시간을 알릴 무렵에는, 궁궐 지붕에 기와와 돌들이 날아 시끄럽고, 비는 창을 때리고 종소리가 울릴 때, 궁전 뒤의 마루 밑에서 곡성이 들려온다. 갑신정변과 병자의 난 때 한을 품고 죽은 원혼들이 조선의 조정에 저주를 내려 멸망시키려고 한다 하니, 중궁전中宮殿을 비롯해 궁궐의 모두가 요괴를 두려워해, 귀신이 들려 병에 걸린 자까지 있다. 닭은 흉조를 알려 큰 변을 예고한다. 어떤 때는 승려를 불러 독경을 시키고 또 어떤 때는 무당을 불러 굿을 하지만, 아무런 효과도 없어 사람들은 크게 공포심을 느껴 관직을 그만두기도 한다. 정원이 궁궐에 들어가 요괴를 잡겠다고 맹세했다는 소식을 듣고 궁녀들은 힘을 얻었다. 영취산에서 용맹을 휘두르고 모화관에서 힘을 겨룬 호걸 임정원이 궐내에 있어준다면 요괴도 두렵지 않다고 마음을 안정시키니, 신기하게도 그날 밤부터 기와와 돌이 날지 않고, 곡성이 멈추었다. 참으로 정원의 용맹에 요괴도 두려워 스스로 물러났다고 기뻐하며, 동태실東太室에 비느니 정원의 이름을 세 번 부르는 것이 요괴를 퇴치하는 부적이라 한다. 선무사宣武祠에 가서 비느니 정원의 이름을 써서 베개 밑에 넣으면 병이 있는 사람도 낫는다며 여기에도 정원, 저기에도 정원, 정원의 이름은 궐내에 울리지 않는 곳이 없었다. 정원은 어느 때는 전원前苑으로 향하고 어느 때는 후원後苑으로 발을 돌려 요괴를 찾아 정체를 밝히려고 동분서주 했으나, 도대체 꼬리를 잡지 못했다. 꽃이 만발한 달 밝은 밤에 디기와 시랑을 고백하는 궁녀들만 있을 뿐, 그토록 찾던 요괴는 보이지 않아, 그동안 하던 숙직도 그만두고 가끔 주간에 국왕전하의 자문에 답하여 시세時勢를 논하고 아뢰어 밤늦게까지 함께 했다. 어느 날 밤 승지인 이가건은 사자를 보내어 정원을 궁궐로 청하였다. 정원은 바로 궁으로 향하여 이승지를 만났다. 이승지는,

"이렇게 늦게 부른 것은 다름이 아니라 저걸 들어보라고……"라며 두려워하며 침전 쪽으로 귀를 기울인다. 정원도 함께 귀를 기울여보니, 갑자기 마루 밑에서 이상한 소리가 나며 또 지붕에는 기와와 돌이 날기 시작했다.

"요괴라는 것이 저것입니까?" 하고 물으니, 이승지는 몸을 떨며 "왜 이제까지 나타나지 않았던 요괴가 다시 나타나 저렇게 난리를 치는 건지? 궁 안의 모두가 두려워하여 자네를 부르라고 하니, 부디 빨리 요괴를 처치해 주게"라고 한다. 마사모토는 흔쾌하게 승낙하며 창밖으로 나가니, 엄청난 바람이 불어 이제까지 밝았던 하늘에는 구름이 드리우고 횡횡하는 소리가 시끄럽다. 우선 침전의 마루로 가 위아래를 살피니, 곡성은 점점 더 커져 흐느낀다. 달빛에 비추어 보니 저쪽에 검은 물체가 하나 움직인다. 마사모토가 달려들어 붙잡으니 곡성은 어느새 놀란 비명으로 바뀌고 그 모습은 마사모토의 팔을 빠져나가 그대로 마루 밑을 달려 나간다. 마사모토는 놓치지 않으려고 그림자 뒤를 쫓아

연못을 돌아 언덕을 넘어 가을 풀이 우거진 숲까지 달려오니, 그림자는 지쳐 멈추어 선다. 마사모토는 목덜미를 잡아 풀숲으로 내동댕이쳐 잡았다.

> **부기**_ 조선에서는 닭과 개의 울음소리가 시각에 따라 길흉희복을 나타낸다고 한다. 요괴를 두려워한다. 궐내의 요괴사건은 최근의 「조선통신」을 참고하면 된다. 동태실東太室은 사당으로 국가의 대사는 여기에서 빈다. 선무사宣武祠는 관우를 받드는 곳으로 국민의 신앙이 깊다. 우리나라의 키요마사님과 비견할 만하다.

110회

지금 마사모토에게 잡힌 것은 요괴가 아니라, 여우가 아니라, 일개의 시정잡배이다. 마사모토는 준비한 줄로 그 괴한을 묶고 "도대체 어느 놈인데 침전에 숨어 그런 짓을 하느냐? 무슨 연유인지 말해 보거라" 하니, 그자는 고개를 떨구고 입을 다물고 한마디도 하지 않는다. 마사모토는 더 이상 묻지 않고 그자를 끌고 계단 앞으로 왔을 때, 갑자기 정내관이 나타나 마사모토에게 "이건 무슨 일이냐?"고 묻는다. 마사모토는 그 전말을 아뢰고, 이제부터 이승지에게 보고를 하고 죄를 묻겠다며 일어서니, 정내관은 "멈춰라" 하며 불러 세워, "지금 궁중의 소동을 듣고 친영도독인 민영신님이 조금 전 출타하셨기에, 내가 보고를 하고 처리할 테니, 우선 그자를 여기에 두어라" 하고 엄중하게 말한다. 속이 검은 정내관이 외척당의 두목인 민영신과 손을 잡으면 편파적인 판정을 할 것은 뻔한 일. 빨리 이승지에게 보고하여 엄하게 일을 처리해야 한다. 그래서 이승지에게 사자를 보내려는 차에, 다시 정내관이 와서 "나는 민도독의 명령을 받고 이 자를 심문할 것이다. 빨리 앞으로 끌고 오너라" 하고 외친다. 마사모토도 지금은 어쩔 수 없어 정내관의 지휘에 따라 그 자를 끌어내니, 정내관이 앞에 앉고 그 옆에 마사모토를 서게 한다. 정내관은 위엄있게 우선 마사모토를 향해,

"본 적 없는 너는 어디에 소속된 자냐?"

"소속이랄 것은 없습니다만, 굳이 말하자면 궐내의 악한을 퇴치하는 일을 합니다."

반은 조롱 섞인 말투로 말하니, 정내관도 뾰로통하게 "신기한 일도 다 있구나. 이름은 무엇이라고 하는가?"

"임정원"

"들은 적이 있는 이름이구나. 이 자를 잡은 것에 대해 할 말이 있으면 하거라."

마치 하인에게 하는 듯한 말투이다.

"도둑을 잡았다는 말 외에 드릴 말은 없습니다."

정내관은 다리를 고쳐 앉고 범인을 노려보며

"이름이 무엇인가?"

"권병삼입니다."

"직업은 무엇인가?"

"직업이랄 것은 없습니다. 굳이 말하자면 나쁜 사람의 부탁을 받아

나쁜 일을 하는 것입니다."

"궐내에 들어가 돌을 던지고 곡성을 내어 요괴 흉내를 내어 궁중을 어지럽혀 전하를 걱정시키는 것은 너무나 큰 죄. 왜 그런 짓을 하였느냐?"

범인은 빈정거리며,

"별것 아닙니다. 돈을 받을 뿐입니다."

마사모토는 틀림없이 그렇다는 표정을 짓고, 정내관은 흠칫 놀란다.

"뭐라고 돈을 받고 나쁜 짓을 한다고? 누가 돈을 주느냐? 말도 안 되는 소리를 하는 놈이구나."

"보는 사람에게는 나쁜 일이겠지만, 시키는 사람에게는 더 없이 좋은 계략이지요. 일만 잘되면 돈을 많이 받지요."

"누구에게 부탁을 받았느냐?"

"사람에게 부탁을 받았지요."

"그 사람이 누구냐?"

"그건 말할 수 없습니다."

"일단 물은 이상은 답을 받아야 한다. 계속 입을 다물면 본때를 보여주겠다."

범인은 크게 놀라

"기다려 주십시오."

"그럼 자백할 텐가?"

"이렇게 된 이상 방법이 없습니다. 자백하겠습니다. 대신에 저는 살려주십시오."

"그래 자백하면 너는 용서해 주마. 누가 사주를 했느냐?"

"그 사람은……."

"빨리 말하거라."

"이승지가 사주를 했습니다."

마사모토는 크게 놀라고 정내관은 의기양양하게 웃는다.

111회

오늘 밤 대궐에서 무슨 일이 있었는지를 물을 시간도 없이 뛰어나가는 마사모토이다. 향란은 밤이 늦도록 마사모토의 귀가를 기다린다. 긴 가을밤도 벌써 축시丑時[26]를 넘겨, 숙직하는 거라 생각하고 침실로 들어가려는데 들어온 남편. 향란은 기뻐 맞이하였으나, 남편의 얼굴빛이 예사롭지 않고 수심에 잠긴 듯하다. 향란은

"무슨 일 있으세요? 몸이 안 좋으시면 약을 드릴까요?"

"아니. 별일 아니야."

"당신 얼굴이 평소와 달라요."

마사모토는 고개를 떨구고 팔짱을 끼고 말이 없다. 향란은 "기분이 안 좋아 보여요" 한다. 이때 급하게 문을 두드리는 자가 있다. 마사모토는, 이렇게 늦은 시간에 누구냐고 놀라는 향란을 누르며 한참을 대답도 없다. 한참 있다가 창문을 열더니,

---

[26] 오전 1시에서 3시 사이.

"이가웅님이다. 빨리 문 열어라" 하고 외친다.

향란이 뛰어나가 문을 열자 황급하게 들어오는 이가웅. 이가웅이 아직 앉지도 않았는데 마사모토가 급하게 묻는다.

"아버님은?"

"사실은 그 일 때문에 이렇게 밤늦게 찾아왔소. 아버지가 체포되셨습니다."

마사모토는 놀라

"체포?"

"지금 그 얘기를 듣고 달려왔습니다."

"누구에게 들었습니까?"

"평소에 친하게 지내던 유사령俞使令이 와서…… '큰일 났습니다. 큰 어른이 체포되셨습니다. 무슨 일인지 알아보았지만 자세한 내막은 모릅니다. 하지만 그 요괴가 오늘 밤에도 나타나 임정원이라는 사람이 잡았더니, 그 요괴는 시정잡배로, 그가 요사스러운 울음소리를 내고 돌과 기와를 던져 궁궐을 소란스럽게 했다고 합니다. 무슨 연유로 그리하였느냐 물으니, 그 무뢰한이 이 댁 어른의 사주를 받았다고 했답니다. 그래서 주인어른을 체포하였다 하나, 너무 신빙성이 없는 이야기로 믿을 수가 없어 이렇게 달려왔습니다'라고 하더군, 뭔가 잘못된 거겠지?"

마사모토는 얼굴에 노여운 빛을 띠며,

"꼭 틀렸다고는 할 수 없습니다. 유사령이 말한 것은 대부분 사실입니다."

"아니, 사실이라고?"

"조용했던 요괴 소문이 다시 떠돌아 오랜만에 궁에 갔더니, 과연 침전의 지붕에 돌이 날고 곡성이 들리는 괴기한 일이 있어, 마루 밑을 조사했습니다. 범인을 바로 잡아서 그 사실을 아버님께 알리려는 때에 정내관이 나타나, 마침 민도독이 와 있으니 기다리라고 했습니다. 나는 정내관과 민도독에게 그 사건을 맡기고 싶지 않아 무슨 일이 있어도 아버님께 보고를 하고 싶었으나, 옥당玉堂도 못 미치는 권력가인 정내관에게 저항할 수 없었고, 또한 외척당의 수령인 민도독을 거부하고 이승지의 명을 받겠다고 했다가는 오히려 이승지에게 화가 미칠까 두려워 주저하고 있자, 정내관이 나와서 본인이 범인을 심문하라는 민도독의 지시를 받았다며 범인을 마당으로 끌어내었습니다. 나는 어쩔 수 없이 범인을 끌어내어 심문하는 것을 지켜보고 있자니, 범인이 '이승지의 사주를 받았다'는 의외의 말을 했습니다. 미리 정내관이 다 짜고 일부러 내가 지켜보도록 한 거라는 의혹이 생겼지만, 너무 얕은 수법에 놀랐습니다. 그 후 아버님을 만나 뵙고 사건의 전말을 전하고 너무 당치도 않은 이야기이니 대응할 가치도 없다고 말씀드렸지요. 우선 나에게 요괴 퇴치를 명한 사람이 아버님이니 그것만으로도 의혹은 풀릴 것입니다. 아버님은 '자기가 요괴를 꾸며놓고 그 요괴를 잡도록 할 사람은 없다'며 웃으며 돌아가셨습니다만, 조금은 신경이 쓰여 걱정을 하고 있던 차인데, 그럼 아버님은 체포가 되신 것이군요?"

> **부기** _ 옥당玉堂은 시종으로, 아주 권세가 높은 관직이다.

🌸 112회

마사모토는 일찍이 우스갯소리로 말한 적이 있다. 친영親_營5천의 병사는 두려워할 바가 아니지만, 3백 명의 궁녀는 참으로 두렵다고.…… 마사모토가 도적을 죽이고 요괴를 퇴치하는 용기는 미녀들 사이에서 평판이 자자하다.

모두들 마사모토를 보면 두렵고 기뻐 뒤로 숨기 바쁘나, 그 날은 궁녀 숙소의 저쪽에 서서 저녁이 어두워질 때까지 이쪽을 흘깃거리며 무언가를 찾는 듯하다. 갑자기 사람의 그림자가 나타났다가 사라지더니 마사모토가 다시 나타났다가 사라진다. 그러기를 몇 번 후, 한 명의 궁녀가 방에서 나왔다. 마사모토는 뒤따라가 살짝 소매 끝을 잡는다. 궁녀는 화들짝 놀라 다시 방으로 들어가려하는데, 작은 소리로

"아가씨. 저예요."

손목을 잡힌 것은 청양이다.

"당신은?"

"남이 들으면 곤란합니다. 우선 이쪽으로……."

계단을 내려가 마당으로 나가니, 청양은 뒤를 돌아보며 마사모토를 따라 인적이 없는 곳으로 향한다.

"여기라면 괜찮습니다."

마사모토는 정원의 돌에 걸터앉고, 청양은 땅에 주저앉는다.

"저번에 우연히 얼굴을 보고 놀랐습니다."

"진주에서 헤어진 후 소식이 없어 걱정했습니다만, 나도 이곳으로 오게 되어 항상 뵙고 싶다고 생각은 하고 있었습니다. 저번에 만나게 되어 기쁘기 그지없었으나 얘기를 나눌 수도 없었군요. 그대로 헤어진 후에도 매일 당신의 소문이 들렸지요. 그래서 궐내에서 일을 하시는 거라고 짐작하였기에, 빨리 만나 못다 한 이야기를 나누고 싶다고 밤낮으로 기원하고 있었습니다."

"저도 꼭 만나고 싶었습니다만, 아가씨의 이름을 거론하고 만날 수도 없어 미뤄왔습니다. 아가씨는 도대체 언제부터 여기에 계신 겁니까?"

"작년 가을부터입니다."

"최가 부부도 함께입니까?"

"아니오. 저만."

"혼자? 그럼 여기에 지인이라도 있습니까?"

"아니, 그렇지도 않습니다. 사실은 정내관의 소개로……."

마사모토는 몹시 놀라

"정내관? 그건 어떻게 된 연유입니까?"

"작년 여름부터 각도에 도적이 일어 양민을 괴롭히고 이조 5백 년 멸망설이 퍼져 국왕폐하가 크게 염려하셨습니다. 그래서 옥당玉堂을 암행어사로 임명하여 각도의 치적을 살피고 민심을 살피라 하셨습니다. 그 당시 옥당은 인원이 부족하여 내관 중 가장 위엄이 높은 정씨를 불러 경상도를 조사하게 하였습니다. 정내관은 각지에서 뇌물을 받고 부녀자를 탐하여 온갖 악행을 일삼았습니다. 그 중 진주에 왔을 때, 촉석루에서 의녀암을 지나 임정원의 비석을 보더니 정사석의 원수인 것을 알고 불같이 화를 내었습니다. 비석의 유래를 물으니 이러합니다. 임정원이라는 자는 이전 양산 군수의 원수를 죽이고 천하의 원수를 갚은 용감한 소년으로, 전년에 영취산에 들어가 관병조차 쩔쩔매던 산적 두목 둘을 죽이고 관청에 알려, 관청은 그 공을 높이 사 큰 상금을 내렸습니다. 임정원은 이 상금을 의녀암 비를 세우는 데 사용하고, 그 나머지는 지인인 최가에게 주고 돌연히 사라졌습니다. 세상 사람들은 그 용기와 결백함을 칭송하고 감탄하여, 정원의 이름은 순식간에 논개와 함께 널리 퍼져, 이 비석은 성내의 또 다른 볼거리가 되었다고 합니다. 정내관은 화를 참을 수 없어, 결국 사람을 불러 다음과 같은 유언비어를 퍼트렸습니다. '임정원은 산적으로, 그 자신이 산적이면서 몰래 두목을 죽이고 관청에 고한 간사한 놈이 아니더냐? 그런 것을 지방관이 그놈을 문책도 하기는커녕 과다한 상금을 베풀었으니 이것은 크나큰 실책으로, 나중에 암행어사에게 고하여 후에 큰 벌이 있을 것이리라.' 원래 각 도의 지방관이 암행어사를 두려워하는 것은, 마치 독사를 보는 것 같지요. 실제의 치적에 관계없이 암행어사의 말 한마디에 지방관의 목숨이 걸려 있으니, 서로 앞다투어 뇌물을 건네어 환심을 사려고 하지요. 그러니 현명한 군주는 암행어사의 보고를 믿지 않고, 어사가 상을 내린 자를 벌하고 벌을 내린 자에게 상을 내리는 것입니다."

임정원이 상을 받은 것은 아무리 어사의 상소가 있어도 두려워할 바가 없는 정당한 것이지만, 어쨌든 정내관의 비위에 거슬려 뜻밖의 난을 당할까 두려워한 지방관이 정내관에게 뇌물을 건네고 크게 연회를 열어 기생을 불렀다. 이 자리에, 거듭되는 불행으로 의지할 데 없던 청양이 나타난다. 청양은 오랜 은혜에 보답하기 위해 기생이 되었으나 암행어사 향응의 자리에 앉았고 정내관은 그녀를 예뻐하여 며칠간 진주에서 함께 머문 후 경성으로 불러 궁중에서 일하게 하였다.

마사모토는 칭양의 이야기를 묵묵히 들은 후,

"나는 특별히 아가씨에게 부탁하고 싶은 일이 있소. 다름이 아니라 이승지의 신상에 관해 조금 묻고 싶소."

청양은 말을 가로막으며

"이승지 그 분은 내일 독을 먹게 되어 있습니다."

"뭐라고? 독을…… 그건 큰일이다."

마사모토는 크게 놀라 인사도 하지 않고 달려 나갔다.

113회

당국에서 벼슬이 높은 사람이 죄를 지은 경우는 국왕의 사약을 받아 자결하게 한다. 이는 예전의 일본의 할복과 비슷하다. 궁궐에 숨어들어 침전에 돌을 던지고 마루 밑에서 요상한 소리를 내어, 관인과 궁녀를 떨게 했던 권병삼이라는 무뢰한은 마사모토에게 잡히어 정내관의 심문을 받을 때, 이승지인 가건에게 사주를 받았다고 거짓으로 실토하였다. 정내관은 그대로 친영도독인 민영신에게 고하니, 민도독은 바로 부하 군인들을 풀어 이승지를 체포했다. 이승지는 크게 놀라, 그 괴한을 잡은 것은 임정원으로, 임정원은 내가 부탁을 한 자이다. 어떻게 자기가 괴한을 숨겨 두었다가 다시 그를 잡을 수가 있겠느냐? 그 권병삼이가 나를 모함하는 것도 필경 누군가의 사주를 받은 일이라며 조리에 맞게 항의했지만, 민도독은 듣지도 않고 바로 국왕전하께 고하여 사약을 내리기로 결정되었다. 외척당이 국왕의 위엄을 희롱한 적이 한두 번이 아니다. 그럴 때마다 국왕전하께 간언하여 외척당의 전행을 제어하는 자가 이승지이다. 이제 이승지가 체포되었으니, 외척당을 견제할 자가 어디에 또 있을까? 이렇게 모함을 받아 다음 날 아침 이승지는 성 밖으로 3리를 물러나가 왕명을 기다리는 신세가 되었다.

　이가건은 첫날은 친위대의 영내에 잡혀 있다가 다음 날 아침 성 밖으로 호송되어 이제 곧 사약을 먹고 죽게 된다. 죄 없는 억울한 몸이 허무하게 귀신이 된다고 생각하니 너무 원통하지만, 원래 나라에 바친 목숨이니 죽는 것은 아깝지 않으나 외척당의 간계에 휘말려 개죽음당하는 것은 원통하고 분하다. 적어도 국왕에게 이가건이 드릴 말씀이 있다고 몇 번이고 간청을 했지만 그것도 허락되지 않아, 그날 오후 정내관이 왕의 사자의 자격으로 도착했다. 이가건은 증오의 눈으로 노려보면서도, 왕의 사자이니 담담히 맞아들인다. 정내관은 가마를 내려와 의연히 상좌에 앉아 다음을 읽어간다.

이 자는 시정잡배를 꼬드겨 궁중에 잠입하게 하여 밤마다 침상에 돌을 던지고 곡성을 하게 하여 국왕을 어지럽게 하고 궐내를 소란스럽게 한 죄를 지었다. 엄하게 다스려야 하나 특별히 자비를 베풀어 사약을 마시고 자결하게 한다.

　　　　　　　　　　　　　　　　　　　　　　　년　월　일

이가건은 왕궁을 보고 정중하게 절을 한 후 정내관에게 말한다.

"왕명을 삼가 받드는 것은 지극히 당연한 일입니다만, 한 번만 폐하를 뵙고 작별인사를 드리지 못하는 것은 유감천만의 일입니다"라며 자신도 모르게 눈물을 흘린다. 정내관은 냉소하며 "죄를 지은 자가 국왕폐하를 알현한다는 것은 들어본 적이 없는 얘기다."

이가건은 참지 못하고 노한 음성으로

"나는 단지 왕명을 따르겠다. 이가건은 왕이 하사하는 사약은 마시겠지만 그런 죄를 지은 적은 결코 없다."

"묘한 소리를 하는 구나. 죄가 있으니 사약을 먹는 것이겠지. 모든 것은 지금 읽은 그대로이다."

"아니. 결코 죄는 없다. 간신배가 국왕전하를 속이고 나에게 죄를 씌워 죽이려는 계획."

"신분에 맞지 않는 죄인이지만 노래라도 불러줄까?"

정내관은 벌떡 일어서 독이 담긴 사발을 이승지에게 건네려 한다. 그 때 앞뜰이 갑자기 소란스러워지니 정내관이 놀라 무슨 일인가 돌아본다. 이때 바람처럼 누군가가 달려와 정내관이 들고 있던 약사발을 내려친다.

> **부기**_ 국법에 벼슬이 높은 자가 국왕의 명을 받을 때는 성문 밖에서 받도록 되어 있다. 그리고 사약을 받는 자는 성 밖 3리를 벗어나야 한다.

114회

　청양의 말을 듣고 마사모토는 크게 놀라 깊이 궁리를 하니, 이승지가 사약을 받는 일은 이미 결정된 것으로 그를 구하고 싶지만, 국왕전하를 알현할 때는 항상 이승지를 통해서였으니, 이제 누구를 통해 국왕전하를 알현할 것인가? 거듭 고민하였다. 마사모토는 도저히 자신의 힘으로는 어쩔 수 없으며 이제 남은 유일한 하나의 방법을 생각해 내었다. 마사모토는 궐을 나와 서둘러 청현궁으로 발을 옮겼다. 국부군은 마사모토의 안색이 심상치 않음을 보고 당황해 하며 방으로 들이고 주위 사람들을 물러가게 했다.

　"이 밤에 무슨 일로 이렇게 황급하게……."
　"특별한 일은 아닙니다만, 급하게 국왕전하를 알현하고 싶어서……."
　"이 시간에 알현이라니, 도대체 무슨 일인가?"
　"얼마 전부터 대궐에 요괴가 나타나, 침전에 돌을 던지고 곡성을 내어 궁녀들을 곤란하게 한 사건은 이미 들으셨겠지요?"
　"알고 있지. 그래서 이승지가 자네에게 부탁을 하여 숙직을 시킨 것 아닌가?"
　"예. 그대로입니다. 저는 이승지의 명령을 받고 어젯밤에 궐에 들어가 요괴를 퇴치하기 위해 침전의 마루 밑을 조사하다가 범인을 잡았습니다. 시정잡배인 권병삼이라는 자입니다. 마침 친영도독인 민영신이 와 있어, 범인 심문을 정내관이 하게 되었습니다. 저도 배석하게 해 엄하게 취조를 하자, 그 권병삼이라는 자가 의외의 말을 자백하여, 마침

내 승지 이가건은 내일 사약을 받고 죽게 되었습니다."

국부군은 혼비백산하여 무릎걸음으로 다가와

"뭐라고? 이가건이 사약을? 필시 민영신의 모략일 것이야."

마사모토는 냉정하게

"물론 외척당의 간계입니다. 자신들의 눈의 혹인 충절의 이승지를 모함에 빠트린 것입니다."

국부군은 이야기를 다 듣지도 않고 아랫사람을 불러 의관을 갖추게 하여,

"임정원. 잘 일러주었네. 빨리 입궐하여 이승지의 죄를 사하고 민도독의 죄를 밝혀 외척당에게 한방 먹여야겠네. 자네도 같이 가세."

"갑작스러운 얘기를 들어주시어 감사합니다만, 미리 알아두셔야 하는 것도 있어서……."

국부군은 빙그레 웃으며

"그건 자네 말이 맞네. 꼼꼼히 들어두어야 하는 말도 있네. 늙으면 정신이 없어서……."

마사모토는 이윽고 전날 밤의 이야기를 찬찬히 전하니, 국부군은 노여움을 참지 못하고 손을 흔들어 마사모토를 막으며,

"대강 사정은 알았으니 이제 됐네. 더 들으면 화가 나서 병 생기겠네."

국부군이 외척당을 이 정도로 싫어하여 화병이 날 정도라는 것은 마사모토도 잘 알고 있다. 마사모토는 국부군을 따라 심야에 국왕을 알현했다. 국부군은 국왕전하를 만나 절절히 충고를 하니, 국왕은 이승지를 아끼고 그 죄를 믿지 못하여 형량을 줄이려고 하였으나, 민도독과 정내관이 왕명을 핑계 삼아 꾸민 일이니, 만사 국부군이 잘 알아

서 처리하라고 하신다. 국부군도 만족스럽게 생각하고 집으로 돌아왔다. 그 다음 날 일찍 다시 입궐하여 민도독을 불러 우선 이승지의 사면장을 만들어 그것을 마사모토에게 전하고 포청에 연락하여 권병삼을 다시 체포했다. 마사모토가 사면장을 받았을 때, 벌써 정내관이 이승지의 사형을 집행하러 갔다는 소식을 듣고 말을 채찍질하여 달렸다. 도착했을 때는 마침 이승지가 사약을 마시려던 찰나로 마사모토는 잽싸게 그 약사발을 향해 돌멩이를 날려 이승지의 목숨을 구하였다.

115회

갑자기 돌멩이로 약사발을 맞추어 쓰러트리니 정내관은 할 말을 잃었다. 이가건도 크게 놀라 올려다보니 임정원이 말에서 내려 흐르는 땀을 닦지도 않은 채 이쪽으로 빠른 걸음으로 걸어온다. 정내관은 그것을 보고 노한 음성으로,

"지금 허튼 짓을 한 놈이 너렸다!"

"예. 사발을 떨어뜨린 것은 바로 저, 임정원입니다."

"무슨 오만방자한 행동이냐? 이것은 국왕전하께서 이가건에게 내리는 사약이다. 이렇게 말하는 나는 그 책임도 무거운 국왕전하의 사자이다. 사자에게 무례한 행동을 하고 약사발을 향해 돌을 날린 것은 국왕전하를 향해 돌을 날린 것과 마찬가지이다."

마사모토는 싱긋 웃으며 정내관의 말에는 대답도 않고 걸어가 이승지에게 사면장을 내민다. "국왕전하는 승지님의 무죄를 아셨습니다. 임정원은 국부군의 지시를 받고 말을 타고 달려왔습니다만, 벌써 승지님께서 약을 마시려는 찰나였습니다. 한순간이라도 늦어 국왕전하의 뜻이 전달되지 못하면 큰일이라 생각해 우선 돌멩이를 날려 약사발을 깨었습니다. 이 모두가 국왕의 뜻을 전하기 위함으로 실례를 용서하십시오" 하고 정내관을 향해 "지금 들은 대로 이승지는 이미 사면되신 몸이니, 당신은 여기 있을 이유가 없으니 빨리 돌아가십시오" 하니, 정내관은 벌떡 일어서더니 "돌아가건 말건 내 자유다. 누구의 지시를 받기는 싫다" 한다.

"지시를 하지는 않았습니다. 하지만 권병삼이라는 자는 다시 잡아들여 포청에서 엄중하게 심문을 할 터이니 어쩌면 당신도 다시 포청에서 부를 겁니다. 그걸 생각하면 한시라도 빨리 돌아가는 게 좋을 겁니다. 싫으시면 언제까지 여기에 계셔도 됩니다."

아버지 이가건을 억울하게 모함하여 성 밖 3리까지나 가게 했다고 듣고는 이가웅은 비탄을 견딜 수 없어 신문고를 울려서라도 아버지의 무죄를 입증하려고 했다. 그래서 먼저 남산의 임정원을 찾으니, 향란이 문밖에 나와 "어젯밤에 나가셔서 아직 돌아오지 않으십니다" 하고 쓸쓸하게 말한다. 그래서 다시 청현궁으로 가 국부군을 만나길 청하니 국부군은 흔쾌히 안으로 맞아 어젯밤에 갑자기 임정원이 와서 이가건의 무죄를 알려 함께 왕궁으로 가 국왕을 알현하고 오늘 아침 다시 입궐하여 사면장을 받았다는 이야기를 했다. 정원은 지금 그것을 알리러 갔다고 하니 이가웅이 기뻐 어쩔 줄을 몰라 하며, 바로 하인을 불러 이가건의 가마를 보냈다. 임정원과 정내관의 이야기가 끝나기도 전에 아버지 이가건을 가마에 태워 집으로 돌아왔다.

이가건은 다음 날 궁으로 들어가 왕의 깊은 은혜에 감사드리고 다시 살아난 기쁨을 노래했다. 그리고 나이가 많음을 핑계로 사직을 청하니, 국부군은 고개를 끄덕이며 듣더니 "자네가 지금 그만두면 누가 외척당의 전횡을 막고 왕을 보좌하겠는가?" 하고 깊이 걱정하였다. 이승지는 그 다음날 다시 입궐하여 "임정원을 내관에 임명하여 궁중의 사무를 보게 하면 됩니다" 하고 권하였다. 정원도 지금까지는 굳게 관위를 사양했지만, 이승지가 관직을 물러나면 분명히 외척당이 활개를 칠 것을 우려하였다. 그리고 또 국부군이 강하게 부탁을 하니 결국 뜻

을 굽혀 내관직을 받았다.

116회

마사모토가 내관직을 수락하여 관복을 갖추고 매일 출사를 하니, 이승지 역할을 대신하여 외척당의 전횡을 막는다. 국왕전하도 마사모토를 믿음직스럽게 생각하여 총애하기 그지없다. 궁녀들과 관원들 모두가 마사모토를 숭배하여 존경하니, 정내관의 위엄은 땅에 떨어졌다. 어느 날 마사모토가 궁에서 일본공사가 보낸 서한을 읽었더니, 그 안에는 일본신문의 경성통신을 번역한 것이 들어 있었다. 짧은 지면이라 상세하지는 않지만, 청국정부가 자국의 군대를 조선에 파견하

여 국부군을 도와 현재의 내각을 개혁하려는 움직임이 있다는 내용이었다. 마사모토는 크게 놀라 청현궁으로 발을 돌렸다. 국부군은 여느 때와 마찬가지로 마사모토를 기쁘게 맞아들여 궁중의 이야기를 나누었다. 마사모토는 조금 전의 서한을 꺼내어 국부군에게 보이며,

"각하는 이 일을 알고 계십니까?"

국부군은 읽더니 한참을 생각에 잠겼다가

"물론 대강은 알고 있네."

"무슨 일입니까? 괜찮으시다면 연유를 알고 싶습니다."

"원래 의논을 했어야 하나, 원래 이 일은 이대야李大爺의 생각으로 나에게 통지가 있었던 것은 3일 전의 일. 그 전까지는 소문만 자자해 누구 하나 정확한 것을 몰랐기에 의논도 못했네."

"그렇다면 청국군대가 여기로 온다는 것은 사실입니까?"

"머지않아 오겠지."

"무슨 명분으로?"

"근래 조선에 도적이 일어 양민을 괴롭히니 그걸 진압하기 위해서라고……."

"그럼 청국병이 오면?"

"몰래 나라를 팔려는 자들을 없애야지."

"조선정부의 일대개혁은 저도 너무 바라는 바입니다만, 청국군대 파병은 다시 한 번 현명하게 판단해 주시기 바랍니다."

"왜 청국병이 오면 안 되는가?"

"어렵게 진행되고 있는 삼국동맹의 장해가 되겠지요."

"그건 왜인가?"

"일청양국이 맺은 텐진조약에 의하면 우선 청국정부는 일본정부의 승낙을 받아 출병을 해야 합니다."

"그럼, 신속하게 이대야님께서 일본정부에 의뢰를 하겠지."

"만약 일본정부가 승낙을 하지 않으면……."

"우리 정부가 청국정부에 군대를 지원받겠다는 의사를 일본정부에 전하면 승낙하겠지."

"우선 일본정부가 승낙한다고 해도, 청국과 러시아의 충돌은 피할 수 없겠지요."

"왜인가?"

"다름이 아니라, 외척당의 인사들이 청국군대 파병의 소문을 들으면 반드시 자신들의 이익을 위해 노국의 군대에도 지원을 요청할 것입니다. 그들은 도적을 진압한다고 하며 틈을 노릴 것입니다. 각하가 무턱대고 외국에 군대를 요청하는 것도 국법에 위배되는 일입니다. 일본이 승낙을 한다 해도, 청국정부가 속국이라고 생각하는 당국에 마음대로 군사를 파병해 도적을 진압한다는 것도 공법에 위배되는 일입니다. 만약에 그런 일이 일어난다면 외척당도 자신들의 명예를 위해 노국의 군대를 끌어들일 것은 자명한 일입니다. 결국 청국과 노국이 전쟁을 하게 되면 우리나라에 전혀 이득이 없습니다" 하고 논리정연하게 훈계한다. 국부군은 흥분하여

"그럼 마적부대가 갑자기 청국에서 온 것이라 하면 되겠네."

마사모토는 껄껄 웃으며

"청국에서 마적이 난입하면 러시아로부터도 마적이 오겠지요."

국부군은 할 말이 없어 잠시 대답도 못한다.

117회

국부군이 할 말을 잃은 것을 보고는 마사모토는 외교관계상, 청국군대를 받아들이는 것의 백해무익함을 찬찬히 잘 타일러, 마침내 이가웅을 불러 천진에 있는 이대야에게 국부군의 이름으로 편지를 작성하게 해, 청국병의 조선 파병을 금함을 알렸다.

산 넘어 산이라고 마사모토는 국가를 위해 국부군의 계획을 비난하여 청국군대의 조선 파병을 막았으나, 다시 수일 후 큰 사건이 생겼다.

일전에 러한밀약을 체결하려고 도중에 본국으로 돌아간 러시아공사가 다시 돌아와 왕비전하를 알현하고, 자국 황제의 서한을 올린다고 한다. 마사모토는 다른 내관內官과 함께 식장式場에 있었으나, 공사는 예정된 시간에 입궐하여 왕비에게 국서를 올렸다. 그 후 국왕이 노국공사의 귀임歸任을 축하할 때, 공사는 갑자기 놀라운 말을 했다. 공사는 "노한의 교제를 이전의 청한의 교제와 동등한 것으로 하며, 노국은 어떤 어려움도 이겨내고 조선을 도울 것이다"고 하니, 국왕전하를 비롯한 모두가 할 말을 잃고 서로 얼굴만 바라본다. 노국공사가 인사를 마치고 퇴궐하니, 이 당황스러운 사건에 모두는 말을 잃고 얼굴만 찡그리고 있다. 외척당의 권세를 두려워하여 누구하나 나서서 말하는 자가 없다. 마사모토는 퇴궐하여 오는 길에 이가웅을 찾아 그 날의 노국공사 알현을 자세하게 전했다. 이가웅은 크게 놀라 바로 국부군의 청현궁으로 달려가 의논을 하려 하였다. 마사모토도 그 말에 함께 청현궁으로 향했다. 밤중에 두 사람이 온 것을 보고 심상치 않은 일이라 여겨 국부군은 별채로 그들을 맞아 "무슨 일이냐?"고 황급히 물었다. 마사모토는 이 날의 노국공사 알현에 관해 한마디도 빠지지 않고 상세하게 고하니 국부군이 크게 우려하는 안색으로 "노한밀약도 머지않아 체결되겠구나. 이제는 도리가 없구나. 나는 이제 국민을 이끌고 매국노인 외척당을 쳐부수어야겠다"라며 노한 음성으로, 머리에 관을 쓰며 급하게 이대야와 김송균에게 알려 도움을 요청하려 한다. 마사모토와 이가웅이 함께 우선 잠시 노국공사와 외척당이 하는 것을 지켜보다가 그 후에 일을 도모해도 늦지 않다고 말렸다. 국부군도 안도하며 두 사람의 의견을 따르기로 했다. 만약에 외척당이 노한밀약을 실시하려는 움직임이 있으면 어떻게 해야 하나? 외척당이 잘못을 깨닫고 그 계획을 중지하려 한다 해도 노국이 억지를 부리면 어떻게 해야 하나? 하는 여러 가지 걱정거리로 가을밤이 깊어간다. 마사모토와 이가웅은 궁궐을 물러나 서로 분담하여 노국공사와 외척당의 거동을 살피던 중, 노국공사는 외척당의 수령인 민영신에게 밀약 이행을 촉구하여, 노국의 동양함대가 조선의 연안으로 출발한다는 경고를 거듭했다. 그래서 조정과 민심은 흉흉해지고, 이때를 틈타 이조 멸망의 유언비어로 나라를 어지럽히려는 자가 늘어났다. 각지의 도적은 더욱 기세가 높아지니 일국一國의 위기는 풍전등화다. 원이사도 다시 돌아와 각국은 자국의 공사와 영사를 비롯해 재류인민 보호를 위해 각각 인천과 남양 사이에 군함을 보내어 소란스럽기 그지없다. 이 때 마사모토와 이가웅이 가장 신경을 쓴 것은 노국공사의 요구에 대한 민영신의 답이었다. 어느 날 민도독은 입궐하여 국왕전하를 알현했을 때, 좌우대신을 물리고 은밀하게 무언가를 상소하였다.

118회

어느 날 마사모토가 숙직하고 있는 곳으로 한 사람의 궁녀가 와서 국왕전하가 부르신다고 한다. 마사모토가 바로 명을 받잡고 가니, 국왕전하는 깊은 근심에 쌓인 듯 안색이 여느 때와 달리 창백하였다. 전하는 마사모토를 가까이 불러 "일전에 민도독이 참내하여 상소하기를, 육조판서 그 외의 당상은 모두 노국을 따라 청국과의 관계를 끊고 싶어할 뿐 아니라, 노국공사는 일단 중지된 비밀조약을 실행하려고 외아문外衙門을 압박한다고 하니, 도대체 어떻게 해야 하는가? 충실한 이가건은 관직을 그만두고 누구와도 이 고민을 나눌 자가 없다. 이가건을 대신해 사양하지 말고 솔직한 의견을 들려주게"라며 민도독의 상소를 마사모토에게 보여준다. 마사모토는 너무 감격하여 눈물을 흘렸다. 그리고 상소를 읽으니, 우선, 동양의 대세를 논하고, 일청한 삼국의 동맹은 이제까지의 역사를 돌이켜 보건데 성립되기 어렵다고 토로되어 있었다. "일청 양국은 결국은 전쟁을 하게 되어 있어 거기에서 불리한 것은 오직 조선국이며, 지금의 조선을 보면 인민은 빈약하여 독립을 바랄 수도 없어 어차피 이웃 나라의 보호하에 있을 수밖에 없다. 청국을 따를 것인가? 명나라는 은혜와 의리가 있었으나, 청국은 원수이며 적이다. 그럼 왜국을 따를 것인가? 왜국은 범과 이리처럼 우리나라를 집어삼키려는 야욕을 갖고 시시탐탐 노리고 있으니, 조선인들에게는 왜국에 대한 원한만 가득하다. 임진의 상처도 아직 낫지 않았고, 갑신정변도 어제 일처럼 선명하다. 무릇 우리나라가 이처럼 빈약해진 것도 일청의 거듭된 침략에 의해서임을 우리민족은 결코 잊어서는 안 된다. 그러니 일과 청 어느 쪽도 도저히 믿을 수 없다. 하물며 일본은 정당경쟁의 폐해로 국내가 나날이 쇠퇴해져 가고, 청국은 변경에 도적이 창궐하여 폭도들이 각지의 교회당을 불 지르는 등 내우외환이 계속되어, 일과 청 어느 쪽도 의지할 수 없으니, 다른 강국의 이웃은 노국뿐이다. 만일 우리가 도움을 청하려고 하면 두 나라 사이의 철로일관鐵路一貫, 이해완급利害緩急이 서로 절충하여 모두에게 유리하니, 일과 청 때문에 결실을 맺지 못했던 노한밀약을 성사시켜야 한다. 노한밀약을 비난하는 자는 천하의 정세를 모르는 자로 자국의 이익을 알지 못하는 자이다. 노국에 의지하는 것은 함경도 하나를 내어 주는 것에 불과하다. 일본도 청도 탐욕이 그칠 줄 모르니 결국은 팔도를 탐할 것이다. 그 차는 천지차이다. 전하 부디 통찰 하소서"라고 적혀있었다. 마사모토는 다 읽고 나서 분개하여 아뢰었다.

"민도독의 상소는 다 틀렸습니다. 하물며 국가의 동량 격인 그가 이런 편견에 가득 찬 글로 전하를 곤혹스럽게 하다니 그 죄 죽음에 해당합니다. 청국이 우리나라를 한때 속국으로 삼으려 했던 것은 일본의 야심을 의심하여서이고, 일본이 우리나라에 의욕을 보였던 것은 청국의 교만을 억제하기 위함입니다. 지금은 양국의 의심도 해소되어, 지금까지의 감정으로는 동양의 혼란만이 거듭되어 서양에게 어부지리를 안겨 준다는 것을 양국의 식자들은 너무 잘 알고 있습니다. 일청양국도 이후 점점 더 사이가 좋아져 양국 모두 우리나라를 위해 힘을 써서 개명開明의 길로 나아가 조선의 부강을 서양각국에 자랑할 수 있기를 희망하니, 조금의 야심도 없다는 것은 자명한 일입니다. 노국은 배고픈 독수리와 마찬가지입니다. 어찌 함경도만으로 배가 부르겠습니까? 지금은 그렇지 않은 척하지만, 노한밀약이 성사되면 일청 양국의 우리나라에 미치는 힘이 예전과는 같지 않아져, 노국은 그 때에 이르러 보호라는 이름하에 꿀꺽 집어삼킬 것입니다. 일청의 손을 잡으면 우리나라는 일어날 수 있지만, 노국이 뒷덜미를 잡으면 마수에 걸려 빠져나올 수 없습니다. 도독이 노국에 의지하겠다고 하는 것은 사리사욕을 위한 것으로 국가의 공익을 위한 것이 아닙니다"라고 당당하게 전하께 아뢰니, 국왕전하도 기뻐하며 "그대의 말이 너무도 지당하다. 지금부터는 국가를 위해 노한밀약의 이행을 막도록 노력해야겠다"라시며, 조용히 방안으로 들어가셨다.

119회

일천여 만의 백성 중 국왕전하께 충실한 자는 단지 한 사람 이가건이다. 마사모토는 감개무량하여 국부군과 상의하여 원이사와 도모하여 노한밀약을 막기 위해 노력했다. 결국 국부군의 이름으로 각국 공사를 청현궁에 초대하여 향연을 연 자리에서 마사모토의 통쾌한 일장 연설을 계획하였다. 마사모토는 노한밀약의 요령을 설명하였다. "만약에 노국이 외척당과 결탁하여 국왕전하를 비롯한 일반국민의 의사에 반하는 밀약을 성사시키려 한다면 이것은 조약체결국들을 모두 능멸하는 것으로 용서하기 어려운 처사이다. 그렇게 되면 조약체결국들은 최혜국 조항에 비추어 노국과 동액의 돈을 지불하여 자유롭게 조선의 1도를 차지할 것이다. 노한밀약의 초안에 의하면 이 대출의 담보로서 우리나라의 보호국이라 칭하였다. 각국이 동액의 돈을 들고 팔도를 분할하면 그 모두가 똑같이 보호자가 될 것이다. 외척당은 8강국의 보호를 감수하겠는가? 노국은 7강국과 나머지 보호자의 위치를 다투어야 할 것이다. 노한밀약을 희망하는 자는 매국노로 국민의 전반은 이미 반대하고 있다. 과연 이러한 때에 이 약소국의 난관을 돕고 대국의 욕심을 막는 것이 체약각국의 진정한 의무이다"라며, 마사모토는 영어를 사용하여 능통하게 이야기하였다. 너무나 논리적인 이야기에 각국 공사들은 얼굴을 맞대고 조선에도 이런 인재가 있었던가? 하고 놀라지 않는 자가 없었다. 마사모토의 연설은 내빈객을 크게 감동시켜, 그 다음날 외국인 클럽에는 각국의 공사가 모여 노한밀약을 막기 위한 협의회를 구성하여 노한밀약을 막기 위해 힘썼으니, 그 이후로는 노국공사도 외아문을 찾지 않고, 단지 당국의 형세를 보고하여 본국의 지시를 기다리니, 담판은 이윽고 중지된 것이다.

　수 일간 여러 곳을 뛰어다녀 침식을 잊었던 마사모토도, 담판이 중지됨에 오늘은 오랜만에 집에 돌아와 방계와 향란과 함께 담소를 나누고 있는데, 한길준의 처인 유아가 방문해 왔다. 방계는 대접하겠다며 부엌

으로 걸어가고, 방에는 마사모토 부부와 유아가 담소를 나누었다.

"세상이 어지러워 일전의 9일 날도 조용했었는데, 이 댁은 어디로 가서 보셨습니까?"

"놀러 갈 형편이 아니었네. 요즘은 너무 바빠 서로 이야기도 못 나눈다네."

"왜 그렇게 바쁘신 겁니까? 혹시 저희들이 도울 일이라면 말씀해 주십시오."

"어려운 일로 우리 여자는 잘 모르니 도울 수도 없네. 한씨도 바쁘지?"

"그 사람도 서방님과 이수재님처럼 바쁘기는 합니다만, 그래도 아침저녁으로는 도울 수도 있으니 부디 불러 주십시오."

"알겠네."

"요즘은 저번처럼 밤에 집을 비우시지는 않으시지요?"

"4, 5일에 한번 숙직을 하는 정도이네."

"숙직 때는 제가 오겠습니다. 침전에 요괴가 나온다며 숙직하셨을 때는 왠지 무서웠습니다."

"진짜 그랬네."

두 사람이 이야기하는 옆에서 마사모토는 아까부터 계속 책을 읽고 있었으나, 이제 겨우 다 읽은 듯 책을 내려놓는다.

"이제 다 읽으셨습니까?"

"다 읽었네. 참 재미있는 이야기이네.『구운몽』이라는 재미있는 소설이지."

"그 양소유라는 멋진 남자가 나오는 이야기이군요."

"그렇다네. 지금 춘운이 귀신이 되는 부분을 읽었네."

"그 중, 진씨 아가씨는 참으로 가련한 분이지요."

"나는 그 사람이 너무 좋아."

"궁에 들어갔다가 갑자기 양소유를 만났을 때는 얼마나 기뻤을까요?"

"청양이 정원님을 만났을 때랑 똑같았겠지"라며, 마사모토의 얼굴을 흘낏 보고는 요염한 웃음을 흘리니,

"참으로 거가의 아가씨는 기뻤겠다."

"나는 청양 아가씨가 불쌍해 죽겠어요. 들자하니, 요즘은 정내관의 첩이 되었다고 하더군요."

이런 이야기를 나누고 있는데, 방계가 방 안으로 들어와 한 통의 서한을 마사모토에게 전하며 "시종이 기다리고 있어요" 하고 전하니, 마사모토는 서한의 겉봉을 보고 눈썹을 찡그린다.

임정원 귀하 정내관 드림

120회

 마사모토가 내관으로 임명된 후, 한 번도 말을 건넨 적이 없던 정내관이 무슨 연유로 서한을 보낸 것일까? 하여간 열어 보자고 봉투를 뜯으니, 이제까지 연락이 없었음을 사과하고 앞으로의 친교를 깊게 하기 위하여 오늘 밤에 술이나 한잔 함께 하자고 청하는 내용이었다.
 "호랑이도 제 말하면 온다더니, 정내관이 서한을 보내어 오늘 꼭 와달라 하네" 하니, 향란은 놀라 마사모토의 얼굴을 보며
 "무슨 꿍꿍이로 그런 서한을 보냈을까요? 당신은 어떻게 답을 했나요?"
 "알았다고 해서 돌려보냈다네."
 "아니, 당신 가실 건가요?"
 향란은 놀란 얼굴이 되었고, 유아는 옆에서 "원래 심보가 고약한 정내관, 더구나 서방님과는 원수지간이 아닙니까? 아무생각 없이 가셨다가 어떤 변을 당할지 모릅니다. 안 가시는 게 좋습니다."
 "정말 그렇습니다. 우리 집이라면 아무 걱정이 없습니다만, 정내관의 집이라니……"
 "하하하, 그렇게 정내관을 두려워하다니……"
 "아가씨가 두려워하는 것은 너무나 당연합니다. 전에도 그런 나쁜 짓을 했으니……"
 "향란은 괴롭혔지만 설마 나까지 괴롭히지는 않겠지."
 "하지만 서방님은 아가씨와의 사랑의 연적이었으니, 가장 미워할지도 모르지요. 게다가 거가의 청양아가씨까지 정내관 집에 있는데, 그

아가씨까지 서방님을 좋아했으니……. 서방님을 보시면 아가씨도 필시 당황하는 기색을 보일 것이고, 그러면 더욱 큰일이 날거에요. 부디 가지 않도록 하시는 것이 좋겠습니다. 아무 생각 없이 가셨다가 무슨 일을 당할지 모릅니다."

"모두가 그렇게 말리는데 구태여 가는 것도 이상하지만, 같은 내관직에 있으면서 어울리지 않을 수도 없네."

"그럼 당신 기어이 가시려는 것입니까?"

"인사만 하고 올 테니 걱정 않아도 되네. 이 일은 어머니께는 알리지 말도록. 걱정하실 테니……."

마사모토의 결심을 보고는 향란도 더 이상 잡을 수가 없어 마침내 의관을 내어 준비하니, 마사모토는 준비를 마치고 저녁 무렵에 집을 나서 정내관의 저택으로 갔다. 정내관은 반갑게 맞아들여 바로 준비된 방으로 안내한다. 주객이 동서로 자리를 잡은 후,

"이렇게 만나고 보니 서로 인사도 못 나누었군요. 이제까지의 일은 서로 잊어버리고 사이좋게 지내고 싶습니다."

"동료가 되어, 먼저 인사드려야 하는데 아직 인사도 못 드렸습니다. 오늘 이렇게 청해주셔서 대단히 고맙습니다."

"차린 것도 없이 불렀는데, 이렇게 찾아와 주셔서 참으로 감사합니다. 이제부터는 제가 찾아뵙도록 하겠습니다."

"초청을 할 만한 집도 아닙니다만, 언제든지 와 주십시오."

"꼭 찾아뵈어야지요" 등의 이야기를 나누는 사이에 술상이 들어왔다. 청양이 함께 들어와 시중을 드는데, 마사모토를 보고는 희미하게 미소를 짓는다. 그 때의 안색은 창백하여 백지장 같다.

 121회

　청양은 마사모토를 보고도 들키지 않도록 살짝 인사를 할 뿐 전혀 모르는 사람인 듯 행동한다. 마사모토도 말 한마디 건네지 않고 데면데면하게 대했다. 정내관은 먼저 잔을 가득 채워 한입에 마시더니, 청양에게 마사모토의 잔을 채우게 한다.
　"보시는 바와 같이 차린 것도 없습니다만, 많이 드십시오."
　"예 많이 먹겠습니다."
　잔을 드는 손마저 떨고 있는 청양을 가리키며
　"이 여자를 모르겠습니까?"
　의외의 질문에 마사모토는 놀랐지만,
　"글쎄요. 어디서 본 듯하기도 하고 아닌 것 같기도 하고……."
　"얼마 전까지 궁궐에서 일한 자입니다."
　"아 그래서 어디선가 본 듯한 얼굴이었군요."
　정내관은 청양이 조금 침울해지는 것을 보고 넌지시 달래주려고
　"청양, 자네는 이 분을 잘 알고 있지? 지금 최고의 인기남인 임내관을……."
　마사모토는 조롱당한 듯 조금 부끄러워 고개를 숙였으나, 정양의 창백한 얼굴에는 공포의 빛마저 감돈다.
　"이름은 들은 적이 있습니다."
　"그렇겠지. 궁녀들 사이에서는 좋아한 사람도 많았겠지. 정말 임내관이 부럽네. 그 비결이라도 좀 듣기 위해 한잔 합시다."

마사모토는 쓴웃음을 지으며 잔을 들었으나, 더 이상은 마시지 않았다.

"그런데 정원 씨는 영어를 한다고 하던데 어디에서 배웠습니까?"

"전에 부산의 거류지에 있을 때에 세관의 영국인에게 배웠습니다."

"일본어는 어떻습니까?"

"조금 할 줄 압니다만, 그것은 일본에 갔을 때 익힌 것입니다."

"저번에 청현궁에서 연설할 때 살짝 들었습니다만, 영어는 너무나 유창해서 서양인과 전혀 다르지 않더군요. 참으로 재능에 감복했습니다."

"천만의 말씀입니다. 아직 멀었습니다."

"그렇지 않습니다. 밀약이행을 막기 위해 노국공사를 비판하여 각국의 공사를 설득하고 결국 담판을 중지시킨 것도 필시 그 연설의 힘이었다고 국내외의 평판이 높습니다. 앞으로도 나라를 위해 더욱 힘써주시기를 기대하고 있습니다."

"과당한 평가입니다. 전날 청현궁에서 말씀드린 것은 국부군의 의향을 그대로 저의 짧은 영어로 옮긴 것일 뿐으로, 국가의 대사에 저 같은 자가 관여할 자격이 없습니다. 잘못 아신 겁니다."

"겸손하시기는……. 국왕전하도 깊이 신임하시는 듯 뒤에서 흐뭇해 하십니다. 그건 그렇다 치고 좀 더 노시다가 가십시오. 청양! 술 따르지 않고 뭐하느냐? 멍하니 있지 말고……."

"아닙니다. 많이 마셨습니다. 너무 늦지 않도록 지금 가겠습니다."

"아직 밤도 이르고, 만일 늦어지면 주무시면 됩니다. 조금 더 계시다가 가십시오."

"다음에 또 올 것이니, 오늘은 이것으로 실례하겠습니다."

"그렇게 사양하시면 잡지는 않겠습니다만, 그럼 이렇게 합시다. 저번에 프랑스 배에서 가져온 포도주가 있습니다. 몸에도 좋다고 하니 그걸 한잔만 하고 밥을 먹읍시다" 하며 정내관은 마사모토의 사양을 무시하고 옆에 있던 술병을 들고 잔에 가득 채워 마사모토에게 내민다. 마사모토가 잔을 들이키려고 하는 그 순간, 청양이 달려와 그 잔을 단숨에 마셔버린다.

122회

마사모토는 청양의 이상한 행동을 어안이 벙벙하여 지켜보고 있고, 정내관은 놀라서 얼굴빛이 흙빛으로 변하더니 어깨에서 무릎까지를 사시나무 떨듯 떨고 있다. 조금 있자니 노한 음성을 날카롭게

"이런 무엄한 계집이 있나? 당장 물러나라!"

마사모토는 웃음을 지으며

"그냥 두십시오. 청양이 술을 좋아하나 봅니다. 그런 줄 알았다면 아까부터 술을 줄 것을……"

청양은 얼굴을 떨구고 고개도 들지 못했으나, 잠시 후 무릎을 세우고 일어서려 했으나 힘없이 괴로운 듯 다시 주저앉았다. 마사모토를 향해 웃음을 지으려 하니, 창백했던 청양의 볼이 발갛게 상기되더니, 갑자기 눈이 흐려지고 손발에 경련이 일어 고통을 호소한다. 정내관

은 청양이 고통스러워하는 것을 보더니 얼굴이 붉으락푸르락 해져 다시 호통을 친다.

"이 무엄한 것이 왜 물러가지 않느냐?" 하며 덤벼들려고 하는데, 청양은 비명을 지르며 토혈했다. 마사모토는 몹시 놀라서 청양에게 다가가려 했으나, 정내관은 고통스러워하는 청양을 억지로 옆방으로 밀어 넣더니 방문을 닫고 다시 제자리로 돌아온다.

"참으로 실례했습니다. 부디 용서하십시오. 원래 그녀는 정신에 조금 문제가 있어 손님에게 무례를 가하기도 해, 제가 난처할 때가 있습니다."

"그건 난처하시겠습니다."

정내관은 잔을 다시 마사모토에게 권하여

"이대로 가시면 재미가 없으니 한 잔만 더……."

"아닙니다. 충분히 마셨으니 오늘 밤은 그만……."

"하지만 구하기 어려운 포도주니……."

"마신 것과 마찬가지입니다. 그나저나 청양은 많이 아파 보이던데…… 생각해 보니 아까 그 포도주도 그녀가 너무 아파서 물인 줄 알고 들이킨 것 같으니 부디 화내지 마시고 돌봐주시는 것이……."

"무례를 용서하시고 또 친절하게 마음까지 써 주시니……."

"제가 보기에는 중독입니다."

"예?"

"뭔가 나쁜 것을 먹은 듯합니다. 필요하시면 외국친구 중에 의사도 있으니 소개할까요?"

"별일 아닐 거라고 생각합니다만, 친절하신 말씀 대신 감사드립니다. 상황을 봐서 도움을 부탁드릴 수도 있겠군요. 처음 오셨는데 안 좋은 일이 생겨 사과드립니다."

"정중하신 사과 말씀에 몸 둘 바를 모르겠습니다."

청양의 일이 걱정이 되나 더 집요하게 물을 수도 없어 그대로 성내관에게 인사를 고하고 자리를 떠났다. 정내관은 마사모토가 가는 것을 배웅하고는 서둘러 방으로 돌아가 고통스러워하는 청양에게로 갔다.

"청양 이 년! 무슨 속셈으로 그런 것이냐?" 하고 호통을 치니, 청양은 눈을 가늘게 뜨고 대답하려고 하나 호흡만 가빠질 뿐이다.

"괴로우냐? 당연히 괴롭겠지. 오늘 밤 부른 임정원은 원한이 사무치는 미운 놈이지만, 힘으로 싸워서는 승산이 없다는 걸 알고, 머리를 짜내어 준비한 독주다. 그놈이 마시려는 찰나에 네가 방해를 해, 그놈을 죽이지도 못하다니 원통하기 그지없다. 마신 너도 이제 곧 죽을 것이다."

이제는 더 토할 피도 없는지 청양은 고통스럽게 희미한 호흡을 하며

"내가 독인 줄 알고 마셨으니 살고 싶지도 않습니다."

"뭐라고? 독인 줄 알고 마셨다고? 그렇다면 정원을 살리기 위해……."

청양은 웃음 지으며 고개를 끄덕이더니 앞으로 고꾸라져 그대로 숨이 멎었다.

123회

천진도사天眞道士라는 자가 있어, 얼굴은 젊어 보이지만 머리는 백발이다. 안개를 먹고 구름을 타고 다닌다고 한다. 사람들이 거처를 물어도 대답하지 않고 나이를 물어도 모른다고 한다. 표연히 왔다가 표연히 사라지며 사람들의 길흉화복을 점친다. 도사가 자주 이 근처를 배회하여 이조의 운명에 대해 이야기하니, 사람들은 크게 존경하여 가는 곳마다 환대를 한다. 도사는 군중들 사이에 서서 연설을 한다.

"이씨 조선은 건국하여 5백 년에 멸망한다. 이것은 하늘의 법칙에 의해 정해진 바이다. 이조의 운명은 벌써 다하였으나, 왕가는 이것을 물려주려 하지 않고, 백성도 여전히 이를 받아들이니 이것은 명백히 하늘의 뜻을 거역하는 것이다. 왕가는 사리사욕을 없애고 백성은 무지몽매의 꿈을 깨어 빨리 하늘의 명을 받아들이면 국가도 부귀 안녕해질 것이다. 만약에 그렇지 않고 시간이 흐르면 천재지변이 거듭되어 계림 팔도가 물과 불로 멸망할 것이다. 지금은 이씨를 대신해 정씨가 하늘의 뜻을 받아 세상에 태어났으니 머지않아 그가 왕이 될 것이다. 궁궐 쪽에서 요괴의 기운이 넘치고 그 요사스러운 기운은 이씨에게 흐르고 상서로운 기운은 정씨에게로 흐른다."

사람들이 도사에게 정씨의 이름을 물으니 더 이상 천기를 누설할 수 없다며 종적을 감춘다.

군집한 사람들이 흩어지고 천진도사가 지팡이를 짚고 떠나려는 때에, 깊게 갓을 눌러쓴 한 남자가 사방을 둘러보더니 "천진도사!" 하고

부른다. 천진도사는 돌아보더니 "누군가?" 하고 묻는다. 남자는 빠른 걸음으로 달려가 갓을 벗어들고

"권병일. 날세."

"아니? …… 정내관님이십니까?"

"그렇게 큰 소리로 이름을 말하면 곤란해."

"아까부터 계셨습니까?"

"군중에 섞여 아까부터 들었네만, 거만한 도사역에 참으로 감탄했네."

"머리와 수염이 하얀 덕분에, 외운 문구를 읊으며 몇 번이고 도사흉내를 내보지만 참으로 쉽지 않습니다. 그런데 어떻게 지내시는지요?"

"도사 덕분에 우민들이 혼란해 하고 있으니 이제 슬슬 모습을 나타내야겠지."

"가능한 빨리 부탁합니다. 이렇게 한가하게 나라를 돌아다니는 것이 쉬워보여도 밥도 잘 못 먹고 이슬 맞고 자기가 부지기수입니다. 입으로는 거창한 소리를 하고 다니면서 항상 배를 곯고 있지요. 구름을 타고 다닌다면서 발은 항상 까져 이 모양이지요."

"잘 알았네. 힘들겠지만, 조금만 더 고생하게. 여비는 어떤가?"

"도사라고 선전하고 다니니 돈을 가질 수도 없고, 그래도 가끔은 들키지 않도록 사 먹기도 합니다. 참으로 돈은 있어도 없어도 곤란하니 도사역 만큼 괴로운 것도 없습니다. 이제 보니 동생이 맡았던 요괴역이 더 좋습니다."

"하하하. 불평하지 말고 조금만 더 고생하게. 그리고 가끔씩 집에 들러 쉬기도 하게. 그때는 한턱 잘 대접하겠네."

"고맙습니다. 가까운 시일 안에 한번 가겠습니다."

"내일은 어디로 가는가?"

"오늘 밤은 산속을 걸어 내일 모레는 평안도 쪽으로 갈 예정입니다. 그러면 전국을 다 돌게 됩니다. 그런데 일전의 임정원 계획은 어떻게 되었습니까?"

"또 실패했네. 자네도 알 거야. 진주의 기생인 청양을……."

"예. 서방님이 데리고 와서 궁녀로 삼았던……."

"그래. 그 여자를 내 첩으로 삼아 집에 데리고 있었어. 그런데 정원 놈을 불러 독주를 마시게 하려던 찰나, 그 청양 년이 그 독주를 마셔버린 거야."

"왜 그랬나요? 그래서 어떻게 되었습니까?"

"독주를 마셨으니 바로 죽었지."

"정원 놈은 무사하고요?"

"무사하지. 마시지 않았으니……."

"왜 그런 일이……."

"독인 줄 알고 마셨으니 분해서……."

"뭐라고요?"

"청양이 원래 정원에게 반해 서로 여러 관계가 있던 것을 몰랐던 것이 이쪽의 실수였지. 그래서 정원을 대신해 독주를 마시고 죽은 거지."

"황당한 일이군요."

"정말 분하구나. 향운부터 청양까지 내가 마음을 준 여자는 모두 정원 놈에게 뺏겼다. 아아. 누가 온다. 그럼 이제 가겠네. 조심하게."

"안녕히 가십시오."

124회

마사모토가 정내관의 초대를 받고 나간 후 향란은 유아와 온갖 세상 이야기를 나누며 시간을 보냈다. 갑자기 향란이 마사모토의 일이 걱정되어 침울해하는 것을 방계가 눈치 채고 "하인은 어디에서 왔느냐? 정원은 어디로 갔느냐?"라고 묻는다. 향란은 "이수재 댁에 갔겠지요"라며 얼버무렸다. 한참 후 유아는 집으로 돌아갔다. 향란은 또 엄마가 여러 가지를 물어올까 두려워 마사모토가 읽던 『구운몽』을 꺼내어 방계에게 읽어준다. 마음 한편으로는 남편의 귀가를 초조하게 기다리고 있었다.

돌아온 마사모토는 술 냄새가 진동을 할 만큼 취했으나, 여느 때와 달리 안색이 창백하고 눈에는 근심이 가득하다. 방계와 향란은 좌우에서 "무슨 일이냐?"고 물으니 마사모토는 적당히 대답하고, 술에 취했다며 잠자리에 든다.

다음 날에도 마사모토는 안색이 창백하고 눈이 충혈되어 있다. 식사 후에 향란이 마사모토에게 물었다.

"어젯밤부터 안색이 좋지 않으십니다. 어디 아프십니까?"

"좀 걱정거리가 있어서……. 어제 전혀 못 잤네."

방계는 놀라

"어떤 걱정입니까? 말씀해 주십시오."

"제가 어제 어디에 갔는지는 들으셨습니까?"

"이수재님 댁 아닙니까?"

"아닙니다. 실은 정내관 집이었습니다."

방계는 원망하는 듯한 시선으로 향란을 보며

"나한테는 사실을 말해주지 않으니……. 그럼 정내관의 초대를 받은 것입니까?"

"향란과 유아 모두 가지 말라고 막았지만, 좀 생각이 있어 무리하게 뿌리치고 갔습니다. 그런데 위험천만으로 독살 당할 뻔했습니다."

"아니? 독살?"

"그러게 왜 그런 나쁜 사람의 집에 갔습니까?"

"동료가 되니 전혀 교제를 안 할 수도 없고……."

"독은 어디에 들어 있었습니까?"

"외국에서 온 포도주에……."

"당신은 포도주를 좋아하시는데 어떻게 독이 든 것을 아셨습니까?"

"나는 몰랐지. 그래서 마시려고 했지."

"큰일 날 뻔했네요."

"어떻게 아셨습니까?"

"수청을 들러 들어온 사람이 청양이었네."

"아. 그랬습니까? 청양이 당신에게 슬쩍 알려주었던 거군요."

"아니. 그렇지 않네."

"그럼 독이 들지 않은 것과 바꿔주었군요."

"그렇지도 않네. 실은 그 독을 청양이 마셨다네."

"그럼 독을 청양이……."

"다 마셔 버렸습니까?"

모녀는 놀라서 묻는다. 마사모토는 눈물을 흘리며

"청양은 독인 줄 알면서도 나를 구하기 위해서 마신 것이네."

"그래서 청양은 어떻게 되었습니까?"

"꽤 강한 독인 듯 그 자리에서 토혈했다네."

"생명에 지장은 없는지요?"

"청양이 피를 토하자마자 정내관이 당황해서 청양을 다른 방으로 밀어 넣었다네. 나는 부득이 집으로 돌아왔으니, 그 후는 모르지만, 아마 살기 어려울 것 같네. 가엽기 그지없네."

"아이구 불쌍해라."

"다른 집이라면 우리가 가서 간호라도 해주고 싶지만 정내관 집이니 그리도 못하겠네."

"참으로 정내관이라는 자는 악한이군요."

"아침에 한길준에게라도 부탁해 상황을 알아보고 오라고 해야겠습니다."

"내가 불러 올까?"

"아니오. 제가 가겠습니다."

"호랑이도 제 말하면 온다더니 한씨가 왔습니다."

 125회

평소에는 가지고 다니는 담뱃대처럼 느긋한 한길준이지만, 오늘은 어찌된 일인지 종종걸음으로 달려왔다.

"벌써 나가셨습니까?"

방계는 안에서 문을 열며

"마침 잘 왔네. 지금 정원님께서 댁으로 가려던 참인데……"

"아 그렇습니까? 잘되었습니다."

마사모토는 앉아서

"한씨. 어서 오게. 오늘은 무슨 일로?"

"일찍 일어났지만 좋은 일은 하나도 없군요."

"안에 들어가서 이야기하세."

"어서 올라오세요."

한길준은 안으로 들어가 향란에게 인사를 하고 앉았다.

"무슨 일 있습니까?"

"예. 흉측한 것을 봤습니다."

"흉측하다니 무엇을 말하십니까?"

한길준은 향란을 향해

"아가씨 놀라시면 안 됩니다."

"어머. 불길해라."

"오늘은 저의 옛 주인인 거일산의 기일입니다."

"오늘이 기일인가?"

"그래서 오늘 일찍 일어나서 성 밖의 절에 가서 스님에게 시주하고 독경을 부탁하고 돌아오는 길에, 갑자기 눈에 띈 포대기 하나가 있었습니다. 한쪽에는 머리카락이 다른 한 쪽에는 흰 다리 두 개가 늘어져 있었습니다."

마사모토는 미간을 찌푸리며

"쓰러진 건가?"

"아닙니다. 쓰러진 것이 아니라 포대 위를 새끼줄로 묶은 것을 보니 아무래도 죽은 후에 버린 것입니다."

"그래서 자네는 사체를 보았는가?"

"요즘 심한 불경기에 불쌍한 고아들이 성 안에도 가득하니 쓰러져 죽었을 법도 합니다만, 고아라고 하기에는 머리와 다리가 너무 고와 이상하다고 여기며 살짝 포대 속을 들여다보니 예쁘게 화장한 여자의 시체."

"여자라면 그 얼굴은 보았는가?"

"봤습니다. 그래서 너무 놀라 이리로 달려온 것입니다."

마사모토는 바로 청양임을 알아차리고 눈물방울을 뚝뚝 흘렸다.

"청양이겠지?"

"어떻게 그걸 아십니까?"

"과연 그런가? 참으로 안됐구나."

"청양이 죽은 것입니까?"

"아이구 가여워라."

"그 정도로 독한 독을 마시고는 도저히 살 수 없을 거라 생각은 했지만, 결국 죽었구나."

"아니, 아가씨가 독을 마셨다니 도대체 무슨 이야기입니까?"

"어제 정내관이 나를 불러 독주를 마시게 하여 죽이려는 것을 청양이 나 대신에 독을 마신 거다."

"아니, 그렇습니까? 어제 유아가 이 댁에서 돌아왔을 때, 정내관의 편지가 와 모두가 말렸지만 서방님께서 가셨다는 얘기는 들었습니다만, 그런 일이 있었군요."

"만약 청양이 없었다면 지금 그 포대 안에는 내가 들어있겠지."

방계도 향란도 두려워 어쩔 줄을 모른다.

"그럼 정내관이 독살한 거군요."

"그렇지. 그건 그렇고 빨리 시체라도 이리로 가져오자. 참으로 잔인무도한 놈이다."

"제가 저희 집으로 모셔서 장례를 치르겠습니다. 정내관을 관가에 고발할까요?"

"그건 좀 더 두고보자. 뇌물로 또 손을 쓸 거야. 우리나라의 형벌제도는 정내관의 손 안에 있으니……."

"나는 분해서 견딜 수가 없습니다."

"분통이 터지는 것은 나도 마찬가지다. 지금은 기다렸다가 나중에 복수를 하자."

"그럼 지금 바로 인부를 데리고 가겠습니다."

"수고스럽겠지만 그렇게 좀 해 주게."

한길준이 나간 후 두 모녀는

"그러니 음식은 가능한 한 집에서 드시도록……."

마사모토는 고개를 끄덕이며 집을 나갔다.

126회

마사모토는 한길준을 앞에 세우고 많은 인부를 데리고 교외로 나갔다. 과연 한길준의 말대로 마른 풀과 꽃으로 뒤덮인 저쪽에 청양의 시체가 누워있고 들짐승들이 모여들어 살을 뜯으려 하고 있다. 마사모토는 다가가 눈물을 흘리며 시체를 수습하여 인부들에게 명하여 가마에 싣게 하여 한길준의 집으로 옮겨 엄숙하게 장례를 치렀다. 정내관의 소행이 너무나도 괘씸하여 마사모토는 다음과 같은 서한을 적어 하인에게 들려 보냈다.

정내관 귀하

지난 밤은 황공한 대접을 받아 깊이 감사드립니다. 그 후 찾아뵙고 인사를 드려야 하나 공사다망하여 실례를 범하였음을 용서해 주십시오. 다음날 저는 성 밖의 들판에서 우연히 한 구의 시체를 발견했습니다. 놀라서 살펴보니 귀댁의 시녀였던 청양으로, 전날 밤 저에게 권하셨던 그 포도주를 마시고 난 뒤 코와 입으로 피를 흘리며 피부가 파랗게 변하여 무참하게도 죽은 것이니 너무나 놀라울 뿐입니다. 무릇 시체를 들판에 버려 짐승의 먹이가 되게 함은 국법에 어긋나는 일로 사람이 행할 바가 아닙니다. 필경 귀댁의 하인이 귀하의 명을 어기고 무참하게 버린 것이 아니라면, 청양이 괴한에게 죽임을 당해 이렇게 버려진 것일 터이나, 귀댁에서는 이것을 모르셨던 것 같습니다. 이미 귀댁의 시녀였음이 밝혀진 이상은 시체도 귀댁으로 옮기거나, 그렇지 않으면 한성부漢城府에 신고를 하여 사건의 진위를 밝혀야겠지만, 마침 이전에 청양의 집에 일하며 크게 은혜를 입은 자가 있어 그가 장례를 치르고 싶다는 말을 전해 들어, 저는 그 뜻을 받들어 시체는 그자에게 인도하였습니다만, 아직 매장은 하지 않은 상태여서, 귀댁에서 처리를 하든가, 한성부에 신고를 하든지, 어느 쪽이든 귀댁의 의향에 따르려 합니다. 귀댁의 의향을 알려주십시오.

임정원

섬뜩한 문구의 편지에 위세 높던 정내관도 크게 놀란듯 해 바로 사람을 마사모토의 집으로 보냈다.

"시녀인 청양의 일은 지난밤의 실수로 당신이 귀가하신 후 바로 내쫓았습니다만, 그 후로는 어디로 갔는지 우리도 모르고 있던 바, 오늘 당신의 편지를 읽고 크게 놀랐습니다. 우리 집을 쫓겨나간 후의 일로 우리와는 아무런 관계가 없는 일이지만, 일단 우리 집에 있던 자가 그런 죽음을 맞았다고 하니 가련하기 그지없어 지금 아랫사람에게 얼마 안 되지만 돈을 보내니, 시주로 써 주십시오"라고 한다. 마사모토는 짐작했다는 듯이 껄껄 웃으며, "연유가 있어 당신에게서 돈을 받아 청양의 혼을 달래는 시주를 받을 수 없다"며 돈을 돌려보내니, 한길준 부부도 이것을 보고 생각하는 바가 있어, 수일 후 명산名山을 골라 청양의 시체를 정성스럽게 묻어주었다.

청양의 혼을 부르는 밤에 마사모토는 한길준과 스님을 불러 제를 거행함에, 크게 곡을 하며 밤새 불전을 지키니, 한길준이 마사모토에게 말한다.

"오늘 절에 오는 길에 이상한 이야기를 들었습니다."

"이상한 이야기라니?"

"가까운 시일 내에 이씨 조선이 멸망하고 정씨가 국왕이 된다고 합니다."

마사모토는 차가운 미소를 띠며

"별로 신기한 이야기도 아니군."

"그렇지 않습니다. 대신할 사람이 정해졌다고 합니다."

"뭐라고? 대신할 사람이? 국왕을 대신할 사람이?"

"머지않아 나타난다고 합니다."

"아…… 그건 신기한 이야기이네. 그 사람이 누구지?"

"천진도사라는 사람이 요즘 각지에 나타나 예언을 한다고 합니다만, 그 도사의 얘기에 의하면 정씨 중에 이조를 대신해 국왕이 될 사람이 경성에 있다고 합니다."

"천진도사는 어디 놈인가?"

"이슬을 먹고 수일을 지내고 구름을 타고 여기저기 마음대로 다닌다고 하니 정해진 집은 없겠지요."

"그럼 그 정가의 이름은?"

"아직 거기까지는 말하지 않았습니다만, 하지만 곧 알려진다고 하니……."

127회

전날 밤 국왕전하는 마사모토를 은밀하게 침전으로 불러 러한밀약의 일을 전하고 민도독의 상소를 꺼내어 이해득실을 의논하니, 마사모토는 그 답을 명쾌히 하여 옳고 그름이 명약관화 같다. 국왕도 그 뜻을 높게 평가하여 마사모토에게 모든 것을 맡기니, 마사모토는 우선 국부군과 이가웅과 의논하고 다시 청의 원이사를 설득하여 각국공사를 청현궁으로 초대하여 연회를 열었다. 연회석상에서 한 장의 담화를 준비하여 노국공사에게 밀약이행 담판을 중지하게 하니, 백성의 기쁨은 말로 표현할 수가 없다. 국왕전하는 어느 날 밤 다시 마사모토를 침전으로 불러 황송하게도 손을 잡으시고 그 공로를 높게 칭찬하니, 국왕전하의 마사모토에 대한 신임은 더욱 깊어져 국가의 대사에 관계되는 소문과 상소는 모두 마사모토와 의논하여 결정한다. 조선의 빈약을 구하고 독립왕국의 체면을 유지하는 것이 동양진보의 일대급선무라는 것을, 마사모토는 이 나라에 입국한 이후로 한시도 잊지 않고 있었다. 어떻게 이 어지러운 실타래를 풀 것인가? 무너진 법의 기강을 세워야 한다. 사람들의 정기가 쇠퇴하여 교육이 세워지지 않는다. 상업 공업 농업 전반이 개혁할 대상이지만, 그 중 재무가 우선되지 않으면 아무 것도 되지 않는다. 그러면 재무를 바로 잡는 일이 가장 급선무라고, 이전부터 마사모토는 이가웅, 이동인과 함께 마음을 합쳐 공통은행을 설립하려는 계획을 세웠으나, 외척당의 방해를 받아 중도에 실패했다. 그 후 외채모집은 당국의 여론이 되어 시행될 뻔했으나, 청국에 도움을 청하면 노국이 방해를 하고 독일에 도움을 청하면 프랑스가 방해를 해, 한 번도 성공한 적이 없다. 특히 노한밀약은 필경 외채모집을 위한 목적에 지나지 않지만, 그 결과가 엄청난 물의를 일으킬 수 있어, 도저히 외채모집은 오늘날 가능해 보이지 않는다. 이러한 경쟁의 수라장에서 조선을 구할 수 있는 것은 단지 좋은 이웃인 일본뿐이다. 일본의 조선에 대한 야심 없음을 이제는 노국도 알고 청국도 알고 조선 자신도 잘 알고 있다. 일본의 힘을 빌려 자국의 부강을 꾀하는 것을, 조선은 원래부터 희망하였고 노국과 청국도 이것을 방해하지 않으니, 아직 일이 성사되지 않는 것은 조선 혼자만 신용이 없음이 아니라 갑신정변 때 크게 당국 백성의 감정이 상처를 입어, 김송균이 일본에 있는 동안은 일본에 의지하려고 하지 않으려고 하는 마음 때문이다. 특히 외척당은 이 악감정이 가장 강한 자들로서, 만약에 이쪽에서 이 일을 청하면 그 대가로 김송균의 석방을 일본에 청구할 것이라 우려되어 결국 말을 꺼내지 못하고 끝난 것이었다. 그래서 마사모토는 국왕전하께 간언하여 비밀리에 다양한 계획을 세웠다.

우선 일본의 거상巨商을 불러 재정정리를 위탁하는 것이다. 또 마사모토는 어느 날 일본신문에 한 편의 논문을 게재하여, 이제까지의 일본공사가 주로 무관 중에서 선출되어왔고 이것이 조선의 발전을 위해 그릇되었음을 설파하였다. 이것이 일본 외무관을 감동시켜 이후로는 내치와 외교에 노련한 사람을 조선공사로 임명하니, 국왕전하도 공사를 깊이 신뢰하여 무슨 일에나 조언을 구하게 되었다. 모두 마사모토의 힘에 의해 제반사항이 순조롭게 돌아가게 된 것이다.

마사모토는 숙직하던 어느 날 밤, 여느 때처럼 전하를 알현하여 여러 가지 질문에 황송하게 답변을 올리니, 전하는 고개를 끄덕이며 듣고 계시더니 마침내 감정이 복받치어 용안에 눈물을 쏟으시며, "오랫동안 내관의 자리에 있었던 정사용은 지금 과인에게 반기를 들어 대항하는구나" 하며 힘없이 내뱉는다.

128회

청양의 덧없는 최후를 위로하는 장례식 준비에 바쁜 마사모토는 요즘은 이가웅과도 만나지 못하고 있던 차, 오늘은 대궐에서 퇴차하던 길에 오랜만에 이가웅 댁을 찾았다. 두 사람은 서재에 마주 앉아,

"요전에 댁에 안 계실 때에 들러 청양에 관한 대강의 이야기는 들었습니다만, 참으로 정사용이라는 자는 무정하고 잔인하기 그지없는 자

이군요. 더구나 당신을 초대해서 독살하려고 했다니……."

"필경 제가 마실 독을 청양이 마시고 저를 대신해 죽은 것입니다."

"위험할 뻔했군요. 가까운 시일 안에 당신을 위해 축하연을 열어야 겠소."

"물론 저도 목숨을 부지한 축하연을 열어야겠지요."

"꼭 불러주십시오."

"아무래도 수상합니다. 또 언제 어떤 일을 꾸밀지……."

"당신도 참 순진하십니다. 초대를 받아도 안 가면 될 텐데, 방계님과 아내도 크게 걱정을 하셔서 다시는 그런 곳에는 가지 않도록 충고해 달라고 신신당부를 했습니다."

"이제 가려고 해도 갈 수가 없게 되었지요. 당신은 아직 정사용 소식에 대해 모르시는 듯하군요."

"무슨 일이 있습니까?"

"정사용이 반역을 했지요."

"예? 반역을……."

"이조를 대신해 왕위를 계승할 자가 바로 정사용이라고 사람들을 홀리고 다니더니, 이제 드디어 반란을 일으킨 모양입니다."

"방문榜文에 적힌 정씨가 다름 아닌 자기 자신이라니, 참으로 어이없 군요. 언제 어디에서 반란을 일으킨 것입니까?"

"수원 남양의 도적들과 합류하여 본인이 그들의 두목이 된 것이지요."

"과연……. 이제 모든 게 밝혀졌군요. 얼마 전부터 각지에 천진도사 라는 자가 나타나, 어느 날 이씨를 대신해 정씨가 나타난다는 말을 퍼 트린다고 하더니……."

"바로 그겁니다. 사실은 저도 그 얘기를 들었습니다만, 경성에 불길한 기운이 감돌고 있으며, 곧 나타날 정씨가 지금 한양에 살고 있다는 얘기가 너무나도 수상쩍었습니다. 그래서 이리저리 조사해 보던 중이었습니다. 어제는 마침 숙직이라 궐내에 있었는데 전하께서 급히 찾으셔서 침전으로 달려갔더니, 정사용이 반란을 일으킨 것에 대해 전하가 크게 상심하시며 여러 가지를 알려주시어 사건의 전모를 알게 되었습니다."

"참으로 극악무도한 놈입니다. 살을 찢어 죽여도 마땅한 놈입니다. 토벌대장의 임명은 아직입니까?"

"아직입니다. 하지만 저의 생각으로는 토벌대를 보낸다고 해도 도저히 소용이 없을 것 같습니다."

"왜요?"

"왜냐하면 국민의 대부분은 현 정부에게 질려버렸고, 설상가상으로 벽보에 쓰인 정씨가 나타나기를 기다리고 있는 형국입니다. 그런 차에 가짜 도사를 등장시켜 우매한 백성을 속였고, 드디어 정사용이 나타났기 때문에, 국민 모두가 정사용 편이 되었고, 또 각지의 도적도 그 수하에 들어갔다고 하니 참으로 큰 걱정입니다. 이래서는 도저히 적은 병사로는 이길 수가 없습니다. 그리고 정사용과 외척당은 친밀한 관계임을 당신도 잘 아시는 바이니, 말하자면 정부도 백성도 모두 정사용 편으로 잡는 자도 잡히는 자도 모두 한통속이니, 도저히 이길 승산이 없습니다" 한다.

이가웅은 분개하여,

"아무리 편이 많아도 모두 오합지졸들이니, 훈련된 병사들로 정벌을 한다면 질 리가 없다" 한다.

마사모토는 미소를 머금고

"훈련된 병사라니 누굴 말합니까?"

"물론 사영四營의 병사들이지."

"누가 사영四營의 병사를 지휘하지요? 외척당입니까?"

마사모토의 이 질문에 이가웅도 대답을 못하고 혀를 끌끌 찰뿐이다.

"쯧쯧쯧……."

129회

이가웅은 아무 말 없이 가만히 앉아 생각에 잠겼더니, 비통의 눈물이 갓 끈을 따라 흐른다. 마사모토에게

"실로 이 대적大敵을 무찔러 저 간악한 정사용을 칠 수 있는 자는 자네 밖에 없네."

"저를 토벌대장으로 임명하시는 것입니까?"

"아버지 이가건에게 이 일을 상의드리면 즉시 전하를 알현하여 자네를 천거할 것이고, 그러면 필시 윤허를 하실 것이네. 그것보다 더 빠른 길은 국부군에게 직접 아뢰는 것이네."

마사모토는 아연실색하여

"당신도 저를 배신하고 외척당에 가담하는 것입니까?" 하고 물으니,

이가웅은 놀라서 손을 저으며 "무슨, 당치도 않은 말을…… 내가 자네를 배신하고 외척당에 가담한다니……."

"외척당의 당수인 민도독과 같은 생각이니……."

"괘씸한 민영신. 그놈은 반대당이다. 나는 이제까지 한 번도 그들과 한패가 된 적이 없네. 농담에도 정도가 있네."

이가웅은 노발대발하여 언성을 높인다. 마사모토는 웃으며 그를 달랜다.

"이렇게 화를 내시면 곤란합니다. 제 이야기를 들어 보십시오. 아마도 이번의 토벌대장은 제가 맡게 되겠지요."

이 한마디를 듣고 비로소 이가웅은 화를 풀고

"그럼 자네가 맡아줄 텐가?"

"조금 전에도 말씀드렸듯이 아직 확실한 것은 모르지만, 하지만, 오늘 민도독은 이 일 때문에 궁궐에 들어가 국왕께 토벌대장으로 저를 추천했습니다."

"아니?, 민도독도 토벌대장으로 자네를 추천했단 말인가?"

"예. 분명히 그렇습니다. 그러니 당신과 뜻이 똑같지요."

"하지만 나는 전혀 그와는 상관없네."

"민도독은 국왕께 이렇게 아뢰었지요. '정사용이 반란군이 된 것을 듣고 무척 놀랐습니다. 하루 속히 토벌에 나가야 합니다만, 정사용이 방문에 적힌 정씨와도 성이 같아 많은 국민의 지지를 받고 있으니, 이번에는 다른 도적들과는 달리 간단히 치기는 어려울 것 같습니다. 그리고 각지의 병사들이 그의 편에 가담해 조정을 적대시하고 있다고도 하니, 그렇다면 물론 한성의 병사를 일으켜 토벌할 수밖에 없지요. 그러나 당장 왕궁의 수비를 게을리하여 성 밖으로 출병을 해버리면 또 어떤 화를 입을지도 모릅니다. 그러니 적은 수의 병사들을 분산하여 큰 수의 적을 친다는 것은 참으로 어려운 일입니다. 하지만 이 일을 맡아 줄 유일한 적임자가 있으니, 바로 전하의 측근에 있는 내관 임정원입니다. 그는 천성적으로 용감무쌍하여 일찍이 영취산의 요새에 들어가 혼자서 두목 두 명을 때려 눕혔고, 지난해에는 모화관에서 괴력의 중국인 진씨와 힘을 겨루어 이름을 떨친 자입니다. 만약에 임내관을 토벌대장에 임명하여 정사용을 잡아들이면 나머지 적들은 싸우지도 않고 혼비백산할 것입니다. 임정원이 가장 적격자입니다'라며, 저를 추켜세웠습니다."

이가웅은 고개를 갸웃거리며

"아무리 들어보아도 하는 얘기는 다 맞는 이야기이지만, 민도독의 의중을 알 수 없네. 하지만 전하께 그렇게 상소를 올렸다면 토벌대장은 자네로 결정됨은 이미 정해진 일이네. 축하주 한잔 하세."

"또 왜 그렇게 섭섭한 말씀을……"

마사모토는 의연히 말한다.

"토벌대장 임명장은 사형선고와 마찬가지입니다. 사람의 탄생에 축사를 올리는 것이 당연하다면 형장으로 끌려가는 저에게 조사弔詞를 해주셔야죠. 원래 정가와 민가는 돈독한 사이로 이번의 정사용의 반란도 서로 한패임이 분명합니다. 왜냐하면, 외척당은 이제까지 악정惡政을 거듭하여 국민의 마음을 잃었으니 지금은 참으로 위험한 처지에 있는 것이지요. 그러니 정사용에게 붙어있으면 언젠가는 정씨조선의 권력을 얻어 세력을 유지할 수 있을 거라 생각하는 거지요. 하지만 또 정사용이 권력을 얻지 못하고 쓰러지는 날에는 의연히 이조의 집권자로 그 공을 세울 수 있는 것이죠. 그러니 그가 지금 병사를 풀어 정가를 토벌하게 된다면, 훗날에 정사용을 이용할 수 없게 되고, 지게 되면 남들의 웃음거리가 되는 것이지요. 이참에 눈에 가시인 나를 토벌대장으로 추천하여, 극히 적은 수의 병사만을 나에게 내주어 그 틈에 반역패의 힘을 빌려 나를 없애려는 계략이지요. 그러니 같이 출병하는 병사들 역시 저에게는 이미 적인 셈이지요."

130회

마사모토의 아내와 장모는 대궐에서 연락이 올 때마다 희비가 엇갈린다. 조정에 수많은 신하가 있지만 큰일이 있을 때마다 불려가는 마사모토이다. 영광스러운 일이긴 하지만 위험한 일이라고 생각하니 마음이 편하지 않다. 어젯밤에는 마사모토가 궁궐에서 숙직하고 오늘은 빨리 돌아와야 할 터이나 저녁까지도 귀가하지 않아 기다리고 있다. 문앞의 발소리에 기다리던 남편인 줄 알고 뛰어나가니, 마사모토가 아니라 궁궐에서 온 급사이다. 지금 바로 궁궐로 오라는 어명을 남기고 돌아가니, 방계와 향란은 걱정스러운 얼굴로,

"궁궐에서 전갈이 왔으니, 이것은 벌써 궁에서는 퇴궐하셨다는 얘기일 텐데……. 어디에 들르셨는가?"

"아마 이수재 댁에 들르셨겠지요."

"그럼 그곳에 사람이라도 보내 봐야지."

"조금 더 기다렸다가 그때도 소식이 없으면 한씨를 보내죠."

"도대체 일이라는 게 뭘까?"

"나쁜 일이 아니어야 할 텐데요."

서로 걱정하고 있는 사이에 마사모토가 돌아왔다. 우선 방계에게

"오늘은 오랜만에 이가건의 댁에 들러 맛있는 음식을 대접받고 이렇게 늦었습니다."

"아마 그럴 거라고 짐작은 하고 있었습니다만, 조금 전에 대궐에서 급한 전갈이 있었습니다."

말이 끝나기도 전에 정원은 풀었던 갓끈을 고쳐 매며

"아, 벌써 왔습니까?"

"당신도 벌써 아시는 내용입니까?"

"대강은 알고 있소. 정내관이 반역을 일으켜 토벌대장으로 출병하라는 얘기겠지요."

방계와 향란 모두 크게 놀라

"뭐라구요? 출병이라고요? 당신은 무관도 아니니 그런 일은 거절해 주세요."

"수만 명의 군사를 이끄는 정내관을 정벌하는데 불과 1, 2백의 병사를 이끌고 나간다는 것은 말도 안 되는 소리이지만, 그래도 이 나라에 태어난 백성이 왕명을 어길 수는 없는 법이오."

"아무리 왕명이라고 하지만 그렇게 말도 안 되는 전쟁에 나가서는 안 됩니다."

"왕명을 거절하시는 것이 좋습니다."

"이수재도 만류하시고 저도 거절하고 싶습니다만, 국왕께서 허락하지 않으시면 어쩔 수 없는 일. 원래 토벌대장으로 추천한 것은 민영신 도독으로 그는 정내관과 막역한 사이이죠. 필경 나를 추천한 것은 후일의 방해꾼을 처치하기 위한 계략이겠죠."

"당치도 않습니다. 그런 이유라면 더욱 안 됩니다. 병이 들었다고 둘러대어 거절하십시오."

"적의 두목이 정내관. 추천인이 민도독이라고 듣고 보니 왠지 가고 싶어지네."

"심술궂으시군요."

"적이 누구든 간에 부디 위험한 곳에는 들르지 않도록 해 주십시오."

"어찌되었건 일이니 빨리 궁궐에 들어가 봐야지."

방계와 향란이 극구 만류하였지만 마사모토는 적당히 둘러대고 궁궐로 향했다. 국왕은 마사모토를 토벌대장에 임명하고 검을 하사하셨다.

이때에 봉화가 밤낮으로 다급함을 알리고 정사용의 세력이 파죽지세로 일어나 여러 지역을 약탈하더니, 이제는 충청도의 산적과 손을 잡아 그 기세가 하늘을 찌른다.

131회

일이 어떻게 되어 가는지 방계와 향란이 걱정하고 있던 차에 정원은 토벌대장의 임명장과 검을 받아 집으로 돌아왔다. 이제 정원은 왕명에 따르겠다고 결심을 굳힌 듯하나 그렇다고 해도 기뻐하는 기색도 걱정하는 기색도 보이지 않는다. 그 변함없는 안색을 모녀가 원망스러운 듯이 지긋이 바라볼 뿐, 일단 마음을 정하면 바꾸지 않는 정원의 평소의 성격을 잘 알기에 다시 아무 말을 하지 못한다.

곧 이 사실을 전해들은 이가웅은 놀라서 정원을 찾아왔다.

"드디어 출전이군요."

정원은 태연자약하게,

"국왕전하의 명령이니 거절할 수도 없어 내일 바로 떠날 예정입니다. 사실은 퇴궐하는 길에 들러서 이 일을 아뢰고 싶었습니다만, 병영에도 들리야 하여, 이것저것 황망하여 대감께는 실례를 범했습니다."

"나는 그대가 돌아간 후에도 걱정이 되어 청현궁으로 가 국부군을 만나 여러 가지 얘기를 나누던 중, 궁에서 벌써 임명이 끝났다는 보고를 받고 바로 이쪽으로 발길을 돌린 것입니다."

"국부군은 이 일에 대해 뭐라고 얘기하시던가요?"

"몸 상태가 좋지 않으셔서 깊은 얘기는 나누지 못했습니다."

"큰 병환이십니까?"

"아니오. 항상 있으신 지병입니다. 김집사의 말에 의하면 불과 하루 전에 청나라의 원이사가 와서, 외척당을 비난하여, 정사용이 반역을 한 것도 외척당의 모함이라고 매우 엄하게 추궁을 당했다고 합니다. 원이사가 돌아가자마자 국부군은 지병이 도져 자리에 눕게 되었다는 이야기입니다. 국부군이 큰 병이라도 걸리면 큰일이라고 생각하여, 민도독의 의중 따위는 보고도 하지 않고, 그대가 토벌대장으로 임명되었다는 얘기만 듣고 바로 애도를 표하러 오려 하였으나, 국부군은 이미 민도독의 의중을 의심하여, 행여 임정원을 만나면 정내관을 잡고, 그 후에 또 임금 곁의 간신인 민도독을 잡아달라고 진지하게 저에게 말씀하셨습니다. 그런데 그대가 이끄는 병사는 어느 정도 수입니까?"

"아마 백 명 정도이겠지요."

"아니, 백 명? 정사용의 부대는 적어도 사오천은 된다는 소문인데 백 이백 명의 병사로는 도저히 안 됩니다."

"아까 말씀드린 대로 적군도 아군도 모두 적일 터이니, 적어도 내 주위의 적이라도 소수인 편이 좋겠죠. 병사 수가 많을수록 좋다고 하지만 저는 반대입니다"라고 말하더니 껄껄 웃는다.

그때 춘사령과 한길준이 급하게 달려들어 왔다. 출정을 걱정하는 방계가 눈물지으며 환대를 하니, 어느 샌가 하늘은 환해지고 마음속의 어둠도 서서히 밝아온다. 향란이 마음의 동요를 누르며 한 땀 한 땀 지은 갑옷도 완성되어, 임정원은 그 갑옷을 입고 모인 사람들에게 작별인사를 고하고 집을 나섰다.

백 명의 군사를 거느리고 정원은 그날 바로 수원으로 향했으나, 중간에 어느 요충지에 진을 차리고 수일간 적병과 대치할 뿐 아직 한 번도 이렇다 할 교전을 치르지 않았으나, 과연 적들도 정원의 용맹의 소문을 듣고 두려워하여 감히 덤비려고도 하지 않았다.

132회

진영의 문은 비록 돌을 옆에 놓고 나무를 비스듬하게 세워둔 것에 불과하였으나 견고하기가 금성철벽에 견줄 만하여 병사는 백 명도 되지 않지만 그 기세당당하기가 천군만마와 같다. 그처럼 군대가 정비되었음에도 불구하고 정원은 수 일 동안 적군과 대치할 뿐으로, 어느 날은 활과 화살을 들고 가까운 근처의 들판을 달리고, 어느 날은 술에 취해 달빛에 노래를 읊조리며 진영을 산책하는 등 전혀 전투에 흥미가 없는 듯하다. 처음에는 적의 부대도 정원의 용맹을 믿고, 아군을 방심시키기 위한 계략일 것이라는 둥, 몸소 지리를 살피기 위해 주변을 산책하는 것이라는 둥의, 참새의 무리들이 봉황의 뜻을 알지 못하여 추측만이 무성하였다. 하지만 시간이 흐르자 적군에게도 피로의 기색과 서로를 비방하는 소문이 나돌기 시작했다.

어느 날 정원은 여느 때와 마찬가지로 진영을 둘러본 후 숙소로 들어갔다. 희미한 등불 아래 책을 펴고 네다섯 장 정도 읽고 있자니, 갑자기 선잠에 빠져들어 그 코고는 소리가 우레와도 같다. 그 때 밖에 누군가가 달빛을 피해 발소리를 죽이고 다가오더니, 한참을 지켜보다가 드디어 칼을 빼어 뒤에 감추고는 정원에게로 덤벼들었다. 정원의 목을 단숨에 베려고 뛰어오르는 것을 정원이 다리를 걸어차 넘어뜨렸다. 비틀거리며 덤비는 것을 제압하여 두 손을 잡아 올려 등불에 얼굴을 비추어 보니, "아니, 자네는 장 참군張參軍이 아닌가? 왜 나를 죽이려고 했는지 이유를 말하거라. 사정에 따라 이 목을 기꺼이 바칠 수도 있다" 하며, 목을 비틀며 물으니, 장 참군은 눈을 부릅뜨며 이를 악물며,

"이유는 네가 잘 알 것이다. 장 참군은 국가를 위해 역적을 베러 온 것이다."

"내가 역적인가?"

"물론이다."

정원은 껄껄 웃으며 그의 칼을 빼앗아 한 쪽으로 내동댕이치며 잡았던 손을 풀고 고쳐 앉았다.

"내가 정말 역적이라면 원하는 대로 목을 주겠다. 국왕전하께 충성을 바치고 국민에게 의를 다하는 자가 역적이라면 나도 역적이다."

"네가 아무리 입에 발린 소리를 하여도 나에게는 증거가 있다"

"뭐라고?! 내가 역적이라는 증거를 가지고 있다고? 재미있네. 그렇

다면 보여주게."

"보고 싶다면 보여주지."

장 참군은 소매를 뒤적거려 한 통의 서한을 꺼내어 정원에게 내미니 정원은 곰곰이 읽어보았다.

"증거라는 것은 이것인가?"

정사용의 자필 서한으로 수취인은 임정원으로 되어있다.

"'미리 계획한 대로 내가 이번에 반역을 일으키니, 그대는 국왕에게 매달려 본인을 토벌대장에 임명시키시오. 절대 다른 사람은 안 됩니다. 그대가 토벌대장이 되면 나는 군사를 일으켜 그 세력을 확대시킬 것이오. 그리고 때를 노려 배신을 합시다'라고 적혀 있네. 이래도 네놈이 역적이 아니라고 우길 텐가?"

"자네는 그 편지를 어디서 구했는가?"

"토벌대장 임명이 있던 그날 밤 민도독이 나를 불러 이 편지를 보여주셨네. '이 편지의 수취인인 임정원은 내관으로 있으면서 오늘 자신이 직접 국왕에게 청하여 토벌대장이 된 자로, 이 편지에 적힌 그대로 이다. 지금 다행히도 파발을 놓아 확실한 증거를 잡았으니 즉시 임정원을 잡아들여 그 죄를 묻고 싶으나, 그 자도 보통내기가 아니라서 쉽게 잡을 수가 없다. 그러니 계략을 써 그 자가 방심하게 만들어 몰래 잡아들이는 편이 좋을 것이니 이 일을 맡을 자는 자네 밖에 없네. 원컨대 국가를 위하여 몰래 이 역적을 없애주게'라는 명령을 받고 내가 여기에 온 것이네. 여기에 당도해서도 아직 한 번도 전쟁을 치르지 않고 이렇게 허송세월을 보내는 것도 편지에 적힌 대로이니, 정사용이 세력을 얻을 수 있는 유예기간을 만들어 주기 위한 것이라 판단하여, 직접 목을 자르려고 이렇게 왔다"라고 한다.

정원은 고개를 끄덕이며 수긍하더니 "좋다. 잘 알겠다. 하지만 역적이라니, 나는 결코 역적이 아니고 오히려 나를 역적이라 했던 민도독이 진짜 역적이며 간신이다. 무릇 나의 할아버지와 어머니는 정사용의 형에게 죽음을 당하였고 나는 그 원수를 갚기 위해 정사석을 죽였다. 게다가 정사용은 이승지를 참언하였고 내가 그 억울한 죄를 풀어 주었다. 정사용은 매국의 계획을 세웠던 자이고, 나는 노한밀약을 열심히 저지했던 사람이다. 그랬던 정사용과 내가 어찌 친하게 지낼 수가 있겠는가? 그 편지는 나를 모함하기 위해 일부러 쓰게 한 것으로, 그것을 쓴 자도 또 그것을 쓰게 한 자도 역시 역적이다. 또 내가 지금까지 적군과 한 번도 교전하지 않은 것은 불과 백 명의 병사와 사오천이나 되는 큰 군대와 싸우는 것은 헛된 수고에 불과한 일이라 판단되어, 싸워서 지는 것보다 싸우지 않고 이길 수 있는 방법을 궁리하고 싶었던 것이다. 이제 다행히 그 방법도 알아냈다. 머지않아 싸우지 않고 적군을 자

멸시키면 자네도 나에 대한 의심이 풀릴 것이다."

133회

 옛 도읍지인 수원의 문 밖의 소나무 숲이 우거진 곳에 포박을 당한 사람이 있다. 백발의 머리에 낙엽이 쌓여 행색이 초라하다. 눈은 푹 꺼져 희미하게 빛나고 안색은 수척하여 납빛과 같다. 사람들에게 들키는 것을 부끄러워하여 고개를 숙이니 포박한 줄이 조여 호흡이 곤란한지 들판에 울어대는 벌레 같은 울음소리를 내어 동정을 자아내니 가소롭기 그지없다. 그 옆에 붙은 방에는,

한성에 거주하는 권병일

이 자는 역적 정사용에게 속아 자신을 천진도사라고 칭하여 각도를 돌며 도처에서 허망을 꾸미며 양민을 속이고, 정사용이 이씨 조선을 대신할 정씨라고 하였으니, 반역을 꾸민 죄 참으로 능지처참에 해당한다. 또 이자가 이슬을 먹고 구름을 타고 생사내왕을 모두 자유자재로 할 수 있다고 자처하나, 지금 이렇게 잡아서 추궁을 하지만 이슬을 먹고 살고 구름을 불러 도망갈 수도 없다. 며칠만 있으면 거짓을 말하고 다니는 혀는 말라비틀어질 것이며 굶어죽을 것이 명백하다. 무릇 일국에 군림하는 자는 사람을 의지하며 하늘에 의지하지 않으며 덕으로 다스리기를 만대에 이른다. 인을 베풀지 않으면 하루도 버틸 수 없으며 민심을 두려워하거늘 그 허망한 예언은 도대체 무엇인가? 예언이 사실이라면 이조의 운명이 5백 년을 넘지 않을 것이나 이미 벌써 몇 년을 넘겼으니 예언의 허망함을 알 수 있다. 지금의 국왕전하의 성덕은 만왕을 능가하지만, 가혹한 세금은 국민을 괴롭히고 있다. 그러나 이것은 필경 왕을 보좌하고 있는 자들의 죄일 것이다. 정사용이 반역을 일으킨 것은 우민이 예언에 현혹되어 가짜도사에게 속아 몰래 따르는 자들을 이용한 것이다. 국왕전하께서는 이를 안타깝게 여겨 어떻게 해서든 그 죄를 면해주려고 생각하고 계신다. 나는 그 넓으신 마음에 감복하여 출사 후에도 무기를 아끼고, 어떻게든 진실을 알리고 거짓을 폭로하여 부정한 마음을 정한 마음으로 바꿀 수 있는 궁리를 하기를 여러 날이다. 이제 드디어 미신의 원천인 이 자를 잡았으니, 이 자가 포박을 풀고 장풍을 타는 재주를 보인다면 이 자의 말을 믿을 것이고, 이 자가 가짜라면 정사용의 예언 또한 가짜임을 알 것이다. 이들의 거짓에 속은 많은 우민들이 빨리 국왕전하의 성덕을 따라 진실을 알고 그에 따라야 할 것

이다. 내가 정가 역적의 목을 자르는 것도 불과 수일 안에 있을 것이니 여기에 방을 걸어 알리는 바이다.

토벌대장 임정원

지나가던 사람들이 모여 서서 웅성거리기를

"어이구. 정말 어이가 없네. 어제까지 교만한 얼굴로 자기가 도사라고 떠들던 이놈이 사기꾼이라고 적혀있네."

"정말로 진짜 도사라면 이 포박 정도야 풀 텐데 가소롭기 그지없네. 아무리 울고 매달려도 아무도 도와주지 않을 것이네."

"군용금軍用金과 병사들의 식량비를 뺏어간 정사용 그놈도 이제 곧 토벌대장의 손에 잡혀 대검의 녹이 된다고 하니 잘됐다."

"왜? 이슬로 배가 부른가?"

"구름에 발이 닿는가?"

"거짓말로 사람을 속인 죄의 대가를 이제 알겠는가?"

한 무리가 지나가면 또 한 무리가 와

"어이. 아직 살아 있나?"

"살아 있으면 한 대 날려주지. 뭐 살려 달라고? 꼴 좋다."

웃는 자, 고함을 지르는 자도 있고 차는 자, 때리는 자도 있다. 심한 이는 그 몸에 소변을 갈기는 자도 있으나 어느 누구 하나 불쌍히 여기는 사람이 없으니 가짜 도사 권병일은 3일 밤낮을 그렇게 있다가 결국은 짐승의 먹이가 되었다.

134회

백 명의 군사로 수천 명의 군사와 맞서기에는 무리이니, 싸우지 않고 이길 수 있는 묘책이 있다고 임정원이 장 참군에게 말한 것은 다름 아닌 천진도사를 잡아 우민의 오해를 풀고 자연스럽게 정사용의 세력을 약화시키는 것이었다. 어느 날 정원이 달빛에 취해 가까운 들판을 산책하고 있자니 뜻밖에도 수상한 노인을 만났다. 정원이 공손히 길을 양보하자 그 노인이 잠시 지팡이를 멈추고 "나는 천진도사이오" 하며 천천히 이조 조선의 운명을 예언하더니 정사용을 따르기를 권했다. 임정원은 한마디도 하지 않고 느닷없이 달려들어 도사를 쓰러뜨려 곁에 있던 넝쿨풀로 뒷짐결박을 한 후, 얼음처럼 날카로운 긴 칼을 빼어 도사의 눈앞에 들이밀며, "네 이놈. 도대체 뭐하는 놈이기에 이렇게 요망한 소리를 퍼뜨려 양민을 현혹시키느냐? 어서 빨리 네 이름을 대거라. 이 이상 거짓을 고하면 당장 목을 자르겠다"며 무섭게 추궁을 하니, 도사는 후들후들 떨며 "목숨만 살려 주시면 왜 거짓을 고하겠습니까? 저는 경성의 안동에 사는 권병일이라는 자로 역괘에 대해서는 조금도 모르는 자로 하물며 도술을 할 수도 없습니다. 단지 정사용의 부탁에 따라 배를 곯아 지친 걸음걸이로 그렇게 각지를 돌며 이조의 운명을 예언하는 것입니다"라며 불쌍하게도 또 익살스럽게도 울며 매달리며 자비를 구한다. 임정원은 "과연……"이라며 크게 웃으며 그대로 죄인을 연행하여 진영으로 돌아갔다. 직접 방문榜文을 써서 병사에게 명하여 수원성의 문 밖으로 권병일을 호송하였다. 천진도사에게 속아 정사용을 따랐던 자들도 이 사실을 알고 참으로 분하고 창피하게 여겨 그들도 이제 정사용을 등지고 몰래 그 진중을 도망쳐 나와 임정원의 군대에 항복을 고하는 자도 생겨났다. 각지의 산적들조차 속아서 정사용을 두목으로 받들던 것을 원통히 여겨 정사용을 죽여 분풀이를 하자는 자도 있다 한다.

정원의 바람이 이루어진 것이다. 참으로 싸우지 않고 이긴 것이다.

정원은 백 명의 군사를 지휘하여 적군에게 대항하니, 적군은 조금도 버티지 못하고 총과 칼을 버리고 여기저기로 흩어져 도망가니, 수원과 남양의 두 곳의 적은 불과 3일 만에 평정하였다. 정원의 여러 날에 걸친 대책과 고민은 보람도 없이 정사용은 빨리도 이곳을 포기하고 경주 쪽으로 도망갔다. 정원이 병사를 이끌고 그를 추격할 때 양민들은 그의 덕에 감탄하고 용맹에 감복하여 따르기를 자처하는 자가 많아 그 세력이 2백이 넘는다. 어느 날 밤 민도독에게 속아 정원을 암살하려

했던 장 참군은 큰 과오를 저질렀고 게다가 이렇게 잡혀 있으니 이제 죽은 목숨이라고 각오를 하고 있었다. 그러나 정원은 조금도 화를 내는 기색도 원망하는 기색도 보이지 않고, 천천히 사정을 설명하고 상세하게 옳고 그름을 알려주니 그 고덕함이 산과 같고 넓은 아량이 바다와 같으니, 이에 깊게 감격하여 마음을 주어 정원을 따르게 되었다. 멋지게 공훈을 세워 이제까지의 죄를 씻으려고, 도적보다 못한 행동거지로 임금군대의 명예를 더럽히지 말자며, 휘하의 부하를 독려하니, 군사들의 용기가 이전에 비해 백배 충천하여 3백이나 되는 정예부대도 체제가 구축되었다. 장 참군이 정원의 손발이 되어, 임기응변의 진퇴도 마음이 척척 맞으니 각지의 모든 도적들이 제 발로 항복하여 온다. 부락의 장로들은 기뻐하여 절을 하며 예전의 임장군도 그랬다고 칭찬이 자자하였다.

　광주의 산적 무리들도 수원 남양의 군대가 토벌대장에게 패한 것을 알게 되었고, 토벌대장 임정원의 용맹을 크게 두려워하여 충청도와 경상도의 산적들에게 격문을 띄워 힘을 합쳐 세력을 모으려고 했다. 하지만 정사용과 권병일의 자초지종도 알게 되어 그들을 미워하여 따르는 자가 극히 적어졌고 산적 두목들 중에는 정사용을 잡아 목을 잘라 토벌대장에게 바치자는 이도 있고, 또 정사용을 몰아내고 각도의 동지들의 힘을 모아 토벌대장에 대항하자는 자도 있었다. 토벌대장 임정원은 전 날 수원성의 문 밖에 붙인 내용의 방을 근처의 각지에도 내다 걸고 다음 날의 공격준비를 하였다.

135회

적들이 아무리 험한 곳에 숨는다고 해도, 또 무리가 많다고 해도 오합지졸에 불과하다고 판단하고, 정원은 장 참군과 각각 150명의 병사를 이끌고 산성을 포위해 전후로 맹공격을 가하니, 산성의 적군들도 칼을 날리고 활을 날려 방어한다. 총알이 비 오듯 하여 3일 밤낮을 다투다가 4일째 되던 날 밤에 갑자기 산성이 소란스러워진다. 야습을 감행하는 건가, 하고 정원은 아군에 명령을 내려 대기하고 있자, 갑자기 산성에서 불길이 솟아 하늘을 찌르니, 이것은 적들 속에 배신자가 있는 것으로, 서둘러 명령을 내려 쳐들어 올라가 보니, 검은 연기가 하늘을 덮어 병사들의 사기는 땅에 떨어지고, 적들에게는 이미 토벌대를 물리칠 힘도 없고 도망갈 길도 없다. 천여 명의 적들이 총알 없는 총을 들고 줄 끊어진 활을 들고 이쪽저쪽을 서성거릴 뿐, 드디어는 모두가 토벌대를 환영하여 항복을 하였다. 정원이 잡으려고 하는 이는 단 한 사람 정사용이다. "그놈이 어디에 있느냐?"고 물으니, 적병이 이구동성으로 대답하기를, "우리들은 정사용에게 속아 예언 속의 정씨가 다음 왕이 된다는 것을 믿고 오늘까지 그를 따른 것이나, 최근에 토벌대장이 작성한 방문을 보고 천진도사라는 자가 권병일이라는 무뢰한이라는 것을 알았고, 정사용은 작년부터 나라를 팔아먹으려고 했던 간신배였다는 것을 알았습니다. 그래서 우리의 두목들이 모여 회의를 열어 내일은 그를 잡아 토벌대장에게 그의 목을 넘기겠다고 결의하였으나, 그가 눈치 빠르게도 이 사실을 듣고 오늘 새벽에 성에 불을 지르고 어딘가로 도망을 간 것이오. 우리들은 이미 토벌대장의 심판을 달게 받기로 각오가 되어 있으나, 정사용에게 배반을 당한 것은 참으로 원통하오"라며 이를 갈며 주먹을 불끈 쥔다. 정원은 두목으로 보이는 몇 명을 잡고, 그 나머지 병사들은 모두 풀어주어, 성 안의 불이 정리되는 것을 기다려 거기에 임시로 진영을 꾸렸다. 그리고 몰래 사람을 시켜 근방의 도적들의 요새의 동정을 살폈다. 산성을 공략하고 나서 이틀째 날의 일이다. 정원이 천막에서 첩보를 확인하고 있을 때, 장 참군이 당황하여 황급히 뛰어 들어온다.

"정말 이상한 일이 있습니다."

"뭔가?"

정원은 침착하게 물었다.

"아직 멀리 있어 정확한 것은 모릅니다만, 2~3천은 될 듯한 군대가 이쪽으로 오고 있습니다."

정원은 붓을 놓고

"군대인지 적인지 모른다……."

"아니, 확실히 관군입니다."

"그런데…… 어제 아침에 파발을 보내어 우리가 이 성을 탈환한 것도 보고를 했으니 원병을 보낼 리도 없을 테고, 달리 군대를 보낼 이유가 없을 텐데……."

"어쨌든 진군의 방향이 이쪽이 틀림없습니다."

"거리는?"

"보초병이 멀리서 보고 저에게 보고를 했습니다. 시간은 대강 반 리 정도의 곳을 행진하고 있었습니다."

이때 한 명의 하사관이 달려와 밖에서 인사를 하고 고한다.

"수천 명의 병사는 여기서 20정町[27] 정도 떨어진 평원에 진을 치고 군량미를 나르고 있습니다."

"아직 군대에서 사자使者는 안 왔는가?"

"아직 사자는 안 왔습니다만, 분명히 우리 군의 깃발을 세웠습니다."

또 병사 두세 명이 숨을 헐떡이며 달려 왔다.

"병사의 반 정도가 움직이기 시작했습니다."

"어느 쪽으로 움직이는가?"

"물론, 이쪽으로, 이 산성 쪽으로……."

"나머지 병사는?"

"정면의 산등성이에 누벽을 쌓습니다."

정원은 일어나 검을 차더니 활을 들고 노기어린 음성으로 "공격준비!"라고 외치고 몸을 돌려 뛰어나가려는데 한발의 포성이 천지에 울리고 포탄이 날아와 정문이 산산이 부서졌다.

 136회

타고 남은 산성의 문은 포탄에 부서져 버렸다. 정원은 분통해 하며

---

27 거리의 단위로 1정은 약 109m 정도. 20정은 2,180m 정도로 약 2km.

바라보며 다시 장 참군에게 방어준비를 명하고 서둘러 성벽 쪽으로 달려 나갔다. 포연이 자욱한 틈 사이로 정면의 산을 바라보니 병사들이 진을 치고 있음이 명백하고, 한 무리의 군세는 산 위에 진영의 깃발을 휘날리며 벽을 쌓고 울타리를 쌓았다. 아군의 산성에서 10정町 정도의 거리 밖에 되지 않는다. 장 참군이 다가와,

"정부군이 확실합니까?"

"그렇다네."

"참으로 해괴합니다. 적군이라고 오해를 했다고 해도, 우리가 산성을 점령한 것은 이미 다 알고 있을 텐데요. 만일 파발이 늦어져 혹시 그 소식이 도착하지 않았다고 해도, 우리 토벌대를 적군으로 오인할 리는 없을 텐데……. 하물며 여기에 세워진 토벌대의 깃발은 맞은편에서 육안으로도 보일 텐데……." 의아해하며 장 참군이 다시 군기를 올려다보았다. 그때 다시 하나의 탄환이 날아와 깃발을 꽂은 장대가 뚝 부러졌다. 정원은 이제까지 맞은편을 유심히 바라보고 있다가 깃대가 부러지는 것을 보고는 장 참군에게,

"민도독은 정사용의 서한을 이용해 자네에게 나를 죽이도록 했다. 하지만 이것이 실패하자 또 그 서한을 국왕전하께 보여 드리고 나를 잡아들이라는 명령을 내린 것에 틀림없네."

"아니 그렇다면 민도독이 왕을 속여 당신을 적으로 만든 것입니까?"

"그렇게 밖에 생각할 수가 없네."

장 참군은 눈꼬리를 추켜올리며,

"이런 나쁜 간신 놈. 속았던 보답으로 제가 반드시 그놈의 목을 따올 테니 저에게 군사를 조금 주십시오."

정원은 싱긋 웃으며,

"그것은 안 되는 일이니 잠시 기다리게."

"저까짓 정도의 군사뿐이니 제가 반드시 처치하고 오겠습니다."

정원은 아무 대답도 하지 않는다.

"꼭 제가 가게 해 주십시오."

정원이 아무 답을 하지 않자 장 참군은 눈물을 흘리며,

"한 번 민도독의 사주를 받았던 저를 의심하는 것은 당연합니다. 하지만 천지신명에게 맹세하고 결코 그런 일은 없습니다."

"아니네. 자네를 의심하여 막는 것이 아니라 우선 상대편 군세의 공격의 추이를 살펴 그 후에 싸움을 어떻게 할 것인지를 결정해야 하네. 지금은 상대를 유심히 살펴, 화살 하나라도 날아온 후 이쪽에서도 응할 것이네."

"그렇다면 바로 사자를 보내심이……."

"그것도 위험하네. 나는 우선 편지를 보내어 상대에게 그 이유를 물어보겠네."

그리고는 다시 진영 안으로 들어가려다가 장 참군을 돌아보고,

"민도독이 왕을 속이고 나를 치러 온 것은 명백하다. 과연 그러하다는 답장이 오면, 나는 충분한 변명이 될 때까지 성 안에 머물며 적을 막을 각오가 되어있다. 하지만 걱정이 되는 것은 그대의 부하들이 나 때문에 같이 역적으로 몰리는 것이다. 저들은 어쨌든 왕명을 받고 온 자들이니, 이쪽을 버리고 저리로 가는 편이 좋을 것이다. 나와 적이 되는 편이 나와 함께 이성에 머무는 것보다는 훨씬 유리할 것이다. 바라건대 마음 가는대로 자유롭게 향배를 결정하도록 자네가 말을 잘 해주게."

장 참군은 차마 듣지 못하고,

"천부당만부당한 말씀입니다. 상대가 비록 왕명을 받은 군대라고 하지만 실은 역적이 지휘하는 군입니다. 불초하지만 저의 부하들은 역적놈의 지휘를 받을 자는 한 명도 없습니다."

장 참군이 원망스러운 듯 분해하면서 큰 소리로 대답하는 것을 정원은 진영 안에서 서서 들었다. 정원은 활과 화살을 들고 다시 성벽으로 다가가 화살에 준비해 온 편지를 매달더니 시위를 보름달처럼 크게 당겨 공중으로 날렸다.

137회

교전 수 일째이지만, 임정원이 베푼 은혜와 권위는 민도독의 그것보다 무겁고 깊어 산성의 병사들은 장 참군이 장담했듯이 한 명도 떠난 자가 없이 군에 남아 적군에 대항한다. 모두들 조금도 적에게 밀리는 기색이 없이 총구에 화약을 장전하여, 또 활에 화살을 장전하여 숙연히 명령을 기다린다. 반대로 상대편은 일찍이 들어 본 임정원의 용맹에 기가 죽어 이쪽으로 가까이 다가오지도 못하고, 가끔씩 산성에서 발포를 할뿐이다. 정원은 답장을 기다리고 있으나 아무런 소식도 없이 그냥 시간만 흐르고 있다. 밖으로 나가 적진을 둘러보니 타오르는 봉화는 천지를 태울 듯하고 징소리는 천지를 울린다. 하지만 이 모든 것이 허위허

세로, 명령은 잘 수행되지 않고 규율기강은 해이해서 술을 마시고 도박을 하는 병사도 있다. 작년에 정원의 웃음을 샀던 부산포의 군사훈련과 마찬가지이다. 정원은 북, 장구, 가야금 소리가 들리지 않고 화려한 옷을 입은 기생들이 일어나 춤추지 않는 것이 더 이상할 정도라고 비웃으며 다시 막사 안으로 들어섰다. 그때, 장 참군이 달려왔다.
"이제 답장이 왔습니다."
정원은 장 참군이 내미는 한통의 편지를 천천히 집어 들고 봉투를 찢어 읽었다.

좌영대장 민치영이 도적인 임정원에게

장 참군은 "이런 무례한 놈!" 하면서 촛불 가까이로 무릎을 옮긴다.

네놈은 토벌대장이라는 중책을 맡아, 명목상으로는 정사용을 잡는다고 하면서도 실은 몰래 반역을 꾀하고 있음이, 정사용이 네 놈에게 보낸 편지에 자세하게 적혀 있다. 이에 도독이 명하여 네놈을 잡아들이게 하였다. 네놈은 속히 항복하여라. 그렇지 않으면 도끼로 네놈의 목을 칠 것이다.

"당치도 않은 소리. 이 역적놈들을 즉시 쳐 죽입시다" 하고 장 참군이 소리치니,
"짧은 생각은 공을 그르치니 너무 서두르지 않는 게 좋소" 하며 정원은 먹과 붓을 내어 다시 무언가를 적기 시작한다.

임정원은 한 치의 잘못도 없으며 민도독의 참무(讒誣)의 죄는 무겁다. 너는 왕명을 속였고 나는 하늘의 뜻을 얻었다. 네가 이리로 와서 용서를 구할 것인가? 내가 가서 벌을 줄 것인가?

"식량은 어느 정도 있는가?"
"창고도 대부분 타버려 지금은 4, 5일 지탱할 정도 밖에 없습니다."
"탄약은?"
"그것도 아주 조금 뿐입니다."
"식량은 구할 수 있다. 탄약은 어떻게 심사숙고하면……."
"그래서 성 안에 있으면 불리합니다. 빨리 일전을……."
"우선 이쪽으로 유인하여 일격을 가하는 것이 좋아. 병졸도 죽이는 것보다 가능한 한 탄약을 빼앗도록 미리 병사들에게 설명해 주시게."
"그러면 언제까지 성 안에 계실 겁니까?"
"내가 결백하다는 것을 알고 있는 것은 민도독과 정사용 그리고 자네와 나, 그리고 수하의 병사들뿐이오. 눈앞의 적을 친다고 해도 다시 병사들을 보내와 공격을 당하면 도저히 승산이 없네. 그것보다는 조용히 대응하여 당분간은 성 안에서, 국가의 적을 쳐부수고 내정을 개혁하여 나라다운 나라로 만들 수 있도록 구상함이 좋을 것이네. 아직 경성에는 국부군이 계시니 아무리 외척당이 간계를 꾸며도 국왕전하의 신변은 무사할 것이네."
"그렇기만 하다면 우선은 안심입니다."
"그런데 그 후 정사용의 소식은 전혀 모르는가?"
"병사를 보부상으로 꾸며 충청 경상도는 물론 평안 전라에 이르기까지 여러모로 탐색하였습니다만, 생사도 알 수가 없습니다."

"모르는 게 당연하지. 필시 그놈은 지금 경성에 있을 테니……."

"경성이라고요? 그놈이 왜 대담하게……. 설마 왕궁에라도 들어가려는 것인가요?"

정원은 냉소를 띠며,

"그놈의 5척짜리 몸을 둘 곳은 8도 중 경기도뿐이지. 더구나 왕궁의 안팎은 그놈 일족의 소굴이어서 관직을 훔치는 놈, 세금을 훔치는 놈, 즉 명색을 훔치고 실리를 훔치는 놈들이 모두 그 주위에 모여 있으니 어느 소굴에 있는 것보다 일당이 모여 있는 왕궁 아래에 숨는 편이 훨씬 안전하지. 정사용도 지금 금관옥대를 찬 도적 무리들과 따뜻한 방 안에서 골패라도 두고 있을 거네."

138회

"여봐라!" 하고 외치는 소리가 들리고, 하인 수십 명이 문 앞에 웅크리니 집사 세 명이 모두 현관에 마중을 나와 가마의 문을 좌우로 열고 주인의 손을 잡아 일으켜 겨드랑이를 부축하여 마당으로 올라간다. 친영도독 일품 민영신은 지금 대궐에서 집으로 돌아온 것이다. 여자 노비가 갈아입을 옷을 건네고 어린 하인이 인삼탕을 권한다. 그 후 민도독은 조용히 정원으로 나갔다. 거기에 외롭게 핀 몇 송이의 늙은 국

화가 잔향을 풍기며 자태를 뽐내는 것에 눈을 빼앗겨,

"눈에 보이는 지기知己가 없다고 말하지 말라 오랫동안 피는 노란 꽃이야 말로 지기知己이니……."

라고 읊으며 동리東籬를 지나 별채에 이르렀다. 단단히 닫힌 창문을 똑똑 두드리니 안에서는 기침으로 대신해 답을 하는 사람이 있다. 문을 열고 문을 닫는 순간에 보인 것은 별처럼 빛나는 눈동자와 쑥처럼 흐트러진 머리뿐이다. 정원이 왕궁이 있는 곳을 도둑의 소굴이라 하며, 정사용의 5척 몸을 숨길 곳은 조선팔도 중 경기도뿐이라고 말했던 대로, 반역자 정사용은 광주에서 패한 후 이 금관옥대를 한 도둑의 집에 수일간이나 숨어 지낸 것이다.

"지루하겠네."

"지루한 것 정도야 괜찮습니다만, 광주 일이 마음에 걸려 이렇게 있어도 안절부절 못합니다. 작금의 사태, 조금은 괜찮은 소식이라도 있습니까?"

"요충지인 산성도 임정원이 병사를 잘 이끌어 아직 빼앗지를 못했다네."

"물론 산성에 기어올라 무리하게 전쟁을 하면 우리 병사만 잃고 아무런 공이 없겠지요. 싸우지 않고 이기려면 식량을 끊는 것이 가장 좋습니다."

"좌영대장인 민치영도 벌써 그렇게 생각하고 적의 군량 반입을 막았다고 하네."

"그렇다면 산성에도 식량이 떨어져 적들은 아사하겠군요."

"그런데 그렇게 되지는 않나보네. 민치영은 지난밤에 적에게 심하게 공격을 당하였고 많은 탄약까지 빼앗겼다고 하네. 적은 과천과 용인에서 식량을 구해 산성으로 운반해와 저장도 꽤 해 놓았다는군. 그리고 이번 출병은 민영신이 왕명을 속인 것으로 임정원에게는 아무 죄도 없다는 소문이 점차 퍼져 백성들은 우리 편을 미워하고 산성 쪽에 마음을 주고 있는 자가 많다고 하네. 그중에는 첩자로 활약하는 자들도 있어 적은 이제 서서히 세력을 얻어가고 있고, 우리 편은 점점 수세에 몰리고 있다는 민치영으로부터의 보고가 있었네. 오늘 그 취지를 전하께 아뢰고 원병으로 우영병을 보내려고 했으나, 당치도 않은 방해꾼이 있어 아직 결정이 되지를 않았다네."

"방해꾼이라니……. 또 그 국부군 영감입니까?" 하고 물으니, 민도독은 쓴웃음을 지으며 고개를 끄덕인다.

"사실은 우리가 실수한 거네. 역시 먼저 좌영병을 출발시킨 후 바로 그 일을 국왕에게 아뢰었으면 좋았을 텐데……."

"국부군은 뭐라고 말했습니까?"

"임정원이 정사용에게 보낸 것이라면 증거가 되겠지만 정사용이 임정원에게 보낸 것이라면 증거가 되지 않는다고 하였네. 그렇다면 빨리 좌영의 병도 왕명으로 귀환시키고, 또 임정원도 귀환시켜, 임정원에게 다른 뜻이 있는지 어떤지 알아보는 것이 좋다고도 하였네. 만약에 임정원이 그 편지에 적힌 것처럼 정사용과 내통하였다면 그 때 처단을 하여도 늦지 않다는 이야기지."

"국왕전하는 뭐라고……."

"역시 국부군과 마찬가지이네."

"그거 곤란하군요."

민도독은,

"우리는 곤란할 것 없네. 단지 원병을 보낸다고 해도 앞으로의 승패가 어떻게 될 것인가가 걱정이지."

"아무리 임정원이 군사를 잘 거느린다고 해도 그 숫자는 불과 3, 4백. 그의 10배나 되는 병사들로 공격을 하면 설마 지지는 않을 것입니다. 그것보다 걱정은 국부군의 방해입니다."

"신경 쓸 것 없네. 그 영감이 있는 동안은 우리도 도저히 우리 마음대로 할 수는 없겠지. 우리에게는 항상 눈에 혹 같은 존재지. 하지만 이제까지는 많이 참아왔지만 이제 더 이상은 봐줄 수가 없네. 원병을 보내기 전에 먼저 그 영감부터 없애야지."

이 한마디를 들었을 때 그토록 악독한 정사용도 놀라서 아무 말도 못하고 있었다.

139회

외척당의 전횡을 듣고 비통하고 분개하여 병이 난 국부군은 며칠을 몸져누웠다. 외척당이 임정원을 반역자로 매도하여 좌영대장으로 민치영을 파견하였을 때, 필시 이것은 거짓일거라 간파하고 즉시 왕궁에 입궐하여 왕을 설득하였으나, 왕은 이미 출병이 이루어진 후라며 민도독을 굳게 신뢰하여 뜻을 움직이지 않았다. 그러나 민치영의 첫

째 보고에, 임정원이 병사를 잘 거느려 정부군이 패배하였다는 소식이 있었으니, 국부군은 마음속으로 쾌재를 부르며, 그렇다면 걱정할 일도 없다며 안심했다. 일이 잘 되면 오히려 이번 기회에 외척당 정부를 없애고 국가 백 년의 걱정거리를 제거할 수도 있겠다고 기뻐했다. 그래서 지금 성급히 싸우지 말고 전쟁의 승패를 지켜보면서 후에 일을 도모하는 것도 좋겠다고 생각하며 왕궁을 나왔다. 그날 밤 사람을 보내어 광주의 상황을 살피니 임정원이 점점 세력을 얻어가고 있고, 정부군이 계속 패하고 있다는 소식이다.

국부군이 이가웅과 만나 즐겁게 담소를 나누고 있던 중, 이가웅의 집사인 김씨가 밖에서 돌아와 고하길, "좌영대장의 군대가 임정원에게 크게 패하여 민도독에게 다시 원군을 청하였기에 이번에는 우영대장의 군대를 보내어 임정원의 산성을 치려고 만반의 준비를 하는 중이라고 하니, 아무리 임정원이 무술이 뛰어나고 용맹하다고 해도 이번에는 당하지 못할 것입니다"라고 한다. 국부군은 크게 놀라 다시 입궐하였으나, 마침 민도독이 국왕전하께 아뢰어 우영대장의 군대를 출발시키려고 하고 있다. 국부군은 크게 노하여 그것을 막았다. 그 후 국부군이 넓은 객실에 앉아 전황보고를 기다리고 있자니, 이가웅이 급하게 달려들어왔다. 평소에는 이름을 밝히고 알현을 허락받아 들어오는 것이 상례이지만, 이렇게 황급하게 달려온 것은 보통일이 아니리라 짐작하고 국부군도 인사말이 끝나기를 기다리지도 못하고,

"무슨 일인가? 답답하니 빨리 말하게."

"민도독이 병사를 풀어 이 저택을 에워싸고 각하를 잡으려고 합니다. 지금 바로 저와 함께 여기를 떠셔야 합니다."

이가웅은 노한 눈빛에 눈물을 머금고 떨리는 음성으로 말한다. 국부군은 그 소리를 듣고 갓을 쓰며,

"뭐라고? 민도독이 병사를 풀어 여기를 포위하였다고? …… 이런 천하의 무례한 놈. 도대체 무슨 이유로? ……"

"자세한 것은 잘 모릅니다만, 저의 어리석은 생각으로는 각하가 임정원과 뜻을 같이 하여 현 정부의 전복을 꾀한다는 모함일 것입니다."

"좋네. 지금 바로 대궐에 들어가세. 역으로 내가 민도독을 잡아 그놈의 죄를 밝힐 것이네."

"노여워하시는 것은 당연합니다만, 하지만 지금 민도독을 잡는다고 해도, 포청 병조 모두가 외척당으로 채워져 있으니 도저히 이길 수가 없습니다. 이러고 있는 사이에 집을 포위당하면 방법이 없습니다. 다행히 날도 저물어 숨기에는 좋습니다. 빨리 저와 같이 가시죠."

"포졸 놈이 오면 혼내서 돌려보내면 되네."

"아니 그렇지 않습니다. 이제까지 외척당이 이 집을 경외하였던 것은 더 이상 국민의 마음을 잃으면 정권을 유지할 수 없다고 걱정하였기 때문입니다만, 이미 정사용에게 반역을 부추겨 전하께도 시위를 겨냥하는 극악무도한 도적들이니 각하를 잡아들이는 것 정도는 아무 것도 아닐 것입니다."

국부군은 고개를 떨구고 아무 말이 없었다. 한참 후 이가웅을 향해

"도망을 간다면 도대체 어디로 간단 말인가?"

"평양平壤의 이호지李浩志에게 연락을 하면 그는 반드시 각하를 숨겨 줄 것입니다. 그리고 보부상을 모아 외척당의 죄를 알리면 국민의 대부분은 반드시 각하의 편이 되어 줄 것입니다."

"평양에 가는 길에 누가 따라 붙는다면 어떻게 하는가?"

이가웅이 대답하려는 순간 김집사가 안색을 바꾸어 들어온다.

"지금 병조의 사령인 한길준이라는 자가 와서 곧 이 댁을 포위한다고 알려주고 갔습니다."

"문을 굳게 닫고 밖에서 부술 때까지 열지 말게. 문을 부수고 들어와서 그놈들이 내 행방을 물으면 남문 밖의 산장에 갔다고 대답하게."

140회

국부군과 이가웅이 함께 방에서 잠행潛行 준비를 하고 있자니, 금세 문밖이 소란스러워지며 병사들이 집을 포위하기 시작했다. 국부군과 이가웅은 청현궁의 뒷문을 몰래 빠져나와 동대문 쪽을 향해 발길을 서둘렀으나 주위에는 이미 많은 포졸들이 풀려 있었다.

"벌써 저쪽에도 포졸들이 경비를 하고 있습니다."

"남대문은 어떨까?"

"물론 사방이 마찬가지일 것입니다."

"그럼 오늘 밤을 성 안에서 지낸다고 해도, 당분간 우리의 행방이 알려지기 전까지는 포졸들의 경비가 삼엄할 테니 도저히 문밖으로 나가기는 어렵겠네. 그것보다 대궐 안으로 들어가 적들의 죄를 파헤쳐 그들의 독수毒手에 대항하는 것이 좋지 않겠는가?"

"아까도 말씀드렸듯이 국왕전하께도 나쁜 짓을 하는 외척당들이니 우리에게 어떤 짓을 할지 모릅니다."

"어떤 짓을 해도 상관없네."

"혹시 각하에게 무슨 일이라도 생긴다면……."

"어차피 죽은 목숨이라 각오하고 있네."

"각하의 명맥은 국가의 명맥입니다. 각하가 돌아가신다면 누가 과연 국왕전하를 잘 보필하여 외척당의 전횡을 막겠습니까? 유감스럽지만 저 이가웅은 그런 사람을 알지 못합니다. 지금 외척당은 그 세력을 이용하여 각하를 죽이고 힘없는 전하를 꼭두각시처럼, 아니 일찍 폐위하여 5백 년간 이어진 이조李朝를 민조閔朝로 바꿀지도 모릅니다. 더 나아가 민씨 일족의 번영만을 꾀하고 국가의 번영을 꾀하지 않으니 이 국토를 팔아버릴지도 모르는 일입니다."

국부군은 차마 더 듣지를 못하고 손을 흔들어 이가웅의 말을 막는다.

"이제 그만하게. 잘 알았네. 이제 대궐로는 가지 않겠네. 앞으로는 어떤 치욕을 당하고 어떤 고통을 받아도 국가를 위해 살아남아 외척당에게 원수를 갚겠네. 그들을 모두 죽이지 않고서는 죽어서도 눈을 감지 못할 거네."

"각하의 위대한 결심이 참으로 황송하옵니다."

"이제 어디로 가야 하는가?"

"우리가 숨기에 참으로 안전한 곳이 딱 한 곳 있습니다."

"무엇이든지 자네에게 맡기겠네. 자네가 알아서 하게."

그때 마침 이쪽을 향해 걸어오는 그림자가 있으니 이가웅은 더 이상 말을 삼가고 조용히 국부군의 손을 끌어 옆길을 돌아 골목으로 들어섰다.

한양 근처에서 도적무리가 봉기한 이후부터 각국의 공사관과 영사관은 경계를 강화하고 있다. 그 중 일본공사관은 수비대의 수를 늘려 거류인민의 안녕을 도모하였다. 엄한 경비태세로 순사 두 명이 문 앞의 좌우에 서서 출입하는 사람들을 심문한다. 지금 국부군과 이가웅이 문 안으로 들어가려는 것을 "누구냐?" 하며 한 명은 일본어로 묻고 또 한 명은 서툰 조선어로 묻는다. 이가웅은 조선어로 순사에게 인사를 하고,

"일본공사를 만나고 싶은 자입니다."

"이름이 무엇인가?"

"이서방과 이선달입니다."

"이씨인가? 그래. 성은 알았다만 이서방과 이선달이라고 해서는 누구인지 알 수가 없다. 이름은?"

"이……."

"이……. 누구?"

"이도망逃亡?"

"도망이라는 글자는 어떤 자인가?"

"글자는……."

"동쪽이라는 동東인가?"

"예. 그렇습니다."

"망은 소망의 망望인가?"

"예. 그렇습니다. 이도망입니다."

"또 한 사람은?"

"제가 이 자의 형입니다."

"좋아. 여기에서 쭉 가면 접수처가 나오네."

순사는 상세하게 알려준 후, 발소리를 울리며 원래의 자리로 돌아가 선다. 국부군과 이가웅은 웃음을 참으며 갓을 눌러 쓰고 문 안으로 들어섰다.

그 때 마침 한 명의 경부警部가 공사관에서 나와 문 앞의 순사 두 명에게 묻길,

"지금 조선인 두 명이 들어왔지?"

"예. 그렇습니다. 이도망 형제입니다."

"앞으로는 누가 찾아와서 물어도 절대 모른다고 대답하라는 공사의 지시가 있었으니 명심하길……."

141회

적군은 군기가 문란해져 민가에서 도둑질을 하고 부녀자를 겁탈하여, 명색은 왕의 군대라고 하지만 사실은 도적과 마찬가지이다. 반면 임정원이 지휘하는 산성은 규율이 엄해 주위의 논밭에 피해를 주지 않고 양민을 불쌍히 여겨 명색은 반군이라 하지만 사실은 왕의 군대와 마찬가지이다. 그래서 광주 근방의 인민들은 몰래 산성에 먹을 것과 옷들을 제공하고 그들을 따르는 자들도 나날이 늘어갔다. 이제는 모두가 합

심하여 적군을 물리칠 수 있게 되었으나 임정원은 적군이 공격해 오면 응수를 하지만 먼저 공격하지는 않았다. 식량을 비축하여 만일의 때를 대비한다. 그래도 병사들은 권태로운 기색이 없고 숙연히 대장의 명령을 수행하며 장군의 넓은 아량과 깊은 지혜를 칭송한다.

정원은 아침저녁으로 하루에 두 번씩 산성을 순찰하여 병사를 위로하였다. 어느 날 저녁 무렵에 순찰을 마치고 막사로 들어갔더니 장 참군이 와서,

"장군님 거지 중에도 지인이 계십니까?" 하고 묻는다. 그러자 정원이 웃으며,

"가난한 군인들은 어느 나라도 마찬가지인가? 거지는 아는 사람이 없는데……" 하니, 장 참군은 눈썹을 찌푸리며,

"수상한 놈이네. 도대체 누구일까?" 하며 고개를 갸웃거린다. 정원은,

"도대체 누구인가?"

"그걸 잘 모르겠습니다. 하지만 보기에는 거지같습니다."

"어디에 있는가?"

"초병이 잡아서 성 안에 데려왔습니다."

"거지라면 밥이라도 먹여서 보내면 되네."

"그 거지는 이상한 놈으로 산성에 기어오르려는 것을 초병이 멀리서 보고 혼을 내어도 듣지를 않아, 다시 잡아서 그 이유를 물으니 산성에 들어가서 임장군을 만나 할 얘기가 있다고 했다 합니다. 초병도 감당을 못하여 임장군에게 할 얘기가 있으면 지금 말해라. 그렇지 않으면 들여보낼 수 없다고 몇 번이나 말했지만 그 이유는 말하지 않고 오직 장군님을 만나면 모든 것을 알게 된다며 고집을 부린다고 합니다."

"어떤 놈이지?"

"다 찢어진 의복을 입고 갓을 쓰고 있습니다만, 얼굴에는 거무스름한 종기가 많이 나있고, 짚으로 볼과 이마를 싸매어 늙은이인지 젊은이인지조차 구분할 수가 없습니다. 참으로 지저분하여 역겨울 정도입니다."

"나를 꼭 만나고 싶어 하는가?"

"예. 만나게 해 주지 않으면 죽어도 물러서지 않겠다고 합니다. 물론 적의 첩자인가 의심이 되어 심문도 해 보았습니다만, 막무가내로 임 장군에게 얘기를 하겠다고 합니다."

"아아. 거지에게 사랑을 받는구나. 하여간 불러와 나를 만나고 싶어 하는 연유를 들어보자꾸나."

"그럼 데리고 오겠습니다"라며 장 참군이 나갔다. 정원이 의관을 바로 갖추고 막사 밖에 반듯이 앉아 어떤 자일까? 하고 기다리고 있자, 장 참군과 두 명의 병사에게 이끌려 수상해 보이는 거지가 들어와 계단 아래에 무릎을 꿇고 앉았다. 정원은 장 참군에게 눈짓을 하여 두 명의 병사를 돌려보낸 후, 찬찬히 거지의 행색을 살펴보니, 장 참군이 말했던 것과 다르지 않아, 파랗고 거무죽죽한 피부는 눈코도 분간할 수 없을 정도로 풀과 흙이 묻어 더럽기가 그지없다.

"임정원에게 용무가 있다더니 무슨 일이냐?"

그 거지는 말을 하려고 장 참군 쪽을 보더니 다시 고개를 숙였다.

"사양하지 말고 고해라."

"나는 경성에서 온 자로……"

라는 낮은 목소리를 듣고 정원은 황급히

"아니! 기다리게."

142회

더럽고 누추한 몰골은 정원의 눈을 속였지만, 청명한 목소리는 정원의 귀를 속일 수 없었다. 그 거지는 바로 그의 처 향란이었다. 왕의 부대가 산성으로 쳐들어와 포탄소리를 울릴 때 가장 먼저 떠오른 것이 남산의 집이었다. 반역의 죄는 9족에게까지 미친다. '내 몸은 죽은 목숨이지만 처와 장모는 어떻게 살아갈 것인가? 범과 늑대처럼 포졸들이 들이닥쳐 그녀들을 잡아가 옥에 가두고 목을 칠 것인가? 내가 정에 이끌려 연을 맺지 않았다면 이런 일은 없었을 텐데……' 하고 걱정했다. 사람을 몰래 보내어 소식을 물었지만 항상 포졸들이 포진하고 있어 듣지를 못하였다. 이렇게 거지차림을 하고 나타나니 한편은 무사히 살아있음에 기쁘고 또 한편은 그 몰골의 비참함이 비통하여 희비가 교차한다. 그 때 정원은 장 참군을 향하여,

"나와는 막역한 거지이니 병사들에게 명하여 씻을 물을 가져오게 하시오."

장 참군은 어이없어 하는 얼굴로

"이 자에게 물을 주라는 말입니까?"

"그렇다네."

정원은 한 벌의 옷을 들고 와 향란에게 건네며 같이 막사 안으로 들어갔다. 그리고는 병사에게 명하여 막사 안에 불을 켜게 한 후, 장 참군을 불렀다.

"경성에서 나를 찾아온 거지는 바로 나의 처인 향란이오."

장 참군은 크게 놀라

"예? 사모님……."

"나를 역적으로 몰았으니 나의 처와 장모도 물론 외척당의 촉수에 걸려 죽었을 것이라 생각했으나 목숨만은 이렇게 부지한 것 같구나."

"아……! 그 유명한 부인. 이분이 바로 부인이셨군요. 모르고 무례를 범하였습니다."

"아니, 나도 못 알아볼 정도의 행색이니 부끄럽기 그지없네."

"하여간 무사하셔서 다행입니다. 저의 가족은 필시 다 죽었을 겁니다."

이 말을 듣고 정원은 미안한 듯 잠시 말을 잊었으나, 잠시 후 다시 의연한 목소리로

"여자 몸으로 멀리 진중까지 찾아온 것은 부끄럽기 그지없는 일이나, 필시 중요한 용무가 있을 것이라 여겨지니, 만나서 자세한 이유를 물어보겠소. 모두 여기를 잠시 피해 주게나."

그 말을 듣고 장 참군이 물러나려는 순간 향란이 들어왔다.

향란이 더러운 옷을 벗고 정원의 새 옷으로 갈아입어 정갈하게 꾸

떴으니, 피부는 눈처럼 희고 얼굴은 옥처럼 윤기가 흐른다. 빗지 않은 머리는 흐트러져 있지만 이슬 같고, 입술은 화장을 하지 않았지만 앵두 같다. 눈썹 밑으로는 교태를 숨기고 있으나 정원을 만나 너무 기쁜 나머지 눈에는 눈물이 글썽글썽하다. 장 참군이 자리를 피한 후 향란이 자리에 앉으니 정원이 엄숙하게 묻는다.

"어머님은 어떻게 되셨는가?"

"엄마도 건강하게 계십니다."

정원은 눈을 크게 뜨며

"그건 다행이네. 내가 집을 비운 이후로는 여러 가지 힘들었겠네" 하고 위로를 한다.

"한 달 정도 전에 한씨가 와서 '큰일이 났습니다. 민도독이 정원님이 정사용과 한패라는 누명을 씌워 군사를 풀었다고 합니다. 마님도 이렇게 계시면 어떤 일을 당할지 모르니 빨리 몸을 피하십시오'라고 해, 어머님과 저는 너무 놀라 어쩔 줄을 몰랐습니다. 하지만 저희는 한씨의 도움으로 작년에 당신을 도와주었던 선교사 집으로 도망을 가서 거기에 숨어있었습니다."

"그랬는가? 그랬다면 안심이네."

"그 후로 당신이 항상 싸움에서 이긴다는 소식에 기뻐했습니다만, 어느 날 한씨가 다시 와서, '이번에는 군사 수를 늘려서 다시 당신을 공격한다. 아무리 당신이 강해도 불과 3, 4백의 군사로 3, 4천의 군사를 감당하기는 어려울 것이다'라며 걱정을 하였습니다. 그래서 제가 남장을 하고 몰래 이수재님의 집에 갔더니, 이수재님은 국부군과 경성을 떠나 도망을 갔다고 합니다."

"뭐라고? 국부군과 이가웅이 경성을 버리고 도망을 갔다고……?"

"예" 하며, 향란은 눈을 문 쪽으로 향해 신경을 쓰니,

"아무도 없으니 걱정하지 말고 말해도 되네."

143회

향란이 다시 말을 시작한다.

"당신도 아직 모르셨습니까?"

"그런 일은 전혀 모르네. 도대체 무슨 이유로……?"

"한씨가 걱정했던 것처럼, 좌영대장의 군대가 당신에게 크게 패하였기 때문에 민도독이 다시 정부에 청을 하여, 우영병을 출병시키는 것입니다. 그 소식을 국부군이 들으시고 바로 입궐하여 여러 가지를 전하와 상의하셨습니다. 그것을 민도독이 듣고 크게 노하여 드디어 국부군까지 당신과 같은 죄로 엮으려고 포졸을 풀었다고 합니다."

"아니! 국부군의 집에도 포졸을 풀었다고 하니 말도 안 되네."

"그날 밤 마침 이수재도 청현궁에 있다가, 그 소문을 듣고 바로 국부군과 함께 피했다고 합니다."

"어디로 갔는가?"

향란은 목소리를 줄여,

"일본공사관에 숨어 계십니다."

"일본공사관에? 그거 잘됐네."

"저는 거기에 계신 것을 알고, 어느 날 몰래 공사관에 찾아갔습니다. 당신과 일본공사가 막역한 사이인 것을 미리 알고 있었기에 여러 수속을 거쳐 공사를 직접 만났습니다. 그리고 이수재님을 직접 만나 뵙고 싶다고 아뢰었더니, 이윽고 비밀 장소에서 이수재님을 만나게 되었습니다. 이수재님은 나를 위로하며 당신에게 이쪽 상황을 알릴 수만 있다면 국부군과 힘을 합쳐 민도독을 쳐부술 수 있을 테지만, 이렇게 광주의 산성에 당신이 갇혀있으니, 사자를 보낼 수도 없고 참으로 난감하다고 하셨습니다. '제가 남자라면 적들도 경계를 하겠지만 여자라면 마음을 놓을 터이니 부디 저를 거기에 보내 주십시오' 하고 청을 하였지만, 이수재님은 '남자도 어려운 일을, 하물며 당신의 허락도 없이 그런 일을 부탁할 수는 없다'고 거절하셨습니다. '하지만 이것은 나라를 위한, 그리고 당신을 위한 일이니, 저는 조금도 두렵지 않으니 부디 저에게 그 일을 맡겨 달라'고 부탁을 하였고, 이수재님은 그렇다면 일단은 국부군에게 여쭤본다며 안으로 들어가셨습니다. 조금 후 이수재님은 양복을 입은 노인과 함께 나오셨습니다. 처음 뵙는 분이라 저도 놀랐습니다만, 그 분은 나를 향해 싱긋 웃으셨고, 이수재님은 국부군이라며 저에게 그 분을 소개하셨습니다. 내가 자리에서 일어나 인사드리려고 하자, '그대로 있으라' 하시며 '이번 난으로 자네도 걱정이 많겠네. 이가웅의 얘기를 들으니 용감하게도 산성에 다녀오겠다고 했다지. 그 뜻을 높이 사겠네. 그렇다면 자네 뜻대로 하게' 하며, 허락을 하셨습니다. 그 외에도 여러 가지 감사한 말씀들을 듣고 저는 선교사 댁으로 돌아와 어머니를 납득시키고 출발했습니다. 하지만 적군들은 젊은 여인네를 보면 음탕한 짓을 하기가 일쑤라는 얘기를 듣고 거지로 변장을 하여 여기까지 왔으니 이렇게 기쁠 수가 없습니다"라며 소맷자락에서 국부군과 이가웅이 쓴 편지를 꺼냈다.

필시 죽었을 거라고 걱정했던 아내를 이렇게 만나다니 그 기쁨을 이루 다 말할 수 없다. 하지만 아내가 남편을 만나고 싶어 이렇게 찾아온 거라고 부하들에게 놀림을 당하는 것도 부끄러워 반가움의 내색도 못하고 있었던 정원은 두 사람한테 온 편지가 있다는 소리를 듣고 기뻐서 어깨를 들썩이며 서한을 읽었다.

144회

산이 높고 물이 맑은 명승지로 유명한 평안의 구도읍지인 평양에 기자箕子의 묘가 있어, 이 날 양반 둘이 향을 피우고 물을 올려 엄숙하게 제를 올렸다. 이들은 국부군과 이가웅이다. 외척당의 수색이 엄해 사대문이 굳게 닫혀 있는 동안에는 어디로도 도망갈 수가 없어 국부군과 이가웅은 오랫동안 일본공사관에 숨어있었다. 경계가 조금 느슨해진 틈을 타 평양으로 와 이세지李洗志의 집에 머물며 광주의 전황을 살피며 때가 되면 군대를 일으켜 광주로 출진하려는 계획을 세웠다. 국부군과 이가웅은 기자의 묘를 참배한 후,

"이세지는 오늘 아침에도 거병을 권했습니다. 이 근방의 인민들도

조정의 처사에 불만을 품고 은밀히 각하의 행방을 찾아 따르고 싶어 한다 합니다. 단지 마음에 걸리는 것은 정원의 처가 산성으로 간 지 벌써 반 달 정도 되었으나 아직 아무런 답도 없으니, 혹여나 적군에 잡힌 것은 아닌지 걱정입니다."

"개미도 못 빠져 나갈 정도의 포위를 뚫고 산성에 들어가기는 원래 참으로 어려운 일입니다. 본인이 원하여 보내기는 했으나 예상하시는 대로 적에게 잡혔을지도 모릅니다."

"만약에 잡혔다면 물론 밀서도 적군의 손에 들어가 일본공사를 곤란하게 하겠군요."

"그런 요청이 있었지만 거절했다고 하면 되는 일로 걱정할 일은 없습니다만, 이후의 계획에는 차질이 생기겠지요."

"만약에 향란이 잡혔다면 이제 다시는 산성에 소식을 알릴 수는 없겠지요. 그러니 거병하여 바로 외척당을 치는 것이 좋을 것 같습니다."

"임정원은 3, 4백의 병사로 그 열 배나 되는 적군을 맞아 싸울 때마다 이긴다고 하지만, 결코 한 번에 적을 소탕하는 것이 아니라, 싸움을 줄이고 산성에 양식과 탄약을 비축하는 것에만 힘쓴다고 하니 필시 무슨 생각이 있는 것일 게요. 그러니 이쪽도 잠시 상황을 살펴 나중에 의병을 모아 국가의 적을 칩시다!"라는 이야기를 나누며 돌아오는데, 길가에 나무줄기를 뒤집어쓰고 누워있는 거지가 하나 있다. 그 거지는 한참 동안 나무줄기 틈 사이로 두 사람을 힐끔거리며 보았다. 이가웅은 수상히 여겨 자리를 피하려 하였으나 그 거지가 천천히 일어서더니 얼굴을 덮은 때묻고 찢어진 수건을 걷으며 사방을 두리번거린다. 그 얼굴은 의심할 바 없는 향란이었다. 국부군과 이가웅이 크게 놀라하는데 향란은 싱긋 웃으며 임정원의 답장을 내밀었다.

"지금 그대 이야기를 하고 있었다네."

"무사히 잘 다녀와 정말 다행입니다. 임정원도 별고 없겠죠?"

"예. 어느 때보다 건강하셨습니다."

"도중에 힘든 일도 많았겠군요."

"적의 경비가 심하여 보다시피 이렇게 변장하여 겨우 산성까지 갔습니다. 그리고 답장을 받아 일본공사관으로 가니 평양으로 가셨다는 소식을 듣고 2, 3일 전에 여기로 와서 기다리고 있었습니다. 하지만 대놓고 물을 수도 없어 매일 여기저기를 찾아다녔습니다. 산성의 자세한 상황은 편지를 읽으시면 아실 것입니다."

국부군은 "과연 임정원의 아내답구나"라며 크게 칭찬하였다. 그리고 임정원의 편지를 읽고서는 손뼉을 치며 기뻐하며 "과연 우리의 예상대로구나" 한다. 망을 보고 있던 이가웅도 편지를 읽고 나서

"참으로 유쾌하구나. 이 편지의 내용으로는 일본공사와 청국의 이사, 그리고 김송균, 박정효에게도 따로 편지를 보냈다고 하니……."

"예. 그 내용은 경성에 가서 일본공사에게 전하면 된다고 하셨습니다."

"그래서 다 전하셨습니까?"

"예. 분명히 전했습니다."

"참으로 고생이 많았소. 어머님도 필시 걱정하고 계실 것이니 오늘 밤은 푹 쉬시고 내일은 이세지에게 부탁하여 어머님이 계시는 곳까지 바래다 드리지요."

145회

　국부군國父君과 이가웅李嘉雄은 임정원의 편지를 읽고 이세지李洗志와 함께 도모하여 비밀리에 거병을 준비하여 정의를 외치는 무리들을 규합하니, 그해 말부터 다음 해 봄 무렵에는 모인 숫자가 2천을 넘고, 양식이 쌓이고 무기가 갖추어져 준비태세가 갖추어졌다. 임정원이 이가웅에게 편지를 보내어 꾀한 일이 어떤 일인지는 지금 다 밝힐 수 없으나, 국부군은 임정원의 의견을 모두 받아들여 이가웅, 이세지등과 함께 광주廣州산성의 신호를 기다려, 급히 평양平壤에서 군대를 일으켜 외척당外戚党을 격파하고 간신배들을 몰아내어 국가 백 년의 기초를 쌓으려는 것이다. 이제는 외척당도 지쳤는지, 이가웅을 찾는 수색도 느슨해졌다. 외척당 중 어떤 이는 일본으로 도망갔고 또 어떤 이는 중국에 숨었다고 한다. 그래서 이가웅도 이제는 운신이 자유로워져, 가끔은 성 밖으로 나가 천천히 봄빛을 쬐기도 한다고 한다.

　임정원이 수년간 조선 국왕을 곁에서 모시며 계획한 것은 하나둘이 아니다. 현재 평양을 왕래하는 대동강 기선汽船과 같은 것도 임정원이 일본 상선회사에 의뢰하여 조선造船한 것이다. 외척당의 모씨는 우연히 그 기선을 타고 평양에 와 영종전英宗殿을 찾았을 때, 임정원이 국부군인 이가웅과 함께 그 곳을 산책하고 있는 것을 보고 크게 놀라, 경성에 돌아가 민도독閔都督에게 그 사실을 알렸다. 민도독은 전영대장前營大將인 민번식閔蕃植에게 군사 백을 주어 바로 평양으로 보내어, 왕명이라 속여 이세지를 공격하고 국부군을 체포하게 하였다. 민번식이 평양으로 가,

우선 이세지를 만나 국부군을 급히 넘기라며 거만을 떨었으나, 이세지는 울분을 참을 길 없어 한칼에 민번식을 잘라 부하에게 그 목을 들게 하여, 크게 꾸짖어 돌려보내니, 민도독이 크게 노하여, 즉 후영대장後營大將인 민영창閔永昌에게 3천의 병을 주어 평양으로 보냈다. 국부군은 임정원의 신호를 더 기다릴 틈이 없어 이세지와 2천여 명의 병사로 평양성을 지키고, 이가웅은 정예병 5백을 이끌고 강변에 진을 치고, 국왕이 오시기를 기다렸다. 후영대장이 이끄는 군세는 칠 일째의 저녁 무렵 대동강을 건너 중화부中和府에 도착하여 다음 날 아침 마죽산馬竹山에 진영을 마련해, 이윽고 기자전箕子殿까지 치고 나가니 이가웅은 크게 기뻐하였다. 그러나 날이 저물 때까지 승패가 나지 않아 양측 모두 밤이 되어 군대를 철수시켰다. 그렇게 오륙일이 경과한 어느 날 밤, 이가웅이 풀어놓은 간첩이 돌아와 이르길, 광주廣州 산성의 병사들이 연승을 하여 한강에 이르렀고, 민도독은 왕성王城을 지키는 병사들을 데려가 겨우 상대편을 막았으나, 바로 다시 일어난 임정원에 대항할 수가 없어, 민도독의 명에 따라 후영의 병사 반을 끌고 퇴각하는 중이라 한다. 윤부장尹副將은 오늘밤 은밀히 1천 5백의 병사를 이끌고 여기를 떠나 한강漢江으로 돌아간다 한다. 이가웅은 우선 평양의 성에 돌아가 국부군과 이세지에게 전황을 보고하고, 내일은 오늘보다 빨리 대군을 모아 상대를 물리쳐 윤부장이 퇴각하는 것을 치자는 등의 회의로 시간을 보내었다.

146회

배수의 진은 아니지만 한강을 앞에 둔 민도독의 진중이다. 늘어선 등불 아래서 서로 이야기를 나누고 있는 것은 민도독과 정사용鄭思用이다. 좌우 양진영의 병사들이 임정원에게 쫓겼으나 한강에서 막아낸 것은 천만다행한 일로, 7일간의 교전에서 한 번도 그를 이긴 적이 없다. 어제는 평양의 패보를 듣고, 오늘은 또 아군 절반의 시체를 묻었다.

"우리 편의 사상자가 많아 군대의 숫자가 줄어드는데, 적은 점점 사기가 높아져 병사들의 숫자도 늘어난다고 하니⋯⋯. 게다가 국부군과 이가웅도 생각한 것보다 강해서 이미 후영의 군대는 두세 번이나 그들에게 패하고, 마죽산의 누벽도, 중화부까지도 빼앗겼다는 어제의 민영찬의 소식이다. 그렇게 되고 보니 좀처럼 그쪽의 병사를 이쪽으로 지원받을 수도 없을 것이다. 지금 그렇지 않아도 임정원에게 한강 위까지 빼앗길까 걱정하고 있는데, 만약 평양의 적까지 그 세력을 얻어 후영의 병을 치고 경성으로 밀려오면, 도저히 앞뒤로 적을 맞아 방어할 수가 없다. 이제라도 비책을 세우지 않으면 자멸할 텐데⋯⋯. 도대체 좋은 비책이 없겠는가?"

정사용은 건성으로 듣고 오만한 웃음을 지으며,

"제가 이전의 신분이라면, 민번식의 후임이 되어 전영의 병을 지휘하여 평양의 적 정도는 간단히 물리칠 수 있겠습니다만, 지금은 아무 힘이 없는 신세이니 갑자기 관군을 이끌고 정벌하러 갈 수도 없습니다. 그리고 각하의 진중에 막후인물이 있어 진영에서 책략을 꾸며 승리를 거둘 수 있는 것도 아니니, 아무 도움이 될 수 없는 것이 유감천만입니다. 그러나 이렇게 그냥 무력하게 절박함 속에서 적의 멸망을 기다리고 있는 것은 지혜롭지 못한 일로, 이제부터는 한시라도 빨리 노국露國에서 병사를 빌려 앞뒤의 적을 물리치고, 또 외척당의 안녕을 영원히 보장하고, 또 노국의 은혜를 인민들에게 보여 주어 지난해 맺으려했던 밀약을 성사시켜야 합니다. 그래서 일본당과 청국당을 물리치는 방패로 삼는 것이 무엇보다도 좋은 책략입니다. 이것보다 좋은 방안은 없으리라 생각합니다."

"나도 그게 좋겠다고 생각하네. 그러니 우선 급하게 인천仁川으로 가서 노국공사를 만나 본국 정부에 전보를 치게 하세."

"그럼 그 사절은?"

"물론 비밀스러운 일이니 아무나 보낼 수는 없고, 또 노국공사와 면식이 없어서는 교섭도 어려울 터이니, 누구랄 것도 없이 자네가 가야겠네."

"그렇지만 각하와 저의 관계를 노국의 공사는 모를 테고, 갑자기 찾아가면 뭣하지 않을까요?"

"별 말을……. 자네는 노한밀약露韓密約의 발기인이네. 자네가 가서 사정을 이야기하면 문제없이 진행될 거네."

광주廣州산성에 도적이 창궐한다는 소식에 각국의 공사들도 피난하기 위해 인천으로 내려갔고, 아직 경성에 머무는 자는 단지 일본공사뿐이니, 정사용도 새벽에 인천으로 향하여 노국공사와 담판을 짓고 원병을 청하러 서둘러 진중을 떠났다. 그 후 약 3시간이 지나 민도독은 후영군으로부터 놀랄 만한 급보를 들었다.

이른바, 후영대장 민영창은 3천의 병사를 둘로 나누어 그 반을 윤부장에게 보내어 경성으로 가게 하니, 평양의 적은 크게 기세를 얻어 중화부를 쳤고 민영창은 도망을 갔다 한다. 그 후 파죽지세로 윤부장을 추격하여 황해도 평산부平山府에서 양군이 격하게 맞부딪혔으나, 아군은 결국 패하여 도망을 쳤고, 벽란도碧瀾渡에 이르러 적의 추격에 결국 무너졌다. 기세등등한 적군은 이세지 한 명이 아군의 잔병을 모두 상대할 정도로 강하다. 국부군과 이가웅은 강을 건너 오늘 오전 개성부開城府에 도착하여 잠시 휴식을 취하고 내일은 경성으로 향한다고 한다.

147회

좌우 전후 모두 무너지고 광주廣州의 적은 한강을 건너려고 하고 있으며, 평양의 적은 개성으로 들어온다. 앞에는 임정원이 있고 뒤에는 국부군이 있다. 민도독은 이제 어찌할 방법도 없이, 양식도 바닥을 보이고 병사들은 흩어졌다. 오랜 세월의 사치와 폭정의 죄를 이제 와서 후회해도 소용없다. 이제는 경성으로 들어가 전후의 적들을 필사적으로 막아내며 강한 이웃 나라의 원조를 기다리자며, 야밤에 군사들에게 명령을 내려 퇴각 준비를 하는 중, 적들은 뗏목을 띄워 한강을 건너와 다시 공격하기 시작하니 총포를 정리할 틈도 없이 전군全軍이 당황하여 남문南門까지 퇴각했으나, 적군의 추격이 끊이지 않아 병졸들 대부분은 길옆에 쓰러졌다. 민도독은 잔병을 모아 성내로 들어오려 하나 숭례문崇禮門이 닫혀 있어 "문 열어라" 외치며 문안을 들여다보니, 빨간 인주가 찍힌 방문榜文이 여기저기 붙어 있다. 방문榜文에는

나라를 사랑해 마지않는 국부군, 충군무쌍忠君無雙의 임정원, 이가웅, 이세지를 모함한 자는 반역자인 민영신 이하 민씨 가문으로서, 적이라 칭하는 자, 사실은 적이 아니고 관군官軍이 오히려 도적이다. 민씨 일족 한 때 번성하여 그 권세가 하늘을 찔렀으나 지금은 하늘도 그 진실을 알아 도적의 무리들이 패할 때가 왔다. 임정원이 광주에서 민씨 일족의 군대를 물리치는 동안 계략을 세워, 갑신정변에 실패하고 안타깝게도 이웃 나라에 망명해 있는 박정효朴貞孝, 김송균金松筠을 불러 민씨 일족을 벌하고, 그 공으로 죄를 갚으려고 하니, 국왕께서는 기꺼이 받아들이셨다. 임정원이 국부군에게 이것을 편지로 알리고 김송균과 박정효에게도 알려 뜻을 모아 간악한 무리들을 소탕하기로 약속했다. 드디어 때가 와서 박정효와 김송균은 왕궁에 머물며 정사를 돌보고, 그래서 국왕을 강화도로 피난하시게 했다.

민도독은 눈을 크게 뜨고 입을 다물지 못한 채 망연자실하였으나, 갑자기 남문南門의 좌우의 벽 위에서 탄환과 화살과 돌이 비처럼 날아온다. 병사들은 앞뒤로 적을 맞아 더욱 사기를 잃고 양화진楊華津을 향해 도망갔으나, 거기에도 군이 기다리고 있어 또 다시 크게 패하였다. 민도독이 간신히 도진渡津을 건너 인천에 도착했을 때는 따르는 병사 겨우 백여 명이다. 인천부사府使는 민씨 일족과는 이전부터 돈독한 관계로, 술과 음식을 마련하여 병졸들에게 대접하고 강화도로 피난시키

기 위해 10여 척의 배를 준비했다. 민도독은 부사를 만나 박정효와 김송균 등의 귀국을 확인한바,

"그들이 귀국한 일은 꿈에도 몰랐습니다. 그러나 이상한 점은 4, 5일 전 일본에서 수척의 배가 제물포濟物浦로 들어 왔다는 점입니다. 거기에는 백 사오십 명의 젊은 청년들이 총기와 탄환 등을 가지고 있었으며, 제주도 근처에서 어업을 하기 위해서라고 그 이유를 들었습니다. 그것은 제주도의 어민들이 자주 일본 어부들에게 폭행을 가하기 때문에 호신용으로 가져왔다는 이야기였습니다. 그들은 어제 아침까지 거류지에도 상륙하지 않고 월미도 근처에 정박해 있었습니다만, 그들 일동은 오후에 배에서 내려 경성 구경을 간다고 대오를 지어 출발한 채 아직도 돌아오지 않고 있습니다."

국왕의 강화도 피신소식은 어느 누구도 모르는 일이었기에 민도독은 적의 계략에 속은 것은 아닌지 걱정이 되었다. 그래서 사람을 제물포에 보내어 강화도를 정탐하게 한 후, 정사용의 소식을 들은 후 진퇴를 결정하기로 했다. 그런데 갑자기 소식이 있어, 임정원이 머지않아 이곳까지 쳐들어 온다 하니, 또 머뭇거릴 사이도 없이 강화도로 몸을 숨겼다. 그리고 기회를 엿보아서 적의 칼을 피해 제물포에 있는 노국露國의 배로 가서 도움을 청하려고, 잔병을 이끌고 해안에 정박해 둔 배에 올라탔다.

148회

적이라고 부르는 자와 적이라고 불리는 자 중, 과연 어느 쪽이 도적인지는 공평한 잣대를 가진 외국인들에게 논쟁거리였으나, 어찌 되었건 경성에서 몇 리 떨어지지 않은 광주廣州 부근에서 전쟁이 일어났다는 것은 그 나라의 수도만 위험한 것이 아니었다. 그리고 한인韓人 중에는 쇄국을 외치는 자가 많아, 모든 외국 공사들도 이에 위기를 느껴 자국의 상인들을 데리고 우선 인천의 거류지로 이동했으니, 인천의 번화함은 평소의 수십 배에 이르렀다. 일본국과 노국과 청국의 삼국의 상선들의 출입이 빈번하고 각국의 보호 군함이 정박하여, 당국에서 일찍이 볼 수 없던 장관을 이루었다. 수일 전 서양식의 대형 범선 네 척이 일본 깃발을 달고 제물포로 들어왔다. 부두의 거룻배 주인들이 서둘러 여러 척의 작은 배들을 노 저어 달려가고, 세관원도 뛰어나가 화물의 유무를 확인하니, 선장은 대답한다.

"저희는 전라도全羅道 해안을 따라 어업을 하는 자로 육지에 올릴 물건은 없습니다."

관원이 배를 훑어보니 많은 장정壯丁들이 앉아 있을 뿐으로, 선적한 짐은 그들의 양식과 말린 생선들뿐으로 그 외에는 호신용의 총, 포, 검이다. 4척의 범선은 사흘 동안 보트 하나도 내린 적 없이 월미도月尾島 앞바다에 계속 정박해 있었는데, 어제 정오 무렵이 되어 갑자기 그 일동이 상륙하여 경성 구경을 한다며 제물포를 떠났다.

광주산성의 좌우 양 진영과 평양의 후영, 전영 및 궁궐수비 총군總軍

을 민도독이 지휘하여 한강에서 전투가 일어나니, 경성 안에 개미그림자 하나 보이지 않더라. 그리하여 관군官軍이 드디어 이성을 잃고 후퇴함에, 적군이 위세 좋게 왕궁을 덮치는 위급한 상황이 도래하였다. 군신君臣들이 의논하여 국왕, 왕비, 세자전하 모두 양한兩漢으로 난을 피하기를 거듭 소청하여, 국왕폐하도 드디어 윤허하셨다. 그리하여 내일은 양한의 총대장인 승병僧兵에게 탈것을 보내어, 우선 남한산성南漢山城으로 가기로 결정했다.

궁궐을 둘러싼 복숭아꽃과 벚꽃이 한창인 봄날, 휘늘어진 발 사이로 보이는 으스름 달빛은 아름답기 그지없지만, 국왕전하는 비취빛 상막 속에 앉아 수심에 잠겨 전황보고서를 읽던 중, 숙직하던 내관內官이 급히 달려와 아뢴다. 후영의 병은 중화中和와 평산平山에서 패하고, 국부군과 이가웅은 이미 개성까지 전진하였고, 또 좌우 양진영은 삼전도三田渡에서 크게 패하여, 광주의 적병들은 오늘 새벽이라도 한강을 건널 것이라고……. 그리하여 내일까지 기다릴 수 없겠다며 급히 피난하시기를 청했지만, 국왕전하는 아무 말씀도 없이 고개를 숙이셨다. 그때 바로 내전의 계단 쪽에서 시끄러운 소리가 들려오기 시작하니, 국왕전하는 자리를 일어나 내관을 따라 계단으로 향했다. 계단 밑에는 양 손이 뒤로 묶인 두 사람이 무릎을 꿇고 앉아 있었다. 달빛에 그 얼굴을 들여다보니 그 두 사람은 다름 아닌 갑신정변甲申政變에 일본으로 망명한 박정효와 김송균이다. 국왕전하가 그것을 보고,

"금릉위金陵尉[28]는 무사하신가? 김송균도 잘 돌아왔네. 경들의 마음은 내가 잘 알고 있소"라고 말씀하시며 친히 계단을 내려오시어 포박을 푸시며,

"경들이 국가의 난을 듣고 나라를 구하러 돌아왔는가?"라고 물으셨다. 박정효 김송균은 하나같이 감격의 눈물을 참을 수 없어,

"저희들은 국부군과 임정원의 편지를 받고, 목숨을 바쳐서라도 국난을 구하여 전날의 죄를 갚기 위해 돌아왔습니다"라고 고하자, 국왕은 크게 기뻐하셨다.

"모든 것을 금릉위金陵尉에게 맡길 터이니 김송균도 잘 도와주시오"라고 하고 다시 계단을 올라가셨다. 이때 박정효는 일본에서 데려온 수백 명의 장사를 두 무리로 나누어 김송균에게 그 반을 건네며, 국왕전하를 이 밤 안에 강화도로 피신시키도록 청하였다. 그리고 본인 스스로도 나머지 부대를 이끌고 경성을 지키며 대책을 강구하니, 민도독이 남문으로 들어오려고 했을 때, 성문 위에서 총포를 날린 것은 박정

---

[28] 대표적인 개화파이며 철종의 부마였던 박영효.

효의 부하들이다. 인천부사가 국왕전하가 피난한 사실을 몰랐던 것도, 김송균이 길을 남양으로 잡아 미리 그곳에 정박해 둔 한 척의 범선으로 강화도로 이동했기 때문이다.

149회

민도독이 잔병을 모아 인천에서 배를 저어 강화도江華島로 향했을 때는, 저쪽 멀리 성 위에서 국왕의 깃발이 펄럭이고 있을 때였다. 민도독은 해안에 배를 세우고 우선 사람을 보내어 성내城內를 살피던 중, 박정효 김송균의 일은 물론, 모든 것이 반대당의 계략임을 알게 되었다. 더욱 놀라운 사실은, 강화도의 성문에는 일본의 장사가 총검을 들고 수비를 하고 있고, 오랜 기간 동안 박정효와 김송균을 따라 일본에 유학을 한 수 명의 조선인이 통역관으로 왕의 곁에 있다는 것이다. 민도독의 사자使者가 우선 통역관에게 국왕의 안부를 물으니, 전하는 주야로 김송균이 수비를 하고 있으며, 궁궐을 떠나 남양南陽에서 배를 타시고 오늘 성내로 입궐하시었고, 왕체도 무사하시다고 한다. 그리고 박정효와 김송균이 귀국한 것도 틀림없는 사실이라고 전하니, 민도독은 듣고 놀라움을 감추지 못한다. 그래서 지금 여기에 이렇게 있는 것은 불앞의 장작보다도 위험한 일이라 여겨, 서둘러 제물포로 돌아가 노국의 군함에라도 도움을 요청하려고 배의 출선을 명하였으나, 섬 뒤에 매어둔 한 척의 범선帆船에서 세 척의 보트가 내려오더니, 수십 명의 일본 장사將士들이 재빠르게 노를 저어 다가왔다. 민도독은 병을 지휘하여 맞서 싸웠으나, 성 안에서도 병사들이 총을 쏘며 달려와 양쪽의 장사들이 무섭게 몰아치니 민도독의 패졸은 몇 남지 않고 모두 총에 맞아 죽거나 물에 빠져 죽었다. 민도독도 이제 마지막이라고 생각하고 물속으로 몸을 날렸지만 일본 장사가 뛰어들어 어렵지 않게 포박하였다.

그리고 또 정사용은, 그날 밤 민도독의 진영을 나와 말에 채찍을 휘두르며 길을 재촉해 새벽 무렵에 인천 거류지에 도착해 노국공사관을 찾아가서 민도독의 사자使者라 칭하고, 공사에게 면회를 청했다. 갑작스러운 사자의 내방에 공사는 의심스러워하며 접견소에서 면회했지만, 사자가 정사용임을 알고 더욱 크게 놀랐다. 정사용은 교묘하게 공사를 설득해

"러한밀약의 성공 여부가 여기에 달려 있습니다. 만약에 귀국이 군

항軍港을 원한다면 민도독을 도와야 합니다. 동양에서 귀국의 무武를 빛내고 싶다면 이 제안을 받아들여야 합니다."

　노국공사가 드디어 이 안을 받아들여 본국 정부에 전신을 보내어 출병에 관해 알리니, 정사용은 민도독에게 바로 이 사실을 알려 노국의 병사가 오는 날까지 굳건히 버티기를 청했다. 그러나 그가 경성으로 말을 돌렸을 때는 이미, 민도독이 강화도로 향하고, 임정원이 그 뒤를 추격하여 인천으로 올 때였던 것이다. 정사용은 제물포를 출발한 지 얼마 되지 않아 경성으로부터의 소식을 들었다. 민도독이 크게 패하여 인천으로 도망갔다는 전갈을 듣고, 정사용은 말을 재촉하여 다시 인천으로 달려갔다. 인천부청仁川府廳의 문 앞에 와 말에서 내리려 하니, 수문지기가 "누구냐?"라고 묻는다. 정사용도 버젓하게 자기 이름을 말할 수는 없어서 "노국공사관에서 온 자로 민도독을 알현하러 왔다"고 하니, 병졸은 잠시 정사용을 문 앞에 기다리게 하고 안으로 들어갔다 나오더니, 정사용을 안으로 안내했다. 정사용이 안으로 들어가 잠시를 기다리니, 잠시 후 문을 열고 들어온 자, 과연 정사용이 기다리던 민도독일까? 놀라서 뒤로 물러서니 문을 막아서는 자가 있다. 앞에는 임정원, 뒤에는 장 참군張參軍이다. 진퇴양난에 어찌할까 고뇌하는 정사용은 포박 당했다.

150회

　국부군과 이가웅은 국왕전하가 피난하신 다음 날, 개성에서 경성으로 내려와 동문에 이르렀을 때 비로소 국왕폐하가 피난하셨음을 들었다. 그렇다면 아무런 걱정 없이 왕성王城을 탈환해 외척당의 근거를 없애고 광주산성의 병력을 받아들여 민영신 등을 물리치자고 총공격을 가했으나, 성 안은 조용해 마치 쥐 죽은 듯이 고요하다. 일직선의 큰 대로를 걸어가도 남녀노소 아무도 볼 수 없고, 저쪽에서 긴소매를 늘어뜨린 양반 몇 명만이 멀리서 걸어오는 것이 보인다. 너무도 수상하여 국부군과 이가웅이 병사에게 명하여 걸음을 멈추고 그 양반들이 다가오기를 기다렸다. 그들이 십 보 안팎의 거리로 가까이 다가오자, 이가웅이 먼저 놀라 소리를 높였다.

　"아니. 아버님!"

　"아니 이가건李嘉健이 아닌가?"

　국부군도 놀라서 외친다.

　이가건은 더욱 놀라 목소리를 높이며, "아니 금릉위金陵尉 아니십니까?" 하니, 국부군도

　"아…… 박정효인가……?"

　국부군도 이가웅도 모두 기뻐 놀라서 맞이하니 박정효와 이가건도 웃음을 띠며 달려와 황공히 예를 갖추었다. 국부군은 너무도 기쁜 나머지 "경들이 이렇게 있는 한, 적의 무리들의 운명도 길지는 않겠구면"이라며 눈물지으며, 박정효 앞으로 나아간다.

"각하의 후의厚意와 임정원의 권고勸告와 정의로운 일본인 장사壯士들의 도움을 얻어 김송균과 함께 귀국하여 어젯밤에 입궁하여 죄를 용서받았습니다. 김송균은 전하를 수비하여 강화도로 피난시키시고, 저는 여기를 지키는 한편 이가건과 방편을 모색하면서 귀하의 귀경을 기다렸습니다. 또 적인 민영신은 어젯밤에 임정원의 습격을 받아 크게 패배하여 여기로 도망쳐 오다가 일본 장사에게 잡혔습니다. 그 나머지 무리들도 강화진江華津에서 장 참군에게 패해 인천으로 도망쳐 오는 것을 임정원이 급히 그 뒤를 쫓아 목을 베어 난을 평정했습니다. 국왕전하도 김송균과 일본인 장사들이 수호를 하고 있어 옥체평안하십니다"라고 국부군에게 자세히 전한다. 그때 갑자기 전신국電信局에서 한 통의 전보가 날아왔다. 봉투에는 '박정효 귀하. 임정원'이라고 적혀 있어 급하게 열어 보니,

민영신閔永信이 강화도에 도망쳐 있는 것을 일본인 장사가 잡았고, 정사용이 노국공사에게 원병을 청하고, 이를 민영신에게 알리기 위해 인천부로 왔을 때, 제가 바로 그를 포박했습니다. 저는 정사용을 강화도로 끌고가 국왕전하를 알현했습니다만, 국왕전하의 용안은 기쁨으로 가득하시고, 도적을 평정 한 후는 하루라도 빨리 환궁하고 싶다는 애기를 하셨습니다. 국부군은 아직 돌아오시지 않으십니까? 이와 같은 사정을 빨리 국부군께 전해 주시기 바랍니다.

일동은 소리 높여 기뻐하며 바로 청현궁靑峴宮으로 가서 인솔해온 병사들을 쉬게 한 후, 그 다음날 이가웅은 국왕전하를 맞이하기 위해 병사

를 거느리고 강화도로 향했다. 3일 후 임정원은 김송균과 함께 국왕전하를 수호하여 경성으로 돌아오고, 이가건은 왕명을 받아 인천의 각국 공사들의 입궁을 재촉함에 이르니, 여기에 이르러 수년간의 소란이 완전히 진정되었다.

수일 후 노국군대는 외척당을 후원하기 위해 당국에 들어왔으나, 북쪽은 청국에 의해 밀려나고, 바다는 삼면 모두 일본군함이 깃발을 펄럭이며 그 기세를 떨치니, 힘없이 모두 물러났다.

난이 있은 후에 국왕전하는 이가웅, 임정원, 이가건, 박정효, 김송균, 이세지 이하의 공신들을 모아 크게 상을 내렸다. 그때, 임정원은 송구스러워하며 어전에 나가 절을 올리고, 비로소 본인의 내력을 밝혔다. 아버지는 일본인인 하야시 쇼큐로, 어머니는 한인인 원소연으로서, 그 자신은 일본인의 국적을 가진 하야시 마사모토임을 고백하고, 삼가 아뢰지 못한 죄의 용서를 구하며, 또한 관위를 반납하겠다고 청하였다. 국왕전하를 비롯해 그 자리에 있던 모든 사람들이 놀람을 감출 수 없었으나, 그 중 국부군은 일본정부에 청하여 당국에 귀화하기를 제안했다. 그렇지만 마사모토가 그 제안을 받아들이지 않고, 결국 일본정부의 허가를 받기 위해서라며, 무위무관無位無官으로 오래도록 조선 국왕의 최고고문最高顧問으로서 활약할 것을 승낙했다. 그리고 그의 아내 향란은 국왕의 윤허를 얻어 일본 국적을 얻기로 결정했다.

오래도록 마사모토가 고대해 왔던 내치외교內治外交의 방안이 모두 받아들여졌다. 특히 이번의 국난으로 삼국동맹은 자연스럽게 단단히 맺어져, 오랜 기간 동안 동양파란東洋波瀾의 중심에 있던 조선반도도 독립왕국으로 새로 서게 되었다. 그 다음 해의 봄에 이르러서는 삼국이 공동으로 위원을 뽑아 동양연합대회東洋聯合大會를 일본의 도쿄東京에서 개최하니, 하야시 마사모토는 삼국의 추천을 받아 위원장으로 임명되었다. 이로부터 동양의 진보 혁혁해 사나운 영국英國도 꼬리를 내리고 날렵한 노국露國도 간섭의 명분 없어, 하야시 마사모토의 명망은 후지산富士山이나 백두산白頭山보다도 더 높았다.

－조선에 부는 모래바람 끝－

역자 후기

지금은 너무 낡아 금방이라도 고장이 나버릴 것 같은 내 오래된 노트북이 있다. 어느 날, 이제 새것을 사야겠다 싶어 이것저것 문서들을 정리하다 보니 1999년 4월 14일이라는 날짜가 눈에 띄었다. 파일을 열어보니 『조선에 부는 모래바람』을 처음으로 번역해 놓은 것이 아닌가? 너무 놀랐고 기뻤다. 15년 전에 벌써 번역을 시작하고 있었던 것이다.

유학시절 박사논문을 준비하면서 처음으로 이 소설을 알게 되었고 일본에도 이런 소설이 있다는 사실에 흥분했던 내 모습이 떠올랐다. 한일관계를 떠올릴 때면 항상 일본이 선진국이고 한국이 그에는 뒤떨어지는 나라 무언가를 일본에게서 배웠고 배워야 한다는 도식을 머릿속에 가지고 있던 나로서는, 일본인이 한국의 다양한 고전문학을 읽고 즐기며 그것을 소설 속에서 소개하는 이 소설이 특이하게 느껴졌고 뿌듯함을 느끼게도 했다. 그리고 아버지의 나라 일본과 어머니의 나라 조선 사이에서 양국의 화친을 간절히 바랐던 대마도 출신의 작가인 나카라이 도스이를 알게 된 것도 흥미로웠다. 결국에는 일본이 주도하는 아시아 3국 동맹이라는 결론으로 가는 취약점을 보였을망정 당시의 나에게는 이 소설은 번역하여 많은 한국인들에게 소개하고픈 특이한 일본소설 중의 하나였다.

당시에 번역해 놓은 부분은 10장 정도로 짧았다. 다시 번역을 완성해야겠다고 마음먹었다. 하지만 소설이 너무 긴 장편이고 오래된 것이라 인쇄상태도 명확하지가 않아 손을 대기가 쉽지 않고 주저되었다. 몇 장을 끄덕이다가 그만두기를 몇 번, 아…… 생각해보니 5년 가까이 시간이 흐르고 있다. 이번에는 무슨 수를 써서라도 이 번역을 마쳐야 겠다고 다짐하고 매달렸다. 오늘 이렇게 번역을 끝내고 보니 나의 게으름과 여러 가지 어려움으로 15년이나 걸린 이 작업에 참으로 감회가 새롭고 기쁘다.

　많은 어려움이 있었으나, 『호사 부는 바람胡砂吹く風』이라는 제목을 어떻게 번역하느냐 하는 것이 가장 큰 어려운 문제 중의 하나였다. 많은 일본인 친구들과 한문에 익숙한 친구들에게 자문을 구했지만 그리 간단히 정하기가 쉽지 않았다. 호사胡砂라는 말은, 변방의 모래, 오랑캐 나라에 부는 모래, 즉 몽고의 황사 등으로 해석할 수 있을 것이다. 그래서 처음에는 제목을 '변방에 부는 모래바람'으로 정하려고 했었다. 미완으로 끝난 『속 변방에 부는 모래바람續胡砂吹く風』의 배경이 중국이었다는 점도 '호胡'를 중국, 변방으로 해석하게 하는 요인 중의 하나였다. 하지만 『호사 부는 바람胡砂吹く風』을 아무리 읽어 보아도 중국이 아니라 이것은 조선을 배경으로 하는 조선에 관한 소설이라는 확신이 들었으며, 그래서 이 소설의 제목은 '조선에 부는 모래바람'이라는 의역으로 가는 것이 가장 타당할 것이라는 믿음이 생겼다. 제목이라는 것이, 그리 길지 않은 문장 안에 다양한 의미를 함축하고 있으며 또 독자들에게 소설에 관한 정확한 정보를 제공해야 하며 또한 흥미까지 유발시켜야 하는 무거운 역할이 주어져 있음을 절감하게 되었다.

그리고 원본이 123년 전의 신문소설이었기에 일본의 국회도서관에서 일일이 마이크로 필름을 복사했고 후의 간행본도 한국에 직접 가져와 복사 제본을 해서 사용했다. 인쇄 상태가 좋지 않아 역자의 감으로 앞뒤전후 문장의 의미를 유추한 곳도 꽤 된다. 당연히 오역에 대한 우려도 있다. 이점 독자의 충고와 질정을 기대한다.

마지막으로 항상 힘이 되어주는 가족과 친구들에게 감사드리며 마지막까지 함께 작업해주신 케포이북스에도 감사의 마음을 전한다.